KB186880

디지털로 읽고 데이터로 쓰다

― 디지털 한국어문학의 모색 ―

성균 한국어문학 총서 2

디지털로 읽고 데이터로 쓰다
─ 디지털 한국어문학의 모색 ─

초 판 인 쇄	2023년 2월 21일
초 판 발 행	2023년 2월 28일

저 자	곽지은 · 권기성 · 김바로 · 김병준 · 김지선 · 류인태 · 박진호
	양승목 · 이민철 · 이재연 · 장문석 · 지영원 · 한희연
발 행 인	윤석현
발 행 처	박문사
책 임 편 집	최인노
등 록 번 호	제2009-11호

우 편 주 소	서울시 도봉구 우이천로 353
대 표 전 화	02) 992 / 3253
전 송	02) 991 / 1285
전 자 우 편	bakmunsa@hanmail.net

ⓒ 류인태 외, 2023 Printed in KOREA.

ISBN 979-11-92365-26-8   93800   정가 23,000원

성균 한국어문학 총서 2

디지털로 읽고 데이터로 쓰다

— 디지털 한국어문학의 모색 —

류인태 외 12인 지음

박문사

　디지털 환경 및 데이터 처리 기술을 인문학 연구에 활용하고자 하는 고민은, 데이터베이스 기술이 발달하고 상용화되기 시작한 1990년대 초중반부터 현재에 이르기까지 최근 30여 년 간 꾸준히 이루어져 왔습니다. 우리나라의 경우 2000년대 초중반 웹상에서 구축·개방된 〈조선왕조실록 DB〉, 〈한국고전종합 DB〉, 〈조선시대 전자문화지도 시스템〉 그리고 〈21세기 세종 말뭉치〉 등과 같은 사례가 정보통신기술(ICT)을 인문학 분야에서 본격적으로 활용한 효시로 여겨집니다. 그와 같이 정보통신기술을 접목한 다수의 인문학 프로젝트 결과물이 2000년대 초중반 세상에 나온 것은, IMF사태의 여파로 인한 경제적 어려움을 극복하기 위한 일환으로 당시 공공근로사업 명분의 데이터베이스 구축 작업이 대규모로 진행되었기 때문입니다. 그러한 시도는 1980~90년대 코퍼스 구축이나 텍스트 인코딩 등 인문학 연구에 컴퓨터 기술을 보조적으로 활용하고자 한 움직임의 연장선상에서 이해할 수 있는데, 우리나라의 경우 2000년대 초반 김대중 정부의 '문화기술(Cultural Technology)' 육성 전략이 큰 영향을 끼쳤습니다.

　학술 연구와 산업 활동을 포괄하는 특수 영역으로서 소위 'CT'는, 2000년대 이후 '문화콘텐츠'와 '인문콘텐츠'로 대표되는 디지털 콘텐츠 분야를 인문학 영역 안으로 자리 잡게 했습니다. '콘텐츠'라는 언명을 매개로 인문학 연구와 디지털 기술을 접목하고자 한 학술 작업의 공식화는, 외국에서는 흔히 보기 힘든 한국 인문학술 환경의 특수한 양상으로 거론할 수 있습니다. 2010년대 이후로 국내에서 본격적으로 다루어지기 시작한 '디지털 인문학(Digital Humanities)'에 관한 논의가 소위 '디지털 콘텐츠 구현'의 연장선상에서 수용되는 경향이 강했던 것도, 그러한 국내 인문학술 환경의 특수성이 작용한 탓이 큽니다. 이는 많은 숫자의 인문학 연구자가 디지털 인문학을 '인문학 자료를 대상으로 디지털 콘텐츠를 구현하는 것' 정도로 이해하게 된 단초이기도 합니다. 이와 같은 시각의 확산은 '인문학 연구'와 '연구를 통해 산출된 결과물을 디지털 환경에서 구현'하는 것을 각기 분절된 것으로 이해하게 함에 따라 디지털 인문학의 외연을 축소하는 결과를 낳았습니다. 인문학 연구 과정에서 디지털 환경이나 데이터 처리 기술이 창의적으로 활용될 수 있는 여지를 이끌어내기보다는, 인문학 연구의 결과물을 디지털 형식으로 개발하는 데 초점을 두게끔 했습니다.

다행히 최근 5~6년 사이 해외에서 이루어진 여러 디지털 인문학 연구 사례가 국내에 소개되고 국내에서 이루어지는 디지털 인문학 연구 또한 다양화됨에 따라, 디지털 콘텐츠 기획 및 개발을 직접적으로 다루는 영역 외에 인문사회의 다양한 전공 분야에서 디지털 인문학에 대한 관심이 확대되고 있는 추세입니다. 특히 최근 2~3년 사이 국내 인문사회 학계에서 최신 학술조류로서 디지털 인문학이 지속적으로 환기되고 있는 원인을 추론해보면, 2020년 즈음부터 본격화된 소위 '데이터댐'으로 대표되는 디지털 뉴딜 사업의 영향이 적지 않습니다. 사회 전반에 걸쳐 지속적으로 강조되고 있는 '데이터 중심 사회 대전환'의 기조(agenda)는 인문학술 정책이나 연구 환경에도 많은 변화를 가져오고 있습니다.

6

직접적으로는 〈한국연구재단〉과 같은 큰 기관에서 주관하는 학술 연구 사업을 거론할 수 있습니다. 인문학 연구자가 연구비를 지원받을 수 있는 가장 큰 채널로 자리 잡은 학술연구 사업의 요강이나 형식에서 데이터 처리 기술 활용을 전제하거나 디지털 형식의 결과물 제출을 요구하는 경우를 심심치 않게 볼 수 있습니다. 국가로부터 연구비를 지원받는 것이 선택이 아니라 필수가 된 인문학 연구자의 입장에서 정부의 정책 기조나 그에 의거한 연구비 펀딩 문제는 무시할 수 없는 현실입니다.

 '코딩'이나 '프로그래밍' 지식을 요구하는 사회적 분위기로의 전환 또한 중요한 요인입니다. 데이터 처리 기술이나 웹 환경을 다루는 것이 더 이상 특별한 일이 아닌 젊은 세대 입장에서는 인문학 연구에 디지털 환경을 응용하는 것이 큰 문제가 되지 않습니다. 그에 따라 최근 젊은 연구자들 사이에는 전공 분야의 '논문 쓰기'에만 한정되어 온 인문학 연구 활동에 대한 전통적 인식에서 벗어나, 유관 분야와 연계 가능한 '데이터 설계・구축・분석・시각화' 작업으로 학술 활동의 외연을 넓혀야 한다는 인식이 확대되고 있는 추세입니다. 대학과 연구기관 및 학회를 중심으로 그러한 성격의 워크숍, 콜로키움, 세미나 등의 학술 행사가 꾸준히 이루어지고 있는 것도 그러한 흐름을 가속화하고 있습니다.

 이와 같은 상황에서 한국어문학 분야에서 활용 가능한 디지털 인문학 방법론과 그 이론적 근거를 조망하고 향후의 가능성을 모색하기 위해, 성균관대학교 국어국문학과와 경희대학교 국어국문학과는 2022년 8월 '한국어문학 데이터톱' 행사를 공동으로 개최하였습니다. '데이터톱(Datathop)'은 데이터 기반(Data-based) 해커톤(Hackathon)을 가리키는 표현으로 사용되는 '데이터톤(Datathon)'을 참조해서 만든 새로운 말입니다. 데이터톤은 특정 문제나 주제와 관련된 데이터셋(dataset)을 전달받은 참가자들이 하루 이상의 긴 시간동안 해당 데이터셋을 대상으로 여러 가지 컴퓨터 기술을 활용해 주어진 문제에 대해 탐색하고 유관 솔루션을 구축하고 실제 테스트를 진행하는 마라톤 식의 이벤트 전 과정을 가리킵니다. 데이터톤 행사에 참여하기 위해서는 데이터 처리에 관한 문제의식과 유관 분야의 맥락 및 기초 방법론에 대한 이해가 전제되어야 하는데, 그와 같은 사례와 이론에 관한 기초 정보를 톺아볼 수 있는 전 단계의 행사를 가리키는 표현으로 '데이터톺'이라는 새로운 말을 만들어 보았습니다. 한국어문학 데이터톺(Datathop)은 말 그대로 한국어문학 방면의 연구나 교육에서 데이터 처리를 시도한 사례를 대상으로, 그 맥락과 방법 및 학술적 시사점을 집중적으로 톺아보고자 한 행사입니다. 해당 행사는 그동안 디지털 인문학 방법론을 활용한 한국어문학 연구 및 교육 분야에서 오랜 기간 활동해온 중진 연구자들과 연구 영역을 새롭게 개척하고 있는 신진 연구자들의 참여가 균형적으로 이루어졌습니다.

서울대학교 국어국문학과의 박진호 선생님은 국어학 분야에서 오랜 기간 자연어처리와 관련된 연구를 해오셨고, UNIST 인문학부의 이재연 선생님은 현대문학 분야에서 실험적인 성격의 디지털 인문학 연구를 꾸준히 시도해오셨습니다. 창원대학교 국어국문학과의 권기성 선생님과 동국대학교 한국문학연구소의 양승목 선생님은 야담자료 연구에 있어서 디지털 인문학 방법론의 적용 방안을 적극적으로 고민하고 있는 고전문학과 한문학 분야의 소장 연구자입니다. 마찬가

8

지로 경희대학교 국어국문학과의 장문석 선생님 또한 현대문학 분야의 소장연구자로서 디지털 인문학 연구와 교육을 꾸준히 지속하고 있습니다. 김병준 선생님과 김지선 선생님은 각기 성균관대학교 국어국문학과와 연세대학교 국어국문학과를 졸업하고 한국과학기술원(KAIST) 문화기술대학원과 한국학중앙연구원 인문정보학과에서 익힌 디지털 인문학에 관한 이해를 각자의 연구에 본격적으로 적용하고 있는 신진 연구자입니다. 그리고 지영원 선생님과 곽지은 선생님은 각기 고려대학교와 성균관대학교에서 한문학을 전공한 대학원 수료생으로서, 각자의 연구 주제를 디지털 인문학적 방법론에 입각해 탐구하고 있는 새싹 연구자입니다. 한국학중앙연구원의 김바로 선생님은 한국어문학 분야의 연구자들과 함께 디지털 인문학 연구를 꾸준히 수행해왔기에, 유관 분야의 경험을 풍부하게 갖추고 있습니다. 학계가 아니라 IT업계에서 활동하고 있는 이민철 선생님은 최근 자연어처리 방면의 연구에서 많이 활용되고 있는 형태소분석기 Kiwi를 개발하신 분으로, 디지털 환경에서의 한국어문학 연구에 이바지하신 바가 이미 적지 않습니다. 캐나다의 Wilfrid Laurier University의 한희연 선생님은 전근대 한국의 고문헌 자료를 연구하시는 가운데 해외에서 이루어지고 있는 디지털 인문학에 대한 관심을 놓지 않고, 그로부터 본인만의 연구를 개척하고 있는 디지털 한국학 연구자입니다.

국어학, 현대문학, 고전문학, 한문학, 문화연구 등 여러 한국어문학 분야에서 13명의 연구자가 각기 수행한 디지털 인문학 연구·교육의 경험은, 한 곳에 정리하기가 쉽지 않은 이야기들입니다. 연구 분야가 다른 13명의 연구자가 한 자리에 모일 기회도 흔치 않거니와, 모인다 하더라도 디지털 인문학에 관한 이해와 활용 맥락이 각기 달라서, 유관 논의를 종합하는 것이 쉽지 않기 때문입니다. 이러한 이유로 '디지털 환경에서의 한국어문학을 모색한다'는 취지하에 다수의 연구자가 자신의 전문성을 자유롭게 풀어내되 동시에 긴장감 있게 논의할 수 있는 6가지 주제를 선정하고, 그에 맞추어 발표 내용과 토론 맥락을 설계하였습니다. 이 책은 해당 6가지 주제에 맞춰 13명의 연구자가 실제 한국어문학 데이터톺 행사에서 발표하고 토론한 내용을 각각의 글로 옮겨낸 것으로서, 발표문은 '이야기'로 토론 내용은 '함께 나눈 이야기'의 형식으로 담아냈습니다. 이 책에 실린 글 하나하나는 모두 디지털 한국어문학 분야를 모색하는 본격적 출발점이라 해도 과언이 아닙니다. 한국어문학 분야의 학술적 문제의식을 디지털 환경에서 전개하고자 하는 많은 연구자에게, 이 책에 실린 글들이 작게나마 길잡이 역할을 할 수 있기를 바랍니다.

한편으로 인문학 연구자들 사이에 관심은 많이 확대되었으나 그에 관한 이해는 표면에 머무를 뿐, 깊은 수준에서 디지털 인문학에 관한 이해를 도모하고자 하는 노력과 시도는 여전히 부족하다는 생각도 듭니다. 향후 한국어문학 분야에서의 디지털 인문학 연구와 교육이 더 늘어나기를 희망하며, 더 나아가 한국에서 전개되고 있는 디지털 인문학 연구 및 교육에 관한 문제의식이 더욱 확장되어 나가기를 바라면서, 이 책이 작지만 튼튼한 디딤돌 역할을 하기를 기대해 봅니다.

끝으로 2022년 한국어문학 데이터톺 행사에 발표자로 참여하시고 또 해당 발표문을 이 책의 원고로 다듬는 데 힘써 주신 곽지은, 권기성, 김바로, 김병준, 김지선, 박진호, 양승목, 이민철, 이재연, 장문석, 지영원, 한희연 열두 분 선생님께 깊이 감사드립니다. 더불어 토론 과정에 적극적으로 참여해주신 김강은, 남신혜, 노대원, 박기완, 왕성필, 유승환, 이민형, 정선우, 최민진, 최주찬, 허수 열한 분 선생님께도 감사하다는 말씀을 드립니다. 그리고 이 책의 출간을 위해 노력해주신 천정환, 황호덕 두 분 선생님을 위시한 성균관대 국어국문학과의 여러 교수님들과, 출간을 위한 원고 교열 과정에서 많은 도움을 주신 고려대학교의 김지선 선생님 그리고 디지털 인문학에 관한 조언을 늘 아끼지 않으시는 한국학중앙연구원 인문정보학과의 김현 교수님께 특별히 감사의 인사를 올립니다.

디지털 한국어문학을 치열하게 모색해 온
열두 명의 저자를 대신해
류인태 씀

목차

16

제1장

디지털 인문학과
한국어문학 연구

류인태 고려대학교 한자한문연구소 연구교수

이재연 UNIST 인문학부 부교수

첫 번째 이야기

읽기-쓰기와 데이터
그리고 디지털 인문학

류인태

이 글은 2022년 10월 발간 『고전문학과 교육』 51에 개재한 「데이터로 고전을 읽는다는 것」의 내용 일부를 수정·보완·편집한 것이다.

1. 읽기와 쓰기 그리고 데이터

어떻게 읽을 것인가는 어떻게 쓸 것인가의 문제이기도 하다. 텍스트를 읽는 과정 속에 텍스트의 의미를 재구성하기 위한 쓰기의 메커니즘이 작동하기 때문이다. '읽으면서 쓴다'는 언술이 낯설지 않은 이유다. 읽는 과정에서 이루어지는 '머릿속 쓰기'의 메커니즘은 펜으로 작성하는(또는 워드프로세스로 입력하는) '물리적 글쓰기'와는 다른 차원에 있다. 예를 들어 무언가를 읽는 과정에서 이루어지는 단편적인 메모 행위를 생각해보자. 읽는 대상을 기억하고 정리하기 위해 시도하는 메모는 쓰기의 형식을 갖지만 온전한 글쓰기라고 말하기는 어려우며, 오히려 머릿속 쓰기의 연장에 가깝다.

머릿속 쓰기는 텍스트를 잘 읽기 위해, 다른 말로 표현하자면 행간에 잠재한 숨겨진 의미를 발견하기 위해 이루어지는 경우가 일반적이지만, 물리적 글쓰기는 발견한 의미를 잘 설명하기 위해 또는 의미의 발견 맥락을 잘 논증하기 위한 목적으로 이루어지는 경우가 보편적이다. 이렇게 보았을 때 머릿속 쓰기와 물리적 글쓰기는 '어떠한 정보를 조립하고 재구성하는 성격의 행위'라는 측면에서는 유사하지만, 그 목적이나 방향에 있어서 다소 차이가 있다는 것을 알 수 있다.

읽기가 먼저냐 쓰기가 먼저냐의 논쟁은 그 답을 찾는 것이 큰 의미가 없어 보인다. 오히려 읽기와 쓰기가 각각으로 반복된다는 사실을 주목할 필요가 있다. 읽으면서 (머릿속으로) 쓰고, 쓰면서 (머릿속으로) 읽고, 그렇게 쓴 것을 다시 읽으면서 (머릿속으로) 쓰고. 유사한 행위의 반복 가운데 발생하는 차이를 생각해보면, 리터러시(literacy)라고 하는 것은 읽기와 쓰기의 구체적 형식에 관한 이해라기보다도, 읽기(듣기)와 쓰기(말하기)의 반복적 지속 가운데 그 반복에 수동적으로 휩쓸리지 않고 각각의 읽기(듣기)와 쓰기(말하기)를 능동적으로 인지할 수 있는 메타적 역량을 가리키는 것으로 이해할 수 있다.

읽기는 기본적으로 쓰기를 전제로 하지만, 결과적으로 쓰기가 실현되는가 실현되지 않는가는 또 다른 차원의 문제다. 텍스트가 드러났다가 감추어지는 물리적 차원의 읽기가 끝나고 나서 이루어지는 무언가를 작성하는 것으로서 물리적 차원의 쓰기는, 언뜻 그 이전의 읽기 행위와 직접 연결되는 것처럼 보이지만 그 자체로 독립적 행위로 정의해야 한다. 읽기 행위에서 이루어지는 머릿속 '쓰기'와 실제 쓰는 행위 사이에는 그 인과를 분명히 밝힐 수 있을 만큼의 단서가 늘 충분하지 않기 때문이다. 일종의 반복으로서 머릿속에 '곱씹음'이 발생하는 이유이기도 하다. 물리적 차원의 쓰기에는 도달하지 않은 그러나 머릿속 쓰기가 지속되는 과정이 그에 해당한다.

데이터로 읽는다는 것은 읽기 행위에서 표면화되지 않는 '머릿속 쓰기'와 쓰기 행위에서 가시화하기 어려운 '머릿속 읽기'를 데이터 처리로 형식화(formalization)하는 것이다. 소위 '책 읽기'와 '글쓰기'로 대표되는 아날로그 환경에서의 전통적 읽기-쓰기의 경험은 머릿속에서 이루어지는 쓰기와 읽기의 가시화된 형식 없이 행위로서의 읽기에서 행위로서의 쓰기로 연장되는 양상을 갖는다. 설명과 논증의 방식으로 확언할 수 없는 지점들이 있기에, 머릿속에서 이루어지는 읽기와 쓰기의 경우 그 모습을 분명히 드러내지 않을 때가 많다. 대개 인문학적 글쓰기 또는 글쓰기에 기초한 인문학 연구가 '주관적(subjective)', '질적(qualitative)' 차원의 무언가로 여겨지는 배경에는 그와 같은 읽기-쓰기의 양태가 있다.

'말할 수 없는 것' 또는 '감추어진 무언가'를 전제로 이루어지는 인문학적 읽기-쓰기의 프로세스에서, 감추어진 것을 최대한 드러내고 말할 수 없는 것을 어떻게든 말하고자 하는 시도는 굉장히 낯설고 이

질적인 경험일 수밖에 없다. 텍스트 읽기와 글쓰기에 기초한 전통적 형식의 연구를 지속해 온 인문학 연구자들 사이에 소위 '데이터 기반의 인문학', '디지털 인문학' 연구를 멀리하고, 그와 같은 성격의 작업을 인문학 연구로 수용하지 않는 경향이 있는 것은 어찌 보면 자연스러운 일이다. 말할 수 없는 것에 관해 어떻게든 말하고자 하는 데서 발생하는 일종의 불순물로서의 데이터가, 말할 수 없음의 불가피함을 전달하는 하나의 채널이 될 가능성은 있겠지만, 그렇다고 해서 데이터가 그 자체로 채널은 아니기 때문이다. 예컨대 "그래서 데이터로 새롭게 발견한 것이 무엇인가요?"와 같은 질문이 그에 대한 대표적 반응이다. 데이터를 활용한 인문학 연구를 바라보는 시각은, 대체로 '결과'가 어떻게 나왔는지에 대해서만 관심을 집중하지, 데이터를 활용한 연구 '과정'이 전통적 인문학 연구의 그것과 무엇이 다르고 또 그것이 어떠한 새로운 가치를 지니는지에 관해서는 지나칠 정도로 무관심한 경우가 많은데, 이는 앞서 언급한 맥락에서 발생하는 징후에 가깝다.

　텍스트를 읽는 행위 가운데 작동하는 쓰기와 쓰는 행위 가운데 작동하는 읽기를 체계적으로 종합하기 위해서는, 머릿속에서 생겨났다 사라지고 헝클어졌다 정리되는 다채로운 사유의 지형을 입체적으로 형식화할 수 있어야 한다. 그리고 그 작업은 제한된 지면 내에서의 글쓰기로는 어렵다. 귀납적 차원에서 이루어지는 많은 경험과 사례를 근거로 삼아야 하며, 연역적 차원에서 추론 가능한 타당한 논리에 입각해 여러 변수를 제어함으로써 이루어지는 여러 단계의 과정과 그로부터 확보한 결과물을 다양한 형식으로 재현할 수 있어야 하기 때문이다. 디지털 환경은 발달한 컴퓨터와 웹 유관 기술을 기반으로 여러 포맷의 데이터를 다각도로 처리할 수 있기에, 그와 같은 복잡한 작업을 체계적·효율적으로 진행할 수 있게끔 한다.

2. 데이터로 텍스트를 읽고 쓴 사례, 『지암일기』 연구

가령 『지암일기』를 대상으로 한 디지털 인문학 연구[1]에 적용된 데이터 편찬 프로세스는, 가장 먼저 Ontology 디자인을 바탕으로 협업 및 웹 표준 형식의 데이터 추출을 위한 플랫폼으로써 MediaWiki를 활용해 기초 데이터를 구축하였다. 그로부터 추출한 XML 데이터를 가공해 중요한 정보를 마크업(Mark-up) 처리하고, 그것을 다시 RDB에 적재한 후 SQL을 이용해 여러 맥락의 데이터 시트를 구성하여 정규화(normalization)한 다음 엑셀(Excel) 포맷의 데이터를 출력해 개별 연구자가 최종적으로 검수하는 과정을 거쳤다.

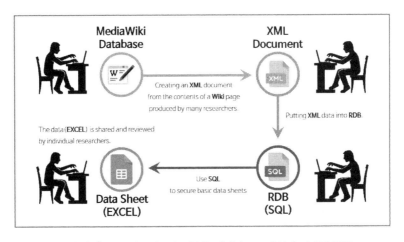

〈그림 1〉『지암일기』 연구에 적용한 데이터 프로세싱의 단계적 절차

이와 같이 데이터를 디자인하고 그것을 바탕으로 데이터를 단계적으로 가공해나가는 처리 절차는, 『지암일기』를 읽는 행위의 지속으로

---

1) <지암일기 데이터 아카이브> URL: http://jiamdiary.info

서 머릿속 쓰기를 데이터 구축 과정에서 가시적 형식으로 실현한 일종의 쓰기 작업에 해당한다. 아날로그 환경의 읽기에서 진행되는 머릿속 쓰기와 달리, 데이터를 직접 쓰는 형식으로 읽기를 가시화한 양태라 할 수 있다.

데이터(data)에 대한 기술(description)은 텍스트에 내포된 내용·형식상의 중요한 정보를 읽어나가는 과정에서 진행된다. 텍스트를 반복적으로 읽는 과정에서 발견되는 정보들이 데이터의 범주(classification)와 속성(property)으로 디자인되고, 그와 같은 개념적 모델은 데이터 스키마(schema) 형식으로 구체화 되어 수정·보완의 과정을 거듭 거친다. 이 과정은 분명 읽기가 중심이지만 형식화되는 매개는 '데이터 기술(data description)' 즉 쓰기라는 측면에서, 아날로그 환경의 읽기－쓰기 과정에서는 접하기 어려운 이질적 경험이라 하겠다.

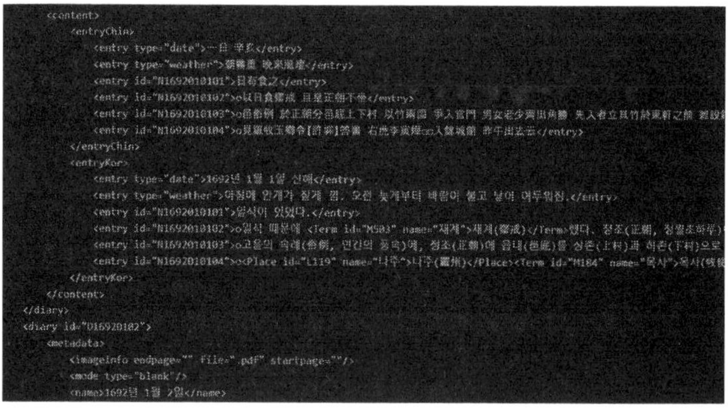

〈그림 2〉『지암일기』 데이터 기술(description)의 결과물 XML 데이터의 예시[2]

---

[2] 지암일기 XML 데이터는 <지암일기 데이터 아카이브>의 Datasets 페이지 (http://jiamdiary.info/data/datasets)에서 다운로드할 수 있다.

읽기의 과정에서 체계적으로 기술된 데이터는 본격적 쓰기(writing)의 대상이 된다. 텍스트가 아니라 텍스트를 읽으면서 머릿속에 기술된 내용이 글쓰기의 본격적 자원이 되는 것처럼, 이미 기술된 데이터는 데이터를 활용한 능동적 쓰기 활동의 자원이 된다. 정교하게 기술된 데이터를 어떻게 다루어 볼까에 관한 고민이 그에 해당하며, 데이터 분석(data analysis)과 데이터 시각화(data visualization)는 이 과정에서 이루어지는 과업의 구체적 형식이라 할 수 있다. 『지암일기』 디지털 인문학 연구는 기술된 데이터를 입체적으로 분석·시각화하기 위해 현재 다루어지고 있는 다양한 데이터 처리 기술을 실험적으로 활용하였다.[3]

MediaWiki
Creating a Text DB

Neo4j
Creating a Graph DB

Apache Jena Fuseki
Creating a LOD (Linked Open Data)

Python
Data processing for Visualization

D3.js
Data Visualization

Leaflet.js
Geo Data Visualization

〈그림 3〉 『지암일기』 디지털 인문학 연구에서 활용한 여러 데이터 처리 기술

아날로그 환경의 텍스트를 대상으로 디지털 환경에서 데이터를 기

---

3) <지암일기 데이터 아카이브>의 구현 과정에서 다양한 디지털 기술을 활용한 맥락에 관해서는 졸고, '류인태, 「데이터로 읽는 17세기 재지사족의 일상 − 『지암일기 (1692~1699)』 데이터베이스 편찬 연구」, 한국학중앙연구원 한국학대학원 박사학위논문, 2019, 145-154쪽.'을 참고할 수 있다.

술(記述, description)하는 작업과, 기술된 데이터를 대상으로 정보나 지식을 분석(分析, analysis)하고 표현(表現, representation)하는 작업은 그 성격과 맥락이 다르다. 읽는 행위 가운데 머릿속으로 이루어지는 쓰기의 양태와 쓰는 행위 가운데 머릿속으로 이루어지는 읽기의 양상이 다른 것을 생각해보면 되겠다. 아날로그와 디지털 환경은 정보와 지식을 처리하는 본질적 조건이 각기 다르지만, 정보를 처리하는 과정으로서 읽기−쓰기가 전개되는 양태에는 유사함이 있음을 짐작해볼 수 있다. 한편으로 아날로그 환경의 읽기−쓰기와 디지털 데이터를 매개한 읽기−쓰기의 가장 큰 차이로서 컴퓨터(machine)의 존재를 인지할 필요가 있다.

3. 인간의 읽기−쓰기로부터 기계와의 협업적 읽기−쓰기로

아날로그 환경에서 이루어지는 읽기−쓰기는 대체로 나 자신과의 커뮤니케이션을 전제로 한다. 책을 읽거나 글을 쓰는 경험을 떠올려보면 그 형식은 주로 혼잣말 즉 독백(monologue)이나 방백(aside)으로 이루어지며, 대화의 대상은 대개 '나 자신'이다. 그에 비해 디지털 환경에서 데이터 처리를 기반으로 이루어지는 읽기−쓰기는 커뮤니케이션 상대로 컴퓨터(machine)를 매개한다. 컴퓨터라는 새로운 대화 상대의 등장은 나의 읽기−쓰기를 이해시켜야 할 타자가 새롭게 자리함을 의미하며, 그렇기 때문에 아날로그 환경에는 없던 타자와의 대화가 낯설게 진행되어야 함을 의미한다.

내가 읽고 쓰는 것을 기계도 읽고 쓸 수 있게끔 하는 절차로서 데이터

프로세싱의 개입은, 내 머릿속에서만 이루어지던 읽기－쓰기의 주관적 양상에서 벗어나 조금은 더 객관적인 읽기－쓰기의 형식을 차용하는 것으로 이해할 수 있다. 이와 관련해 '기계 가독(machine-readable)' 개념은 표면적으로는 인간의 읽기에 관한 이해를 기계에 이식하는 것이겠으나, 그 이면에는 기계를 통해 인간의 읽기를 검증받는 맥락이 자리하고 있는 것이다.

데이터로 무언가를 읽는다는 것은 곧 그 무언가에 관해 기계와 대화를 나눈다는 것과 같다. 기계와의 대화는 그 무언가를 접하는 인간에 대한 이해와 그 이해를 디지털 환경에 옮겨낼 수 있는 기계에 관한 숙지를 동시적으로 요구한다. 성격이 다른 것들을 이해·숙지하고 연계한다는 것은 그 가운데 매개해야 할 읽기－쓰기의 층위가 더욱 복잡해지고, 그것들을 활용하기 위한 데이터 처리 과정이 더욱 고도화됨을 의미한다.

그와 같은 이유로 인간이 데이터를 매개로 컴퓨터(machine)에게 시도하는 복잡한 대화의 줄기로서, 데이터 리터러시(data literacy)의 다양한 맥락과 형식 그리고 그것을 위한 방법 및 결과적 양태에 관한 탐구와 논의가 전 세계의 여러 인문학 연구·교육 기관을 중심으로 확산하고 있다. 데이터베이스 기술과 프로그래밍 언어를 다루는 워크숍이나 세미나를 대학에서 마주하는 것은 최근 몇 년 사이 흔한 일이 되었다. 그리고 그러한 기술 분야의 이해를 인문학 연구에 구체적으로 응용하고자 하는 움직임도 조금씩 늘어나고 있다. 아날로그 환경에서의 읽기－쓰기를 조금 더 정교하게 전개하기 위한 도구(tool)로서 기계(machine)와 데이터(data)를 바라보기보다, 읽기－쓰기의 새로운 생태(ecosystem)로서 디지털 환경을 응시하고자 하는 노력이 점점 확대되고 있는 것으로 이해할 수 있다.

그와 같은 변화는 갑작스러운 것이 아니라 그동안의 디지털 기술 발달과 함께 진화해 온 인문학 데이터 처리 환경과 문화적 성격의 지식 자원 유통 체재를 고려할 때 매우 자연스러운 과정에 해당한다. 예컨대 한국의 경우 1980년대 이후 데이터베이스 기술이 급격히 발달함에 따라 인문학 자료를 대상으로 한 아카이브와 데이터베이스 구축 수요가 증가하였으며, 이로 인해 1990년대 후반부터 2000년대 초중반에 이르기까지 다양한 종류의 인문학 텍스트 데이터베이스가 구축되었다.

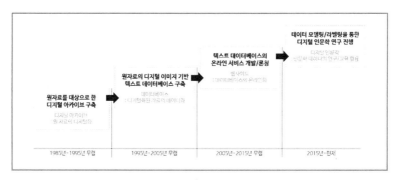

〈그림 4〉 최근 40여 년(1980~2020) 사이 한국에서 전개된
인문학 데이터 처리 환경의 시기별 변화

   2000년대 중반 이후로는 웹 환경이 급속히 발달함에 따라 오프라인 환경에서 구축된 문학과 역사 텍스트 데이터를 기초 자원으로 삼은 여러 온라인 DB 서비스(예:한국고전번역원의 한국고전종합DB, 한국학중앙연구원의 한국구비문학대계DB, 한국국학진흥원의 전통과기록DB 등)가 론칭되었다. 2010년대 중반 이후로는 인공지능 기술의 발달에 의해 데이터 사이언스가 본격적인 학문(discipline)으로 발돋움함에 따라, 문학이나 역사 자료를 대상으로 데이터 구축·분석 방법론을 적용한 새로운 형식의 연구가 '디지털 인문학'이라는 이름으로 다루어지기 시작했다.

디지털 아카이브를 통해 원자료 이미지를 찾는 경험에서, 오프라인 상의 데이터베이스에서 문자열 기반의 검색을 하는 경험으로, 다시 온라인상에 론칭된 데이터베이스에서 제공하는 API를 쓰는 경험으로의 이행은 책이 아니라 데이터로서 텍스트를 수용하고 다루는 방식에 관한 이해를 점진적으로 확대해왔다. 콘텐츠 시장을 중심으로 고전 서사나 역사 자료가 트랜스 미디어의 형식으로 다채롭게 재생산·소비되면서 텍스트에 관한 담론이 다양해지고 있는 배경에는, 기술 환경의 변화에 따라 유관 텍스트 자원을 다루는 미디어와 채널을 다루는 방식이 조금씩 바뀌어 온 영향이 적지 않다고 할 것이다. 대표적인 사례로 작가 무적핑크의 웹툰 <조선왕조실톡>을 거론할 수 있다. 해당 웹툰은 『조선왕조실록』에 기록된 내용을 중심으로 특정한 역사적 사실을 하나의 일화로 재현해 에피소드로 구성한 일종의 패러디 콘텐츠로서, 국사편찬위원회에서 제공하는 <조선왕조실록 DB>의 검색 기능을 잘 활용한 사례로 평가받는다. 관련해서 다음의 서술을 참고할 수 있다.

> 웹툰『조선왕조실톡』의 성공요인으로써 기능상에서의 표현방식이 친숙하다는 이유도 있겠지만 결국은『조선왕조실록』DB의 정확한 사실에 기반을 두었기에 이와 같은 성공도 이끌 수 있었을 거라 판단된다. 이 부분에서 우리가 문화콘텐츠 영역에서 흔히 말하는 '창작소재'의 중요성을 알 수 있다. 누구나 알고 있는 전통창작소재가 기능상의 변화로 새로운 변화를 이끌어 낼 수 있었기 때문이다. 이미 영화 '왕의 남자'나 '광해'의 경우『조선왕조실록』DB의 일부 대목을 소재로 활용하였던 것에 비해, 웹툰『조선왕조실톡』은『조선왕조실록』DB 전체를 보다 더 전면적으로 활용했다는 점을 주목할 만한 것이다.[4]

---

4) 김대범, 「웹툰<조선왕조실톡>의 역사소재 활용방식」,『열상고전연구』49, 열상고전연구회, 2016, 231-232쪽.

최근 디지털 인문학에 대한 관심의 확대는 추후 디지털 환경에서 문학 텍스트를 다루고 향유하는 방식에 또 다른 변화를 불러올 가능성이 크다. 전문 기관이 제공하는 데이터베이스를 통해 텍스트 자원을 수동적으로 접하는 것이 아니라, 데이터를 직접 모델링·구축·분석하는 연구 방법론의 확산은 데이터 활용의 관점에서 텍스트를 다루는 맥락을 다각화할 것이며, 실제 그에 입각한 연구가 늘어나면 아날로그 환경의 '텍스트'가 아니라 디지털 환경에서 기계를 매개로 '데이터'를 향유하는 문화가 새롭게 자리 잡게 될 것이다. 컴퓨터와 웹으로 대표되는 디지털·데이터 기술은 집단지성(Collective Intelligence)으로서 문학 텍스트를 다룰 수 있게끔 하는 구체적 환경(ground)에 해당하며, 그러한 환경을 바탕으로 책이 아니라 데이터로서 문학을 다루는 새로운 시도가 이제 출발 단계에 있다고 해야 할 것이다.

참고문헌

류인태, 「데이터로 고전을 읽는다는 것」, 『고전문학과 교육』 51, 한국고전문학교육학회, 2022, 41-70쪽.
류인태, 「데이터로 읽는 17세기 재지사족의 일상-『지암일기(1692~1699)』 데이터베이스 편찬 연구」, 한국학중앙연구원 한국학대학원 박사학위논문, 2019.
김대범, 「웹툰<조선왕조실톡>의 역사소재 활용방식」, 『열상고전연구』 49, 열상고전연구회, 2016, 195-237쪽.

<지암일기 데이터 아카이브> URL: http://jiamdiary.info

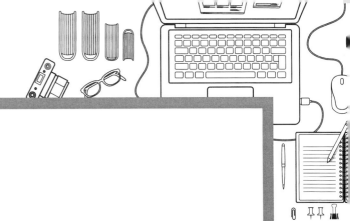

두 번째 이야기

디지털 한국문학 연구의
과거, 현재, 미래

이재연

이 글은 2018년 12월 발간『역사학보』240에 개재한「디지털 시대의 인문학에
서 디지털 인문학 시대로: 한국문학에서 본 디지털 인문학 연구」와 2020년 9월
발간『대동문화연구』111에 개재한「국문학 내 문학사회학과 멀리서 읽기: 새
로운 검열연구를 위한 길마중」과 2021년 12월 발간『한국문학연구』67에 개재
한「창작 보조기에서부터 문장 생성기까지: 글쓰기 기계의 과거와 현재」의 내
용을 요약·수정·보완한 것임을 밝힌다.

1. 디지털 인문학의 기원과 그 흐름에 관해

디지털 인문학(Digital Humanities)을 범박하게 말하면, 디지털 기술을 활용한 인문학 연구의 총칭을 일컫는다. 10년 전만 해도 낯설었던 이 용어는, 인문학 내 여러 분과학문에 적용되는 새로운 방법론으로 인식되고 있고, 더 나아가 인지과학이나 과학기술학처럼 융합학문으로 발전해 가고 있다. 이 글에서는, 국내 형성기 디지털 인문학의 전개 과정을 한국문학, 특히 근현대문학의 시각에서 살펴보고 앞으로 디지털 한국어문학이 공학 분야와 연계하여 나아갈 방향을 가늠해 보고자 한다.

디지털 인문학 학제에서 사용되는 디지털 기술이란 최소한 세 가지 영역을 포함한다고 할 수 있다. 아날로그 텍스트를 디지털화하는 기술, 이렇게 디지털로 전환한 정보를 데이터베이스나 아카이브로 만드는 기술, 그리고 새롭게 구축한 아카이브를 대상으로 그간에 보이지 않던 사회적 관계를 시각화하거나, 텍스트보다 더 작은 단위의 언어 정보를 읽어 들이고 분석하는 전산적 기술. 사실 디지털 인문학은, 아날로그 텍스트를 디지털로 전환하고 아카이브로 만드는 것부터 시작한다고 해도 과언이 아니다. 데이터가 모이는 종류와 규모에 따라 그 이후 분석의 깊이가 달라지기 때문이다.

하여 디지털 인문학이라는 용어도 없었던 디지털 인문학의 초기에는, 아날로그 텍스트의 디지털화와 데이터베이스 구축이 중요한 과제였다. 1950년대부터 80년대까지 로베르토 부사(Roberto Busa, 1913~2011)는 토마스 아퀴나스(Thomas Quinas, 1225~1274)의 방대한 저작에 등장한 어휘를 IBM 컴퓨터로 정리하여 『인덱스 토마스티쿠스 Index Thomisticus, 1980』를 만들었는데, 보통 디지털 인문학은 이 데이터베이스의 구축을 그 기원으로 삼는다.[5] 한국에서는 하버드 대학에 있던 와그너(Edward Wagner, 1924~2001) 교수와 전북대 송준호 교수가 조선시대 문과급제자 목록이었던『문과방목』을 1960년대 컴퓨터를 활용하여 입력하고 정리한 프로젝트를 디지털 인문학의 효시로 삼는다.[6] 이후 한국학중앙연구원의 김현은 1990년대『조선왕조실록』을 컴퓨터에 입력하여 CD-ROM 형태로 출간하고 2000년대에는 이를 온라인에 데이터베이스 형태로 구축하였는데, 1950년대『조선왕조실록』정본화 작업과 1960년대부터 1990년대 초반까지 한국어 번역작업이 있었기에 가능한 작업이었다.[7] 이처럼 힘든 작업의 확장을 통해 '한국고전종합DB'와 같은 체계적인 데이터베이스가 구축되어 2001년부터 서비스를 시작했는데, 이곳에는『승정원일기』와 같은 공적 사료와『문집총간』과 같은 개인 저작을 포함하는 9억여 자의 텍스트와 78만 면의 이미지, 500만 건의 메타데이터가 집적되어 있다.[8]

그런데 디지털 인문학 연구가 더 활발한 미국, 특히 미국의 영문학에서는, 위에 언급했던 디지털 인문학의 기원과 조금 다른 디지털 문학연구의 기원을 찾는다. 작품해석을 위한 전산적 접근이 어느 순간 갑자기 등장한 것은 아니고 그간 문학이나 문학사회학 연구에 존재했던 아날로그적 통계 분석이 축적되어 컴퓨터를 사용한 전산적 방식으로 전환되었다고 보는 것이다. 이러한 주장은, 오늘날 우리가 디지털 문학연구의 중요한 방법론 중 하나로 이해하고 있는 프랑코 모레티의

5) Susan Schreibman, *Ray Siemens, John Unsworth, A Companion to Digital Humanities* (Oxford: Blackwell, 2004), 4.
6) 김현 · 임영상 · 김바로,『디지털 인문학 입문』, HUEBOOKs, 2016, 20-21쪽.
7) 국사편찬위원회, <조선왕조실록 DB> "정보화사업소개",
   http://sillok.history.go.kr/intro/bizinfo.do
8) 한국고전번역원, <한국고전종합DB>, "소개"
   http://db.itkc.or.kr/etc/desc?type=intro

'멀리서 읽기'(distant reading)가 사실 정량적 방식이지 전산적 방식은 아니었다는 점에서 그 근거를 찾을 수 있다. 멀리서 읽기는, 소수의 정전을 꼼꼼하게 읽는 방식에서 벗어나, 다수의 작품을 문학 데이터로 모으고 이 아카이브를 대상으로 상대적으로 긴 시간 동안 움직이는 변화의 패턴을 감지한다. 모레티는 이 패턴을 드러내기 위해 계량역사학에서 그래프, 지리학에서 지도, 진화론에서 나무라는 형식을 가져와 문학 연구방식의 폭을 넓혔다.[9] 기존의 유형학적 사고를 거부하는 이 형태론적 분석방식은 컴퓨터 공학 내 시각화 분야(Visualization)와 만나 전산적 방법론으로 확대되었고 디지털 인문학 분석의 중요한 축으로 자리매김하였다.[10]

영문학자 부르마(Rachel Buurma)와 헤프먼(Laura Heffeman)은, 이러한 사정을 반영하여 디지털 인문학과는 다른 디지털 문학연구의 기원을 찾는다. 앞서 언급했던 부사가 아닌, 조세핀 마일즈(Josephine Miles, 1911~1985)로 상정하는 것이다.[11] 1930년대, 40년대부터 마일즈는 낭만주의 시인들이 선호했던 형용사에 관한 빈도 분석을 시작으로, 이후 시구의 의미적 패턴을 펀치카드로 정리하고 통계적으로 분석하는 작업을 진행하였다. 이렇게 본다면, 정량적 분석에 기반을 둔 디지털 문학연구의 기원은, '멀리서 읽기'와 전혀 관계가 없어 보였던 형식주의에까지 거슬러 올라간다. 비슷한 방식으로, 테드 언더우

---

9) 프랑코 모레티(저)·이재연(역), 『그래프, 지도, 나무』, 문학동네, 2020.

10) 현대문학 안에서도 작가론 연구에 온톨로지 방법이 사용되기 시작했다. 그 예로 '장문석·류인태, 「디지털 인문학과 한국문학 연구(1)—작가 연구를 위한 시맨틱 데이터베이스 설계」, 『민족문학사연구』 75, 민족문학사연구소, 2021, 347-426쪽.'을 거론할 수 있다.

11) Rachel Sagner Buurma and Laura Heffernan, "Search and Replace: Josephine Miles and the Origins of Distant Reading," *Modernism/modernity Print Plus* vol. 3., cycle 1 (2018).
   https://modernismmodernity.org/forums/posts/search-and-replace

드(Ted Underwood)는, 레이먼드 윌리엄즈의 문화유물론, 제니스 레드웨이가 연구한 여성 독자의 로맨스 소설 독서론과 같은 문학사회학 영역을 포함하여 디지털 문학연구의 계보를 확장하고 재정립하였다.[12]

　브루마, 헤프먼, 언더우드의 방식을 참조하여 국문학 특히 근현대 문학 내의 수량적 접근을 디지털 문학 연구와 연결하여 살펴보면, 그간 작품론이나 작가론을 중시했던 문학사에서 상대적으로 덜 주목했던 연구 성과가 드러난다. 도표를 사용한 서지학적 연구가 그중 하나인데, 1960년대와 70년대까지 거슬러 올라간다. 임종국의 친일문학 연구[13], 김병철의 해외 문학작품의 번역연구[14], 김윤식의 비평사 연구[15] 등은 일차자료를 꼼꼼히 모으고 도표화하여 작품해석의 근간으로 삼았다. 여기서 더 나아가 이선영과 권영민은 서지학을 문학사회학과 연결하는 시도를 전개하였다. 이 중 이선영은 1980년대에 번역, 유입된 에스카르피(Robert Escarpit)에 영향을 받았는데, 그와 비슷하게 한국문학에 있어 작가를 사회학적으로 탐구하였다.[16] 이를 위해, 그는 1895년부터 1999년까지 평론과 문학연구서에서 언급된 작가의 작품을 하나하나 찾아 서지를 정리하고, 그 결과를 바탕으로, 『한국문학의 사회학』이라는 저서를 출간하였다.[17] 특히 시기별로 등단 연령,

---

12) Ted Underwood, "A Genealogy of Distant Reading," *Digital Humanities Quarterly*, vol. 11, no. 2 (2017).
　　http://www.digitalhumanities.org/dhq/vol/11/2/000317/000317.html.
13) 임종국, 『친일문학론』, 평화출판사, 1966.
14) 김병철, 『한국 근대 번역문학사 연구』, 을유문화사, 1975.
15) 김윤식, 『한국 근대 문예 비평사 연구』, 일지사, 1976.
16) 로베르 에스카르피 저, 민희식, 민병식 공역, 『문학의 사회학』, 을유문화사, 1983; 임문영 역, 『책의 혁명』, 보성사, 1985; 이선영, 『한국문학의 사회학』, 태학사, 1993.
17) 이선영, 『한국문학논저 유형별 총목록』, 총 7권, 한국문화사, 1990~2001.

시기, 매체 및 출신 지역, 학력, 직업, 사망원인 등을 파악하는 방식으로 한국의 작가를 통시적으로 조망하였다. 이선영이 문학연구사에 의해 구성된 작가를 연구의 대상으로 삼았다면, 권영민은 근대 초기부터 출간작품의 서지사항을 하나하나 자료로 집적하고 이를 대상으로 작가분석을 시행하였다.[18] 그의 작업으로 시기별 작품생산량의 증감, 개별 작가의 작품생산량 차이, 특히 소위 '전업작가'라고 부르는 인물들과 아마추어 작가들의 작품생산량 차이 등이 드러났다.

　한편 컴퓨터 보급과 사용의 증가는 이를 활용한 언어의 수집 및 연구로 이어졌다. 앞서 언급한 바와 같이 1950년대부터 꾸준히 진행되던 고전 자료의 정본화 및 번역작업은 '한국고전종합DB'(2001)의 구축으로 이어졌다. 역사편찬위원회에서는 90년대 말 역사정보화 사업을 거쳐 2000년대 초반부터 여러 사료를 한국사 데이터베이스를 통해 제공하고 있다. 이곳에서 식민지 시기 잡지와 같은 정기간행물의 목차와 디지털 텍스트(일부 잡지)를 찾을 수 있다. 『조선일보』, 『동아일보』 등 주요 신문사는 따로 데이터베이스를 만들어 자사의 디지털 기사를 모았고, 양대 신문을 제외한 디지털 기사의 상당수는 언론홍보재단에서 운영하는 빅 카인즈라는 데이터베이스에 집적되었다. 한편, 연세대 언어정보연구원에서는 1980년대 말부터 한국어 사전편찬에 필요한 말뭉치를 구축해왔고, 국립국어원에서는 1998년부터 국어정보화 사업을 통해 한국어 말뭉치를 구축하고 확대해왔으며, 고려대 민족문화연구원에서는 2000년 이후 출간된 국내 4대 일간지의 기사를 코퍼스로 구축했다(물결 21 코퍼스). 이와 같은 노력을 통해 전산분석에서 활용할 수 있는 디지털 언어자원은 계속해서 증대되었다.

---

18) 권영민 편, 『한국 현대문학 작품 연표』, 전 2권, 서울대학교 출판부, 1998; 『한국 근대 문인 대사전』, 아세아문화사, 1990; 『한국 현대 문인 대사전』, 아세아문화사, 1991; 『한국 현대소설 100년』, 전 2권, 동아출판사, 1995.

컴퓨터를 활용한 언어학 방면의 연구와 함께 연구자들은 컴퓨터 보급이 불러온 새로운 서사(컴퓨터 게임)에도 주목하였다. 1990년대 최혜실은 하이퍼텍스트의 성격에 관심을 가지고 이를 활용한 서사를 기획하여 그 결과물을 인터넷상에서 구현하였다.[19] 비슷한 시기에 최유찬은, 당시 유행하던 『삼국지』 게임에 몰두하고 게임 서사와 소설 서사를 비교하는 연구를 진행하였다.[20] 이와 같은 한국어 언어자원의 데이터베이스 구축, 하이퍼텍스트의 텍스트성에 관한 연구나 게임비평은 디지털 인문학의 시기가 도래하기 이전, 디지털 기술과 연계하여 새로운 국어국문학의 지평을 열기 위해 시도했던 다채로운 노력이었다고 할 수 있다.

2. 디지털 인문학과 근현대 문학 연구의 만남

'디지털 인문학'이라는 어휘가 등장한 뒤, 근현대문학에서 디지털 기술을 활용한 연구는 2010년대에 본격적으로 등장했다고 할 수 있다. 그 분야는 너무 넓어서 여기에 모두 담지 못하지만 범박한 범주를 가지고 그래도 크게 나누어 보자면, 문학사회학의 연장선상에서 작가 집단을 대상으로 한 네트워크 분석, 이미 구축된 혹은 새롭게 구축한 디지털 아카이브를 대상으로 한 코퍼스 분석, 코퍼스 분석을 공학 분야의 기계학습과 연결한 의미론 분석을 들 수 있다. 이 밖에 온톨로지 분석, 지리정보 분석 분야에서도 다양한 연구 성과가 축적되고 있는

---

19) 최혜실, 『디지털 시대의 문화읽기』, 소명, 2001; 한국민족대백과사전, "디지털구보 2001", http://encykorea.aks.ac.kr/Contents/Index?contents_id=E0071253
20) 최유찬, 『문학과 게임의 상상력: 최유찬 평론집』, 서정시학, 2008.

데, 이들 분야는 고전문학과 역사학 전문가들에게 설명을 맡기고 여기서는 네트워크 분석, 코퍼스 분석, 워드 임베딩에 초점을 맞춰보자.

사회학에서 건너온 네트워크 분석의 핵심은 관계론적 이해라고 할 수 있다. 관계론은 대상의 개별적 속성 파악에서 개별적 속성이 맺는 집단적 관계로 연구의 초점을 이동시킨다. 이 시각에서 보면, 같은 고향, 출신학교, 종교, 성별이라는 속성을 공유하는 1920년대의 문학동인은, 동인이라는 폐쇄적, 정적인 집단이라는 성격에서 벗어나 동인들이 다른 동인 혹은 비동인과 관계를 맺었던 방식에 따라 다른, 동적인 집단으로 이해할 수 있다. 이 점에 착안, 신문과 잡지에 기고한 소설 데이터를 수집하고 이를 데이터로 1920년대의 문학장을 '작가 네트워크'로 살펴본 연구가 등장했다.[21] 이 네트워크 분석의 연장선상에서 1990년대부터 2010년대까지 3대 문예지(창작과비평, 문학과사회, 문학동네)에 등장한 소설가들의 인구사회학 정보와 문단 활동 정보에 기초한 사회적 관계를 분석해 문단 권력의 존재 여부와 양태를 파악한 연구도 등장했다.[22]

언어학의 코퍼스 분석은 문학이나 역사 분야에서는 키워드와 그 주변에 자주 등장하는 공기어의 의미적 관계를 살펴보는 데 적용되었다. 한 사례 연구는 식민지 시기 발행된 특정 신문의 기사 제목을 대상으로 '인민', '민중', '대중'과 같이 집합 주체를 표상하는 어휘가 다른 어휘와 결합하는 용례를 수집하여 개념사적 시각에서 그 의미망을 추론하였다.[23] 토픽모델링은 이 어휘의 의미망을 좀 더 수리적이고 통계

---

21) 이재연, 「작가, 매체, 네트워크－1920년대 소설계의 거시적 조망을 위한 시론－」, 『사이間SAI』 17, 국제한국문학문화학회, 2014, 257-301쪽.

22) 전봉관, 이원재, 김병준, 「문예지를 매개로 한 한국 소설가들의 사회적 지형」, 『현대소설연구』 61, 한국현대소설학회, 2016, 169-228쪽.

23) 허수, 「식민지기 '집합적 주체'에 관한 개념사적 접근－『동아일보』 기사제목 분석을 중심으로」, 『역사문제연구』 23, 역사문제연구소, 2010, 133-193쪽.

적인 방식으로 구현한다. 키워드가 어떤 주제에 근접하는가는 키워드
가 그 주제에 들어갈 확률과 전체 주제 속 그 주제의 크기와 관련된
다.[24] 토픽모델링은 연구자가 문서 전체를 묶고자 하는 주제의 수와
각 주제를 구성하는 키워드의 수를 알려주면 자동으로 각 주제에 해당
하는 키워드를 배정한다. 연구자는 나열된 키워드를 보고 주제의 이
름을 붙이는 방식으로 전체 주제를 가늠할 수 있는데, 각 주제에서 공
통으로 등장하는 고빈도어가 있다면 이를 네트워크로 묶을 수 있다.
한 사례 연구는 이와 같은 방식으로 1920년대 중요한 종합지『개벽』
의 전체 주제를 파악하여 낭만주의와 사실주의의 키워드가 접합하는
양상을 보여주었다.[25]

어휘 연결에 의한 의미론 분석의 또 다른 분야에 감성분석이 있다.
여러 방식이 있지만, 기초적이고 자주 사용되는 방식은, 부정과 긍정
의 극성값이 매겨진 감성어 사전을 활용하여 주관적 의견이 들어 있
는 문서에서 감정의 경향을 수리적으로 평가한다. 이러한 이유로 앞
으로 출시할 제품의 호불호를 예측하는 상품마케팅이나 정치학 분야
의 여론분석에 사용되는데, 최근 고전문학에서는 로버트 플루치크
(Robert Plutchik)의 감정의 바퀴(Wheel of Emotions) 이론을 활용하
여 감성사전을 직접 만들고, 고전소설『구운몽』에서 주인공의 기쁨,
슬픔, 신뢰와 같은 감정의 변화가 서사 변화와 연동되는 양태를 고찰
하였다.[26]

이와 같은 어휘빈도 분석, 키워드-공기어 분석, 토픽모델링, 감성어

24) David M. Blei, "Probabilistic Topic Models," *Communications of the ACM*,
    vol.55, no.4 (2012): 77~84.
25) 이재연,「키워드와 네트워크: 토픽모델링으로 본『개벽』의 주제지도 분석」,『상허
    학보』46, 상허학회, 2016, 277-334쪽.
26) 강우규·김바로,「고전소설에 대한 디지털 감정 분석방법론 탐색-『구운몽』을 대
    상으로」,『동아시아 고대학』56, 동아시아고대학회, 2019, 349-377쪽.

사전을 사용한 감성분석 등은 통계를 활용한 규칙 기반 연구방식이라고 할 수 있다. 최근에는 여기서 더 나아가 컴퓨터로 하여금 어휘가 출현한 앞뒤 문맥을 학습하게 하여 어휘의 의미적 맥락을 더 정교하게 파악하게 하려는 시도가 이어지고 있다. 이와 같은 기계학습을 워드-임베딩 혹은 워드-벡터 모델이라고 하는데, 단어(토큰) 전체를 벡터라는 숫자로 변환하여, 키워드 근처의 단어에 나타나는 단어를, 그 키워드의 의미와 유사한 단어로 전제하고 반복 학습하게 하는 방식이다.[27] 결과는 벡터값으로 나타나지만 이를 그래프로 시각화할 수 있고, 키워드 근처에 나타나는 점을 그 단어의 의미적 공기어라고 판단한다. 이 방식을 활용하여 근대문학에서는 문학사에서 주목하지 않았던 1920년대의 비평어를 발견하였다. 『조선문단』의 월평과 분기평, 좌담회 등의 작품비평 기사를 대상으로 워드 임베딩 방식 중 하나인 워드투벡(word2vec) 방식을 적용하여, 염상섭을 비롯한 당시의 작가-비평가가 일상어였던 '태도'를 비평적으로 전유하여 작품의 구체성과 심도를 파악하는 데 사용했음을 밝혔다.[28] 한편 이 워드 임베딩 방식은 저자가 명시되지 않은 잡지 기사의 저자를 추론하는 데에도 적합한데, 최지명은 『개벽』의 저자가 알려진 논설 기사를 기계학습하여 그 저자의 문체적 특징을 파악한 뒤, 저자가 알려지지 않은 논설 기사의 저자가 어느 정도의 확률로 이미 알려진 논설 기사의 저자가 될 수 있는지를 추론하였다.[29]

---

27) Mikolov, T., Sutskever, I., Chen, K., Corrado, G. S., & Dean, J. "Distributed Representations of Words and Phrases and their Compositionality," *Advances in neural information processing systems* (2013): 3111~3119.

28) 이재연, 「'생활'과 '태도' - 기계가 읽은 『개벽』과 『조선문단』의 작품 비평어와 비평가」, 『개념과 소통』 18, 한림대학교 한림과학원, 2016, 5-52쪽.

29) 최지명, 「기계학습을 이용한 역사 텍스트의 저자판별 - 1920년대 『개벽』 잡지의 논설 텍스트」, 『언어와 정보』 22(1), 한국언어정보학회, 2018, 91-122쪽.

3. 디지털 환경에서의 문학 연구와 그 미래

그렇다면 문학 방면에서 바라본 디지털 인문학의 미래는 어디로 향하고 있을까? 여러 가능성이 있겠지만, 여기서는 디지털 스토리텔링 분야를 언급하고자 한다. 컴퓨터가 인간의 서사 창작과정의 일부나 전체를 모사하는 디지털 스토리텔링의 시도는 1970년대 후반까지 거슬러 올라간다. 미국의 공학자 제임스 미한(James Meehan)은, 주인공이 배고프다, 목마르다와 같은 어려움을 해결하는 과정을 컴퓨터가 주어진 문제를 푸는 과정으로 치환하여 이솝우화와 같은 간단한 이야기를 만들게 했다.[30] 이를 발전시켜, 주인공의 유형이나 성격을 다양하게 하고 주인공이 겪는 어려움의 종류를 다양하게 하여 서사를 복잡하게 하는 시도들이 속속 등장하였는데, 특히 『민스트럴』은 『아서왕과 원탁의 기사』 소설에서 주인공과 개별 에피소드를 추출하고 일반적 서사 유형으로 만들어, 창작자가 이를 조합하는 방식으로 새로운 이야기를 만들 수 있도록 설계했다.[31]

이러한 서사 창작의 방식을 규칙 기반 스토리텔링이라고 하는데, 국내에서는 이화여대의 디지털 스토리텔링 랩이 앞선 연구와 성과를 축적했다. 이 랩에서는, 서사를 구성하는 가장 중요한 요소를 모티프로 보고, 몇 천 편의 영화에서 모티프를 유형화하여 창작자가 이를 참고하고 다양한 방식으로 조합함으로써 새로운 영화스토리를 발전시킬 수 있게 했다.[32] 이 '스토리헬퍼'라는 이름의 창작 보조기는 실제

---

30) James R. Meehan, "Tale-Spin, An Interactive Program that Writers Stories", Proceedings, *IJCAI [International Joint Conference on Artificial Intelligence]* (1977): 91~98.
31) 이인화, 『스토리텔링 진화론』, 서울: 해냄출판사, 2014.
32) 류철균·윤혜영, 「디지털 서사 창작도구의 CBR 모델 비교연구: <민스트럴>과 <스토리헬퍼>를 중심으로」, 『디지털콘텐츠학회 논문지』, 13(2), 한국디지털콘

로 2010년대 중반 인터넷에서 서비스되었다. 이후 같은 랩에서는 '스토리헬퍼 타블로'를 개발하고, 컴퓨터가 주어진 데이터를 분류, 분석하여 대사에 어울리는 콘티까지를 스스로 짤 수 있도록 계획하였으나 그 단계까지 이르지 못하고 프로젝트는 종료되었다.

이러한 규칙 기반의 서사 생성 시도는, 주인공, 사건, 환경의 유형화를 통해 더 세밀한 서사를 만들 수 있다는 장점이 있지만 유지 보수에 많은 시간과 노력이 든다. 새로운 영화가 나올 때마다 이를 사람이 꼼꼼히 보고 분석하여 끊임없이 데이터베이스를 업데이트해야 하기 때문이다. 이는 서사 생성에 있어서 자동화에 대한 욕구를 불러일으켰는데, 좀 더 공학적인 방식으로 서사를 자동 생성하려는 시도는, 최근 언어모델을 사용한 '1 the Road'라는 작품 창작 사례에서 살펴볼 수 있다.

언어모델(Language Model)이란, 신경망 네트워크를 이용한 비지도 기계학습의 일종으로, 단어(혹은 토큰)의 시퀀스에 확률을 할당하는 모델을 말한다.[33] 이 모델은, 컴퓨터에게 대량의 어휘를 학습하게 한 뒤 새로운 키워드를 주고 그 뒤에 올 단어를 추론하게끔 한다. 미국의 로스 굿윈(Ross Goodwin)은 2018년 구글팀과 협력하여 이 언어모델을 활용한 새로운 서사 자동 생성 실험을 하였다.[34] 뉴욕에서 뉴올리언스까지 차로 여행하면서, 차의 외부에 감시카메라를 부착하고, 컴퓨터가 이를 통해 얻은 시각 정보를 영수증 기계를 통해 그 자리에서 곧장 언어로 표현하게 하였다. 이를 위해 그는 컴퓨터에 뉴욕과 뉴

텐츠학회, 2012, 213-224쪽.
33) Tom B. Brown et al., "Language Models Are Few-Shot Learners", *arXiv preprint arXiv:* 2005.14165, 2020.
34) "Automatic On The Road-Gonzo AI Robot Writes Road Trip Novel" https://www.youtube.com/watch?v=TqsW0PMd8R0

올리언스의 랜드마크를 인식할 수 있는 여행 서적과 200권 정도의 '음산한(bleak)' 분위기의 소설을 사전학습시켰다. 이렇게 탄생한 결과물은 '1 the Road'라는 제목으로 출간되었다.[35] 시 같기도 하고, 소설의 한 장면 같기도 한 이 작품은, '스토리헬퍼'와 같은 규칙 기반 서사 창작 보조기와는 달리 글쓰기 과정 중에는 인간이 전혀 개입하지 않았다. 이 작품을 읽고 있노라면, 작가란 무엇인지, 글쓰기란 무엇인지, 의식이란 무엇인지, 자의식이 없는 글쓰기란 가능한지 다시 생각하게 된다.

이 AI 기반의 스토리텔링은 디지털 인문학의 가능성과 과제를 동시에 보여준다. 문학의 전통적인 텍스트 해석 기술이 공학의 언어모델 기술과 결합하여 서사 생성의 가능성을 엶과 동시에, 그렇게 만들어진 이야기를 인문학에서 어떻게 해석하고 분석할 수 있을지, 풀기 어려운 숙제를 던져준다. 이 지점에서 우리는 브루노 라투르가 주장한 행위자 네트워크 이론과 같은[36] 객체지향의 인문학과 만나고, 나아가 반인간중심주의와 같은 포스트 휴먼 담론을 고민하게 된다. 디지털 문학연구의 경험적 분석과 포스트 휴먼 담론의 연구 성과가 축적되면 앞으로 한국어문학의 연구 지평에 어떤 변화가 나타날까?

참고문헌

권영민, 『한국 근대 문인 대사전』, 아세아문화사, 1990.
권영민, 『한국 현대 문인 대사전』, 아세아문화사, 1991.
권영민, 『한국 현대소설 100년』, 전 2권, 동아출판사, 1995.
권영민(편), 『한국 현대문학 작품 연표』, 전 2권, 서울대학교 출판부, 1998.

35) Ross Goodwin, *1 the Road,* Paris: Jean Boïte Éditions.
36) 브루노 라투르 『인간, 동맹, 네트워크: 행위자 네트워크 이론과 테크노사이언스』, 이음, 2010.

김병철,『한국 근대 번역문학사 연구』, 을유문화사, 1975.
김윤식,『한국 근대 문예 비평사 연구』, 일지사, 1976.
김현·임영상·김바로,『디지털 인문학 입문』, HUEBOOKs, 2016.
로베르 에스카르피(저)·민희식·민병식(공역),『문학의 사회학』, 을유문화사, 1983.
로베르 에스카르피(저)·임문영(역),『책의 혁명』, 보성사, 1985.
이선영,『한국문학의 사회학』, 태학사, 1993.
이선영,『한국문학논저 유형별 총목록』, 총 7권, 한국문화사, 1990~2001.
이인화,『스토리텔링 진화론』, 서울: 해냄출판사, 2014.
임종국,『친일문학론』, 평화출판사, 1966.
최유찬,『문학과 게임의 상상력: 최유찬 평론집』, 서정시학, 2008.
최혜실,『디지털 시대의 문화읽기』, 소명, 2001.
프랑코 모레티(저)·이재연(역),『그래프, 지도, 나무』, 문학동네, 2020.

강우규·김바로,「고전소설에 대한 디지털 감정 분석방법론 탐색-『구운몽』을 대상으로」,『동아시아 고대학』56, 동아시아고대학회, 2019, 349-377쪽.
류철균·윤혜영,「디지털 서사 창작도구의 CBR 모델 비교연구: <민스트럴>과 <스토리헬퍼>를 중심으로」,『디지털콘텐츠학회 논문지』13(2), 한국디지털콘텐츠학회, 2012.
이재연,「작가, 매체, 네트워크-1920년대 소설계의 거시적 조망을 위한 시론-」,『사이間SAI』17, 국제한국문학문화학회, 2014.
이재연,「키워드와 네트워크: 토픽모델링으로 본『개벽』의 주제지도 분석」,『상허학보』46, 상허학회, 2016.
이재연,「'생활'과 '태도'-기계가 읽은『개벽』과『조선문단』의 작품 비평어와 비평가」,『개념과 소통』18, 한림대학교 한림과학원, 2016.
이재연,「디지털 시대의 인문학에서 디지털 인문학 시대로-한국문학에서 본 디지털 인문학 연구」,『역사학보』240, 역사학회, 2018.
이재연·정유경,「국문학 내 문학사회학과 멀리서 읽기-새로운 검열연구를 위한 길마중」,『대동문화연구』111, 성균관대학교 대동문화연구원, 2020.
이재연·한남기,「창작 보조기에서부터 문장 생성기까지: 글쓰기 기계의 과거와 현재」,『한국문학연구』67, 동국대학교 한국문학연구소, 2021.
윤혜영,「스토리헬퍼와 스토리헬퍼 타블로의 작동원리」, UNIST 금요세미나 발표문, 2021.6.25.
장문석·류인태,「디지털 인문학과 한국문학 연구(1)-작가 연구를 위한 시맨틱 데이터베이스 설계」,『민족문학사연구』75, 민족문학사연구소, 2021.
전봉관·이원재·김병준,「문예지를 매개로 한 한국 소설가들의 사회적 지형」,『현대소설연구』61, 한국현대소설학회, 2016.
최지명,「기계학습을 이용한 역사 텍스트의 저자판별-1920년대『개벽』잡지의 논설 텍스트」,『언어와 정보』22(1), 한국언어정보학회, 2018.
허수,「식민지기 '집합적 주체'에 관한 개념사적 접근-『동아일보』기사제목 분석을 중심으로」,『역사문제연구』23, 역사문제연구소, 2010.

David M. Blei, "Probabilistic Topic Models," Communications of the ACM, vol.55, no.4 (2012): 77~84.

James R. Meehan, "Tale-Spin, An Interactive Program that Writers Stories", Proceedings, IJCAI [International Joint Conference on Artificial Intelligence] (1977): 91~98.

Mikolov, T., Sutskever, I., Chen, K., Corrado, G. S., & Dean, J. "Distributed Representations of Words and Phrases and their Compositionality," Advances in neural information processing systems (2013): 3111~3119.

Rachel Sagner Buurma and Laura Heffernan, "Search and Replace: Josephine Miles and the Origins of Distant Reading," Modernism/modernity Print Plus vol. 3., cycle 1 (2018).
https://modernismmodernity.org/forums/posts/search-and-replace

Ross Goodwin, 1 the Road, Paris: Jean Boïte Éditions.

Susan Schreibman, Ray Siemens, John Unsworth, A Companion to Digital Humanities (Oxford: Blackwell, 2004).

Ted Underwood, "A Genealogy of Distant Reading," Digital Humanities Quarterly, vol. 11, no. 2 (2017).
http://www.digitalhumanities.org/dhq/vol/11/2/000317/000317.html.

Tom B. Brown et al., "Language Models Are Few-Shot Learners", arXiv preprint arXiv:2005.14165, 2020.

국사편찬위원회, <조선왕조실록 DB>
    URL: http://sillok.history.go.kr/intro/bizinfo.do
한국고전번역원, <한국고전종합DB>
    URL: http://db.itkc.or.kr/etc/desc?type=intro
한국민족대백과사전, "디지털구보2001",
    URL: http://encykorea.aks.ac.kr/Contents/Index?contents_id=E0071253
Ross Goodwin, "Automatic On The Road-Gonzo AI Robot Writes Road Trip Novel"
    URL: https://www.youtube.com/watch?v=TqsW0PMd8R0

문학 연구와
디지털 인문학의 만남은
어떻게 가능한가?

대담자: **류인태**
토론자: **이재연**

나는 어떻게 디지털 인문학 연구자가 되었나

류인태(이하 류) 선생님께서는 근현대 문학 분야의 문제의식을 바탕으로 그동안 디지털 인문학 연구를 꾸준히 수행해 오셨습니다. 근래에는 UNIST에 계시면서 디지털 인문학의 외연을 확장하기 위한 여러 작업을 시도하고 계십니다. 한국에서 디지털 인문학 연구를 시도하고 있는 소수의 연구자들 사이에서도 유독 뚜렷한 행보를 이어가고 계신다 해도 과언이 아닙니다. 개인적으로, 한국의 경우 디지털 인문학 인프라가 너무 척박하다고 생각합니다. 저도 현장에서 연구와 교육을 지속하고 있지만, 이런 환경에서 장기간 디지털 인문학 연구와 교육을 수행하는 것이 쉽지 않다고 느낍니다. 그동안 디지털 인문학 연구와 교육을 진행해 오시는 데 있어서, 이 분야에 꾸준히 진력해야겠다고 결심하신 계기나 사건이 있었는지 궁금합니다.

이재연(이하 이) 제가 어떤 계기로 디지털 인문학 연구를 시작해서 지금까지 흘러왔나에 관해 질문하신 것 같습니다. 문득 한국에서 미국으로 건너가서 공부하면서 느꼈던 것을 제 연구에 어떻게 연결해 왔는지 반추하게 되네요(웃음). 저는 한국에서 국어국문학과를 졸업하고 국제학 대학원으로 석사과정을 진학했습니다. 그리고 미국에서 한국문학으로 석박사 학위를 받았는데요. 아마 이러한 지점이 '한국 안에서 한국문학을 연구하는 것'을 기준으로 볼 때 뭐랄까요 별종 같다고 해야 할까요, 남다른 궤적을 밟았다고 생각을 합니다. 다른 궤적에서 본 차이가 무엇일까 생각을 해봤는데, 한국 안에서 한국문학을 한다는 것은 어떻게 보면 한국문학 연구의 중심에서 한국문학을 하는 것이라고 생각을 합니다. 그런데 외국에서 한국문학을 연구해보면 한국문학이 동아시아 문학의 일부로 이해가 되고 나아가 세계 문학의 일부로 한국문학을 바라보는 경험을 하게 됩니다.

류   그런 경험은 선생님뿐만 아니라 해외에서 한국 문학을 연구하는 분들에게는 보편적인 것이라고 할 수 있겠네요.

이   네, 아마 비슷한 점이 있겠죠. 예를 들어 『The World Republic of Letters』를 쓴 프랑스의 문학평론가 파스칼 카사노바(Pascale Casanova)에 의하면 19~20세기 세계의 문예공화국에는 프랑스 파리가 중심으로 있고 이를 둘러싼 주변부 문학이 있다고 합니다. 저는 이런 유럽 중심주의 문예론에는 반대합니다만, 중심과 주변의 구도는 흥미롭습니다. 주변부 혹은 지역의 시각에서 중심을 바라본다는 것은 항상 무엇인가 전복적인 사고를 수반한다고 생각하기 때문이지요. 어떻게 하면 이 중심의 질서를 흐트러뜨리고 지역의 질서를 중심으로 옮겨가게 할 수 있을까? 제가 타고난 성향이 그래서 그런지는 모르겠습니다만(웃음), 그런 시각에서 한국문학과 세계 문학 사이의 관계를 조금씩 바라보기 시작했던 것 같습니다.

류   선생님만의 특수한 경험이 아닐까 싶습니다.

이   박사 논문을 쓰면서 영미 문학 방면의 출판문화, 책의 역사, 매체론에 관련된 책들을 읽다가 모레티의 『Graphs, Maps, Trees』라는 책을 읽게 되었습니다. 아마 여러분들도 그 책을 읽고 느끼셨을 테지만 문학 연구를 한 사람에게는 자연스럽게 다가오지 않는 책이거든요(웃음). 그러니까 '자연스럽게 다가오지 않는다', '거리감이 든다'로 표현할 수 있을 것 같은데, 그 거부감의 진원은 아마도 모레티가 제시하는 거시적 접근을 배워서 어떻게 적용할 것인가, 그런 생각이 아니었나 싶습니다.

류 가까이서 읽기에 익숙해 있던 문학 연구자들에게 모레티의 '멀리서 읽기(distant reading)'는 상당한 충격이 아니었을까 짐작됩니다.

이 네, 그랬습니다. 한편으로는 문학의 확장성이 대단히 크구나 하는 것을 느끼기도 했는데, 문학사회학이나 역사학과 같은 인접 학문과의 교류를 넘어서 진화론 같은 과학적 방법론에 관해서도 문학에서 접근하는 방법이 언급되어 있어서 놀랐습니다. 진화론은 나중에 설명하고 그래프 챕터의 내용을 생각해보면, 일본의 소설 생산량이 1750년대 즈음으로 가면 영국의 소설 생산량보다 더 높았다는 그래프가 있습니다. 물론 이와 같은 단순비교는 소설 장르의 역사성을 무시한 것이긴 합니다만 한편으로는 소설이 각 나라에서 자연적으로 발생한 것으로 생각한다면, 근대문학이 서구에서 동아시아를 거쳐 한국에 도달한 것이라고 믿었던 식민지 작가들과는 다른, 소설 발생학에 관한 새로운 생각을 펼쳐볼 수 있는 그런 교훈을 주고 있다고 생각했습니다. 어쩌면 이와 같은 통계에 기반한 거시적 조망이 우리의 문학사를 비서구 중심의 세계 문학이라는 새로운 시각으로 연결해 줄 수도 있지 않을까 생각하기도 했고요.

류 미국에서 공부를 하시는 동안 선생님의 생각에 영향을 준 문학 연구자가 프랑코 모레티 외에 다른 분은 안 계신가요?

이 호이트 롱(Hoyt Long)이라고 시카고 대학에서 일본 문학을 가르치는 선생님이 계신데 그분의 연구로부터도 영향을 많이 받았습니다. 그분의 논문 중에 20세기 초 미국과 중국과 일본의 잡지를 대상으로 모더니스트 시인의 발흥을 비교문학적으로 연구한 네트워크 분석 논문[37]이 있는데, 개인적으로 거기서 네트워크 연구의 비교 문학적 가능성을 생각했던 것 같습니다. 그 비교를 통해 개별 국가의 문학사 내에서는 좀처럼 언급되지 않던 비정전 작가들의 네트워크와 그 인물들의 역할을 확인하고 각국의 문학사를 다시 새롭게 볼 가능성도 있겠다 싶었고요.

류 조금 과장해서 이야기하자면, 미국에서 공부를 하신 것이 디지털 인문학 연구자의 길을 걷는 데 있어서 결정적인 영향을 미쳤다고 해도 되겠네요.

이 네, 그런 셈이죠(웃음). 프랑코 모레티나 호이트 롱의 영향도 있겠지만 가장 본질적인 지점은 앞서 말씀드린 '전복적 시각'이라고 생각합니다. 전복적 시각이라는 것을 두 가지 측면에서 조금 정리할 수 있을 것 같은데, 하나는 세계 문학장에서의 어떤 중심적인 질서를 파악하고 일본 문학, 중국 문학, 한국 문학과 같은 지역 문학의 질서로 옮겨서 중심의 질서를 흔들어 보는 것이 아닐까 싶습니다. 그리고 또 하나는 일본 문학, 중국 문

---

37) Hoyt Long and Richard So, "Network Analysis and the Sociology of Modernism" *Boundary 2: An International Journal of Literature and Culture* Vol. 40, No. 2 (2013): 147-182.

학, 한국 문학이라 부르는 지역 문학 사이의 비교를 통해서 새로운 점을 발견하고 각각의 지역 문학사를 다시금 사유하게 하는 것이라고 생각합니다. 개인적으로 이 두 지점이 제가 한국 문학 연구자로서 디지털 문학 연구를 시도하면서 가장 고민을 많이 했고 지금도 계속 고민하고 있는 그런 문제의식인 것 같습니다.

프랑코 모레티와 디지털 인문학

류 문학 연구 분야에서 디지털 인문학을 거론할 때 빼놓을 수 없는 담론이 프랑코 모레티의 '멀리서 읽기(distant reading)'입니다. '멀리서 읽기'는 문학연구자들이 논문에서 디지털 인문학을 다룰 때 필수적으로 이야기하는 개념이기도 합니다. 작년에는 『Distant Reading』이 번역되어 나오기도 했습니다(프랑코 모레티(저)·김용규(역), 『멀리서 읽기』, 현암사, 2021.). 선생님께서도 최근에 모레티의 『Graphs, Maps, Trees』를 번역해서 출간하셨습니다(프랑코 모레티(저)·이재연(역), 『그래프, 지도, 나무』, 문학동네, 2020.). 다들 아시다시피 서양의 근현대 문학사 연구 영역에서 모레티의 업적은 굳이 자세히 거론하지 않아도 될 정도로 유명합니다. 참고로 모레티의 작업과 관련해서 디지털 기술 처리와 관련된 내용은 모레티와 함께 작업했던 Matthew L. Jockers가 『Macroanalysis: Digital Methods and Literary History』를 간행했습니다만, 아쉽게도 한국에는 아직 번역이 안 되었습니다. 모레티 이야기를 꺼낸 것은, 사실 현 시점에서보자면 그가 제시한 새로운 문학연구방법론에 관한 시각이 오래된 것이기도 하고 '그래프', '지도', '나무'와 같은 개념이 근래에 이루어지는 디지털 인문학 연구의 양태(데이터 처리 맥락이나 시각화 양상)를 보면 너무 보편화되어 버린 것이기도 해서, 사실 현 시점에서는 더 이상 특별할 것이 없다는 생각도 듭니다. 그럼에도 불구하고 그러한 시각이나 관념을 지금으로부터 약 20년 전 문학 연구에 도입한 것 자체는 대단하다고 할 수 있는데요, 모레티의 책을 번역하시면서 당시 모레티의 관점이 현 시점에서의 문학 연구 환경에 던지는 시사점에 관해 느끼신 바가 있다면, 그에 대한 말씀을 부탁드립니다.

이 모레티의 방법론은 그 자체로 중요하다기 보다는 디지털 문학 연구의 여러 접근 가능성을 추동한 주요 맥락 중 하나이기 때문에 중요하다고 생각합니다. 아시다시피 모레티의 '멀리서 읽기'를 반대하는 연구자들도 많고 또 디지털 인문학자 안에서도 이에 대한 반응이 여러 갈래입니다. 독일 문학 연구자들이 쓴『Distant Readings』같은 경우는 2014년에 나왔는데 모레티의 입장을 받아들여 독일문학사를 재편하고 다시 읽어내는 데 적용한 책입니다.[38] 최근에는 앤드류 파이퍼(Andrew Piper)의『Enumerations: Data and Literary Study』(2018), 캐서린 보드(Katherine Bode)의『A World of Fiction: Digital Collections and the Future of Literary History』(2018), 테드 언더우드(Ted Underwood)의『Distant Horizons: Digital Evidence and Literary Change』(2019)등의 책이 출간되어 모레티를 직간접

---

38) Matt Erlin and Lynne Tatlock, eds., *Distant Readings: Topologies of German Culture in the Long Nineteenth Century* (New York: Camden House, 2014).

적으로 인용하고 있지요. 특히 그 가운데서도 보드의 경우는 호주의 신문 연재 문학을 데이터로 삼아서 연구한 결과를 가지고서 책을 썼는데, 흥미롭게도 이 연구자는 모레티를 싫어합니다(웃음). 모레티가 사용한 방식을 몰역사적(ahistorical)이라고 보기 때문인데요, 데이터베이스나 아카이브를 만들 때 우리는 큐레이션을 거치지 않습니까, 종종 류인태 선생님도 여러 발표에서 언급하셨습니다만. 보드는 데이터 분석에 데이터를 선별하고 만들 때부터 수반되는 편향성이나 연구자의 의도를 반영한 큐레이션의 영역이 있다고 보고 그것이 어떻게 분석에 반영되는지도 비판적으로 들여다보아야 한다는 입장입니다. 모레티는 그렇지 않았다는 점에서 비판적으로 보고 있고 더 나아가 자신의 연구는 '멀리서 읽기'라는 표현으로 설명하지 않겠다고 합니다. 대신 '넉넉한 데이터에 [기반한] 문학사' (data-rich literary history)'라고 언급하는데요, 이 표현에는 디지털 문학연구의 새로움이 방법론보다는 연구대상에 있다는 주장이 함의되어 있지요.[39] 이처럼 '멀리서 읽기'는 그것을 수용하는 연구자에게든, 비판하는 연구자에게든 큰 지적 자극이 되었던 것은 부정할 수 없을 것 같습니다.

류   흥미로운 말씀을 많이 해주셨습니다. 한국에 아직 번역이 되지 않은 디지털 문학 방면의 중요한 연구서가 많은 것 같습니다.

---

39) 관련하여 Katherine Bode, *A World of Fiction: Digital Collections and the Future of Literary History* (Ann Arbor: University of Michigan Press, 2018)의 서론 (Introduction) 참조. 또한, 저서보다 앞서 발표한 논문, "The Equivalence of 'Close' and 'Distant' Reading; or, Toward a New Object for Data-Rich Literary History," *Modern Language Quarterly,* vol. 78, no.1 (2017): 77-106 참조.

이 네, 그렇죠. 지금 한국에는 제가 번역한 모레티의『그래프, 지도, 나무』와 김용규 선생님께서 번역하신 모레티의『멀리서 읽기』정도만 소개되어 있어서, 아무래도 해외에서 진행되는 디지털 문학 방법론의 이론적 배경을 온전히 파악하기에는 제한적 환경이 아닐까 싶습니다. 앞서 말씀드린 저서들도 훌륭한 선생님들께서 빨리 번역해주시면 좋을 것 같습니다(웃음).

문학 이론과 과학 방법론의 만남에 관해

류 모레티 이야기의 연장선상에서 조금 더 생각을 해보자면, 문학 연구에 있어서 과학이나 기술 방면에서 통용되는 방법론을 적용할 수 있다는 생각의 기원이라고 할까요 시초라고 할까요. 문득 그런 지점이 확인이 되는지 궁금하기도 합니다.

이 말씀하신 스펙트럼 안에서 모레티의 책을 본다면 특징적인 지점이『그래프, 지도, 나무』의「나무」챕터가 아닐까 생각합니다. 그 챕터의 문제의식은 이러한 것 같습니다. 대량의 문학사 데이터를 어떠한 방식으로 분류하고 계통을 지을 것인가. 이 질문을 구하는 방법을 진화론으로부터 끌어와서 추리소설 장르의 변화 과정을 설명한 부분은 저에게 큰 충격으로 다가왔습니다. 문학 이론을 과학 담론이나 방법론과 연결시킨다는 것과는 또 다른 차원의 접근이었기 때문에 그렇게 다가왔던 것 같습니다. 과학 담론을 문학이나 문화 연구 안에서 논의한 사례는 이전부터 있었습니다. 예를 들면 20세기 초에 동아시아에

수입된 진화론이 어떻게 우생학과 연결이 되었나, 그래서 이것이 어떻게 식민주의라든가 일본 안에서 여성 차별에 이용되었나 하는 연구들이 있었지요. 그런데 나무 챕터는 담론이 아니라 데이터 분류에 관한 것이었습니다. 데이터를 수집하고 분류하고, 또 다른 기준을 만들어 분류를 하면서도 앞선 분류작업과 연결시켜 계열을 만드는, 어떻게 보면 인풋과 아웃풋을 연결하는 공학적 실험설계와 유사한 과정을 진화론이라는 틀을 들고 와서 설명하면서도 나무를 통해 각 단계의 기계적 분류뿐만이 아닌 인식론 전환(유형학에서 형태론으로)의 필요성까지도 역설하고 있어서 더 흥미로웠던 것 같습니다.

류　모레티 전에는 그와 유사한 문제의식이라든지 사유의 흔적이랄까 그런 지점이 없을까요?

이　문학 연구 분야에서 과학적 방법론을 생각한 지점은 예전부터 꾸준히 있어 왔습니다. 예를 들어, '읽기의 생리학(physiological theories of reading)'과 같은 맥락은 1920년대까지 거슬러 올라갑니다. '러시아 형식주의(Russian formalism)' 사조 같은 경우도 디지털 인문학 방법론에서 단어의 빈도를 센다거나 그와 같은 정량적 접근과 유사한 사유를 보여주는 지점이 있습니다. 예를 들어, '시의 언어가 일상생활에서 사용하는 언어와 어떻게 형식적으로 다른가'라는 질문을 던지고 그것을 찾아가는 과정에서 과학적 방법을 사용해보는 입장을 생각해보시면 될 것 같습니다. 시인이 어떤 시에서 사용한 특정 어휘가 무엇이고 어느 지점에서 사용이 되었고, 그것이 다른 시인의 창작 경향과 어떻게 다른지를 비교해 보아야겠다. 누가 보더라도 객관적으로 수용할 수 있는 그런 방식으로 접근해서 말이지요. 2019년에 시카고 대학의 동아시아 언어문명학과로 가서 호이트 롱(Hoyt Long) 선생님의 '문학의 과학' (The Science of Literature)이라는 대학원 수업을 청강했었는데요. 이 수업이 선생님의 질문을 가지고 한 학기를 탐구해 가던 수업이었습니다. 문학 내에서의 수량적 분석이 형식주의, 구조주의, 문학사회학, 책의 역사 등등과 만나는 지점을 살펴보았는데, 디지털 문학연구라는 것이 단순히 과학이나 기술 방면의 특정 방법론을 작품 분석에 적용하는 최신의 유행이 아니라, 그 밑바닥에는 지난 시기의 각 문학이론이 배태해 온 학문적 뿌리가 있구나 하는 생각이 들었습니다.

류   말씀하신 지점들이 매우 흥미롭습니다. 어찌 보면 디지털 인문학에 관한 일반적 논의보다 더 근본적인 차원에서 문학과 과학이 만나는 접점에 관한 사유를 언질해주신 것 같습니다.

이   저는 미래의 문학연구자들에게 과학에 관한 리터러시가 필요하겠다는 생각을 요즘 하고 있습니다. 오해의 소지가 있기 때문에 덧붙이자면, 인문학 공부로 바쁜 대학원생들에게 하는 이야기가 아니고 그렇게 하자는 제안도 아니고 개인적 차원의 감상 정도로 생각해 주시면 좋겠습니다. 그 감상은 제가 이공계 중심 대학에서 일하면서 겪었던 한 두가지 억울했던(?) 경험과 관련이 있을 듯합니다. 저는 가끔 인문학 상연으로 작가분들을 모시는 때가 종종 있었습니다. 그 자리에 참석한 공학이나 자연과학을 전공한 교수님들은 강연을 들으면서 재미있게 듣고 웃으시기도 하고 그럽니다. 전공이나 계열을 떠나서 문학을 이해할 수 있는 보편적 지점이 있는 것이죠. 그런데 반대로 우리와 같은 문학 연구자는 과학 세미나에서 수식이나 이런 것들이 나오면 이해를 할 수가 없습니다(웃음). 과학이나 공학 연구자들은 문학에 관한 이야기를 어렵지 않게 이해할 수 있는데, 우리 문학 연구자들은 언제부터 이공 계열의 지식에 담을 쌓고 산 것일까 하고 소통의 차원에서 좀 밑지는 기분이 듭니다. 또 다른 경험도 있습니다. 학부에서 저는 한남기(UNIST 인문학부 POST-DOC) 선생님과 함께 디지털 인문학 관련 수업 두 과목을 가르치고 있는데, 강의에서 네트워크 분석이나 자연어 처리와 관련된 기술을 전달해주면, 공대생들이 인문학 분야에서는 듣도 보도 못한 규모의 데이터를 만들어서 가지고 옵니다(웃음). 그런 상황을 마주하면 굉장히 부럽고 나는 왜 못했을까 하는 생각이 듭니다. 예를 들어 대중가요 분석을 하면서 1960년대 가사부터 2020년대 가사까지 데이터로 만들어 가지고 와서는 가사 안에 담긴 어휘를 한 줄 한 줄 분석을 하는데, 그런 접근 자체가 일반적인 문학 연구에서는 볼 수 없는 것이기 때문에 무척 이채롭습니다. 물론 해석은 또 다른 영역입니다만.

류 문학 바깥에서의 문학에 대한 이해라고 할까요? 문학을 전공한 학생들이 아니라 공학을 전공한 학생들이 문학을 바라보는 관점을 늘 접하신다는 것도, 선생님께는 굉장히 이색적인 경험이 되지 않을까 싶습니다(웃음).

이 네, 분명히 그런 지점이 있습니다(웃음). 한 학기 강의를 진행했는데 대부분 그러한 방식으로 접근하더라구요. 위에 말씀드린 것처럼, 분석까지의 과정과 별개로 그렇게 나온 분석 결과물을 또 어떻게 해석할 것인가 하는 지점은 문학에 관한 이해와 인문학적 문제의식이 깊이 개입하는 것이기는 하지만, 어쨌든 과제를 냈을 때 공대생들이 분석의 대상으로 만들어 가져오는 것을 보면 앞서 보드가 언급했던 'data-rich literary history'가 눈앞에서 펼쳐지는 느낌입니다. 문학 연구에서 대상으로 삼는 자료를 그런 식으로 데이터로 구축해서 연구할 수 있다면, 이전에 생각하지 못했던 시각이나 또는 접근하지 못했던 방식으로 새로운 이야기를 할 수 있을 것 같은데. 그런 측면에서 문학 연구자들과 공학 전공자들의 협업이 필요하겠다는 생각을 꾸준히 하는 것이죠.

류   세대 차이도 있을 것 같습니다. 지금 초등학교를 다니는 어린 학생들은 실질적으로 문과와 이과 구분 없이 공부를 하고 있을 테니, 그 학생들이 대학에 갈 때는 어떠한 연구 경향성이라고 해야 할까요 지금과 또 분위기가 많이 다르지 않을까 싶습니다.

이   네, 결국 제가 하고 싶은 이야기는 이제 인문학 방면으로 입학할 미래의 학부생들을 위해 앞선 세대의 연구자들이 과학이나 공학 영역의 리터러시를 익히고 또 그 규모를 조금씩 늘려가야 할 때가 아닌가 하는 것입니다. 고등학교에서는 이미 문이과 통합이 되었고, 2025년부터 고교 학점제가 시작됩니다. 말씀하신대로 미래 세대는 지금과는 또 다른 신인류가 될 것이라 생각합니다. 예를 들어 파이썬 코딩 교육만 해도 요즘에는 중학교 방과 후 수업에서 간단한 버전으로 가르치는 방식이 점점 늘어나고 있습니다. 코드를 활용하는 기술과 유관 교육은 아마 앞으로 점점 더 보편화될 것이고 관련하여 새롭게 접할 수 있는 연구 대상이 늘어날 것이고, 우리 인문학도 그 연장선상에서 익히고 이해해야만 하는 것들이 많아질 것입니다. 특히, 문학의 문제의식을 공학이나 사회과학의 방법을 경유하여 접근해 산출한 결과를 어떻게 해석할까 하는 문제를, 그간 우리에게 익숙했던 문학연구의 전통만으로 가능할까 하는 의문이 있습니다. 코앞에 닥치기를 기다리는 것보다 미리 준비하는 것이 현명한 태도가 되겠죠.

AI 기반의 스토리텔링에 관하여

류 선생님의 글 마지막 부분에서 '그렇다면 문학 방면에서 바라본 디지털 인문학의 미래는 어디로 향하고 있을까? 여러 가능성이 있겠지만, 여기서는 디지털 스토리텔링 분야를 언급하고자 한다.'라고 말씀하셨습니다. 그동안 문학 일반에 대한 관심을 바탕으로 디지털 인문학의 현재와 미래를 꾸준히 고민해 오신 선생님의 문제의식이 드러나는 지점이라 할 수도 있겠습니다. 관련해서 논문(이재연·한남기,「창작 보조기에서부터 문장 생성기까지: 글쓰기 기계의 과거와 현재」,『한국문학연구』67, 동국대학교 한국문학연구소, 2021.)도 발표하신 것으로 알고 있습니다. 개인적으로 재미있게 읽었던 글입니다. 인공지능 기술과 인문학적 문제의식이 결합하는 지점은, 근래에 다루어지고 있는 디지털 인문학의 넓은 영역 가운데서도 가장 첨단적이고 가장 첨예한 학적 인식이 개입된다고 생각합니다. 특히 최근 많이 시도되고 있는 기계학습 기반의 워드임베딩이나 토픽

모델링과 같은 기술을 활용한 '분석' 차원의 접근보다도, 생성 모델 기반의 '창작' 영역은 연구자들이 그에 대해 개입(비평)해야 할 지점을 좀처럼 찾지 못하고 있어, 학술적으로 그것을 어떻게 바라보아야 할 것인지에 관한 논의부터 필요하지 않을까 싶습니다. 얼마 전에는 카카오 AI '시아'가 『시를 쓰는 이유』라는 시집을 발간해서 화제가 되기도 했습니다. 발표문에서 'AI 기반의 스토리텔링'이라고 언명하신 지점에 대해 향후 문학 연구자가 가져야 할 문제의식의 근본 지점이 무엇인지에 관해 선생님의 생각을 조금 더 여쭈어 듣고 싶습니다.

이 네, 말씀하신 언어 모델은 인문학보다 오히려 공학 영역에서 짚어야 할 지점이 많은 대상이고, 문학과 관련해서는 앞으로 서사 생성이 어느 수준까지 갈 수 있는가 그리고 그러한 프로세스를 우리 문학 연구자들이 분석하고 해석할 수 있는 어떠한 인문학적 기반은 무엇일까 그런 생각을 늘 하는 편입니다. 그런데 사실 그에 관한 답은 저도 잘 모르겠습니다(웃음). 들뢰즈식으로 이야기를 한다면 '다양체'와 같은 그런 형식으로 컴퓨터가 작성한 것을 이해해야 되지 않을까 하는 방향성으로 논문에 쓰기는 했습니다만. 현실적으로 AI가 생성한 작품을 어떻게 이해해야 할지는 아직 잘 모르겠습니다. 공부를 더 많이 해야 될 것 같습니다(웃음). 그래서 질문에 제가 당장 드릴 수 있는 말씀은 없을 것 같고요. 다만 언어 모델을 통한 서사 생성의 가능성은 정말로 무궁무진한데, 제가 강의를 하면서 접한 사례를 하나 소개해드리겠습니다. <AI와 스토리텔링> 수업에서 학생들이 만든 노래 가사 생성 사례인데요. 신해철 씨가 돌아

가셨잖아요. 그래서 이분이 쓰신 가사를 담은 새 노래를 다시
는 들을 수 없겠구나 하는 아쉬움이 있죠. 이 학생프로젝트는
그런 생각의 연장선상에서 학생들이 신해철이 생전에 남긴 데
이터를 가지고 마치 신해철이 쓴 것과 비슷한 노래 가사를 만
들어보자고 시작한 프로젝트입니다. 기존 문헌 가운데 신해철
의 정체성이 뚜렷하게 드러나는 그런 여러 키워드를 추출해서
데이터로 수집했습니다. 추출한 단어들을 중심으로 생성되는
가사에 어떤 영향을 주고 싶었던 것이죠.

〈그림 5〉 학생들의 과제 '작사가 김AI나' 사례[40]

그렇게 추출한 키워드를 프롬프트로 언어모델을 구동하여 먼
저 후렴구를 생성하고 이후 1절을 생성하고, 후렴구와 1절을
합쳐 의미적 일관성이 생기도록 한 뒤 2절을 만들고 그런 식으
로 해서 전체 노래 가사를 만들었습니다. 저는 이 결과물을 보

---

40) UNIST <AI와 스토리텔링> 학생 과제 결과물 페이지 URL:
    https://sites.google.com/view/unistdh/about

고 무척 놀랐습니다. 학생들은 이 가사의 제목에 '초연(初演, 첫 번째 공연)'이라는 제목을 붙였는데, 1절에서는 신인 가수의 입장에서 초연이라는 것이 어떤 의미이고, 2절에서는 은퇴한 가수의 입장에서 초연이 어떠한 의미였는지를 이야기한 것이라고 해석을 했는데, 정말 그런 것 같은 느낌이 들더군요. "과연 이게 꿈의 땅인가 아니면 낭만의 무덤이 되는가" 라는 대구도 그렇고 "아직까지도 혼란스러운 순간들이 계속되지만 / 언제나 나는 가장 아름다운 날을 보내고 싶어"라는 문장의 어떤 유연함 그리고 "이제 누가 나의 길을 가려 할까"라는 마치 유언 같은 그래서 "삶은 이제 시작일 뿐이다", "삶이란 무엇이며 그 끝은 어디로 향하는가"라는 구절로 이어지는 흐름을 보고서는 조금 과장해서 표현하자면 정말로 신해철이 쓴 것 같은 느낌이 들어서 거듭 놀라웠습니다.

〈그림 6〉 '작사가 김AI나'의 창작곡 〈초연〉

류　말씀을 듣다보니 조금 소름이 돋았습니다.

이   그렇죠? 공대 학생들이 한 학기 강의를 들으면서 이런 것을 만들어내는 것을 보면서 저는, 이제 인문학자들은 무엇을 해야 할까 그런 생각을 굉장히 많이 했습니다. AI를 어떤 식으로 이해하고, 어떻게 해석을 해야 될까. 예를 들어 산업적인 측면에서 바라보자면 AI가 만든 가사와 멜로디를 결합해서 노래를 만들고 그것을 상업화하는 것도 가능하겠구나 뭐 그런 생각을 떠올려볼 수도 있겠죠. 문학 연구자 입장에서 고민해야 할 것은 '바로 그런 시대가 왔을 때 문학 연구자는 어떤 고민을 하고 무슨 이야기를 할 수 있을 것인가'에 관한 것이 아닐까 싶습니다. 미래에 관한 그런 고민이 지금 당장 무엇을 할 것인가로 연장될 수도 있는 것이겠죠. 두서가 없긴 한데, 이런 종류의 고민이 한국어문학을 공부하고 계신 여러 선생님들께 그래도 현 시점에서 생각할 지점을 던져 주지 않을까 싶어서 말씀을 드려봤습니다.

몇 가지 참고해야 할 사항들

남신혜   저는 경희대학교 국어국문학과에서 공부하고 있는 남신혜라고 합니다. 저는 국어학과 말뭉치 언어학 그리고 국어정보학 유관 분야에 종사하고 있는 연구자입니다. 질문은 아니구요, 글에 있는 내용 가운데 조언해드릴 부분이 있어서, 무례를 무릅쓰고 이렇게 말씀을 조금 드릴까 합니다. 이재연 선생님의 발표 내용 가운데, 빅카인즈를 언급하시면서 한국어의 연세 말뭉치나 물결21 이런 것들을 함께 거론하신 부분이 있는데, 사실 시대나 맥락이 다소 다른 사례들입니다. 함께 말씀을 하셔서, 비슷한 시기에 구축이 된 것처럼 받아들여질 수도 있겠다 싶어서요. 연세 말뭉치는 80년대부터 구축이 되었고, 국립국어원의 말뭉치나 고려대에서 구축한 물결21 말뭉치 같은 경우도 90년대 국어 정보화 사업의 일환으로 탄생한 결과물입니다. 참고하시면 좋을 것 같습니다. 그리고 또 한 가지 말씀드릴 것은 발표 내용 가운데 '코퍼스(형태소) 분석'이라 표현하신 부분이 있는데, 개인적으로 생각하기에 의도하신 어떤 맥락이 있을 것이라 생각합니다만 코퍼스가 곧 형태소를 가리키는 것은 아니기 때문에, 엄밀히 접근하면 오독의 여지가 있지 않을까 싶어서요. 아마도 내용을 간추리시면서 그렇게 표현하신 것 같은데, 제가 좀 예민하게 지적을 드리는 것 같기도 하구요(웃음). 하여튼 참고하시면 좋을 것 같습니다.

이 　네, 선생님. 지적을 해주셔서 정말 감사합니다. 뭐라고 해야 할까요. 이러한 지점이 저는 늘 어렵고 항상 두려운 부분이라고 생각을 하는데요. 디지털 인문학에 관해 이야기하다보면 그나마 제가 알고 있다고 생각하는 근현대 문학이나 문학 이론이나 이런 영역을 넘어서 언어학이나 정보학 그리고 공학적인 어떤 지식까지 언급해야 하는 때가 많습니다. 부끄러운 이야기지만 여전히 모르는 것들이 많고, 어찌 보면 해당 분야를 전공하신 선생님들이 보시기에 기초적인 수준의 실수를 할 때도 많습니다. 그래서 항상 두려운 마음인데, 또 이런 자리에서 잘못을 찾아서 이렇게 짚어주시니 공부하는 데 정말 도움이 됩니다. 너무 감사합니다. 제가 다시 레퍼런스를 찾아서 확인하고 수정해야 할 부분은 수정하도록 하겠습니다.

개방과 협업으로서의 디지털 인문학에 관하여

이민형 저는 경희대학교 국어국문학과에서 공부하고 있는 이민형이
라고 합니다. 디지털 인문학에 대한 관심을 늘 갖고 있었고, 이
런 의미 있는 자리에 참석해서 몇 가지 질문을 드릴 기회를 갖
게 되어 감사한 마음입니다. 제가 궁금한 것은, 디지털 인문학
에 관한 논문을 읽어보면 대체로 '개방'이나 '협업'과 같은 키
워드를 강조합니다만, 현실에서는 오히려 폐쇄적인 경우가 많
고, 공개되어 있는 정보를 확인하는 과정에 있어서도 사용자
입장에서는 진입 장벽이 높다고 느끼는 경우가 있습니다. 어찌
보면 제 개인적 경험에 근거한 생각이라, 제 공부가 미진해서
디지털 인문학 분야에 대한 이해도가 낮아서 그런 것이라고 생
각할 수도 있을 것 같구요(웃음). 하여튼 그런 지점들과 관련해
서 국내의 디지털 인문학 환경이라는 것이 현재 사용자나 학습
자의 입장을 고려해서 마련되어 있지는 않다 라는 생각이 들어
서, 그에 관한 선생님들의 의견을 조금 여쭈어 보고 싶습니다.
순수 인문학 연구자 입장에서 디지털 인문학을 배우고 익히고
싶어도, 유관 정보나 실습을 할 수 있는 채널을 얻는 것이 쉽지
가 않다는 생각이 들어서요.

이 네, 선생님. 말씀 잘 들었습니다. '개방'과 '협업'이라는 것은
정말 아무리 강조를 해도 지나치지 않을 것 같습니다. 저 자신
도 코드나 툴을 다루는 지식이 부족해서 늘 그것을 잘 할 수 있
는 분과 같이 협업을 하고 있습니다. 조금 더 덧붙이자면 공학
방면의 기술은 굉장히 빠르게 발전하고 있습니다. 한 사람이

그것을 전부 다 이해하고 숙지하는 것은 매우 어려운 일인데, 공학 방면의 기술도 알면서 인문학적인 이해를 함께 갖추는 것은 거의 불가능에 가깝습니다. 그렇기 때문에 협업이 더욱 중요하겠지요. 인문학에 관심이 있는 공학자와 공학에 관심이 있는 인문학자가 서로 만나 공동의 연구를 도모할 수 있는, 그런 시스템이 만들어지는 것이야말로 디지털 인문학 연구자로서 현실에서 가장 꿈꾸는 지점이 아닐까 싶습니다.

포스트 디지털 인문학에 관한 생각

이민형 외람되지만 한 가지 질문을 더 드릴까 합니다. 조금 전에 이재연 선생님께서 공학 방면의 기술이 굉장히 빠르게 발전한다고 말씀하셨는데요. 관련해서 저는 머지않아 특이점(singularity)이라고 할까요 모든 것이 뒤집어지는 그런 시점이 올 것이라고 생각합니다. 산업뿐만 아니라 소위 학술 생태계도 그 영향에서 자유롭지 않을 것이라 생각합니다. 짧게는 3년에서 5년 이후에 지금 이 시점의 디지털 인문학 분야에서 통용되고 있는 이론이나 기술 그리고 유관 지식이 모두 사멸되거나 의미가 없어지는 어떤 경계선에 도달하지 않을까 싶은데, 그에 관해서 혹시 선생님들께 가지고 계신 생각이 있는지 궁금합니다.

류 그 질문에 대해서는 제가 답변을 드릴까 합니다. 근본적으로는 "지금 내가 열심히 하고 있는 이 분야가 앞으로 망하면 어떻게 하지?" 뭐 그런 고민이 아닐까 싶습니다(웃음). 저 같은 경우 디지털 인문학 연구자로서 늘 유사한 고민을 합니다. 예를 들어 디지털 인문학(digital humanities)도 뜬금없이 튀어나온 것이 아니라, 그 전의 전산 인문학(computational humanities)을 뿌리로 출발한 것입니다. 인문학 연구에 컴퓨터 기술을 본격적으로 적용한다는 측면에서 디지털 인문학은 전산 인문학의 확장이기도 하지만 동시에 분기(分岐)라고도 표현할 수 있지 않을까 싶습니다. 확장이자 동시에 분기의 시점은 대략 2,000년대 중반부터 2010년대 중반까지 약 10여년 사이의 기간이 아닐까 싶습니다. 그즈음 소셜미디어 플랫폼을 중심으로 웹 환경이 확장되면서 데이터가 폭발적으로 증가하기도 했고, 아카이브나 데이터베이스를 구축하는 풍조가 확대되기도 했습니다. 그런 시류 가운데 등장한 디지털 인문학의 조류를 보면서 아마 그때까지 전산 인문학에 주력해 온 연구자들 가운데 일부는 "이제 우리의 시대가 저무는 것인가?" 뭐 그런 생각을 하는 사람도 있었을 것 같습니다. 극소수였겠지만요(웃음). 흥미로운 것은 2010년대 중후반 이후로 디지털 환경을 응용한 인문학 연구의 새로운 형식으로서 Cultural Analytics라고 하는 분야가 등장했다는 사실입니다. 디지털 환경을 매개한 최근의 인문학 연구 경향을 보면, 디지털 인문학의 심화보다 Cultural Analytics의 외연 확장이 더욱 가속화되고 있는 것 같기도 합니다. Computational Humanities에서 Digital Humanities로 다시 Cultural Analytics로 이어지는 디지털 환경에서의 인문학 연구의 흐름은, 일종의 학술 트렌드의 변화로 받아들일 수도 있겠지만, 그 이면에는 활용 기술의 외연 확장이 분명히 자리하고 있습니다. 예를 들어 Computational Humanities 영역에서 보편적으로 다루어지던 기술과 Digital Humanities 영역에서 폭넓게 활용되는 기술 그리고 Cultural Analytics 영역에서 대규모 데이터를 분석하기 위해 실험적으로 시도되고 있는 방법론 사이에는 유관 기술의 발달 수준이나 활용 범위의 경계가 다소 나타난다는 것을 알 수 있습니다. 거칠게 표현하자면 Cultural Analytics에서 통용되는 기술보다 Digital Humanities 연구에서 보편적으로 통용되는 기술이 더욱 낡은 것에 가깝습니다. 모든 경우에 있어서 그런 것은 아니지만, 대체로 그렇다고 이야기할 수 있습니다. 대규모 데이터를 다루는 첨단 기술이 계속 개발되고 있고, 그것을 가장 다채롭게 활용하려고 하는 분야가 Cultural Analytics 영역이기 때문에, 첨단의 기술에만 초점을 둔다면 Digital Humanities가 아니라 Cultural Analytics 연구 분야에 뛰어드는 것이 더욱 경쟁력이 있겠죠(웃음). 한 가지 생각해보아야 할 것은, '디지털 인문학'이라는 이름으로 우리가 하려고 하는 것이 무엇인가에 관한 근본적 문제의식입니다. 많은 숫자의 인문학 연구자들이 '디지털 인문학'을 접할 때 '인문학'을 소거하고 '디지털'만을 바라보는 경향이 있습니다. '인문학'은 이미 내가 하고 있는 것이기 때문에, 크게 주목할 여지없이 오히려 내가 잘 모르는 '디지털'에 관해 알아야 '디지털 인문학'을 할 수 있다고 생각하죠. 그런데 정작 중요한 것은 '디지털'이 아니라 '인문학'입니다. Computational Humanities든 Digital Humanities든 Cultural Analytics든 디지털 환경이나 데이터처리 기술보다도 인문학적인 문제의식이야말로 핵심입니다. 그러니까 디지털 인문학 연구 과정에서 활용하고자 하는 기술이 오래 전에 나온 것이라고 해서 그 연구가 부족하고 질적으로 떨어지고 그런 것은 아니라는 말씀을 드립니다. 오히려 인문학적 문제의식이 깊고 풍부할 경우 조금 오래된 기술을 사용해서 결과물을 구현한다 하더라도, 사용자가 적지 않습니다. 때때로 낡은 기술을 적용한 연구 결과물을 첨단 기술을 다루는 이들이 리뉴얼하는 경우도 있습니다. 첨단 기술을 사용하면, 기존에 재현하지 못했던 것들을 세련되게 보여줄 수 있는 기회를 마련할 수 있거든요. 그러니까 그런 것도 사실은 디지털 환경에서 이루어지는 공유와 협업 문화의 연장선상에서 바라볼 수 있을 것 같고, 여하튼 이 정도로 질문하신 내용에 대한 답변을 드립니다.

제2장

데이터를 활용한
한국문학 교육의 시도

장문석 경희대학교 국어국문학과 조교수

김지선 고려대학교 문과대학 강사

한국현대문학 교육과 데이터 편찬

장문석

이 글은 2021년 4월 발간 『민족문학사연구』 75에 개재한 「디지털 인문학과 한국문학 연구(1): 작가 연구를 위한 시맨틱 데이터베이스 설계」의 내용 일부를 포함하면서, 대학 디지털인문학 교육의 가능성을 검토한 것이다.

1. 대학 인문학 교육의 디지털적 전환?

이 글은 한국현대문학 교육과 데이터 편찬에 관한 논의를 담고 있다. 20세기 자국학의 하나로 성립한 국어국문학의 이념과 제도에 대해서는 탈냉전 혹은 지구화의 도래 이후 여러 방향의 성찰이 이루어졌다. 그 결과 '한국', '현대(근대)', '문학'의 개념 모두가 안정적이기보다는 유동적이라는 것을 확인하였고, 그에 대한 확인을 바탕으로 지금의 한국현대문학 연구 및 교육이 진행되고 있다. 이 글은 지금까지의 성찰이 주로 연구의 측면에서 수행되었고, 교육에 대한 논의가 상대적으로 충분하지 않다는 점에 유의하면서 논의를 시작하고자 한다.

읽기와 쓰기는 대학 인문학 교육의 근간이었으며, 그 중요성은 지금도 감소하지 않았다. 그동안 읽기와 쓰기에 대한 논의는 책이나 논문 등 인쇄된 문헌을 개인이 혹은 여럿이 읽고, 그 결과를 홀로 혹은 함께 쓰는 것을 전제로 하였다. 이 글은 문헌에 대한 읽기와 쓰기의 중요성을 존중하면서도, 디지털 환경에서 데이터를 기반으로 한 새로운 읽기와 쓰기의 가능성을 검토하고자 하였다. 이 글은 '데이터 편찬'을 새로운 한국현대문학 읽기와 쓰기의 조건이자 방법으로 제안하고자 한다.

디지털 환경에서의 새로운 읽기와 쓰기는 교수자에게도 낯설지만 학생에게도 낯설다. 따라서 강의실에서 새로운 읽기 및 쓰기의 실험을 수행하기 위해서는 먼저 학생들과 논의를 거칠 필요가 있었다. 본격적인 데이터 편찬 과정 이전에 진행된 이 과정에서 학생들은 전향적인 동의를 보여주었다. 그것은 이미 학생들이 지식과 정보를 습득하고 활용하는 방식이 디지털 환경을 중심으로 재편되었기 때문이다.

도서관의 문헌 못지않게, 웹에서 접근 가능한 각종 학술 리포지토리의 지식과 정보, 온라인 사전, 위키, 전자문서 등을 통해 지식 및 정보를 습득하는 경우가 적지 않았다. 문헌에 대한 읽기의 결과를 정리한 쓰기의 형식인 리포트 역시 이미 인쇄물보다는 전자파일로 제출하는 경우가 많다. 나아가 위키를 통해 문헌의 공동 집필 경험을 가진 학생도 적지 않았다. 학생들의 경험은 어떤 의미와 맥락을 염두에 두고 실천한 것이기보다는 단편적인 실천에 머문 경우가 많았다. 하지만 적지 않은 학생들은 이미 디지털 환경에서 다양한 형식의 정보를 재구성하여 자신만의 지식을 편찬한 경험을 가지고 있었다.

"나무위키를 유용하게 사용하고 있습니다. 조별과제에서 팀원이 자료조사를 해왔는데 출처가 나무위키더라 하는 괴담(?)의 주인공은 아니고요, 게임 하면서 관련 정보를 찾아볼 때 관련 문서를 검색해 읽습니다. 나무위키 유저들 특성상 게임 문서의 자료들이 양도 많고 질도 좋다고 하는데 저도 그렇다고 느꼈습니다. 특히 시리즈가 많아서 정보량이 많은 게임들의 경우에는 문서별로 깔끔하게 정리되어 있어서 원하는 정보를 빠르게 찾아 읽기가 편리했습니다. 웹 사전을 이용하면서 경험한 편리함을 인문학에도 어떻게 적용해 볼 수 있을지 고민해볼 수 있겠다는 생각이 듭니다."

"개인적으로 러시아 소설이나 『토지』와 같은 소설을 읽을 때 인물들이 너무 많이 등장해서 인물을 파악하거나 인물 간의 관계를 기억하는 것이 쉽지 않았기에 인물들의 관계망을 제공하고 특정 인물 간의 관계를 검색할 수 있다면 매우 편리할 것으로 생각합니다."

다수의 학생이 웹 기반 공동 지식 편찬(글쓰기)의 가능성을 경험하였으며, 그러한 경험을 바탕으로 한국현대문학을 디지털 환경에서 어떻게 읽고 쓸 수 있는지에 관해 고민하고 있었다. 이러한 학생들의 고민과 요청을 감안한다면, 오히려 데이터 편찬에 기반한 한국현대문학 교육은 뒤늦게 도착한 감이 있다.

2. 디지털 환경에서 지식의 편찬
ㅡ디지털 리터러시와 미디어 리터러시의 교육

현대문학 데이터 편찬 교육의 대상으로는 윤동주와 그의 문학 세계를 대상으로 하였다. 잘 알려진 작가이기에 흥미를 가질 수 있다는 점, 작품의 수가 적당하다는 점, 연구가 상당히 구축되어 있기에 비교·검토를 통해 보다 정확한 문헌이 무엇인지 알 수 있다는 점에서 선택하였다. 다른 한편, 윤동주와 관련된 각종 사진, 기사, 단행본, 동영상 등 다양한 형식의 정보는 문헌과 인터넷에 흩어져 있다. 이 점에서 윤동주에 대한 지식과 정보를 적절한 형식으로 편찬하는 것은 디지털 환경에서 한국현대문학을 교육 및 연구하는 새로운 방법과 가능성을 모색할 수 있을 것이라는 기대도 가질 수 있었다.

윤동주와 그의 문학 세계를 대상으로 한 학기 동안 디지털 환경에서의 지식 편찬 방안에 대해 고민하고 그 방법을 익히는 강의를 진행하였다. 지식의 편찬 방법과 관련하여서는 디지털 리터러시와 미디어 리터러시 두 가지의 표현 방법에 유의하였다. 우선 디지털 환경에서 글쓰기가 이루어진다는 사실에 유의하였다. 디지털 환경에서 이루어지는 글쓰기이기에 그 결과물이 실시간으로 공개된다는 점, 이미 웹 환경에 존재하는 여러 지식과 함께 개인 작업이 놓인다는 점에 유의하였다. 웹상에 이미 존재하는 포스팅, 이미지, 동영상, 신문, 논문 등을 링크를 통해 적극적으로 연결하였으며, 링크를 활용하여 선형적인 글쓰기가 아니라 비선형적인 글쓰기가 가능하도록 하였다. 또한 디지털 환경의 글쓰기는 다양한 미디어적 표현이 가능하다는 점 역시 고려하였다. 전자연표, 워드클라우드, 네트워크 그래프, 지도 등을 적극적으로 활용 가능하다는 점을 고려하였다.

디지털 리터러시 및 미디어 리터러시 편찬 방법을 학습한 이후, 학생들은 자유 주제로 윤동주와 그의 문학에 대한 정보를 작성하였다. 학생들은 개인 작업을 위해 오프라인과 온라인에서 상당한 분량의 자료 및 문헌을 검토하였다. 이는 보고서 작성 과제를 수행할 때 정형화된 결과물을 받는 것과 차이가 있었다. 학생들은 "윤동주와 정병욱", "윤동주를 구성하는 사람들", "윤동주에 대한 해방 후 신문기사", "윤동주 시와 방언" 등 다양한 형식의 정보를 분량의 제한을 받지 않는 웹페이지에 정리하기도 하였고, "윤동주가 거쳐 간 학교", "감정으로 본 윤동주", "윤동주와 정지용" 등 자신의 시각을 바탕으로 웹상에 지식과 정보를 편찬하기도 하였다. 학생들은 디지털 리터러시와 미디어 리터러시를 활용하여 보고서보다 높은 완성도의 결과물을 제출하였다.

개인 작업의 결과, 학생들은 자신의 작업이 디지털 환경에서 바로 출판되는 것에 만족하면서도 아쉬움을 표하였다. 우선 주제의 경우, 대부분의 주제가 리포트의 주제와 그다지 차이가 없었다. 디지털 환경에서 지식과 정보를 편찬하지만, 실제로는 리포트를 디지털 환경에 옮겨서 디지털 리터러시와 미디어 리터러시를 활용하여 결과물을 편찬하는 것에 머문 셈이었다. 다른 한편, 학생들은 글로 표현할 수 있는 것을 적절한 디지털 기술로 표현할 수 없는 상황에 아쉬워하였다. 나아가 학생들은 문헌의 읽기와 쓰기에 근거한 리포트를 웹환경으로 옮

<표 1> 윤동주 데이터 편찬의 맥락

분류	예시		페이지
디지털 리터러시	링크	백과사전 문서, 문학관	
		윤동주 관련 신문 기사	"윤동주에 대한 해방 후 신문기사"
		윤동주 동영상	
미디어 리터러시	전자연표		"윤동주와 정지용"
	워드클라우드		"윤동주와 정지용", "윤동주가 거쳐간 학교"
	네트워크 그래프		"감정으로 본 윤동주", "윤동주와 정지용", "윤동주 시와 방언", "윤동주의 일본어 독서"
	지도		"윤동주 시와 방언"

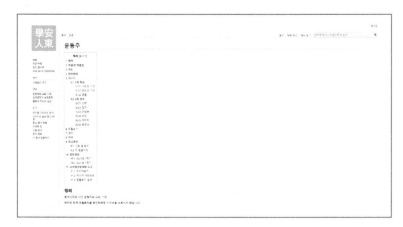

<그림 7> 학생들과 함께 데이터를 편찬한 온라인 강의실 윤동주 위키 페이지[41]

---

41) <윤동주 데이터 위키> URL: http://andonghakin.net/wiki/index.php/윤동주

기는 것이 아니라, 디지털 환경을 활용한 새로운 읽기와 쓰기의 가능성을 가늠하고자 하였다. 디지털 환경에서 새로운 읽기와 쓰기에 대한 요청은 '데이터 편찬'에 기반한 한국현대문학 읽기와 쓰기라는 논제를 마주하도록 하였다.

3. 문학 아카이브의 구축을 위한 온톨로지 설계 −데이터 리터러시의 교육

'데이터 편찬'에 기반한 한국현대문학 읽기와 쓰기 교육을 모색하는 과정에서 학생들과 함께 수행한 작업은 윤동주에 대한 종합적인 아카이브를 구축하는 것이었다. 이는 기존의 작가에 대한 홈페이지나 위키 페이지들이 신뢰할 수 없는 정보를 제공하거나 인터넷의 웹 기술을 충분히 활용하지 못하고 있다는 판단을 내렸기 때문이다. 학생들과는 한국현대문학 강의실에서 '윤동주와 그의 문학에 대한 인문학적 아카이브를 데이터 편찬'의 방법으로 구축하는 것을 목표로 삼았다.

윤동주는 정리할 수 있는 규모의 작품을 남겼을 뿐만 아니라, 그의 생애에 대해서는 다양한 서류, 증언, 기록 등이 남아 있다. 나아가 그의 생애와 작품에 대해서는 많은 연구가 진행되어 왔다. 윤동주에 대한 1차, 2차 자료를 종합적으로 검토하여, 데이터 편찬 기술을 적극 활용한 아카이브를 구축하고자 하였다. 기본적으로는 윤동주의 생애 및 작품에 관한 정보를 정확하게 제공하는 한편, 나아가 윤농수에 대한 연구와 창작까지를 포괄한 아카이브 구축을 고려하였다. 우선 ⓐ 작가 연구와 ⓑ 작품연구로 대별해, 기초 검토 작업을 진행하였다. 각각의 연구는 ❶ 온톨로지 설계, ❷ 기초데이터 구축(Wiki 활용), ❸ 데이터베이스(XML, RDB) 편찬, ❹ 데이터네트워크(GraphDB) 구현, ❺ 데이터 시각화 5단계의 과정을 진행하는 것으로 기획하였다. 5단계의 장기적인 계획을 염두에 두고, 1학기 동안 ⓐ 작가연구의 ❶ 온톨로지 설계를 수행하였다.

디지털 환경에서 윤동주에 대한 지식과 정보를 편찬하기 위해서 먼저 주목한 것은 데이터이다. 언어 기반의 다양한 지식과 정보를 컴퓨터가 이해하고 처리할 수 있도록 하기 위해서는 그 지식과 정보를 데이터로 편찬할 필요가 있다. 데이터는 정보를 조직하고 그로부터 지식을 구성하는 기초 단위의 앎을 의미한다. 데이터를 활용하여 다양한 지식과 정보를 조직하고, 분석하며 나아가 시각화할 수 있다. 그리고 데이터를 효과적으로 구축하기 위한 설계도로서 '온톨로지'를 디자인하였다.

온톨로지 설계는 데이터로 표현하고자 하는 지식과 정보의 특징을 고려해 진행해야 한다. 아직까지 작가에 대한 지식과 정보를 종합적으로 편찬하기 위한 데이터 모델로서 온톨로지 설계의 사례는 없다. 따라서 첫 학기에는 학생들과 윤동주의 생애사에 대한 다양한 지식 및 정보를 정리하고 그것을 바탕으로 온톨로지를 설계하였다. 우선은 작가의 생애와 관련된 정보를 잠정적으로 아래 <그림8>과 같은 요소들로 분류하였다.

학생들은 조별 단위의 과업을 진행하였고, 하나의 조가 하나의 요소를 맡아 그에 관한 정보를 정리하였다. 정보를 입력하는 과정에서 학생들은 해당 정보의 출처를 정확히 선별하고 기록하는 데 주력하였다. 이 작업은 구글 스프레드시트를 통해 이루어졌는데, 학생들은 실시간으로 작업의 경과를 지켜보면서 논의가 필요한 쟁점이 있을 경우 토론을 진행하였다. 일정 규모의 지식과 정보가 축적되면서, 각 조별

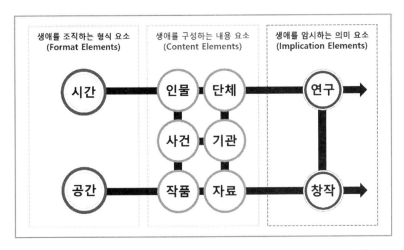

생애를 조직하는 형식 요소
(Format Elements)

생애를 구성하는 내용 요소
(Content Elements)

생애를 암시하는 의미 요소
(Implication Elements)

시간 인물 단체 연구
사건 기관
공간 작품 자료 창작

〈그림 8〉 작가(윤동주)의 생애사를 정리하기 위한 데이터 체계의 밑그림[42]

로 조사한 상기 요소들 사이의 연관관계 역시 드러났으며, 일부 요소
는 보다 세분화된 범주로 재조정하였다.

토론의 결과, 클래스(Class)는 시간, 공간, 인물, 단체, 기관, 사건,
작품, 물리적 작품집, 관념적 작품집, 기록, 도상, 신문, 잡지, 기사, 논
문집, 저서, 동영상 등 총 17개 클래스를 정리하였고, 클래스와 클래스
사이의 관계(Relation)로 36개 관계어를 설정할 수 있었다. 17개 클래
스 및 36개 관계어로 1차적으로 온톨로지를 설계하였으며, 학생들과
이를 검토하였다. 나아가 설계한 온톨로지를 바탕으로, 노드 데이터
1,097개, 링크 데이터 1,308개를 입력할 수 있었다.

입력한 데이터를 그래프 데이터베이스 Neo4j에 적재하여 온톨로
지의 타당성을 검토하였다. 검토는 세 가지 방법으로 진행하였다.

---

42) 장문석·류인태,「디지털 인문학과 한국문학 연구(1): 작가 연구를 위한 시맨틱 데
이터베이스 설계」,『민족문학사연구』75, 민족문학사연구소, 2021, 365쪽.

① 작가와 인물의 관계: 윤동주와 정병욱, 윤동주와 오무라 마스오를 비교하였다. 윤동주의 동문인 정병욱은 공간, 사건 클래스의 데이터와 연결이 되었고, 시간 역시 윤동주의 생애 및 타계 직후의 데이터와 연결되었다. 윤동주의 연구자인 오무라 마스오는 기사, 작품집 클래스의 데이터와 연결이 되었고, 시간은 1980년 이후의 데이터와 연결되었다.

② 작품과 작품집의 관계: 윤동주의 주요한 작품집은 1941년 수고본, 1948년 단행본 초판본, 1955년 단행본 증보본이다. 각각의 작품집에 실린 작품을 표시하고 그 작품이 어떤 시간, 공간, 사건 데이터와 연결되어 있는지 비교하면서 확인할 수 있다.

③ 작품과 기사의 관계: 윤동주에 대해서는 논문과 동영상이 다수 발표되어 있다. 논문이 언급하는 작품과 동영상이 언급하는 작품을 비교할 수 있으며, 각각 논문과 동영상이 언급하는 작품을 시간에 따라 검토할 수 있다.

현재는 강의실에서 작가 연구를 위한 온톨로지를 설계하였으며, 그에 대한 타당성을 1차적으로 검토한 단계이다. 이후에는 온톨로지의 설계에 따라 데이터를 구축하고 데이터베이스를 편찬하고, 시각화하는 과정을 이어서 진행하고자 한다. 현재의 온톨로지 설계 작업은 윤동주라는 작가 1명을 대상으로 진행한 것이다. 이후 보다 많은 작가를 대상으로 그와 관련된 지식과 정보의 성격을 확인하고, 이를 통해 온톨로지 설계 내용을 더욱 정교하게 다듬을 필요가 있다.

현재 작업은 작가의 생애사 정보의 정리를 목표로 한 것이기에, 작품을 어떻게 데이터로 설계하고 편찬할지에 대한 논의가 이어져야할 것이다.

4. 구글에서 검색되는 인문학, 혹은 디지털 시대의 읽기와 쓰기

첫 학기에 학생들과 작업을 할 때는, 디지털 환경에서의 쓰기와 읽기 작업의 의미와 가치에 대해서 짧지 않은 시간동안 토론을 진행하였다. 하지만 둘째 학기 이후에는 그 시간이 대폭 축소되었다. 첫 학기 학생들의 결과물이 구글에서 검색되었기 때문이다. 학생들은 수업을 통해 1차적으로 검증한 질 높은 인문학 지식과 정보를 웹상에 편찬하는 것의 의미에 공감하였다. 다른 한편, 기존의 리포트가 대학 강의실의 범위를 넘어서지 못한 것과 비교해서 디지털 환경에서 편찬한 지식은 사회적으로 폭넓게 확산될 가능성을 확인하였다.

학생들은 디지털 리터러시, 미디어 리터러시, 데이터 리터러시를 활용하여, 인문학 지식과 정보를 편찬하는 작업에서 충분한 의미와 흥미를 발견하였다. 또한 학생들은 문헌의 형식에 기초한 지식을 디지털 환경으로 옮기는 것보다는, 자기만의 문제의식을 데이터로 편찬하고 표현하는 가능성에 더 큰 관심을 보였다. 다만 아직까지 교육의 참고사례가 충분히 존재하지 않기에, 강의실에서 적지 않은 시행착오가 있었고 상당한 양의 데이터를 입력하는 것 또한 쉬운 일은 아니었다. 또한 현재까지 이루어진 작업 역시 온톨로지 설계에 머물렀다는 점에서, 데이터 편찬 과업에 참여한 학생들이 그 가시적 결과를 확인하지는 못했다는 사실은 아쉬운 지점이라 할 수 있다. 이러한 측면에서, 개인 단위의 과제를 넘어 공동의 과업으로 나아갈 수 있는 구체적 형식을 교육과정에 적용할 필요가 있으며, 그 연장선상에서 학생들에게 전체 과업을 이해하게 함과 동시에 과업의 중간 결과물을 확인하고 그로부터 연구의 보람을 느낄 수 있게끔 하는, 일종의 모듈로서의 디지털 인문학 교육 장치를 고민해야 할 것으로 판단된다.

전통적인 대학의 인문학 교육은 도서관의 문헌을 바탕으로 읽기와 쓰기를 통해 수행되었다. 하지만 데이터 편찬에 기반한 인문학 교육은 오프라인과 온라인상에 있는 다양한 자료를 바탕으로, 데이터 단위의 읽기와 쓰기를 통해 수행된다. 그리고 이때의 교육은 일방적인 지식 전달 형식이 아니라, 학생들이 능동적으로 학습하고 토론하며 공동으로 결과를 도출하는 과정이다. 한국현대문학을 대상으로 디지털 환경 및 데이터 처리 기술을 활용한 읽기와 쓰기의 탐색은 향후 여러 연구자들에 의해 지속적으로 이루어질 것이라 기대하며, 기존의 성과를 바탕으로 새로운 단계의 작업을 수행하고자 한다. 이 작업은 한국현대문학 연구 및 교육이 교차하는 지점, 도서관의 지식과 디지털 환경의 지식이 교차하는 지점, 나아가 강의실과 사회가 교차하는 지점에 놓일 것이다. '데이터 편찬'을 활용한 디지털 환경의 한국현대문학 교육 및 연구는 인문학의 새로운 조건과 실천이라는 도전적인 과제를 제시한다.

참고문헌

김지선·장문석·류인태, 「공유와 협업의 글쓰기 플랫폼, 위키」, 『한국학연구』 60, 인하대 한국학연구소, 2021, 371~419쪽.
장문석·류인태, 「디지털 인문학과 한국문학 연구(1): 작가 연구를 위한 시맨틱 데이터베이스 설계」, 『민족문학사연구』 75, 민족문학사연구소, 2021, 347-426쪽.

<윤동주 데이터 위키> URL: http://andonghakin.net/wiki/index.php/윤동주

인문 데이터 편찬 교육의 실제

김지선

1. 들어가며: '인문 디지털학'이 아닌 '디지털 인문학'

'인문학' 앞에 붙은 '디지털'과 '데이터'라는 명칭이 이질적으로 다가오기 때문인지 필자가 진행한 <디지털 인문학의 이해>와 <데이터 인문학> 강의는 매 학기 첫 시간마다 이런저런 질문이 많이 들어온다. '이 수업을 들으려면 코딩을 잘해야 하나요?', '데이터를 다루는 다양한 툴을 가르치는 강의인가요?', '읽고 쓰는 것이 중심이 되는 기존 인문학 강의와는 완전히 다른 성격의 새로운 강의인가요?', '문과생도 취업에 도움이 될 만한 디지털 방법론을 배울 수 있을까요?' 등과 같이 대다수 질문은 '디지털'과 '데이터'에 방점을 찍고 있으며, 전통적 인문학 교과목과는 다르면서도 향후 다른 수업 과제에 적용하거나 취업에 도움이 될 만한 디지털 방법론을 배우기를 학생들이 기대하고 있음을 확인할 수 있다. 그러한 경향은 해당 강의를 수강한 학생들이 온라인 강의실에 남긴 강의참여 후기에서도 나타난다.

"컴맹이었던 저에겐 데이터를 다루는 수업을 듣는다는 것 자체가 큰 도전이었습니다. 하지만 데이터의 중요성이 날로 커져가는 이 시점에서 디지털 인재!!에 낙오될 수 없다는 생각으로 해당 과목을 신청하게 되었는데, (후략)"-2022년 1학기 <데이터인문학> 수강생 KDH22KU의 후기에서.

"인문학에서는 어떻게 데이터가 사용될까라는 궁금증으로 수강신청을 하였지만 (후략)"-2022년 1학기 <데이터인문학> 수강생 PJH22KU의 후기에서.

"방학 동안 사회통계 여름학기 수업을 들으면서 막연하게 데이터에 대한 관심이 생겼습니다. 막연한 관심 하나로 수강 신청한 과목이었고, (후략)"－2021년 2학기 <데이터인문학> 수강생 HHJ21KU의 후기에서.

"(전략) 수강신청할 때 '취업을 위해 도움이 되는 전공수업'이라는 그때의 마음 (후략)"－2021년 1학기 <디지털 인문학의 이해> 수강생 KJG21KHU의 후기에서

디지털 네이티브(Digital Native) 세대이자 급격한 디지털 전환기를 맞이한 학생들에게 '디지털 · 데이터 인문학'이라는 다소 생소한 교과목은 새것(디지털 · 데이터)과 옛것(인문학)이 낯설게 조합된 결합어처럼 각기 다른 개념으로 분절되어 인식된다. '디지털 · 데이터'는 학생들이 맞닥뜨린 새로운 생태이자 도구로, '인문학'은 실제 손에 쥔 도구를 사용해 볼 수 있는 준비물로 여겨지는 것이다. 그렇기에 디지털 인문학 교과목은 '인문학 자료를 대상으로 데이터를 다루는 방법을 배우는 실습 과목' 또는 '기존에 내가 익혔던 디지털 방법론을 한번 적용해 볼 수 있는 과목'이라 생각하는 학생들이 많다.

그러나 강의명이 '인문 디지털학의 이해'나 '인문 데이터학'이 아니듯 디지털 인문학 교육은 디지털을 우위에 두고 인문학은 실습 소재로 치부하는 것이 아니며, 디지털 기술과 인문학적 탐구를 별개의 것으로 분리하는 것 또한 아니다. 디지털 인문학 교육의 핵심은 디지털 환경에서 협업을 통해 인문 데이터를 능동적으로 편찬 및 표현하고, 이를 공유할 수 있는 역량을 길러주는 것이다.[43] 바로 이 지점이 전통

---

43) 관련하여 류인태는 온전한 디지털 인문학 연구를 "개인 연구로 대표되는 전통적 인문학의 틀을 벗어나 디지털 환경의 '개방성'을 바탕으로 '공동 연구'를 시도하고, 그와 같은 협업을 통해 편찬된 데이터를 디지털 환경에서 '비선형적' 형식으로 자유롭게 '표현'하고, 그러한 가운데 인문 지식을 효과적으로 '검증'하고 '공유'할

적인 인문학 교육과의 변별점이라 할 수 있다. 아날로그 환경의 전통적 인문학 강의가 개인의 문제의식과 사유를 글에 잘 담아내는 훈련을 하는 데 주력했다면, 디지털 환경에서의 인문학 강의는 공동의 인문학적 문제의식을 근간으로 데이터를 잘 다루는 훈련을 하는 데 초점을 두는 것이다.

　디지털 환경에서익 읽고 쓰기가 보편화된 현시점에서 학생들이 인문 지식을 데이터로 편찬하고 데이터베이스를 직접 운용함으로써 인문 데이터 사이에 함축된 의미를 발견하며 나아가 편찬한 데이터를 웹 환경에 유통할 수 있는 방법에 대한 교육이 그 어느 때보다 필요한 시점이다. 그러나 현재 여러 대학에서 이루어지고 있는 디지털 인문학 교과 가운데 이러한 문제의식과 방법론을 가르치는 교과목은 그리 많지 않은 실정이다.[44] 필자는 한국학중앙연구원 한국학대학원 인문정보학과 석박사 과정에서 인문 데이터 편찬 방법론을 공부하고 다수의 디지털 인문학 연구 프로젝트에 참여하며 실제 인문 데이터를 만드는 경험을 하면서 인문 데이터 편찬에 대해 오랜 기간 고민해 왔다.

　이 글은 해당 고민의 연장선상에서 필자가 2020년 1학기 경희대학교 국어국문학과 전공 강의 <디지털 인문학의 이해>와 2021년 2학기, 2022년 1학기 및 2학기 고려대학교 문과대학 교양 강의 <데이터인문학>을 진행하며 맞닥뜨렸던 몇 가지 시사점을 간단히 정리한 것이다. 지면의 한계로 인해 구체적인 교육 과정이나 학생들의 결과물을 글에

수 있는 커뮤니케이션 미디어이자 새로운 리터러시로서 디지털·데이터 생태계를 능동적으로 활용하려는 움직임(movement)"이라고 보았다. ─류인태, 「디지털 인문학은 인문학이다」, 『인문논총』 77(3), 서울대학교 인문학연구원, 2020, 400쪽 참조.

44)　대표적인 사례로 한국학중앙연구원 한국학대학원 인문정보학과<인문정보 데이터베이스>(담당 교수: 김현), 고려대학교 한문학과<한문학데이터큐레이션>(담당 교수: 류인태), 성균관대학교 국어국문학과<디지털한국어문학 연구방법론>(담당 교수: 류인태)을 꼽을 수 있다.

세세하게 담지 못하였음을 밝힌다.[45]

2. 디지털 인문학 강의에서 마주친 어려움

<디지털 인문학의 이해>와 <데이터인문학>은 '근대기 경성'과 '현대 서울의 역사와 문화' 그리고 '고려대학교의 역사와 문화'라는 주제를 대상으로 한 PBL(Project-Based Learning) 강의로서, 서너 명의 학생이 한 팀이 되어 한 학기 동안 팀 프로젝트를 수행하는 방식으로 진행되었다.[46] 수강생들은 먼저 팀별 인문학적 문제의식을 기반으로 구체적인 소주제를 설정한 후 관련된 자료원을 수집하면서 연구 대상의 특질이 무엇인지를 파악한다. 이후 디지털 세계에 재현하고자 하는 대상에 대한 온전한 이해를 바탕으로 데이터 기술 체계인 온톨로지(Ontology)[47]를 설계하고 그에 따라 데이터를 편찬하였으며, 구축한

---

45) 수강생들이 진행한 팀 프로젝트 결과물, 연구 후기, 코멘트 등은 모두 위키 기반 온라인 강의실(DH Edu)에 정리되어 있다.(URL: http://dh.aks.ac.kr/~jisun/edu/) 지면을 빌려 강의에 성실하게 참여해준 학생들에게 감사의 인사를 올린다.
46) 주차 별 구체적인 강의 진행 상황은 아래에서 확인할 수 있다.
   - 21-1 <디지털 인문학의 이해> 실라버스:
     http://dh.aks.ac.kr/~jisun/edu/index.php/UnderstandingOfDigitalHumanities21-1#Plan
   - 21-2 <데이터인문학> 실라버스:
     http://dh.aks.ac.kr/~jisun/edu/index.php/DataHumanities21-2#Plan
   - 22-1 <데이터인문학> 실라버스:
     http://dh.aks.ac.kr/~jisun/edu/index.php/DataHumanities22-1#Plan
   - 22-2 <데이터인문학> 실라버스:
     http://dh.aks.ac.kr/~jisun/edu/index.php/DataHumanities22-2#Plan
47) 관련하여 다음의 내용을 참고할 수 있다. "'온톨로지'란 정보화의 대상이 되는 세계를 전자적으로 표현할 수 있도록 구성한 데이터 기술 체계이다. 원래 온톨로지라는 말은 철학에서 '존재론'이라고 번역되는 용어로서 '존재에 대한 이해를 추구하는 학문'의 의미를 갖는 말이었다. 그러한 용어가 정보과학 분야에서 중요한 개념으로 등장하게 된 것은 인간이 세계를 이해하는 틀과 컴퓨터가 정보화 대상(콘

데이터를 네트워크 형태의 관계망으로 출력하거나 구체적인 질의어 (Query)를 통해 연구 대상을 효과적으로 탐색해 보는 데이터 기반 인문학 연구를 수행하였다. 이와 같은 성격의 인문 데이터 편찬 교육은 다음의 과정을 통해 이루어진다.

〈표 2〉 인문 데이터 편찬 교육 과정

단계	교육 내용
기초	❶ 공동 연구 수행을 위한 MediaWiki 문법 숙지[48)
	❷ 국내외 디지털 인문학 연구 사례 검토
설계	❸ 프로젝트 주제 선정
	❹ 자료원 검토 및 데이터 수집
	❺ 온톨로지 설계
편찬	❻ 데이터 편찬
	❼ 데이터베이스(GraphDB) 구축[49)
표현	❽ 데이터 시각화(네트워크/표/차트/전자지도/전자연표)[50)
분석 · 해석	❾ 데이터 분석 및 해석
공유	❿ 최종 발표 및 데이터 공유

텐츠)을 이해하는 틀 사이에 유사성이 있다고 보았기 때문이다. 그 틀은 바로 대상을 구성하는 요소들에 대응하는 개념들과 그 개념들 간의 연관 관계이다. 넓은 의미에서는 모든 정보화의 틀이 다 온톨로지일 수 있겠지만, 대상 자원을 '클래스'(class)로 범주화하고, 각각의 클래스에 속하는 개체(individuals)들이 공통의 '속성'(attribute)을 갖도록 하고, 그 개체들이 다른 개체들과 맺는 '관계'(relation)를 명시적으로 기술하는 것이 가장 일반적인 온톨로지 설계 방법이라고 할 수 있다." – 김현 · 임영상 · 김바로, 『디지털 인문학 입문』, HUEBOOKS, 2016, 164쪽.
48) 위키 문법 교보재(URL: http://dh.aks.ac.kr/~jisun/edu/index.php/위키_문법)
49) 그래프 데이터베이스 구축은 21-2학기, 22-1학기, 22-2학기 <데이터인문학> 수업에서만 수행되었으며, Neo Technology사에서 개발한 그래프 데이터베이스 관리 시스템인 Neo4j(http://neo4j.com)를 사용하였다. 21-1학기 <디지털 인문학의 이해>에서는 필자가 관계형 데이터베이스(SQL)에 학생들이 편찬한 데이터셋 (dataset) 최종본을 입력하고 한국학중앙연구원 디지털 인문학 연구소의 인문정

1) 주제 선정: 고유한 것을 조망하기

데이터 편찬 교육 과정에서 수강생이 가장 먼저 맞닥뜨리는 어려움은 바로 ❸ 프로젝트 주제 선정이다. 주제를 선정한다는 것은 곧 연구 목적과 인문학적 문제의식을 분명하게 세우는 것으로, 설계−편찬−표현−분석·해석−공유로 이루어지는 연구 과정의 근본이 되는 지점이다. 문제의식을 촘촘하게 다지지 않는다면 그것을 바탕으로 설계된 온톨로지, 온톨로지에 입각해 편찬한 데이터 그리고 편찬된 데이터를 시각화하거나 분석해서 발견한 지식 모두 엉성해질 수밖에 없다.

이와 관련해 학기 초 대다수 학생들이 "A를 다루면 재밌을 것 같으니 일단 A를 대상으로 온톨로지를 설계해서 데이터를 만들어보다가 무언가 보이는 지점이 있으면 거기 맞춰서 우리 팀 문제의식을 좁혀보자!"라는 단순한 생각으로 프로젝트 주제 선정에 접근하거나, "B를 대상으로 연구해보고 싶은데 이걸 가지고 뭘 할 수 있을까요?"라고 물으며 필자에게 구체적인 문제의식을 잡아주기를 요청하는 경우가 많았다. 그때마다 필자는 수강생들에게 연구 대상을 통해 밝히고자 하는 것이 무엇인지 그리고 여러분이 만드는 데이터가 어떠한 인문학적 의미가 있는지에 대해 끊임없이 고민하고 생각할 것을 요구했다. 주

보학 교실에서 개발한 시맨틱 네트워크 그래프(Semantic Network Graph) 플랫폼을 통해 해당 데이터베이스에 입력된 데이터가 온라인 강의실에서 네트워크 그래프로 출력되게끔 하였다.

50) 데이터 시각화 실습은 아래의 툴을 활용해 진행하였다.
 - 네트워크: Neo4j Bloom(URL: https://neo4j.com/product/bloom/), Network Graph in Wiki
   (URL: http://dh.aks.ac.kr/~jisun/edu/index.php/WikiNetworkGraph)
 - 표·차트: NeoDash(URL: https://neo4j.com/labs/neodash/)
 - 전자지도: NeoDash, Maps
   (URL: http://dh.aks.ac.kr/~jisun/edu/index.php/Maps),
   Leaflet.js(URL: http://dh.aks.ac.kr/~jisun/edu/index.php/Leafletjs)
 - 전자연표: Timeline(URL: http://dh.aks.ac.kr/~jisun/edu/index.php/Timeline),
   TimeMapper(URL: http://dh.aks.ac.kr/~jisun/edu/index.php/TimeMapper)

제 선정 단계에서부터 학생들은 자신이 관심을 둔 대상에 관한 정보를 능동적으로 습득하고 이를 비판적으로 재조직하는 주도적인 학습을 하게 되는 것이다. 주제 선정에 있어 수강생들이 겪은 고충은 다음의 코멘트에서도 드러난다.

> "(전략) 주제를 고르고 또 범위를 줄이는 그 과정이 정말 어려웠다는 것을 이번 데이터인문학의 모든 팀이 다 이해하고 있으리라 생각됩니다. (후략)"－2021년 2학기 <데이터인문학> 수강생 RCH21KU의 후기에서.

> "생각해보면 저희가 이번 팀플을 하면서 가장 어려웠던 점이 주제를 정하는 것이 아니었나 싶습니다. 각 팀이 교수님께 초반에 가장 많이 들었던 피드백도 '범위를 좁혀야 할 것 같다'는 말씀이었고, 저희 팀도 난항을 겪었던 부분이었기 때문에 (후략)"－2021년 2학기 <데이터인문학> 수강생 RCH21KU의 후기에서.

고통스러운 인문학적 사유의 시간을 거친다 하더라도 수강생 모두가 디지털 인문학 연구에 적합한 주제를 선택하는 것은 아니다. 학생들에게 있어서 '데이터(data)'는 수치로 환원되고 '데이터를 다룬다'라고 하면 통계적 분석을 떠올리는 경우가 많기에 데이터로 분절할 수 있는 인문 주제를 선정하는 것에 많은 어려움을 겪곤 했다. 아래는 학기 초 학생들이 제안했으나 디지털 인문학 연구에 부적합하다고 판단하여 필자에 의해 승인되지 못한 몇 가지 팀 프로젝트 주제이다.

－서울시 유흥가에 설치된 가로쓰레기통 개수에 영향을 미치는 요소 연구

- 서울시 CCTV의 증가 동향 연구
- 대학가 근처 카페의 수와 매출액 연구
- 데이트 장소에 따른 소개팅 성공률 연구
- 서울시민들의 출근 패턴 연구
- 연남동의 폭 4m 이내 길에 있는 상권 특징 조사 연구

예컨대 "서울시민들의 출근 패턴 연구"에서 '서울시민들'은 본래 각자가 특수하고 고유한 존재이지만, '패턴'을 들여다보려고 하면 개개의 단독성은 사라지고 균질한 성질의 일반명사로 치환된다. 마찬가지로 "연남동의 폭 4미터 이내의 길에 있는 상권의 특징 조사연구"도 개별 거리의 상권이 고유하게 지니고 있는 특수성을 지워 버린 채 일반적인 특징을 밝혀내는 연구가 되어버린다. 디지털 인문학 교육에서 중요한 지점은 학생들이 인문학적 대상과 문제의식을 데이터로 풀어내는 경험을 하는 것으로, 그 연장선상에서 대상이 지닌 고유하고 단독적인 특성을 살펴보고 이를 데이터로 편찬함으로써 개별 데이터들 사이의 의미적 관계를 발견하게끔 이끌어 줄 필요가 있다.[51] 학기 초

---

51) 이와 관련해 다음의 서술을 참고할 수 있다. "사회과학적 시각은 연구 대상을 '일반명사'로 전제하고 접근하기 때문에 그러한 맥락에서의 데이터는 기본적으로 '정량적'(quantitative) 개념에 기초한 통계적 분석이 가능하다. 예컨대 일반적인 사회과학 연구에서 네트워크 분석 방법론의 적용은 복수의 대상 노드가 균질성을 갖는다는 것을 전제로 이루어진다. 그에 비해 인문학에서의 연구 대상은 대개 '일반명사'가 아니라 '고유명사'의 속성으로 상정된다. 사회과학 분야와 달리 인문학 연구에서 '정성적'(qualitative) 성격의 텍스트 독해가 전통적으로 강조되어온 이유는 바로 여기에 있다. 고유한 것(the singularity)으로서의 단독적 대상은 그 양이 늘어난다 하더라도 개개를 동일한 차원의 균질적인 것으로 이해할 수 없다. 애초에 근본적인 관점이 다른 탓이다. 이로써 보았을 때, 네트워크 분석 과정에서 데이터를 다루는 관점에 따라 해당 연구가 '인문학'에 얼마나 가까운 지 그렇지 않은지를 미루어볼 수 있으며, 그것이 곧 '디지털 인문학'으로서의 성격을 정의하는 데 중요한 참고요소가 된다는 것을 알 수 있다. 데이터의 양의 문제는 인문학의 본질에서 약간 비켜나 있으며, 오히려 개개의 데이터를 고유한 것으로 바라보고 디지털 환경에서 그것들 사이의 단독적 특성을 해석하려는 시도야말로 '디지털 인

부터 늦게는 10주 차 강의까지 수강생 스스로가 고유한 것으로서의 인문학적 대상들 사이의 관계를 살펴볼 수 있도록 유도하고 격려하는 일은 교수자 입장에서 가장 힘들었던 지점이다. 아래의 후기는 인문학적 문제의식을 세우는 과정에서 학생들이 느낀 소회를 담고 있다.

"(전략) 데이터 인문학 수업과 팀플을 통해 데이터를 단순히 수치적으로 보는 것이 아니라 인문학적으로 어떤 의미를 갖는지도 깊이 있게 고민해볼 수 있어서 좋은 경험이었던 것 같습니다."−2022년 1학기 <데이터인문학> 수강생 WDH22KU의 후기에서.

"(전략) 주체적으로 인문학적 문제의식을 가지고 풀어내는 일은 예상했지만, 역시 어려웠다. 이 수업이 아니었으면 생각도 안 해 봤을 것들을 생각할 수 있는 소중한 기회였다. 특히 많은 생각을 하게 했던 추모에 대한 우리 조의 연구뿐 아니라, 다른 조들의 연구주제와 방식을 보면서도 많이 배울 수 있었다."−2022년 1학기 <데이터인문학> 수강생 PSY22KU의 후기에서.

2) 자료원 검토 및 데이터 수집: 나만의 언어로 데이터 쓰기

다사다난한 주제 선정 여정이 마무리되면 각 팀은 팀별로 선정한 주제를 탐구하기 위한 ❹ 기초 자료원을 검토하고 샘플 데이터를 수집·정리하는 작업을 수행하게 된다. 해당 작업은 팀별 선정 주제가 한 학기 동안 실제로 연구 가능한지 검토하는 과정이기도 하다.[52] 이

문학'에 가까운 것이라고 해야 할 것이다."−류인태, 앞의 논문, 388-389쪽 각주 14번.
[52] 학기 말 최종 발표를 준비하기 위한 팀별 '발표 준비 페이지'는 DH Edu 수강생만 열람할 수 있다. 이에 일부 사례만 공개하는 바이다.
(URL: http://dh.aks.ac.kr/~jisun/edu/index.php/Datathop2022)

과정에서 수강생들은 팀별 관심 연구 대상에 대한 정보를 웹에서 찾을
수 없거나, 찾을 수 있다 하더라도 데이터를 쉽게 확보할 수 없다면 연
구 주제를 수정하거나 변경하기도 했다.

> "저희 조 이름이 공기밥추가해조인 것처럼 저희가 원래 하려고 한 주
> 제는 식당이나 음식 관련 주제였는데 주제와 관련된 데이터를 모으기
> 어렵다는 것을 알아낸 후에 처음 예상했던 주제와 전혀 다른 광화문 광
> 장에서의 시위를 주제로 하게 되었는데 주제 선정을 잘했다고 생각합니
> 다. (후략)—2021년 2학기 <데이터인문학> 수강생 HWS21KU의 후기
> 에서.

> "데이터가 인문학과 결합하다 보니 주제에 맞는 자료를 찾는 것이 쉽
> 지 않았다. 조원들과의 상의를 통해 주제에 대한 논의가 여러 차례 이루
> 어졌음에도 자료를 찾을 수 없어서 주제를 바꾸어야 했던 점이 아쉬운
> 것 같다. (후략)"—2021년 2학기 <데이터인문학> 수강생 KJW21KU의
> 후기에서.

한편으로 일부 수강생은 웹 스크래핑이나 웹 크롤링 기술을 활용해
원하는 정보를 추출하거나, <공공데이터포털>[53] 또는 <삼일운동 데
이터베이스>[54] 등과 같이 데이터셋을 제공하는 웹사이트에서 필요
한 데이터를 다운로드한 후 데이터전처리 과정을 거쳐 이를 활용하고
자 했다. 그러나 선정한 연구 대상과 관련해서 웹상에서 정보를 쉽게
가져올 수 있다 하더라도 팀별 문제의식을 바탕으로 편찬한 데이터들
사이에서 드러나는 유의미한 시사점이 무엇인지 살펴보는 것이 한 학

---

53) 공공데이터포털, 행정안전부.(URL: https://www.data.go.kr/)
54) 삼일운동 데이터베이스, 국사편찬위원회.(URL: https://db.history.go.kr/samil/)

기 주 과제이기 때문에 다른 곳에서 가져온 정보를 그대로 사용하는 것은 불가능하다.[55]

　기구축된 데이터를 가져와서 분석하는 방법을 익히는 것도 의미가 있겠으나, 자신의 문제의식에 기초해 다종다양한 정보를 비판적으로 살펴보고 검토하여 데이터를 만드는 훈련을 하는 것은, 비유하자면 남의 글을 잘 인용하는 방법이 아니라 나의 언어로 온전한 나의 글을 쓰는 능력을 기르는 것과도 같다. 아래의 인용은 곧 의미 없는 돌멩이로 보였던 정보를 다이아몬드와 같은 가치 있는 지식으로 가공해낼 수 있는 중요한 훈련이 곧 데이터 편찬 역량을 기르는 것임을 깨달은 여러 수강생의 후기다.

　　"자료조사가 광산을 하염없이 캐는 것 같다고 말한 적이 있었다. 솔직히 말하면 가치가 될 만한 광물을 캔 건지 아직도 잘 모르겠다. 열심히 자료를 모으고, 정리를 하고, 달려왔지만 한편으로는 아쉬움이 남기도 하는 것 같다. 다른 건 모르겠지만, 이 수업을 들으면서 평범한 돌멩이처럼 보이는 것들을 그냥 지나치지 못하게 된 것 같다."－2021년 1학기 <디지털 인문학의 이해> 수강생 CWS21KHU의 후기에서.

　　"(전략) 조원분들의 감상평을 보고 어떤 만화에서 봤던 장면이 생각났습니다. 선생님이 학생에게 돌멩이 사진을 보여주며 '너는 이 돌멩이

---

55) 일례로 2022년 1학기 <데이터인문학> 수강생 네 명으로 구성된 팀 맛있조 는 2017년부터 2022년까지 미쉐린 가이드 서울에 등재된 131개 레스토랑의 특징을 분석하고자 했는데, 해당 팀이 설정한 문제의식을 살펴보기 위해서는 미쉐린 가이드 서울 홈페이지(https://guide.michelin.com/kr/ko)에 기재된 정보를 그대로 사용할 수 없다. 이에 팀 맛있조는 131개 레스토랑의 위치, 음식 종류, 가격 등을 재조사하여 데이터를 편찬하였다. 보다 구체적인 내용은 프로젝트 결과물 페이지에서 살펴볼 수 있다. － 맛있조, "데이터로 보는 미쉐린 가이드 서울의 특징 분석: 식당종류, 특징, 지역 분석, 신뢰도 평가를 바탕으로"
(URL: http://dh.aks.ac.kr/~jisun/edu/index.php/TeamYummyKU22)

같다.'라고 말씀하신 장면인데, 학생은 겨우 돌이라는 말에 분개하죠. 그러나 알고 보니 그 돌은, 다이아몬드 원석이었습니다. 다이아몬드를 얻기 위해서는 섬세한, 불꽃 튀는 가공 작업이 필수죠. 조선극장팀은 돌멩이가 아니라, 돌멩이로 위장한 원석을 캐낸 것이라고 생각합니다. 그리고 그 원석을 프로젝트를 진행하면서 느꼈던 깊은 고민이라는 가공 과정을 통해 다이아몬드로 만들어내셨어요! 이번 프로젝트를 통해 보여주신 것처럼 '돌멩이처럼 보이는 것들'을 다이아몬드로 만들어내는 것은 그것들을 가공해내는 우리들의 몫이라고 생각합니다. 그래서 디지털인문학이라는 학문이 참 매력적이라는 생각도 합니다. (후략)"– 2021년 1학기 <디지털 인문학의 이해> 수강생 AHJ21KHU의 후기에서.

3) 데이터 편찬: 방망이 깎는 노인되기

자료원을 검토하고 데이터를 수집하는 과정을 통해 데이터 편찬을 위한 기초 자원이 마련되면 수강생들은 샘플 데이터를 바탕으로 연구 대상을 디지털 환경에서 데이터로 재현하기 위한 설계도인 ❺ 온톨로지 디자인을 진행하며, 완성된 온톨로지 초안을 토대로 실제 ❻ 인문 데이터를 편찬하는 지난한 작업을 수행하게 된다. 이 단계가 되면 필자는 수강생들에게 "세상에 존재하지 않는 여러분만의 고유한 인문 데이터를 만들기 위해서는 한 땀 한 땀 방망이 깎는 노인이 되어야 한다"라고 말하곤 한다. 팀별 주제 난이도와 참여도에 따라 편차는 있겠으나 데이터 시트 한 줄(row)을 채우기 위해서는 다양한 자료원에 관한 검토뿐만 아니라 조원 간의 끊임없는 논의가 필요하며, 데이터를 만드는 와중에도 온톨로지를 첨예하세 수정해 나가는 작업이 최종 결과물 발표 전까지 지속해서 이루어져야 하기 때문이다. 데이터 편찬 과정에서 수강생들이 겪는 고충은 아래의 코멘트에서 확인할 수 있다.

"(전략) 데이터가 하나씩 쌓이고 정리되면서 어떻게 연결 짓고 관계를 만들지 고민하고, 또 다른 데이터들을 축적해 나갈 때의 보람을 잊을 수 없을 것 같다. (후략)"−2021년 2학기 <데이터인문학> 수강생 RGH21KU 의 후기에서.

"저를 포함해서 표석이 뭔지도 모르고 관심도 없는 학생이 많을 텐데, 한 학기 동안 표석 깎는 노인의 심정으로 데이터를 한 땀 한 땀 조각해 나가셨을 것을 생각하니 눈물이 앞을 가립니다. 하여튼 이렇게 끝을 본다는 건 정말 멋진 일입니다."−2021년 2학기 <데이터인문학> 수강생 HMS21KU의 후기에서.

"중간고사 이후로 일주일에 3~4번 이상 밤을 새워야 할 정도(밤 10시 11시에 시작해서 다음 날 5시에 끝나는 수많은 날들...)로 많은 양의 데이터였습니다. 막판 10일 동안은 저희 3명이 줌을 켜두고 밤을 새워서 데이터를 정리하고 또 정리하는 시간을 가졌습니다. 각자가 맡은 연도가 있었지만, 저희가 가장 보고 싶어 하는 원인을 분석하려면, 어떤 기준으로 분석할 것인지 명확하게 해야 했기 때문에, 한 단어 가지고 토론하고, 어원 가지고 토론하고, 층위 때문에 토론하고... 정말 끝없이 토론했다는 것만 기억에 남습니다. (후략)"−2022년 1학기 <데이터인문학> 수강생 KWY22KU의 후기에서.

4) 데이터 공유: 두려움 극복하기

다수의 학생이 공동으로 데이터를 정리하기 위해서는 웹 환경에서 자유롭게 접속 가능한 작업 공간이 필요하다. 이를 위해 Google Sheets 를 활용하였으며, 팀별 데이터 시트를 각 팀의 프로젝트 위키 페이지에 임베딩(embedding)하여 웹상에 데이터를 공유하도록 했다.

수강생들은 자신이 만든 데이터가 온전히 공개되고 다른 사용자·연구자들이 해당 데이터를 참고해 또 다른 생산적인 지식을 만드는 작업을 할 수 있다는 사실에 대해 부담감을 느끼기도 했다. 전문 연구자가 아닌 학부생이 만든 데이터는 전문적이지 않으며, 팀별 주관적인 기준에 의거해 데이터를 정리했기에 객관성이 떨어진다고 생각했기 때문이다. 이러한 부담감 때문인지 일부 학생들은 데이터 편찬에 있어 객관적이고 공신력 있는 기준을 따르고자 한국학중앙연구원에서 제공하는 '한국민족문화대백과사전'과 같은 공식적인 사전 내용이나 '경찰청통계자료'와 같은 행정기관 분류 기준을 그대로 적용하기도 하였다.

그러나 인문 데이터는 문화적인 맥락을 반영하기에 필연적으로 연구자의 주관적 문제의식이 데이터 편찬 과정에 개입될 수밖에 없다. 이와 관련해 필자는 학생들에게 데이터의 속성값(value)을 입력하는 데 적용한 개별 팀만의 논리적인 체제나 기준을 팀별 프로젝트 위키 페이지에 정리할 것을 요구하였다. 데이터 편찬 맥락에서 연구자의 주관적 관념이 어떻게 반영되었는지 그에 관한 근거가 공개된다면 해당 데이터에 대한 검증이 가능해질 것이기 때문이다.[56] 이러한 과정에서 수강생들은 섬세한 편찬기준을 세우기 위해 데이터를 다각도로 살펴보고 분절하면서 연구 대상에 대한 지식을 스스로 탐구해 나갈 수 있다. 아래 학생들의 후기를 통해 데이터 편찬기준을 세우는 과정에서 발생하는 학생들의 고민을 일부 엿볼 수 있다.

> "(전략) 교수님께서 '다른 사람들이 이 데이터를 사용할 수 있어'라는 말에 정말 정확하고 통일성 있게 데이터를 만들기 위해 무지무지 노력했

---

[56] 이와 관련해 다음의 서술을 참고할 수 있다. "인문학 데이터를 디자인하는 데 있어서 일정 부분 이상 연구자의 주관적 관념이 개입되는 것은 어쩔 수 없다고 하겠으나, 한편으로 그에 대한 결과물로서의 데이터가 온라인 환경을 통해 개방적으로 공유되기 때문에 연구자 개인의 주관적 관념이 연구에 어떻게 반영되었는지를 확인할 수 있는 최소한의 근거가 확보된다." – 류인태, 앞의 논문, 398쪽.

다는 것을 알아주셨으면 좋겠습니다. (중략) 어떤 학우님께서 분류 기준을
세우는 데 동일하게 어려움을 겪었다고 하셨는데, 이 연구에서 가장 어려
웠던 부분 중 하나가 아닐까 싶습니다. 원인을 새로이 정의하는 과정 중에
서 가장 많은 마찰도 생겼고 구분할 수 있는 기준을 찾는데, 어떤 기준을
참고해야 이 연구에 잘 맞을까를 고민하는 것이 정말로 어려웠습니다. (후
략)"−2022년 1학기 <데이터인문학> 수강생 KWY22KU의 후기에서.

  "(전략) 쟈철탔죠의 결과물을 볼 때, 서울의 지하철역을 세세히 분류
하고 역 이름이 왜 나왔는지를 분석한 것이 특히 흥미롭게 느껴졌습니
다. 지하철역의 수가 많고, 이름의 연원이 다양하다는 점에서 분류 체계
를 갖추는 것이 쉽지 않았을 테지만, 온톨로지와 Neo4j를 통해 볼 수 있
듯이 쟈철탔죠만의 체계적인 분류 체계를 만들었다는 점이 정말 놀랍고
쟈철탔죠의 고민의 흔적을 느낄 수 있었습니다. (후략)"−2021년 2학기
<데이터인문학> 수강생 JYW21KU의 후기에서.

3. 나오며: 데이터 편찬을 통한 인문학 공부

  한 학기 15주라는 시간은 인문 데이터 편찬을 온전히 경험하기에는
절대적으로 부족한 시간이다. 인문학적 문제의식을 설정하고 이를 들여
다볼 수 있는 자료를 수집한 뒤 설계한 온톨로지를 토대로 데이터를 편찬
하고 데이터베이스를 구축하여 지식 그래프를 편찬하며, 이를 통해 드러
나는 의미를 해석하는 과업의 연속. 추가로 미디어위키(MediaWiki) 전
자문서 작성과 지리 정보 데이터 편찬, 전자연표 제작 등 학생들이 수
행해야 할 과제가 많은 편에 해당한다.
  이 모든 과정에서 가장 중요한 지점은, 학생들이 직접 데이터를 다

룰 수 있는 기술을 익히는 것이 아니라 탐구하고자 하는 인문학적 주제에 관한 고민을 전개하기 위해 능동적으로 공부를 한다는 사실이다. 데이터를 매개로 의미 있는 이야기를 발견하기 위해서는 그만큼 연구 주제에 대해 깊이 있는 고민과 탐색을 해야 한다. 학생들이 작업 과정을 통해 새로운 인문학적 지식을 발견하는 것도 의미가 있겠지만, 그보다는 디지털 환경에서 자유롭게 정보를 재조직하는 경험을 해본다는 것이 더욱 의미가 있다. 그것은 곧 데이터 편찬 작업을 통해 학생 각자가 인문학 공부를 즐겁게 한다는 것을 의미하기 때문이다.

〈그림 9〉 학생들이 참여한 연구 프로젝트 결과물 페이지[57]

아래는 그에 대해 짐작해볼 만한 학생들의 후기이다.

  "어린 시절 공부가 머릿속 책장을 만드는 일이라는 말을 들어본 적이 있다. 나에게 있어 이번 연구는 책장에 책을 꽂는 법을 배우는 일이었던 것 같다. 조 편성과 함께 주제가 정해지고 자료를 모으기 시작할 때에는 모일수록 든든하다고 느꼈다. 이러한 생각은 언제 어디든 필요한 때가 생길 것이고, 넣으면 들어갈 것이라는 막연한 기대감에서 비롯된 듯한데 이러한 나의 기대와 달리 가닥이 잡히고 주제가 좁혀질수록 넘치는 자료들은 짐이 될 뿐이었다. 시간이 지날수록 버리자니 아쉽고, 넣자니 말하고자 하는 바가 흐려지지만, 그래도 포기하기 어려운, 마치 도저히 어쩔 수 없는 맥시멀리스트가 된 것 같은 기분이 들 때도 종종 생기곤 했다. 이런 상황 속에서 팀으로 진행하는 것은 내게 많은 도움이 되었던 것 같다. 혼자서 결정하기 힘든 것들을 여러 시각에서 보고 고르며 덜고 넣어가니 나름의 질서를 갖추어 정리할 수 있었다. (중략) 수업, 연구, 아쉬움 모두 의미 있는 시간을 보낸 것 같다. 하나의 데이터를 편찬하는 일이 가져야 하는 과정들, 이러한 과정에서 필요한 논의, 보기 좋게 가공하는 법, 툴, 해외 사례까지 기대한 것보다 훨씬 더 많은 것들을 배웠고, 수강신청할 때 '취업을 위해 도움이 되는 전공수업'이라는 그때의 마음보다 과분한 것들을 얻어가게 되었다. 고생해준 조원들, 의견 나누어준 학우들, 좋은 수업 만들어주신 교수님께 감사 전하며 후기를 마친다. 이번 학기가 끝나고 나면 혼자 멋지게 책장을 정리해 볼 셈이다."-2021년 1학기 <디지털 인문학의 이해> 수강생 KJG21KHU의 후기에서.

  "(전략) 일상생활에서 흔하게 접하던 지하철 역명을 데이터로 편찬하면서 새로운 의미를 만들어낼 수 있어 흥미로웠고, 학습한 다양한 데이터 분석 수단을 이후 다른 수업 및 연구 과정에서도 활용할 수 있을 것

---

57) DH Edu Project Archive URL: http://dh.aks.ac.kr/~jisun/edu/Main

같다는 생각이 들었습니다. (후략)"－2021년 2학기 <데이터 인문학> 수강생 JIS21KU의 후기에서.

"데이터 관련 수업을 들어도 기존의 데이터를 활용하는 수업만 들어봤는데 처음으로 직접 데이터를 만들어보는 과정이 흥미로웠고 뿌듯했다. (중략) 앞으로 비슷한 일을 하게 된다면 이번보다 더욱 완성도 있고 다양하게 활용 가능한 데이터를 만들어보고 싶다는 생각이다. (후략)"－2021년 2학기 <데이터인문학> 수강생 LNY21KU의 후기에서.

"(전략) 제가 생각했던 것 이상으로 많은 것들을 배워갈 수 있었습니다. 단순히 프로그램 기법을 배우는 것이 아니라, 직접 연구주제와 문제의식을 설정하는 법과, 데이터를 다루는 태도, 시야 등 좀 더 근본적인 것들을 함께 배워갈 수 있던 점이 가장 좋았습니다. (후략)"－2022년 1학기 <데이터 인문학> 수강생 KDH22KU의 후기에서.

학생들의 후기에서 드러나듯이 인문학적 문제의식에 기초한 또는 구체적인 인문학 자료를 대상으로 한 데이터 편찬 교육에서 가장 중요한 지점은, 교수자가 강단에 서서 일방적으로 이론을 전달하는 것이 아니라, 학생들이 '혼자 멋지게 책장을 정리해 볼' 수 있는 역량 즉, 디지털 환경에서 정보를 연결하고 다양한 지식을 탐구할 힘을 길러 준다는 데 있다. 유관 정보를 취합해 다각도로 그 사이의 관계를 살펴보고 그 의미를 해석하는 것이 필수 역량이 된 디지털 시대에, 향후 학생들이 사회로 나가 마주할 문제들은 단순히 숫자로 치환한다고 해결할 수 없는 경우가 대부분일 것이다. 숫자가 아닌 인문학적 문제의식을 중심으로 데이터를 다루고 디지털 환경에서 그것을 살펴보는 방법을 학생들이 익힐 수 있는 다양한 디지털 인문학 교육이 앞으로 많이 이루어지기를 기대한다.

참고문헌

김현·임영상·김바로, 『디지털 인문학 입문』, HUEBOOKS, 2016.

류인태, 「디지털 인문학은 인문학이다」, 『인문논총』 77(3), 서울대학교 인문학연구원, 2020, 365-407쪽.
류인태, 「데이터 기반의 고전 읽기 교육-『논어』를 대상으로 한 디지털 인문학 강의 사례를 중심으로」, 『인문논총』 78(1), 서울대학교 인문학연구원, 2021, 43-73쪽.

공공데이터포털, 행정안전부.(URL: https://www.data.go.kr/)
삼일운동 데이터베이스, 국사편찬위원회.(URL: https://db.history.go.kr/samil/)
DH Edu(URL: http://dh.aks.ac.kr/~jisun/edu/)
Neo4j(http://neo4j.com)
Neo4j Bloom(URL: https://neo4j.com/product/bloom/)
NeoDash(URL: https://neo4j.com/labs/neodash/)

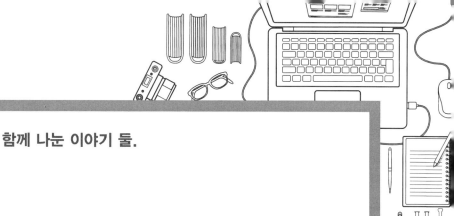

함께 나눈 이야기 둘.

디지털 환경에서
한국문학 교육은
어떻게 가능한가?

대담자: **류인태**
토론자: **장문석, 김지선**

데이터 편찬 교육을 넘어 데이터 활용 교육으로의 확대

류인태(이하 류) 장문석 선생님은 작가 연구의 맥락에서 학생들과 어떻게 호흡했는지에 관한 내용을 글로 옮기셨다면, 김지선 선생님은 실제 데이터 처리 유관 기술을 다루는 디지털 인문학 전공자로서 교육에 관한 여러 가지 고민을 글에 담아내신 것 같습니다. 사실 디지털 인문학 연구 분야는 굉장히 다양합니다. 그런데 두 분 선생님은 주로 데이터를 직접 만드는 작업, 즉 '데이터 편찬' 영역이라고 주로 이야기를 하는데, 거기에 초점을 두고 학생들과 함께 호흡한 경험을 이야기해주셨습니다. 예를 들어 김지선 선생님의 경우 웹에서 구할 수 있는 데이터를 가져다가 활용하는 것과 별개로 웹에 없는 데이터를 직접 만들어보는 경험이 매우 중요하기 때문에, 학생들에게 그 지점을 강조하시기도 한 것 같습니다. 한편으로는 두 분 선생님 모두 그러한 데이터 편찬 맥락의 교수법을 어떻게 더 발전시킬 것인가에 관한 고민을 전달해주시기도 했습니다. 제가 느끼기에는 디지털 인문학 교육이라는 것이 단일 기술이나 유관 맥락에 관한 내용만 알려주는 것보다 데이터를 다루는 다양한 맥락의 경험을 학생들에게 전달하는 것이 매우 중요한 것 같습니다. 예를 들어 웹 스크래핑이나 크롤링과 같은 데이터 마이닝을 활용한 데이터 수집 강의 또는 수집한 데이터를 전처리하고 다각도로 분석(텍스트/네트워크 분석 등)하는 강의도 교육 프로그램으로 개발하는 것이 가능하며, 실제 그와 같은 교육 또한 많이 이루어지고 있는 상황입니다. 데이터 편찬이 아니라 다른 형식의 디지털 인문학 교육을 계획하고 계시거나 또는 향후 그러한 교육에 관한 구상을 가지고 계시다면 그에 관한 생각을 여쭈어 듣고 싶습니다.

김지선(이하 김) 저는 기본적으로 학생들에게 데이터를 다루는 데 있어서 최대한 정성적인 관점의 접근을 고민을 해보고 또 실제로 그것을 시도해보기를 요구하지만, 데이터를 다루는 과정에 있어서는 꼭 정성적인 접근만을 강제하지는 않습니다. 데이터를 다각도로 살펴보고 또 나름대로 학생들이 그에 관해 해석을 하는 것이 중요하기 때문에 정량 분석이 필요한 학생들에게는 자율적으로 그러한 시도를 해보라고 권합니다. 제가 강의를 진행하면서 주로 활용하는 Neo4j[58] 그래프데이터베이스는 정량 분석이 가능한 질의어를 다룰 수 있습니다. 그런데 그렇게 하다 보니까 학생들 입장에서는 데이터의 속성이라든가 아니면 데이터와 데이터가 맺고 있는 관계의 속성을 활용해서 여러 데이터가 내포한 지점을 다각도로 들여다보기 위한 노력을 하기보다, 정량 분석을 위한 질의어를 만들고 그로부터 수치로서의 계량적 결과를 얻는 데 치중하는 경향이 강하게 나타나더군요 (웃음). 정량 분석의 경우 질의어 구성이 상대적으로 간단하고 결과가 '수치'로 나오기 때문에, 아무래도 학생들 입장에서는 정성적 접근보다 더욱 '원하는 결과'에 가깝지 않나 싶습니다.

류 열심히 하는 학생들도 있겠지만, 요령을 부리는 학생들도 늘 있다는 것을 생각해야 할 것 같습니다. 교육의 어려움이겠지요.

김 네. 관련해서 보편적으로 활용되는 네트워크 분석 도구인

---

58) Neo4j 홈페이지 URL: https://neo4j.com/

Gephi를 학생들에게 가르치기도 합니다. Gephi[59]는 그래프데이터베이스와 달리 데이터 사이의 관계성을 모두 수치화한 것을 근거로 네트워크의 중심 노드나 매개 노드가 무엇인지 그런 지점을 파악하는 데 있어서 효과적인 분석 플랫폼이긴 합니다. 네트워크 이론에 기초한 결과를 도출해주기 때문에 여러모로 연구에서의 활용도가 높습니다. 그런데 그와 같은 네트워크 분석의 경우에 있어서도 온전히 완결된 데이터를 가지고 접근해야 유의미한 결과가 나오는데, 학생들 입장에서는 완결된 데이터가 아니라 전체 대비 부분적인 데이터 또는 관계 설정이 엉성한 데이터를 가지고 네트워크 분석을 시도하는 경우가 많기 때문에 잘못된 해석을 도출하는 경우가 굉장히 많습니다. 분석 도구가 아무리 정교하더라도 분석에 활용하는 데이터가 엉성하면, 결과는 불 보듯 뻔한 것이죠.

류 'Garbage in garbage out'이라는 유명한 말이 있죠. 쓰레기같은 데이터를 활용하면 결과도 쓰레기같은 것이 나온다 뭐 그런 뜻인데. 그만큼 데이터의 편찬·전처리 과정이 매우 중요하다는 것을 학생들에게 상기시키는 것 또한 필수가 아닐까 싶습니다.

김 네, 그렇습니다. Neo4j는 단순한 툴(tool)이 아니라 데이터베이스(database)기 때문에, 데이터의 섬세한 편찬 정보(속성, 관계)를 반영한 질의어를 활용해 세밀한 결과를 도출해낼 수가 있는데, Gephi의 경우는 '네트워크 분석'이라는 단일 목적에 초점을 둔 툴이기 때문에, 학생들이 데이터를 편찬한 과정에서

---

59) Gephi 홈페이지 URL: https://gephi.org/

고민한 여러 맥락의 정보를 매개로 데이터를 섬세하게 들여다볼 수 있는 여지는 거의 없습니다. 그래서 편찬된 데이터 사이의 관계를 해부함으로써 인문학적 의미를 발견하는 데 주로 집중하는 제 강의에서는, 분석 툴을 다루는 것이 적합하다고 말하기는 어려울 것 같습니다(웃음). 만약 데이터 편찬 강의 외에 편찬된 데이터 또는 유관 데이터를 수집해서 분석하거나 시각화하는 강의를 할 기회가 생긴다면, 데이터 분석이나 시각화 방면에서 활용되는 다양한 도구를 써볼 수 있을 것 같습니다. 학생들이 직접 편찬한 데이터와 그것을 대상으로 정성적 분석을 시도한 결과와, 수집한 데이터와 그것을 대상으로 정량적 분석을 시도한 결과가 어떤 차이점이 있는지를 비교해 보는, 그런 경험의 장을 마련해 보는 것도 가능할 것입니다.

장문석(이하 장) 김지선 선생님께서 말씀하신 여러 기술은 저도 꼭 배워보고 싶습니다(웃음). 강의를 진행하다 보면 학생들이 어떤 상황인지 무엇을 할 수 있는지 혹은 무엇에 관심이 있는지와 관련된 이슈도 있지만, 한편으로 무엇을 할 수 있는가에 있어서 늘 격차가 있는 것 같습니다. 최근 중등 교육 과정에서 코딩 수업이 이루어지고 있고, 그런 교육을 받은 학생들이 대학에 진학하는 시점이 되면 그만큼 또 상황이 달라질 것이라 생각합니다. 배우는 학생들 사이의 격차뿐만 아니라 배우는 학생과 가르치는 교수자의 격차는 앞으로 더욱 심해지겠죠? 이런 것들을 생각하다보면 장기적으로 강의를 어떻게 만들어 갈 것인가에 관한 고민을 할 수밖에 없습니다. 제가 지금 국어국문학과에서 시도하고 있는 디지털 인문학 강의는, 개인적으로 진입

장벽이 높지 않다고 생각합니다. 예를 들어 온톨로지 설계라든가 기본적인 수준의 데이터 시각화와 관련된 내용을 주로 다루는데, 디지털 환경에서 문학에 관한 정보나 지식을 편찬할 때 고려해야 할 데이터에 관한 원론적 시각이나 입장 또는 데이터 편찬 과정에서 고민해야 할 몇몇 지점을 학생들이 직접 경험하는 형태로 강의를 진행하고 있습니다. 그만큼 다루기 어려운 기술이나 디지털 환경에 관한 복잡한 이해를 요구하지 않기에, 어떠한 학생이든 자유롭게 참여할 수 있는 여지가 크지만, 한편으로 조금 더 심화한 수준의 디지털 기술을 활용하는 형식으로 디지털 인문학 강의로서의 외연을 더 넓혀야 될 필요가 있지 않을까 그런 생각을 꾸준히 하고 있습니다.

류　디지털 인문학 전공자의 입장에서도 유관 강의를 진행하는 것이 쉽지 않은데, 순수한 문학 전공자인 선생님께서 디지털 인문학 강의를 진행하면서 겪으실 어려움이 얼마나 클까에 관해 생각을 하게 됩니다.

장　별말씀을요. 늘 배운다는 생각으로 임하고 있습니다(웃음). 조금 전에 김지선 선생님께서 '데이터 편찬'과 '데이터 분석' 및 '데이터 시각화'를 거론하시면서 디지털 인문학 교과 과정의 체계나 단계라고 할까요 그에 관한 말씀을 잠깐 해주셨는데요. 이번 토론에서 다루어질 내용 전반을 아우르는 문제의식일 수도 있겠다는 생각이 듭니다. 예컨대 국어국문학 또는 한국어문학을 전공한 연구자가 디지털 인문학과 조우하게 되었을 때 어떠한 방향으로 교육 과정을 상상하고 디자인할 수 있을까를 떠올려 볼 수 있을 것입니다. 학부와 대학원 과정의 난이도가 다른 것과 별개로, 국어학, 고전문학, 현대문학으로 분기하는 세부 전공 사이의 변별점이라고 할까요 그러한 각 전공 갈래의 특징을 잘 반영한 디지털 인문학 교과를 어떻게 만들 수 있을 것인가의 고민이 그에 해당할 것입니다.

류 네, 선생님 말씀 감사합니다. 국어국문학 하위의 세부 전공 영역이 각기 지닌 특성을 잘 반영한 디지털 인문학 교육의 형식은 무엇이며 그에 관한 고민은 어떻게 이루어져야 하는가. 현실적으로 그것을 실행하기 위한 가장 좋은 채널은 협업이 아닐까 싶습니다. 다양한 맥락의 데이터 처리 기술을 다룰 수 있는 역량과 경험을 갖춘 연구자와 도메인 지식을 다룰 수 있는 국어국문학 전공자 즉, 인문학 연구자가 함께 의논해서 공동으로 강의를 진행해 나가는 방식이 가장 현실적인 접근이 아닐까 생각합니다. 한편으로 그것이 가능하려면 두 사람 사이에 커뮤니케이션이 이루어져야 하기 때문에, 각자가 서로의 영역에 대한 최소한의 이해를 갖추는 것이 필수적입니다. 사실 그 지점이 또 현실적으로 어려울 수 있습니다.

학생들에게 필요한 강의 vs 학생들이 요구하는 강의

왕성필 안녕하세요. 저는 한국과학기술원(KAIST) 문화기술대학원에서 디지털 인문학과 문화정보학 분야에서의 연구를 진행하고 있는 왕성필입니다. 장문석, 김지선 두 분 선생님께서 평소 디지털 인문학 교육에 관해 고민해 오신 내용을 감명 깊게 들었습니다. 감시히디는 말씀을 드립니다. 저는 디지털 인문학 교육을 어떻게 할 것인가에 관한 내용이라기보다 조금 더 현실적인 문제에 대해 질문을 드리고 싶습니다. 아무래도 제가 대학원생이기에 수업을 하는 것보다는 듣는 것에 익숙해서 학생의 입장에서 생각을 해보게 되는 것 같습니다. 저는 학부 재학 시절 공학과 인문학 양쪽을 전공해서 두 전공의 4학년이 취업 시즌에 겪게 되는 분위기의 격차를 온몸으로 느꼈습니다. 그래서인지 김지선 선생님의 글에 있는 '문과생도 취업에 도움이 될 만한 디지털 방법론을 배울 수 있을까요?'라는 질문이 꽹장히 인상 깊었습니다. 학생들 입장에서 취업에 도움 될 만한 디지털 기술에 관한 요구와는 별개로, 국내의 디지털 인문학 교육에서 주로 활용되는 기술은 공학 방면의 교육 과정에서 다루는 기술과 많은 차이가 있는 것 같습니다. 특히 XML, Wiki, WordCloud와 같은 것들은 더더욱 그렇게 느껴집니다.

류   아무래도 공학 방면의 교과는 '기술'이 중심이 되겠지만, 디지털 인문학은 '기술'이 아니라 '인문학'이 중심이 되니까 실제 강의에서 다루게 되는 기술의 층위나 외연이 다를 수밖에 없겠죠.

왕성필   네, 저도 그렇게 생각합니다. 관련해서 저는 어떤 기술을 사용할 것이냐와 별개로 연구자의 문제의식이나 연구 역량이 훨씬 더 중요하다고 생각하고, 또 그에 근거했을 때 첨단 기술을 활용하지 않아도 충분히 좋은 인사이트와 결과를 얻어낼 수 있다고 생각합니다. 다만 학부생들의 입장에서는 디지털 인문학 연구자들이 중점적으로 사용하는 기술보다는 데이터 사이언스 분야나 IT업계에서 통용되는 기술들이나 유관 방법론에 더 많은 관심을 가질 수밖에 없습니다. 또 강의 하나를 들으면서 인문대에서의 졸업 요건도 채우고 지원하고자 하는 기업에 소위 어필할 수 있는 활용도 높은 일타이피 성격의 무언가를 디지털 인문학 강의에서 기대하는 것 같기도 합니다. 이와 같은 학생들의 요구를 강의에 모두 반영하려고 하면, 또 디지털 인문학의 방향성이나 철학과는 거리가 멀어지게 되는 그런 지점도 생겨날 것 같습니다. 현재 대학의 교육 현장에서 벌어지고 있는 현실적인 요소들에 관해 어떤 생각을 갖고 계시고 또 어떻게 대응하고 계신지 여쭤보고 싶습니다.

김   왕 선생님께서 말씀하신 내용은 굉장히 현실적인 지적이 아닐까 싶습니다. 저도 늘 고민하는 지점입니다. 저 같은 경우 학기 초에 학생들을 대상으로 '강의에서 기대하는 점이 무엇인지'에 관해 설문조사를 하는데, 왕 선생님께서 말씀하신 것과 같이 첨단의 디지털 기술을 배우고자 하는 희망으로 수강한 학생들이 적지 않다는 것을 늘 확인합니다. 학생들의 그런 요구 사항을 강의에 적용할 수 있다면 좋겠지만, 강의에 참여하는 학생들이 프로그래밍 언어나 데이터베이스를 다뤄본 경험이 저마다 달라서, 현실적으로 그렇게 하기는 어렵습니다. 특히 제가 진행하는 강의에는 컴퓨터 공학을 전공하는 학생들이나 데이터 사이언스 유관 과정에 재학 중인 학생들도 참여하는데, 아무래도 그런 학생들은 주로 자신들이 배우고 익힌 인공지능 기술을 강의 내용과 연계해서 다뤄보고 싶다고 이야기를 합니다. 예를 들어, AI 알고리즘을 활용해서 텍스트를 분석한다든지 이미지를 분류한다든지 그러한 요청인데, 그에 관해서는 요청한 학생들이나 팀에게만 관련 내용을 별도로 전달하지 강의를 듣는 학생들 전체를 대상으로 유관 기술을 알려주는 경우는 없습니다. 왜냐하면 디지털 인문학 강의에서는 '기술의 적용'보다는 '인문학적 고민'을 상대적으로 중시하다 보니, '첨단 기술을 다루는' 맥락을 평가에 반영하기가 어렵기 때문입니다. 예를 들어 프로그래밍 언어에 익숙한 어떤 학생이 같은 팀의 다른 학생들에게, "나는 첨단의 기술을 다룰 수 있기 때문에, 그것을 활용해서 우리 팀 프로젝트에 기여를 하고 싶다"고 의사를 표현할 수 있겠지만, 실제 학기말 이루어지는 팀 내 자체 기여도 평가에서 오히려 그런 학생들이 안 좋은 평가를 받는 경우가 많습니다. 기술을 제대로 활용할 수 있는 주제를 택하는 주객전도 현상이 일어나거나, 프로젝트 진행 과정에서 첨단의 기술이 인문학적 문제의식을 해결하는 데 실제 큰 도움이 되지 못하는 지점들이 있기 때문입니다. 개인적으로 현재 진행하고 있는 강의에서는 '첨단의 기술을 익힐 수 있는 기회'보다는 '인문학적 고민을 깊게 할 수 있는 시간'을 학생들에게 제공하는 것이 더 중요하다고 생각을 해서, 그쪽에 초점을 두고 있습니다. 아마 디지털 인문학 분야에서 활용 가능한 여러 기술을 기능적 차원에서 다루는 것에 초점을 둔 강의를 맡게 된다면, 그때는 학생들이 원하는 방향으로 강의 내용을 구성해볼 수도 있을 것 같습니다(웃음).

장 김지선 선생님 말씀 감사합니다. 왕 선생님의 질문에 관해서는 저나 김지선 선생님의 의견도 있겠지만 류인태 선생님께서 해주실 이야기가 또 있지 않을까 싶습니다.

류 네, 근본적인 지점에 관해 조금 생각을 해볼 필요가 있겠습니다. IT업계에서 다루는 첨단의 기술을 배우고 익히고 싶은데, 왜 굳이 디지털 인문학 교과를 통해 그것을 익히려고 하느냐와 같은 질문을 해볼 수 있습니다. 그런 내용을 배우고 싶다면 최근 각 대학마다 경쟁적으로 개설중인 컴퓨터 과학이나 데이터 사이언스 유관 전공 또는 교양 강의를 수강할 수도 있을 테고, 또 요즘에는 그런 내용을 배울 수 있는 채널이 대학 바깥에도 굉장히 많습니다. 그런데 왜 굳이 인문대를 중심으로 이루어지는 디지털 인문학 강의를 통해서 그런 것을 배우고 싶어 할까라는 학생들의 어떤 심리에 대해서 생각을 해보면, 제 개인적 생각으로는 그 이면에는 시스템의 문제가 있는 것 같습니다.

장 시스템의 문제라면, 대학 단위의 교육 과정 설계 차원에서의 접근을 말씀하시는 건가요?

류 네, 비슷합니다. 제가 알기로 많은 대학들이 지금 비슷한 상황에 처해 있는데, 인문계로 진학한 학생들이 대학에 진학해서 인문계 강의보다 공대 쪽 전공 강의 또는 데이터 사이언스와 관련된 교양 강의를 더 많이 듣는다는 것입니다. 왜냐하면 학생들 입장에서는 취업을 위해 그쪽에 대한 이해가 더 필요하겠다 싶으니까 그런 상황이 생길 수밖에 없는 것입니다. 그러다 보니 대학 본부의 경우 '학생들이 인문학 강의를 안 듣고, 점점 더 데이터 사이언스 영역의 강의를 많이 듣는구나'라는 입장 하에 수요와 공급의 관점에서 기존에 개설된 인문학 강의를 더욱 축소하거나 없애고, 상대적으로 컴퓨터 과학이나 데이터 사이언스 전공과 관련된 강의를 더 늘리는 방향으로 가는 것입니다. 대학 전체 차원에서 이루어지는 교육 과정 편성 및 개설이 그런 방향으로 진행되다 보니 인문대학에서는 현실적으로 압박을 받을 수밖에 없습니다. 최근 몇 년 사이 여러 대학의 인문대에서 급하게 만들어지고 있는 디지털 인문학 유관 교과 개설 이면에는, 그와 같은 학생들의 수요에 대응할 수 있는 새로운 교과목 개설에 관한 요구를 억지로 받아들일 수밖에 없고 그에 맞추어 강의 내용을 편성할 수밖에 없는 인문대학의 현실이 있는 것입니다.

장 인문대학에 재직 중인 많은 교수님들의 고민이 아닐까 싶습니다.

류 네, 인문대학의 입장에서는 인문대 학생들이 공대에 가서 그런 데이터 사이언스 전공 교과를 수강하는 것보다, 차라리 인문대에 있으면서 조금이라도 인문학적인 것과 연계해서 컴퓨터나 데이터 처리 기술을 배울 수 있게끔 하는 것이 낫다고 생각합니다. 그래서 '디지털 인문학'이라는 표제 하에 인문대에서 새롭게 개설되는 과목이 최근 늘어나고 있는 것입니다. 중요한 것은 이러한 현실적 상황에서, 결국 어디에 무게 중심을 두고 디지털 인문학 교육을 진행해야 할 것인가에 관한 방향이 있어야 하는데, 사실 정답이 없다는 것입니다. 예컨대 제가 방금 말씀드린 대로 인문대에서 그와 같은 강의를 만드는데 공대에 계신 교수님을 초빙해 와서 강의를 맡기면, 그것은 그냥 인문대에서 열리는 컴퓨터 과학 강의지, '디지털 인문학'에서 소위 '인문학'으로 자리매김할 수 있는 교과의 정체성을 확보하기 어렵습니다. 반대로 컴퓨터나 데이터 처리 기술을 다루는 전문가와 인문학을 전공한 교수님이 함께 참여하는 그런 융합적 형식의 강의를 기획한다고 하더라도, 온전한 협업 강의가 되려면 각자의 전공에 관한 이해뿐만 아니라, 서로의 전공 영역을 기초적으로 이해하고 있어야 합니다. 말하자면 2명 이상의 교수자가 서로 왔다갔다하면서 티키타카를 해야 되는데, 결국은 인문학 전공의 교수님 입장에서는 컴퓨터나 데이터 처리 기술에 관한 기초 이해를 익혀야 한다는 부담이 생기는 것이고, 반대로 기술을 다루는 전문가 입장에서는 강의에서 다루는 도메인 지식으로서 특정 인문학 분야를 최소한으로라도 알아야 한다는 부담이 발생합니다.

장   실제로도 그런 형식의 강의가 성공적으로 운용된 사례는 듣지 못한 것 같습니다.

류   네, 쉽지 않지요. 개인적인 경험이긴 합니다만, 문학이나 역사학을 전공한 연구자 선생님들로부터, 학교에서 디지털 인문학 유관 강의를 맡게 되었는데 컴퓨터 기술에 대해서 얼마나 이해하고 준비가 되어 있어야 하는가에 관한 질문을 받을 때가 종종 있습니다. 그런데 그것은 정말 정답이 없습니다(웃음). 왜냐하면 개인의 문제이기도 하거든요. 인문학 연구자라 하더라도 컴퓨터 쪽에 취미가 있고 또 잘하시는 분들도 있습니다. 그런 분들은 또 금방금방 배우고 응용합니다. 대학에서 이루어지는 그와 같은 급격한 변화에 연구자 개인이 어떻게 대응할 것인가의 문제도 케바케 그러니까 일관된 양상이 아닌 것이죠. 현 시점에서 이루어지고 있는 디지털 인문학 교육의 혼란은 현실의 여러 요소가 복잡하게 얽혀 만들어낸 결과라고 생각해야 할 것 같습니다.

AI를 활용한 문학 교육 방안에 관해

노대원 안녕하세요. 제주대 국어교육과에서 공부하고 있는 노대원
입니다. 류인태 선생님의 말씀에 공감합니다. 저는 아무래도
사범대에 있다 보니까 단과대 내에서 인공지능과 관련된 교육
이라든가 인공지능융합교육대학원 쪽에서 교육 요청을 받고
있습니다. 저도 이제 곧 '인공지능과 문학'과 같은 제목으로 강
의를 준비해서 대학원에서 해야 하는 상황입니다(웃음). 앞서
이재연 선생님 발표에서 가수 故신해철 씨의 기록들을 데이터
로 학습하게 해서 인공지능으로 하여금 가사를 쓰게 한다든가
그런 사례를 소개해주셨는데요. 개인적으로 굉장히 흥미롭게
다가왔습니다. 그런 방식의 교육이 어떻게 가능한가 궁금하기
도 하고, 전반적으로 '인공지능'과 '문학'이라는 두 키워드가
연계할 수 있는 융합적 형식의 교육 방법론이나 그에 관한 아
이디어를 좀 공유해 주시면 많은 도움이 될 것 같습니다.

류 선생님 말씀 감사합니다. 인공지능과 인문학을 연계한 교육은
여러 형태가 있는데, 가장 보편적인 형태는 인공지능 방면의
기술을 직접 다루는 것이 아니라 그러한 인공지능 기술이 초래
한 환경에 관해 학생들과 함께 토론하는 것입니다. 앞으로 인
공지능이 더 보편화되는 세상이 왔을 때 유관 기술이 만들어내
는 문화적 윤리적 상황에 어떻게 대응할 것인가를 인문학적 관
점에서 논의하는 형식의 강의를 상상해보시면 됩니다. 그리고
인공지능의 역사를 살펴보면서 유관 기술의 발달과 쇠퇴가 어
떻게 이루어져 왔으며, 그 가운데 인간 사회가 어떻게 변해 왔

는가를 다루는 강의도 시도할 수 있습니다. 기술이 만들어낸 변화가 문화·사회적 변동을 어떻게 이끌어내고, 다시 문화·사회적 변동이 기술의 발달을 유도하는 구체적 지점을 들여다보는 데 의미를 두는 것입니다. 그리고 현재 상용화된 기계학습 계통의 기술들 가운데 개방되어 있어서 실제 가져다 쓸 수 있는 여러 알고리즘이 있는데, 그와 같은 것들을 활용해서 인문학적 성격의 데이터를 분석하는 그런 방법론을 학생들한테 한 학기 동안 전달하는 강의도 가능합니다. 결국은 어떠한 문제의식을 토대로 '인공지능'과 '인문학'을 결합할 것인가가 핵심인데, 15주라는 제한된 시간을 고려해야 한다는 것이 나름의 변수라고 하겠습니다. 만약 유관 기술을 직접 다루고 전달하는 방향으로 강의를 진행하게 되면, 기술을 다루는 데에만 꽤 많은 시간이 투입될 수 있기 때문입니다. 관련해서, 유관 성격의 강의를 실제로 진행하신 이재연 선생님의 경험담을 들어보면 좋을 것 같습니다. 선생님, 말씀을 부탁드립니다.

이재연 네, 제가 소속된 UNIST에서 디지털 인문학 웹사이트를 하나 개설했습니다.[60] 해당 웹사이트에 가시면 그동안 진행된 여러 교육 내용을 참고하실 수 있습니다. 공학을 전공하는 학부생들이 강의를 듣는데, <디지털 인문학 입문>이라는 강의와 <AI와 스토리텔링>이라는 강의 두 가지를 개설하고 있습니다. <디지털 인문학 입문>은 자료를 데이터화한다든가 Gephi와 같은 분석 툴을 다룬다든가 GIS 기반의 전자지도를 구현한다든가 그런 다양한 형식의 디지털 인문학적 작업을 경험해보게끔 한다

---

60) UNIST 디지털 인문학 URL: https://sites.google.com/view/unistdh/about

는 데 초점을 두고 있습니다. <AI와 스토리텔링>은 상대적으로 조금 더 난이도가 있는 기술을 활용하고 있습니다. 한국어 언어 모델을 사용해서 여러 가지 서사 형식을 실험하는 형식으로 진행하고 있습니다. 그래서 코딩의 난이도가 상당히 있는데, 그 때문에 컴퓨터공학과 학생들이 많이 수강하고 있습니다(웃음). 팀을 구성해서 강의를 진행하는데, 이공계 전공자라 하더라도 개 중에는 자연과학을 전공하거나 그래서 코딩이 능숙하지 않은 학생들이 있습니다. 그런 이유로 아이디어 제공자에 가까운 포지셔닝과 실제 코딩을 하는 코더 역할의 포지셔닝으로 나누어 학생들을 매칭 시켜 팀을 구성하도록 합니다. 강의 중간중간에 개별 팀 단위로 진행되는 프로젝트에 관해 꾸준히 피드백을 해주고, 학기말에는 학생들이 기말 과제로 구현한 것을 발표하도록 하고 그 내용을 웹사이트에서 공개하는 방식입니다. 웹사이트에 들어가서 보시면 아시겠지만, <디지털 인문학 입문> 강의의 경우 데이터 분석 방면의 결과물이 많습니다. <AI와 스토리텔링>의 경우 언어 모델을 활용해서 실제 시나글 또는 문장을 생성하는 그런 실험적 시도를 해보는 형식인데, 구체적인 내용에 관해서는 실제 결과물을 살펴보시면 될 것 같구요. 학부생들이 참여하는 프로젝트 베이스 수업이다 보니, 시도 자체에 굉장히 많은 격려를 하는 편이고, 결과물의 수준에 관해서는 많은 것을 요구하지 않는 편입니다(웃음). 컴퓨터공학과 학생들 말로는, 코딩에 관한 지식이나 경험은 있지만 이렇게 코딩을 해서 인문학적인 무언가를 적극적으로 구현해보는 강의를 수강한 적은 없어서, 강의가 굉장히 즐겁다고 하더군요(웃음). 이런 형식으로 강의를 진행할 수 있다는 정도로 참고하시면 좋을 것 같습니다.

연구 데이터를 다루는 노동과 그에 관한 인식

최주찬 안녕하세요? 저는 성균관대 국어국문학과에서 현대문학을
공부하고 있는 최주찬입니다. 사실 질문이라기보다는 그냥 대
학원생으로서 그리고 데이터 편찬 경험이 있는 연구자로서의
고충 사항이라고 할까요 두 가지 정도가 떠올랐습니다. 일단
첫 번째를 말씀드리자면, 저는 있는 데이터를 수집해서 연구하
는 경우보다 없는 데이터를 만들어서 연구하는 경우가 압도적
으로 많다고 생각합니다. 다른 분과는 잘 모르겠지만 현대문학
텍스트 연구의 경우 대상 텍스트가 정해진다 하더라도 데이터
를 추출하기 위해 여러 판본을 비교하는 작업부터 굉장히 많은
시간을 소모하게 됩니다. 개인적으로는 몇 개월 이상 걸린 적
도 있구요(웃음). 그런데 그런 과정에서 발생하는 엄청난 노동
을 연구의 일부로 바라보는 시각이 무척 부족하지 않나 그런
생각을 합니다. 예를 들어 교내 연구 지원을 받거나 한국연구
재단에서 연구비를 지원받아서 최저시급 또는 시간당 대략
2~3만 원 정도의 비용을 받고 작업하는 경우는 무척 운이 좋은
편입니다. 그것이 힘들어서 연구책임자 선생님이나 실무를 담
당한 선생님께서 자선(?)의 형태로 작업비용을 챙겨주시는 경
우도 있습니다. 최악의 경우에는 그에 응당한 비용을 챙겨 받
지 못하는 상황과 마주하기도 합니다. 그와 같은 인문학 데이
터 편찬 차원에 있어서 대학원 과정생이나 학부생들이 처하게

되는 노동을 보호·지원할 수 있는 제도가 있는지 궁금하고, 없다면 향후 어떻게 개선해나가야 하는지를 여쭈어 봅니다. 두 번째는 평소에 주변 동료 연구자들과 자주 하는 이야기입니다. 디지털 인문학 연구를 시도하고 싶은 문학 연구자들이 있음에도 불구하고, 그들이 쉽사리 디지털 인문학 연구에 뛰어들지 못하는 것은 학계 내의 '시선' 문제가 있는 것 같습니다. 디지털 인문학 방법론을 적용한 본격적인 문학 연구가 거의 없기도 하고 그렇기 때문에 아직은 디지털 문학 연구가 소위 '문학 연구'로서 제대로 평가받지 못하고 있는 것 같습니다. 그리고 데이터를 편찬하는 데 많은 시간과 노력이 소요되다 보니, '이러다가는 1년에 논문 1편 쓰기도 어렵겠다'는 그런 탄식이 나오게 됩니다. 협업 연구를 시도해서 2인, 3인, 4인 공저로 등재지 논문을 발표한다 하더라도, 국어국문학계 내에서는 여전히 '단독 저작'에 관한 관습적 시각이 있습니다. 1인 단독이 아닌 경우 그 논문은 개인의 온전한 연구 성과로 보기 어렵다는 입장이 여전히 유효한 것입니다. 선생님들께서는 이에 관해 어떻게 생각하시는지 여쭈어봅니다.

김 선생님의 말씀에 굉장히 공감합니다. 사실 저도 석사 과정 때부터 박사 과정에 이르기까지 계속 유관 프로젝트에 참여하면서 데이터 편찬 작업을 많이 했습니다. 일에 지칠 때면 '나는 왜 내 논문을 쓰지도 못하고 이런 프로젝트에 소모당하고 있나' 그런 맥락에서 억울하다는 생각도 많이 했던 것 같습니다. 물론 지금은 좋은 경험을 했다는 생각도 있습니다(웃음). 예전에 장난삼아 프로젝트에 같이 참여한 선생님들과 함께 시급을 환산해 본 적도 있습니다. 그런데 시급이 300원이더라구요. 그래서 '시급 300원'이라며 저희끼리 우스개 삼아 서로를 부르기도 했는데요(웃음). 개인적 경험을 농담 삼아 말씀드렸지만, 사실 시스템의 차원에서 보면 웃을 일이 아니라고 생각합니다. 저도 늘 고민하는 지점이기도 합니다. 그래서인지 강의를 할 때도 데이터 편찬과 관련해서는 분량을 과하게 요구하지 않습니다. 힘들다는 것을 알기 때문에 '데이터 양이 적어도 정교한 데이터(beautiful small data)를 만든다면 그것 또한 의미 있는 작업이다'라고 학생들한테 이야기해줍니다. 그런데 교육이 아니라 연구 분야에서는 연구자의 생계 및 진로와 관련된 문제와 직결되기에, 이 문제를 어떻게 다룰 것인지에 관해서는 저도 뭐라고 말씀드리기가 어렵습니다. 개인적으로는 연구 프로젝트에서 데이터 편찬 과업이 있을 경우, 그에 관해 '기본 급여'라고 할까요 그런 제도적 뒷받침이 있으면 좋겠다는 생각을 하곤 합니다. 이 부분에 대해서는 디지털 인문학 연구와 교육 경험이 많은 류인태 선생님이 말씀해주실 내용이 있지 않을까 싶은데요.

류　저도 데이터 많이 만들었습니다(웃음). 그렇다고 해서 제가 무슨 대단한 통찰이 있는 것은 아니구요(웃음). 저는 한문학 전공자이다 보니, 한문학 쪽은 한문 텍스트 입력 아르바이트 같은 것이 있습니다. 한글 프로그램(hwp)에서 한자를 하나하나 타이핑하면서 특정 텍스트를 모두 입력하는 것이죠. 고전번역원과 같은 기관에서 명시한 입력 비용이 있습니다. 글자 하나당 얼마 이런 기준인데, 사실 그것도 '데이터 노동'에 관한 관점에서 들여다볼 수 있지 않을까 문득 그런 생각이 들었습니다. 최주찬 선생님이 말씀하신 두 가지 내용은 실질적으로 연결된 문제라고 생각합니다. 연구자들의 데이터 작업을 '비용'의 관점에서 수용하는 것과 데이터 기반 문학 연구를 온전한 문학 연구로 인준하는 것. 그 두 가지 맥락을 관통하는 본질적인 지점은 결국 편찬 데이터를 연구 업적으로 인증해 줄 수 있는가의 문제가 아닐까 싶습니다. 현 시점에서 연구 업적은 그냥 논문입니다. 논문 중에서도 등재지가 중심이기에, 대다수의 연구자가 등재지에 논문을 게재하는 데 주력합니다. 우수한 학술 단행본을 기획하고 출판할 수 있음에도, 그 시간과 비용을 논문작성에 모두 써버립니다. 시간 대비 산출물을 최대한 늘려야내 연구 실적이 늘어나고 그만큼 내 연구 역량이 상대적으로 다른 연구자보다 더 낫다는 것을 공식적으로 인준하는 지금의학술업적평가 시스템 때문에 그렇게 하는 것이죠. 반대로 생각해 보면 어떤 기준이 마련돼서 그 기준에 따라서 편찬한 데이터를 연구 실적으로 인준해준다고 하면 어떤 일이 벌어질까요? 아마 데이터 편찬 과업에 시간을 투입하는 연구자들이 분명히 생겨날 것입니다. 물론 모든 연구자들이 데이터 편찬 과업을 시도하지는 않을 것입니다. 다만 그런 과업을 하는 연구자들이 생겨나고 점차 늘어날 것이라고 저는 확신합니다. 그리고 그런 현상 자체가 학술 활동의 새로운 외연으로 수용될 것인데, 그것만으로도 큰 의미가 있다고 생각합니다. 왜냐하면 글쓰기를 통해 내가 발견한 지식을 남들에게 전달하는 전통적방식의 인문학 연구가 지닌 가치도 분명하지만, 그 이전에 그런 여러 지식이 나올 수 있는 기반 자원으로서의 기초 데이터를 디지털 환경에서 편찬·개방하는 것도 사실은 연구 과정에서 굉장히 중요한 지점입니다. 이 부분에 대한 제도적 뒷받침이 마련되지 않으면, 제가 생각하기에 디지털 인문학의 장기적 발전을 기대하기 어렵습니다. 디지털 인문학의 핵심은 데이터고, 데이터를 연구 자원으로 수용하고 데이터를 편찬·개방하기 위해 노력한 연구자들에게 어떠한 형식으로 그에 대한 실적을 인준해줄 것인가의 현실적 프로세스를 마련하는 것이 중요한데, 그것이 마련되지 않으면 사실 지금과 같은 지지부진한 상황이 지속될 수도 있겠다는 개인적 우려가 있습니다.

장 결국 디지털 인문학은 디지털 인문학대로 소수의 유관 연구자들에 의해서 진행될 것이고, 전통적인 방식으로 이루어져 온 인문학 연구는 지금과 같이 계속 이어질 것이라는 말씀인가요?

류 네, 그렇습니다. 기존의 전통적 인문학 연구 환경과 디지털·데이터 기반으로 인문학 연구를 시도하려고 하는 영역 사이에 벽이 낮아지는 것이 아니라 오히려 더 높아질지도 모르는 일입니다. 앞으로 상황이 어떻게 전개가 될지는 사실 아무도 모르는 일이죠. 다만 제가 가진 생각의 단초는 연구 인프라를 어떻게 갖추어 나갈 것이냐의 문제의식이 매우 중요하다는 것입니다. 인프라는 곧 시스템을 의미합니다. 앞서 말씀드린 '연구 데이터의 업적 인준'과 같은 연구 환경으로서의 인프라를 마련할 고민은 하지 않고, 디지털 인문학 연구자들 각자가 그저 연구 형식의 하나 정도로만 디지털 인문학을 수용할 경우 그러한 각개격파는 곧 각자도생으로 이어질 것이고, 시간이 지나 지리멸렬해지지 않을 것이라는 보장이 없습니다. 참고로 국내의 디지털 인문학 연구 인프라는 거의 제로에 가깝다고 해도 과언이 아닙니다. 청사진도 그려야겠지만 한편으로 현실을 직시해야 하는 시점이기도 합니다.

데이터 편찬 과정에서의 표준 마련에 관하여

곽지은 안녕하세요? 저는 성균관대학교 한문학과에서 디지털 인문학에 관심을 갖고 유관 분야를 공부하고 있는 곽지은이라고 합니다. 앞서 최주찬 선생님이 말씀하신 문제에 상당 부분 공감이 됩니다. 제 또래의 연구자들은 우스개로 데이터 편찬 과업을 '사이버 눈알붙이기'라고도 합니다(웃음). 제가 질문 드리고 싶은 내용의 핵심은 '표준(standard)' 문제입니다. 현재 고전번역원과 같은 큰 기관에서 비교적 많은 인력과 비용을 투입하는 데이터 편찬 사업들의 맥락과 소규모 연구사업이라든지 강의를 통해 학생들이 참여하는 스몰 데이터 편찬 과업은 성격이 많이 다르다고 생각합니다. 예컨대 Wiki 문서로 특정 정보를 기술한다거나 온톨로지 설계에 기초한 시맨틱 데이터 편찬을 진행할 때 표준에 관한 접근이 필요한 것으로 알고 있습니다. 하지만 표준을 전제하게 되면 오히려 개별 연구가 지닐 수 있는 특수한 지점들을 소거하는 경우가 생길 수도 있지 않을까 그런 생각도 듭니다. 선생님들께서는 강의를 진행하실 때 학생들에게 얼마만큼의 표준적인 가이드라인을 제시하고, 또 반대로 데이터 기술(description)에 있어서 얼마만큼의 자율성을 보장해주시는지 궁금합니다.

장 사실 잘 모르겠습니다. 표준이 있는 것도 중요하지만 표준이 있을 때 그것 자체가 어떤 형식이 되거나 혹은 거기에 머물러 버린다거나 그러한 문제들이 생길 수 있습니다. 그렇기 때문에 데이터를 편찬하는 과정에서는 '대량의' '표준적' 맥락이 아니라 어떤 작은 것들로부터 도출할 수 있는 자유로운 가능성을 함께 고려하는 것도 중요한데, 한편으로 작은 것을 다루는 과정에서 그 나름의 미결성이라고 할까요 그런 요소에 대한 불안이 있을 수도 있습니다. 이러나저러나 장단점이 있는 것이 아닐까 싶습니다.

김 저 같은 경우 '표준적인 데이터를 편찬해서 웹상에서 발행하는 것까지 학생들과 함께 해보자!'라는 포부를 갖고 강의를 진행한 적이 있습니다. 예컨대, 학생들과 시맨틱 데이터를 편찬하거나, XML 데이터를 기술하는 형식이었죠. 그런데 왜 그러한 형식의 데이터를 만들어야 하는지 그 이유를 온전히 이해하는 학생들이 거의 없었고, 또 데이터의 효과적 공유를 위한 표준적인 체계를 이해하는 데 있어서도 학생들이 어려움을 겪는 것처럼 보였습니다. 예를 들어, 데이터 객체의 URL뿐만 아니라 URI가 왜 필요한지에 관한 의문이라든지, 엑셀 형식으로만 데이터가 공유되어도 충분히 사용할 수 있는데, CSV나 JSON이나 XML과 같이 표준적 맥락에서 활용되는 데이터 형식으로 공유를 하게 되면, 해당 데이터 포맷을 다룰 수 있는 사람만 해당 데이터를 활용할 수 있기에 오히려 범용성이 떨어지는 것이 아니냐 뭐 그런 질문들이 있었습니다. 15주라는 짧은 시간 동안 그와 같은 학생들의 여러 의문을 하나씩 소명해가면서 강의를 진행할 시간적 여유는 없었습니다(웃음). 결국 그와 같은 데이터 표준에 관한 내용은 강의에서 최소화하는 방향으로 진행했습니다. 특정한 도메인 지식을 다루는 대학원생의 경우는 웹 표준과 그에 기초한 도메인 데이터의 가공이 중요할 수 있겠지만, 학부생 입장에서 표준 데이터를 만들고 다루는 맥락은 이해도나 활용도에 있어서 현실적으로 교육하기에 어려움이 있지 않나 그런 생각을 해봅니다.

류 제가 첨언을 조금 하자면, 교육 차원에서의 접근과 연구 차원의 접근은 성격이 다른 것 같습니다. 아무래도 교육은 학생들의 자율성을 최대한 살리는 방향에 관한 모색이 필요하고, 연구는 결과물을 만들어 나가는 과정과 실제 결과물이 구현되었을 때의 확장성이나 활용성을 무시할 수 없기 때문에, 처한 상황의 맥락에 따라서 고민을 해야 되지 않을까 그런 생각이 듭니다. 개인적으로는 두 가지 방향의 고민이 같이 가야 된다고 봅니다. 역설적이게도 말이죠(웃음). 표준적인 데이터 모델에 대한 고민도 어떠한 도메인 지식을 다루는 데 있어서 계속 이루어져야 되고, 한쪽에서는 그것과 별개로 해당 도메인 지식을 어떻게 하면 자유롭게 그리고 창조적으로 탐구할 수 있을까에 대한 고민도 같이 진행해야 합니다. 다르게 표현하자면 어떠한 사안에 관한 연역적 판단과 귀납적 접근이 동시에 이루어질 필요가 있는 것입니다.

PBL 기반 디지털 인문학 교육과 평가 기준에 관하여

이민형 경희대학교 국어국문학과에서 공부하고 있는 이민형입니다. 김지선 선생님께 여쭤볼 것이 있습니다. 선생님께서는 기본적으로 PBL 형식의 디지털 인문학 강의를 진행하고 있다고 말씀하셨는데요, 그 과정에서 학생들이 프로젝트 과업에 대한 선생님의 피드백에 반발한다거나 그런 경우가 있었을 것 같습니다. 아무래도 학생들 사이에 조별 편성이 이루어지는 과정에서 의도치 않게 역량의 편차가 발생할 수도 있고, 프로젝트 주제를 선정하는 과정에서 교수자의 개입을 불편하게 여기는 시각이 발생할 수도 있습니다. 학기말에 이루어지는 '상호평가'에 있어서 불만이 생길 수도 있구요. 교수자의 입장에 서 계신 선생님께서 그러한 상황에서 어떠한 논리와 철학을 갖고 진행하시는지, 학습자의 입장에서 궁금해졌습니다(웃음). 앞으로 PBL 형식의 강의에 참여할 때 참고가 될 수 있을 것 같기도 하구요.

김 네, 답변 드리겠습니다. 실제 강의에서 '왜 내 아이디어가 적합하지 않냐'며 반발하고 따지는 학생들도 있었습니다. 그 경우에는 해당 주제가 적합하지 않은 이유를 차근차근 설명해줍니다. 대체로 이 지점은 대화를 통해 해결이 됩니다(웃음). 또 '상호평가' 문제가 있습니다. 저는 학기 초에 학생들한테 상호평가 기준안을 만들어서 제시를 해주는데요. 자신의 개인적 감정 때문에 다른 팀원에게 낮은 점수를 주지 못하게 하기 위해서 분명한 근거를 첨부하기를 요구합니다. 저는 강의 플랫폼으로 위키와 구글 시트를 사용하고 있는데, 위키의 경우 학생들이 각자 작업을 했던 기록이 모두 로그(log)로 남고, 구글 시트 같은 경우도 계정별로 수정 기록이 남아 있기 때문에 기본적으로 로그 기록을 캡처해서 근거로 제출하도록 이야기합니다. 일부 적극적인 학생들은 팀원들끼리 만든 카카오톡 단톡방 상에서의 대화를 캡쳐해서 평가 근거로 제출하기도 합니다(웃음). 그런데 이런 경우도 있습니다. A, B, C, D 4명의 학생이 한 팀이었는데, B와 C 학생은 A학생이 조 활동에 열심히 참여했다고 평가했는데, D학생 한 명만 A학생이 성실하게 참여하지 않았다고 이야기하면서 그에 대한 근거로 A학생의 저조한 활동 로그를 캡처해서 저한테 보낸 경우가 있었습니다. 그래서 위키에서 개별 학생들의 활동 로그를 찾아보고, D학생이 악의적으로 A학생의 활동 로그를 편집했다는 걸 알게 되어, D학생의 평가 점수는 반영하지 않았던 경험이 있습니다. 평가 기준이나 체계를 잘 마련했다 하더라도 그것을 빠져나가는 예외의 경우가 늘 있습니다. 좋은 교수자가 되려면 그런 예외의 가능성까지 늘 염두에 두고 있어야 하겠죠(웃음)? 저도 학부생일 때 PBL 강의를 싫어했는데, 교수자 입장이 되어 보니 피교육자였던 학부생일 때보다 더 힘든 것 같습니다. 프로젝트 피드백은 피드백대로 하면서 협업 과정에서 갈등을 겪고 있는 팀은 격려하고 홀로 많은 짐을 지고 가는 학생은 다독이며, 한 학기 동안 교수자이자 6팀의 조장 역할을 하는 것 같습니다. 이민형 선생님께서 말씀해 주신 부분을 앞으로 더 유념해서 학생들을 평가하는 데 있어서 더욱 유연한 방식을 마련해야겠다는 생각을 해봅니다. 감사합니다.

류 PBL 형식의 디지털 인문학 강의에서 이루어지는 '상호평가'
와 관련해서 혹시 유관 강의 경험을 갖고 계신 이재연 선생님
께서 해주실 말씀은 없을까요?

이재연 저는 교육 경험이 그렇게 많지 않습니다. 작년부터 학생들을
가르치고 있어서 말씀하신 PBL 강의의 어려움을 온몸으로 느
끼고 있습니다(웃음). 학생들을 대상으로 그냥 강의를 하는 것
보다 프로젝트를 만들어 나가는 과정을 하나하나 꼼꼼히 봐주
는 것이 정말 쉬운 일이 아니더라구요. 그리고 프로젝트 진행
과정에서 학생들 사이에서 누구는 얼마만큼 기여를 하고 누구
는 얼마만큼 기여를 안 하고 그런 부분에서 늘 논란이 있습니
다. 특히 코딩 부분에서 다른 학생은 그냥 아이디어만 내고 실
제 이만큼의 코드를 작성한 것은 나인데, 그 학생보다 나한테
점수를 더 줘야 되는 것 아니냐 그런 주장을 하는 학생들도 있
습니다. 동료 평가를 반영한다 하더라도 너무 심한 동료 평가
는 팀워크를 해칠 수 있기 때문에, 그 부분도 사실 고민이 많습
니다. 그래서 도입한 것이 학기 끝날 때 학생들에게 '성찰 일기'
라는 것을 쓰게 하는 방식입니다. '성찰 일기'를 쓰게 하니, 학
생들이 이 수업을 통해서 뭘 배웠고 어떤 측면에서 자기의 부
족함을 느꼈고, 자기는 얼마만큼 시간을 투입했는데 동료 학생
을 보면 나보다 얼마만큼 더 노력한 것 같다와 같은 이야기들을
합니다. 뭐랄까요 일종의 정성적 평가를 가능하게 하는 단서라
고 할까요? 실제 성찰 일기의 내용이 평가에 반영되기도 합니
다(웃음). 이러한 평가 방식이 최선인지는 저희도 늘 고민하는
지점입니다. 아마 앞으로도 계속 고민할 테고, 그러면 다른 방

식의 평가 기준을 도입하는 시도도 계속 할 것 같습니다. 참고하시면 좋을 것 같습니다.

류 　네, 선생님 말씀 감사합니다. 김지선 선생님과 이재연 선생님의 말씀을 요약하면, 정답은 없고 온몸으로 부대끼면서 진심을 다해서 학생들에게 응대할 수밖에 없다 그 정도로 이야기할 수 있지 않을까 싶습니다. 실제 저도 그런 것 같구요. 강의 프로세스 중간에 그런 요소들을 관리·감독할 수 있는 장치들을 적용할 수도 있겠지만, 이재연 선생님께서 말씀하신 것처럼 그런 장치가 너무 많으면, 애초에 의도했던 강의 목적이나 줄기가 훼손될 수 있기 때문에, 신중해야 하는 부분이라 하겠습니다.

제3장

고전문학 연구와
데이터 처리

권기성 창원대학교 국어국문학과 조교수
양승목 동국대학교 한국문학연구소 전임연구원

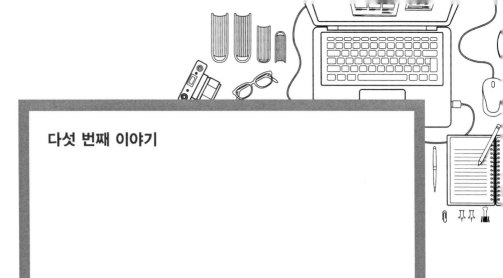

다섯 번째 이야기

고전문학 연구에서의
데이터 활용과 의미

권기성

1. 들어가며

'디지털 인문학'이라는 새로운 조류가 학계와 마주한지 얼마간의 시간이 지났다. 그 사이 관련된 논문과 학술 운동이 여럿 진행되었을 뿐 아니라, 집적된 성과물의 경향을 정리하는 시도 또한 진행되고 있다. 그리고 보면, 이 흐름을 일종의 연구방법론으로 이해하든, 새 시대의 삶의 형태와 연관된 필연적 변화로 이해하든, 접촉 초기의 우려와 오해에도 불구하고 학계의 호응은 다방면으로 지속되고 있는 것처럼 보인다. 섣불리 안착(安着)이라 말할 수는 없겠지만, 인식 변화의 단초가 엿보이는 것은 분명하다는 말이다.

이러한 경향은 고전문학 분야에서도 비슷하게 나타나고 있다. 그리고 여기에 대해서는 이미 해당 분야를 선도하는 논자들의 학술적 성과와, 구체적 언명이 다수 존재한다.[61] 관점에 따라 어느 쪽을 강조했느냐의 차이일 뿐, 전통적 인문학 방식의 선입견을 버리고 디지털 환경을 적극 활용해야 한다는 전제는 동일하다.[62] 그런 가운데 다양한 성과들이 산개하며 나름의 일가를 이루어갔다고 판단한다. 요컨대 "고전학 방면은 집적된 자료의 본격적인 텍스트 분석보다는 온톨로

---

[61] 지면의 관계상 그 모두를 제시할 수는 없다. 다만 다음의 논문들은 대표적으로 지금까지의 관련 연구성과를 정리하였기에 이를 참고할 수 있다. 류인태, 「디지털 인문학과 한문학 연구-고문헌 자료 대상 국내 디지털 인문학 연구 사례를 중심으로-」, 『한문학논집』 49, 근역한문학회, 2018, 43-76쪽; 김바로 · 강우규, 「빅데이터와 고전문학 연구방법론」, 『어문논집』 78, 중앙어문학회, 2019, 7-39쪽.

[62] 류인태는 분과 학문의 폐쇄성, 결론을 맺어야 하는 기존의 글쓰기 방식의 고집 등이 학제 간 자유로운 소통과 생산적 담론이 형성될 기회를 앗아가고 있음을 지적하였다. 그리고 "'결론 맺을 수 없는', '미완성의', '잉여로서' 끊임없이 주변부로 확장해나가는 인문학적 문제의식이 비정형적인 디지털 · 데이터의 탄성(elasticity)과 조우함으로써 만들어내는 다채로운 지식의 스펙트럼이야말로 사회적이고 동적인 '참여'와 '비판' 그리고 '실천'을 자연스레 유도할 수 있다."고 하였다. 류인태, 「디지털 인문학은 인문학이다」, 『인문논총』 77(3), 서울대학교 인문학연구원, 2020, 400-404쪽.

지 기반의 네트워크 분석이나 전자문화지도를 통한 문화연구 방면으로 나아간"[63] 측면과 함께, 디지털 연산을 활용한 텍스트 분석 연구[64] 등이 함께 병행되면서, 관련 논의를 풍성하게 하고 있는 셈이다.

논점은 달라도 이런 성과들은 기본적으로 '데이터'를 기반으로 한다. 이때 데이터는 단순히 '전산화 된 자료'를 의미하는 것이기도 하지만, 디지털 환경에 적합하게 재배열·재구축된 '정보'를 뜻하기도 한다. 말인즉슨, 디지털 환경을 매개하여 인문지식을 효과적으로 활용하기 위한 '손질'을 거친 자료라는 것이다. 이 손질은 응당 연구자의 기획과, 장르 및 작품의 특징, 해당 프로젝트의 목적 등에 따라 변별점을 갖는다. 그에 따라 각 연구방법의 명칭은 어휘분석/네트워크분석/공간분석 등으로 분류될 수도 있겠지만, 그 기저에 활물적이고 탄력적인 '손질된 데이터'가 있다는 사실은 다르지 않다.

이 글은 그간 이런 맥락에서 진행되어 온 고전문학 연구의 현 상황을 토대로, 몇 가지 단상을 비교적 편한 마음으로 정리한 것이다. 때문에 첨예한 논점이나 구체적 전망을 제시하는 것은 아님을 미리 밝힌다. 이런 문제는 선행성과들이 이미 자세히 언급한 바 있고, 논자의 역량이 미치지 못하는 영역이다. 제한된 지면을 통해 모든 현상을 세세하게 검토할 수는 없겠지만, 평소 짐작했던 가능성과 우려들을 거칠게 던지면서 고전문학 연구에서 데이터 활용 연구의 현재적 의미를 짚어보고자 한다.

---

63) 이재연, 「디지털 시대의 인문학에서 디지털 인문학의 시대로–한국문학에서 본 디지털 인문학 연구」, 『역사학보』 240, 역사학회, 2018, 185쪽.
64) 최운호·김동건, 「컴퓨터 문헌 분석 기법을 활용한 <토끼전> 이본 연구」, 『우리문학연구』 58, 우리문학회, 2018, 123-154쪽; 강우규·김바로, 「계량적 문체분석을 통한 <소현성록> 연작의 변이양상 고찰–이대 15권본과 서울대 21권본을 중심으로–」, 『국제어문』 80, 국제어문학회, 2019, 115-135쪽.

2. 정량적 연구의 난점과 가능성

프랑코 모레티의 '멀리서 읽기'(distant reading) 이후 객관적이고 과학적인 연구는 인문학분야 또한 피해갈 수 없는 과제처럼 여기게 되었다. 이공계열의 실험에나 어울릴 법한 정량적 특질을, 정성적 접근을 중요시하는 인문학 연구에 어떻게 활용할 수 있는가? 언뜻 보면 섞이기 힘든 물과 기름처럼 보이지만, 사실 두 영역은 서로를 배제하며 이루어지는 행위가 아니다. 단지 사유를 거쳐 결과를 제시하는 단계에 어느 것을 강조하느냐에 따라, 그 성격이 학문적 영역에 강하게 견인되며 수렴될 따름이다. 고전문학 연구라고 해서 정량적 차원의 접근이 원천적으로 배제되는 것은 아니라는 말이다.

이를테면 고전문학은 저자가 명확하지 않은 '이본'의 개념을 자료 성격 규명의 주요한 지점으로 여긴다. 이때 이본은 저작권이 없는 시대에 산출되었으므로 작품에 따라 많게는 수 백 수 천 권에 해당하는 대규모 자료로 존재한다. 이런 자료의 비교와 교감을 통해 선본(善本)과 정본(定本)을 확정하고 차이에 따른 의미를 해석하는 일은, 방대한 양의 로우 데이터를 살펴야 하는 연구자에게 오롯이 맡겨져 있다. 자료해석의 결과가 정성적 판단에 의거한다 하더라도, 그 과정은 지난한 정량적 분석에 달려있는 셈이다. 사실 어떤 것이 당대의 원작인지 분명히 판단할 수 없는 현재에는, 이런 기초 자료 연구야말로 고전문학의 본령으로 여겨져 왔으며 이는 현재에도 여전히 유효한 관점이다. 그래서인지 디지털 인문학을 활용한 연구들도 이러한 이본 연구에 상당수 초점이 맞춰져 있다.[65] 요컨대 컴퓨터의 대규모 연산을 통

---

65) 강우규 · 김바로, 앞의 논문, 2019, 115-135쪽.; 권기성 · 최운호 · 김동건, 「문학 작품의 거리 측정을 활용한 야담의 이본 연구-<옥소선 이야기>를 대상으로」, 『한

한 데이터 분석 방법을 전통적 이본연구에 활용함으로써, 객관성과 과학성을 담보하고자 한 시도라 하겠다.

그런데 이런 방식은 기 구축된 데이터를 먼저 확보해야만 진행 가능하다는 난점이 있어, 많은 시간을 소요하게 된다. 또한 분석된 결과를 토대로 인문학적 해석이 가능해야 하므로, 이전과는 다른 결론을 맺어야 하는 '문학사적 의미'라는 강박에 여전히 시달리게 된다. 연구자는 "왜 상당한 노력과 시간을 들여 굳이 이런 방식을 취해야 하는가?", "기존 연구와 다른 점이 무엇인가?"하는 질문에 계속해서 응답해야 한다. 이 문제는 의외로 간단치 않다. 새로운 흐름을 거부하는 소수의 의견처럼 보이겠으나, 실제로 학계 현장을 감도는 많은 의구심들이 이로부터 촉발되기 때문이다.

뿌리를 찾아가자면 이는 새로운 의견을 창출해야 하는 논문이라는 글쓰기의 특징, 그리고 이를 대량생산해야만 인정받고 취직할 수 있는 학적 생태계의 문제까지 거론할 수 있다. 유관전공의 문제로 좁혀보자면, 학적 담론이 치열하고 풍성했던 '그때'로 돌아가고자 하는 복고적 사유가 강하게 작동하는 까닭이다. "새로운 접근방식을 사용했는데 어째서 기존의 논의와 다르지 않은가?" 하는 질문의 이면에는 인간의 직관에 대한 흔들리지 않는 믿음이 도사린다. 그렇다고 이들을 향해서 학술적 혁신과 개혁에 동참하지 않는 수구세력이라 매도하면 되는 단순한 문제가 아니다. 인식은 바꾸어야 하는 게 아니라 바뀌는 것이다. 서로를 향해 공감하지 못하는 이런 평행선의 구도는 쌍방과실이 분명 있다.

예측컨대, 원전비평이 주요한 연구의 축인 고전문학에서는 향후 이

국고전연구』 57, 한국고전연구학회, 2022, 87-120쪽; 이병찬, 「한시 유사도 분석 방안 연구」, 『한문학논집』 59, 근역한문학회, 2021, 361~383쪽.

와 같은 연구가 더욱 필요해지리라 본다. 인간의 직관이 정확하더라도 컴퓨터의 연산처리의 정밀성과 속도를 따라올 수는 없다. 기존의 연구방법론을 추종하는 이들은 새로운 접근방식의 과정을 지켜보고, 그 자체를 새로운 학술적 움직임으로 이해하려는 노력이 필요하다. 과정의 과학성과 검증의 객관성은 분야를 막론하고 논문이 지켜야 할 중요한 미덕이다. 방대한 양의 데이터를 연산하고 분석하고자 하는 쪽에서는 '데이터' 확보를 어떻게 할 수 있는지 고민해야 한다. 제한된 양의 데이터로 지나친 확증편향에 빠지는 것을 경계해야 하는데, 특히 비교연구에 있어 데이터의 범주는 결괏값을 좌우할 수 있는 변인이 되기 때문이다. 디지털이라는 환경을 경유하여 연산을 매개 하더라도, 적절한 코디와 기획이 없다면 실험의 오류에 빠지게 되는 것이 자명하다.

3. 데이터 구축과 활용을 위한 소통 – 협업

한편 디지털 인문학의 특징은 '소통과 협업'이라는 키워드로 대변[66]된다. 흔히 개인 연구자가 연구실에서 이루어내는 전통적 인문학에서 벗어나, 디지털 환경의 '개방성'을 적극 활용하는 가운데 공동연구가 이루어지게 된다. 이는 데이터를 집합하고 처리하는 과정에 있어 끊임없는 토론과 지식의 공유 과정이 수반됨을 의미한다. 최근 근현대문학 분야에서 위키 플랫폼을 활용한 지식의 공동생산을 모색하고 있는데[67], 하이퍼텍스트라는 비선형적 구조를 통해 다성적 아카이

---

66) 김현, 「디지털 시대의 한문학 – 데이터로 소통하는 고전 인문 지식」, 『한문학논집』 49, 근역한문학회, 2018, 12쪽.

브를 구축하고 있어 주목할 만하다.

이렇듯 디지털 인문학의 '소통과 협업'이란 혼자 해내기 힘든 작업을 함께 한다는 의미도 있지만(共同), 개인 연구자의 오류를 여러 사람이 교차 검증한다는 의미도 있으며(集團知性), 그 결과를 함께 공유한다는 차원의 의미까지 포함하는 것이다(共有). 이 같은 과정을 통해 디지털 웹 환경 속 인문학은, 그간의 고립된 정보를 극복하는 동시에 제한적 연구 환경도 변화시키는 차원으로 나아가고자 한다.[68]

그런데 고전문학의 경우, 이러한 차원의 공동 작업이 말처럼 쉽게 이루어지지 않는다. 왜냐하면 다른 학문에 비해 세부 장르의 구분이 많고 그 간극은 퍽 심한 터라, 같은 고전문학 전공이라도 소통이 어려운 경우가 많기 때문이다. 한시 전공자는 판소리 이본을 접해볼 일이 없고, 그럴 까닭도 없다. 자신의 원문을 읽으며 관련 논문을 작성하기도 바쁘기 때문이다. 이른바 현 단계에서 이루어지고 있는 데이터셋의 사례가 한문학의 개별 장르와 작품, 시조나 가사 류의 시가문학, 설화문학 등 유사 장르로 구획·분류되어 진행되고 있는 것만 봐도 그러한 사실이 드러난다. 국어국문학이라는 분과체계 이전에, 이미 전공 내의 상이성과 거리감이 깊숙이 자리한 까닭이다. 동일 전공내의 상

---

67) 김지선·장문석·류인태, 「공유와 협업의 글쓰기 플랫폼, 위키」, 『한국학연구』 60, 인하대학교 한국학연구소, 2021, 37~419쪽; 장문석·김윤진·이은지·송가배·고자연·김지선, 「디지털 인문학과 지식의 공동생산─위키 플랫폼과 <한국 근대 지식인 아카이브 편찬>」, 『인문논총』 79(1), 서울대학교 인문학연구원, 2021, 75-124쪽.
68) "온라인 기반의 디지털·데이터 환경에서 이루어지는 연구의 경우 원자료에 기초한 데이터를 바탕으로 연구결과물을 구현하고 공유함으로써, 원자료의 맥락과 상관없이 연구자 개인의 주관적 관념이 연구 과정에 반영될 수 있는 여지를 최소화하고, 구현된 연구결과물이 온라인상에서 공유됨에 따라 여러 분야의 연구자들에 의해 폭넓게 검증될 수 있는 토대를 얻는다. 이와 같은 특징은 기존 인문학 연구가 하나의 학(學, discipline)으로서 지니고 있던 독특한 아우라(aura)를 해체하는 맥락을 갖는다." 류인태, 앞의 논문, 2020, 397쪽.

황이 이럴진대, 타학문과의 융합은 더욱 멀게만 느껴진다.

개별적 소회를 떠올려도 마찬가지다. 2017년 발표했던 성글은 논문[69]은 야담 자료의 데이터를 DB형태로 구축하고자 했던 시도였는데, 그 과정에서 집단 작업의 필요성과 그 어려움에 대해 토로한 바 있다. 당시 논자는 야담 자료의 복합적 성격을 바탕으로, 작품의 표피에서 살필 수 있는 객관적 정보 외에, 이야기-서사정보를 체계화 시키는 데 몰두해 있었다. 그리고 이러한 방식은 일종의 유형론 연구를 데이터로 표지하려는 시도이기도 했다. 때문에 이 부분에 대한 집단적 합의를 요청한 것은 야담에 대한 유형을 연구자 간에 토의하여 체계화하자는 제언이었던 셈이었다. 이 부분에 대한 것은 주관성이 반영될 수밖에 없으므로, 이를 배제하고 객관적 정보만 구축해도 되겠지만, 당시 논자가 기획했던 야담 데이터의 활용성을 구현하기 위해서는 필요불가결한 선택이었다. 그도 그럴 것이 야담은 기본적으로 복합장르이며, 필기와 패설이라는 문학적 전통을 앞과 옆에 두고, 시화와 잡록이라는 여타 장르와 공존하는 등, 고전산문의 전반과 연관되는 독특한 성격을 띠고 있기 때문이다. 따라서 데이터 집합을 통해 이를 구현·분석하기 위해서는 야담 뿐 아니라 고전산문 전반에 대한 거시적 차원의 안목을 가질 필요가 있었으며, 궁극에는 단형서사의 형성과정과 질서를 파악하기 위한 비전이 필요한 게 아닌가 하는 것이 그때의 생각이었다. 고전소설과 대비되는 일종의 단형서사 지형도를 구축하고 싶었던 듯하다. 물론 당시의 연구는 그야말로 시론적인 시도라 웹 기반 형식을 고려하지 않은 단계이기도 했지만, 필기나 패설 등 다른 전공자와의 협업을 위한 메아리는 돌아오지 않았다.

---

69) 권기성·김동건, 「야담집 색인 데이터베이스의 구축방안 모색-『기문총화』를 중심으로-」, 『고전과 해석』 22, 고전문학한문학연구학회, 2017, 93-126쪽.

아무튼 사정이 그렇다보니 고전문학의 데이터 처리는 대부분 단일 작품, 혹은 단일 장르에 국한하여 연구자 개인, 혹은 제한된 팀원 간에 이루어진 결과물로 소통하게 되는 현상이 대부분이다. 그렇다면 이러한 소통 방식이 디지털 인문학에서 이야기하는 '협업과 소통'의 개념이라 할 수 있는지 생각해보아야 한다.

데이터의 집합과 구축 같은 방대한 작업은 사실상 구축된 자료의 개방과 활용에 방점을 두어야 한다. 만들었는데 기껏 쓰지 않는다거나, 제한적으로 개방되면 꽤 난감한 일이다. 또한 고전문학 내의 학적 관습을 언급하지 않을 수 없다. 자료가 곧 논문이 되던 시절이 있었고 자료권력이 곧 학계의 명망을 좌우하던 때가 있었다. 시절은 지나, 상당부분은 그러한 관행을 벗어났고 자료에 대한 공유와 소통을 강조하는 지금에 이르렀지만, 구축된 자료는 여전히 나의 것이라는 생각은 쉬이 변하지 않는다. 왜냐하면 그 자료는 내가(혹은 나의 팀원이) 일정한 품과 시간을 들인 것이기 때문이다. 그 자료는 나(와 우리)의 성과물이 되고, 승진과 취업을 위한 성과물도 되며, 추후 연구자들의 레퍼런스로 기능한다.

이를 무작정 비판하고자 하는 것은 아니다. 개인의 저작권과 지식 공유라는 개념이 어디까지 합의를 보아야 할지 아직은 모르겠다. 그러나 현 단계의 이런 개념이 디지털 인문학에서 언급하는 소통과 공유에 해당할까? 설령 이렇게 구축된 자료가 공유된다 한들, 다른 연구자나 대중들이 공유된 자료에 참여하고 추가적으로 소통할 여지가 있을까? 풍요롭게 구성된 비선형적 데이터는 자유롭게 표현되었을지언정, 그 자유는 기획자의 것일까 사용자의 것일까? 디지털 환경을 거쳐 재매개되고 재구축된 인문지식이 나에게 의미가 없다면, 그 자료는 그저 책보다 조금 풍부하고 유동적인 움직임을 표방하는 (여전히) 비정형적 텍스트, 단순한 미디어리터러시로 기능해버리는 것은 아닐까? 따지고 들자면 이런 의문들이 꼬리를 문다.

지나치게 비관적인 생각이지만, 극단적 우려를 통해 대안을 생각해볼 수 있다면, 그것은 그것대로 다른 방향－디지털 환경에서의 불통과 독점－을 제어할 수 있는 방법이 되지 않을까 한다. 거칠게 생각해 본 것은 두 가지다. 하나는 빅데이터가 아닌 스몰데이터를 염두에 두고 소규모 집단이 의미 있는 지식을 생산해내는 방식이다.[70] 일단 가장 현실적인 방법이고 가장 많이 준용하는 방식이므로, 이 흐름을 과도 기적 차원의 그것으로 인정하고 현 단계의 성과를 소중히 여기는 것도 방법이다. 그러나 이 방식은 추후 디지털 환경에서 인문학 자료가 중복되어 버리거나, 이후의 단계에서 결과물이 단순한 집합으로 귀결될 가능성이 있다.

또 하나는 애초 출신학교 혹은 선후배집단 등의 개인적 이해단위를 벗어난 집단의 차원에서 공공의, 공동의 작업으로 고전문학 데이터의 구축을 기획·진행할 가능성이다. 장르 간의 접점과 결합·전이, 작품과 작가의 중복이라는 문제, 시대별 작품의 전승과 전재 등을 생각해 보면, 고전문학의 데이터 집합과 구축은 애초부터 거시적 차원에서 기획될 필요가 있다. 그리고 그 역할은 어디까지나 사적욕망을 배제한 국가적 차원에서 먼저 시도되어야 하지 않나 한다. 꽤나 이상적으로 들리겠지만, ②라는 기획을 전제로 ①을 해나가면서 이를 불가능한 것이라 치부하지 않는 협업과 도전의 힘이 필요한 시점이 아닌가 생각한다.

---

70) "특히 한문학의 경우 작가론, 작품론, 문체론 그리고 특정시기의 문학풍조나 특수한 성격을 지닌 문학적 개념과 소재를 대상으로 연구하는 데 있어서 빅데이터 개념에 기초한 '규모'의 접근보다는, 오히려 스몰 데이터 개념에 근거한 정교한 데이터 모델을 통해 의미 있는 지식을 생산해낼 수 있는 가능성이 더욱 크다." 류인태, 앞의 논문, 2018, 72쪽.

4. 나는 왜 데이터를 활용하는가?

결국 현재 디지털 환경에서 데이터를 활용해 고전문학 연구를 한다는 것은, 자유로운 표현과 연구의 확장 가능성, 자료의 공유, 데이터의 연산과 같은 근본적 물음을 전통적 문학연구와 비교하여 어디까지 상정할 수 있는가 하는 문제에 다름 아니다. 의심의 눈초리는 도처에 가득하지만, 그럼에도 고전문학연구에서 자료와 정보를 통해 논문 쓰는 일이 계속되는 한 디지털 인문학과의 접촉은 멈추지 않을 것이다. 인간이 인간의 주관적 사고를 온전히 신뢰할 수 없고, 좀 더 객관적이고 진보적인 방식을 추구하고자 한다면, 수평적 담론의 장을 형성하는 집단적 지식 생성의 장은 향후에도 지속될 것이기 때문이다. 무엇보다 고전문학이 디지털을 만난 지 그리 오랜 시간이 지나지 않았고, 여러 가능성들이 집적되며 다채로운 시도들이 지속되고 있기 때문에, 앞으로의 전망도 밝으리라 생각한다. 비선형적 표현에 기반 한 데이터의 조합이 어떤 결과를 만들어낼 수 있을지 예측할 수 없다는 점은 실로 두렵고 기대되는 일이기 때문이다. 그 징조는 오히려 끊임없이 산출되는 논문의 역설에서 보인다. 인간의 시선으로도 새로운 범주가 발견된다면, 데이터의 재구축을 통해 찾을 수 있는 광맥은 더욱 무한할 것이다.

다만 고전문학에서 데이터를 활용한 연구는 현재 봉착한 한계도 분명하다. 디지털 환경이 교육과 활용만큼 연구 분야에서도 각광을 받기 위해서는 자신의 입지를 더 다져갈 필요가 있다. '~할 것이다', '될 것이다'의 막연한 계획성을 믿지 못하는 인문학자들에게 과정의 중요성을 설명할 필요도 있지만, 기획자 스스로도 정확하고 치밀한 기획과 설계가 필요하다. 이는 데이터 구축을 의미하는 것이기도 하지만

데이터의 활용에 더 초점을 맞춰야 하는 것을 의미한다. 이른바 고전
문학 연구의 가능성을 어디까지 담보할 수 있느냐 하는 질문은 곧 어
떻게 데이터를 구축할 것인가 하는 출발점으로 귀결된다. 그리고 이
는 왜 데이터를 활용한 연구를 굳이 하고자 하는가 하는 질문으로 다
시 연결된다.

　결국 모든 문제의 정답은 '나'에게 있다. '나'는 왜 이 '텍스트'를 이
러한 '환경'을 통해 연구하고 표현하고자 하는가? '내'가 고전문학연
구자라면, 나는 왜 고전문학연구에 있어 이러한 작업을 진행하는가에
대한 최소한의 자기설득과 집단작업으로서의 비전 제시가 필요하다.
고전문학 연구에서 데이터의 활용과 의미는 결국 인문학의 본질적 질
문과 맥이 닿아 있다 하겠다.

참고문헌

권기성·김동건, 「야담집 색인 데이터베이스의 구축방안 모색 -『기문총화』를 중
　　　심으로-」, 『고전과 해석』 22, 고전문학한문학연구학회, 2017, 93-126쪽.
권기성·최운호·김동건, 「문학 작품의 거리 측정을 활용한 야담의 이본 연구-
　　　<옥소선 이야기>를 대상으로」, 『한국고전연구』 57, 한국고전연구학회,
　　　2022, 87-120쪽.
강우규·김바로, 「계량적 문체분석을 통한 <소현성록> 연작의 변이양상 고찰 -이
　　　대 15권본과 서울대 21권본을 중심으로-」, 『국제어문』 80, 국제어문학
　　　회, 2019, 115-135쪽.
김바로·강우규, 「빅데이터와 고전문학 연구방법론」, 『어문논집』 78, 중앙어문학
　　　회, 2019, 7-39쪽.
김지선·장문석·류인태, 「공유와 협업의 글쓰기 플랫폼, 위키」, 『한국학연구』 60,
　　　인하대학교 한국학연구소, 2021, 371-419쪽.
김현, 「디지털 시대의 한문학-데이터로 소통하는 고전 인문 지식」, 『한문학논집』
　　　49, 근역한문학회, 2018, 9-42쪽.
류인태, 「디지털 인문학과 한문학 연구-고문헌 자료 대상 국내 디지털 인문학 연
　　　구 사례를 중심으로-」, 『한문학논집』 49, 근역한문학회, 2018, 43-76쪽.
류인태, 「디지털 인문학은 인문학이다」, 『인문논총』 77(3), 서울대학교 인문학연구
　　　원, 2020, 365-407쪽.

이병찬, 「한시 유사도 분석 방안 연구」, 『한문학논집』 59, 근역한문학회, 2021, 361-383쪽.

이재연, 「디지털 시대의 인문학에서 디지털 인문학의 시대로－한국문학에서 본 디지털 인문학 연구」, 『역사학보』 240, 역사학회, 2018, 157-190쪽.

장문석·김윤진·이은지·송가배·고자연·김지선, 「디지털 인문학과 지식의 공동생산－위키 플랫폼과 <한국 근대 지식인 아카이브 편찬>」, 『인문논총』 79(1), 서울대학교 인문학연구원, 2021, 75~124쪽.

최운호·김동건, 「컴퓨터 문헌 분석 기법을 활용한 <토끼전> 이본 연구」, 『우리문학연구』 58, 우리문학회, 2018, 123-154쪽.

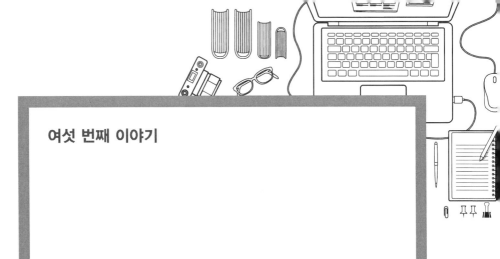

야담 연구 및 활용의 2.0을 위하여

양승목

이 글은 2022년 4월 발간 『한국문학연구』 68에 개재한 「야담의 데이터, 야담으로부터의 데이터」의 내용 일부를 수정·편집한 것임을 밝힌다.

1. 왜 야담인가

야담(野談)은 조선후기에 유행했던 이야기 문학의 한 형태로 한국 고전문학, 특히 서사문학 연구의 장에서 오랫동안 남다른 주목을 받아왔다. 이전에도 야담을 눈여겨본 연구자가 없었던 것은 아니지만, 전통시대의 흥미로운 서사물로서 야담의 세계를 조명하고 본격적인 연구를 이끈 것은 역시 1970년대 발간된 『이조한문단편집』 3책[71]의 공이 크다 하겠다. 이후 유수의 학자들에 의해 야담은 학술적으로 접근할 수 있는 거의 모든 경로로 연구되어왔으며, 지금까지도 새로운 자료의 발굴, 또 새로운 관점의 해석이 부단히 진행되고 있다.

야담이라는 문학 갈래가 이렇게 각광 받는 이유는 무엇인가. 먼저 양적으로 야담은 하나의 계를 이룰 만큼 충분한 수효를 갖추고 있다. 현재까지 발견된 주요 야담집은 줄잡아 20종 이상이 되며, 각 야담집엔 적게는 수십 많게는 수백 편의 이야기가 실려 있다. 이 가운데 겹치는 이야기들을 추려내더라도 최소 1,000편 이상의 이야기가 야담이라는 형태로 남아 있으니, 그 자체로 양적 규모가 상당한 것이다. 물론 야담에 대한 학계의 유다른 주목이 이 때문만은 아니다. 야담은 '이야기'의 형태로 당대의 사람과 삶, 또 사회와 문화, 나아가 사유와 상상을 작품의 숫자만큼이나 다채롭게 담아내고 있다. 역사적 기록은 아니지만 그 어떤 사적(史籍)보다 그 시대를 생동감 있게 포착하고 있는 것이다. 또 이러한 내용적 흥미로움뿐만 아니라, 문학사의 차원에서도 야담은 주시의 대상이었다. 재래의 문학 갈래, 곧 설화나 민담, 필기, 소설 등과 구분되면서도 긴밀한 접점을 갖고 있어 독특한 문학사적 위상을 갖고 있거니와, 그 생명력이 전통시대와 함께 끝난 것이 아

---

71) 이우성·임형택 편역, 『이조한문단편집』 상·중·하, 일조각, 1973·1978·1978.

니라 근대전환기를 통과하면서도 일정한 갱신과 적응을 통해 유지되었기 때문이다. 특히 소설의 발달과 전개 과정에 있어 우리 문학사 내부의 운동성을 보여주는 것으로서 조명되었던 바이다.

지금 이 순간 우리가 야담을 바라보게 되는 이유, 또는 바라보아야 하는 당위는 이러한 학술적 평가가 뒷받침하고 있지만, 이것만으로 완성되는 것은 아님을 또한 유의해야 한다. 야담 그 자체를 흥미로운 독서물로 보아 그 잠재성을 기대하는 것도 한몫 하고 있다. 아울러 야담을 우리의 문화적 자산으로 보고 이로부터 이 시대에 절실한 인문교양의 양분과 새로운 생산과 창출의 동력을 추출하고 공유하는 것 역시 대단히 중요한 과제로 요청되고 있다. 야담에 대한 수요는 이처럼 복합적이며, 그렇기에 연구와 활용 어느 하나도 소홀히 여길 수 없다.

2. 기존의 한계와 전환의 방향

앞서도 말했듯 야담에 대한 그동안의 연구 성과는 실로 방대하다. 거시적인 차원에서 야담 문학의 형성과 양식적 전개 과정, 갈래 규정 등에 대한 논의가 이루어졌음은 물론, 문헌비평 차원에서 야담집의 찬자나 이본 관계, 야담집 간의 전승 현황 등이 섬세하게 따져지기도 하였다. 또 작품에 주목한 연구도 다양한 성과를 축적하고 있다. 작품 성격에 따라 유형화하여 야담의 다층성을 이해하고자 한다거나, 개별 작품을 심층적으로 읽으며 그에 담겨 있는 당대의 다양한 장면과 얼굴들을 읽어내는 것, 특정 주제나 소재에 착안하여 엮어 읽기를 시도하는 등이 그 예일 것이다. 뿐 아니라 야담의 경계를 넘어 주변의 갈래와 가로질러 읽으며 그 변화나 관련 양상을 살피거나, 시간의 블록을 종단하여 그 근대적 변모와 근대문학과의 관계를 조명하는 등 다양한 시각의 연구가 활발하게 이루어지고 있다.[72] 그런가하면 야담의 원전자료를 수습하여 집편하는 시도[73]와 개별 야담집에 대한 번역 출판도 지속적으로 진행되어 또한 적지 않은 결과물이 나와 있다.

그런데 이렇게 다대한 연구 성과가 쌓여 있지만 불만스러운 부분도 없지 않다. 무엇보다 연구 결과물이 거개 파편화되어 있음을 지적하지 않을 수 없다. 편서나 전집의 형태로 일부 수합된 사례가 있긴 하지만, 대부분은 개별 논문이나 단행본으로서 존재한다. 이에 따라 한국 야담 문학에 대한 총체적인 지식과 통찰은 이를 천착하는 소수의 전문 연구자에게만 허락되는 것처럼 보인다. 사정이 이러하다 보니 일반 대중들이 야담 문학에 흥미를 갖는다 해도 접근할 수 있는 경로는 산발적으로 출판되어 있는 번역서를 뚝심 있게 읽는 것이 아니면,[74] 포털사이트에서 검색되는 갱신되지 못한 지식의 편린들을 자의적으로 조합하는 정도에 그칠 수밖에 없다. 연구의 심화와 확장이 꾸준히 이루어져온 것과 별개로, 야담 자체 내지 그 연구 성과의 대중적 확산을 촉진하고 그 효율성과 신뢰성을 끌어올리는 데 있어선 큰 발전이 없었음을 인정해야 하는 것이다. 한편 이는 대중화의 차원에서만 문제되는 것은 아니다. 연구자의 입장에서도 불만이 있다. 꽤 오래 전부터 조

---

72) 야담 문학 연구의 현황과 그 이력에 대해서는 다음 논저들이 훌륭한 길잡이가 되어 준다. 정명기 편, 『야담문학연구의 현단계』 1·2·3, 보고사, 2001; 이강옥, 「야담 연구에 대한 반성과 모색」, 『한국문학연구』 49, 동국대학교 한국문학연구소, 2015; 정명기 교수 추모논총간행위 편, 『야담 연구의 새로운 시각과 해석』, 보고 사, 2020.

73) 다음과 같은 성과가 대표적이다. 동국대학교 한국문학연구소 편, 『한국문헌설화전집』(전10권), 태학사, 1981; 박용식·소재영·大谷森繁 편, 『한국야담사화집성』(전5권), 국학자료원, 1995; 정명기, 『한국야담자료집성』(전24권), 계명문화사, 1995; 정환국 책임교열, 『정본 한국 야담전집』(전10권), 보고사, 2021.

74) 그나마도 신뢰할 만한 야담 번역서를 골라 읽는다면 다행이지만, 현재 출판시장에 나와 있는 야담 번역서들 가운데 그렇지 못한 책들도 적지 않다.

선왕조실록이나 개인문집 등 많은 고전 자료들이 데이터베이스로 구축·제공되며 연구의 환경과 방법을 일신해왔으나, 야담 연구의 현장은 여전히 책장을 넘기며 밑줄을 긋고 띠지를 붙이는 것에서 크게 바뀌지 못한 상태이다. 야담 자료를 대상으로 글자나 문구를 검색할 수 있는 초보적인 인프라조차 마련되어 있지 않은 것이다.

이러한 아쉬움들의 소실점엔 종이가 있다. 다시 말해 종래 야담의 연구와 확산이 지면, 즉 논문과 책으로 대표되는 학술활동의 레거시 시스템 안에서 이루어져 온 것의 한계를 드러내고 있는 것이다. '디지털' 그리고 '데이터'라는 키워드는 이 지점에서 필연적으로 호명된다.

야담 연구의 권위자 중 한 분인 이강옥 교수는 일찍이 야담의 데이터베이스 구축이 절실한 과제임을 강조한 바 있다.[75] 이것이 야담의 대중화 방안의 하나로 제안된 것임을 상기하면, 위에서 지목한 한계적 상황을 공히 인식하고 이를 극복하려는 고민의 결과임을 알 수 있다. 또 권기성과 김동건은 『기문총화(記聞叢話)』라는 야담집을 대상으로 색인 데이터베이스를 구축하는 방법을 고안하였다.[76] 이 또한 디지털 환경에서 야담 연구를 수행하기 위한 기초를 실험한 것으로, 앞서 짚은 바와 같은 문제의식에서 출발한 것이라 하겠다. 그리고 이 색인 시스템을 활용하여 특정 주제의 작품들을 추출하고 그 의미를 구체적으로 살핀 논문[77]이 곧이어 제출된 것은 이에 대한 야담 연구자들의 갈증과 기대를 짐작케 한다.

이러한 맥락에서 야담 연구자들의 요구는 일차적으로 야담 자료를

---

75) 이강옥, 「야담 연구의 대중화 방안」, 『어문학』 115, 한국어문학회, 2012.
76) 권기성·김동건, 「야담집 색인 데이터베이스의 구축방안 모색: 『기문총화(記聞叢話)』를 중심으로」, 『고전과 해석』 22, 고전문학한문학연구학회, 2017.
77) 이승은, 「조선 후기 야담에 나타난 송사담의 세 유형과 그 의미: 야담집 색인 데이터베이스를 활용한 연구의 한 사례」, 『한국고전연구』 41, 한국고전연구학회, 2018.

컴퓨터 속으로 옮겨 접근의 효율을 획기적으로 높일 수 있는 토대를 만드는 데로 향한다. 이에 쉽게 떠올릴 수 있는 모델은 원문을 입력하고 서지적 체계와 정보를 갖추어 망라한 데이터베이스이다. 근래『정본 한국 야담전집』이라는 요긴한 자료적 자산이 확보된 터, 이를 실현하는 것은 아주 어려운 작업이 아니다. 그런데 여기서 하나의 질문을 던질 필요가 있다. 그것이 최선인가.

우선 앞서 야담을 대상으로 한 데이터베이스를 구상하거나 실험했던 연구자들의 말에 귀를 기울여보자. 이강옥 교수는 단순한 텍스트 뭉치로서가 아니라 야담 문학의 모티프, 인물형, 서사구조 등에 접근할 수 있는 데이터베이스가 필요함을 강조하였다. 이는 야담이 가진 서사 문학적 특성과 자질을 드러내 보일 수 있어야 한다는 것이며, 그 과정에 지금까지 축적된 연구 성과가 기여할 수 있는 바를 적시한 것이기도 하다. 권기성과 김동건의 작업 또한 눈여겨볼 지점이 있다. 야담 작품이 갖고 있는 정보들을 체계화하고 카탈로그를 구성하여 색인할 수 있도록 한 구상인바, 이 또한 야담 자료를 다룸에 있어 작품에 담겨 있는 의미정보와 문학적 자질 등이 긴요한 것임을 말하고 있다. 이러한 제안들은 야담에서 주목해야 할 '데이터'가 무엇인지를 생각하게 한다.

또 현재 문학에 대한 데이터 기반 연구의 일선에서 이루어지고 있는 방법론적 고민과 시도들을 떠올리지 않을 수 없다. 데이터 공학에 기초한 여러 연구방법으로 문학 자료를 읽는 또 다른 독법을 제시하는 것은 이제 생소한 것이 아니다. 언어 분석을 활용하여 이본의 계통이나 거리를 수치화해 보여주거나, 사회과학에서 즐겨 사용되는 네트워크 분석법을 가져와 작품 속 등장인물의 관계망과 상관성을 드러내는 것, 대상 자료의 정보를 지도 위에 맵핑하여 의미를 분석하는 방식 등이 대표적이다. 이들은 때때로 정량적 접근 방식이 가진 불완전함 때문에 지적과 회의에 부딪히기도 하지만, 그럼에도 새로운 착상과 자극을 제공하며 지적 확충에 기여하는 고유한 역할 또한 분명히 갖고 있다. 물론 야담 문학 연구에 있어서도 충분히 매력적인 또 높은 호환성이 기대되는 연구방법들이다. 이러한 상황에서 야담 자료를 디지털화하는 작업은 이러한 연구에 대응 내지 지원할 수 있도록 설계되어야 함은 두말할 나위 없다.

한편 결과물이 사용자에게 어떠한 경험을 제공할 수 있어야 하는가에 대한 고민도 필요하다. 종래 인문학 분야에서 구축한 데이터베이스는 일차자료를 방대하게 집적하는 데 중점을 두었던 만큼 입력된 자료의 신뢰성과 검색의 용이함을 확보하면 그만이었다. 허나 이는 연구자들에게 획기적인 도구가 되어주었을지언정, 일반인들에게는 배와 항해도가 주어지지 않은 자료의 바다일 뿐이었다. 야담은 그 자료적 특성상 다양한 전공의 연구자뿐 아니라 학생이나 일반 대중들도 흥미롭게 바라보는 대상인바, 책을 모니터로 옮겨 놓는 것을 너머 야담이라는 문학의 세계를 보다 쉽고 체계적으로 이해하고 그 가운데서 의미와 통찰을 발견하는 경험을 제공해줄 수 있어야 할 것이다.

이러한 요구들을 고려하건대 연구자들에게 시급한 것은 데이터베이스이겠지만, 야담의 연구와 활용의 다음 장을 열기 위해 요청되는 것은 야담을 연구하고 향유하는 데 필요한 자료와 정보의 총체를 갈무리한 야담 데이터의 베이스캠프이다. 현재까지 확보된 야담 문학의 원전과 번역문을 펼쳐 놓되, 이를 이해할 수 있는 체계로서 야담 연구의 기존 성과를 받아들이고 또 앞으로의 데이터 기반 연구를 전망하면서, 야담에 대한 대중의 관심을 휘발시키지 않고 새로운 문화 동력으로 전환하는 데 기여하는 디지털 세계에서의 야담 기지를 구상하는 것이다. 그리고 야담 연구 및 활용의 2.0은 이로부터 열릴 터이다.

3. 한국 야담 데이터 아카이브의 구축, 그 고민의 지점들

필자는 현 시점에서 이러한 구상을 가장 잘 실현해줄 모델이 시맨틱 테크놀로지에 기반한 데이터 아카이브라 판단하고, 야담 자료를 대상으로 이를 구축하기 위한 개념적 데이터 모델링을 시도하여 발표한 바 있다.[78] 최근 각 분야에서 시맨틱 데이터 아카이브를 주목하고 있거니와 이를 구축하는 과정에 대한 상세한 논의와 지침이 연이어 제출되고 있는바,[79] 그 메커니즘이나 설계의 내용을 되새기는 것은 그다지 생산적이지 못할 듯하다. 다만 그 대상이 야담이기에 기존의 온톨로지 설계와는 또 다른 지점의 고민과 대응이 필요했음은 특기하여 살펴볼 만하겠다.

먼저 개별 야담 작품의 속성 정보 가운데 '화소(話素, motif)'라는 항목을 설정한 점을 볼 필요가 있다. 화소는 저간의 야담 연구에서 해당 이야기가 가진 서사적 자질을 표지하기 위해 사용되는 개념으로, 이미 치부담, 결연담, 보은담, 복수담, 풍수담, 귀신담, 표류담 등 다양한 하위항이 개발되어 있다. 수많은 야담 작품 가운데 유사한 성격의 이야기를 구분하고 묶어 야담의 문학 세계를 요령 있게 조명하는 방법인 것이다. 이를 하나의 데이터로 처리하여 집적함으로써 야담의 작품들

---

78) 양승목·류인태, 「야담의 데이터, 야담으로부터의 데이터: 한국 야담 데이터 모델의 구상」, 『한국문학연구』 68, 동국대학교 한국문학연구소, 2022. 본고의 이하 내용은 이 논문에서 고민했던 몇 가지 지점에 대해 간요하게 설명한 것으로, 보다 본격적인 내용은 논문을 참조하길 권한다.

79) 대표적인 두 학위논문을 든다. 김바로, 「제도와 인사의 관계성 데이터 아카이브 구축과 활용: 근대 학교 자료(1895~1910)를 중심으로」, 한국학중앙연구원 한국학대학원 박사학위논문, 2017(『시맨틱 데이터 아카이브의 구축과 활용』(보고사, 2018)로 출간); 류인태, 「데이터로 읽는 17세기 재지사족의 일상: 『지암일기(1692~1699)』 데이터베이스 편찬 연구」, 한국학중앙연구원 한국학대학원 박사학위논문, 2019.

을 네트워크로 파악하는 하나의 레이어를 추가할 수 있는데, 이는 보다 다양한 기능을 보장한다. 이러한 화소의 개념은 서사문학에서 강조되는 것으로 여타의 데이터 모델에선 주목되지 않았던 것이다.

이것이 기존 연구의 성과를 수용한 예라면, 기존 연구에선 크게 부각될 필요 없었던 것이나 데이터의 관점에서 접근했을 때 문제시되는 것도 있다. 야담에 담긴 다양한 정보와 지식들을 체계적으로 데이터화하는 과정에서 대두되는 사안인데, 먼저 한국 야담 데이터 아카이브에서 설정한 12개의 클래스를 보자.

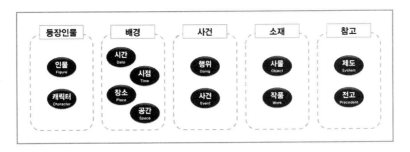

〈그림 10〉 한국 야담 데이터 아카이브를 구상하며 설계한 12개의 클래스

위의 클래스 설계에서 눈에 띄는 것은 일반적인 데이터 아카이브에서 하나로 처리되는 것들을 둘로 나누어 놓은 부분이다. 인물은 인물과 캐릭터로, 시간은 시간과 시점으로, 공간은 장소와 공간으로, 사건은 행위와 사건으로 쪼개 놓은 것이다. 이유는 다름 아니다. 야담이 사실과 허구가 교직되는 서사물이기 때문이다.

인물만 해도 야담에선 대단히 복잡한 존재양상을 보인다. 실존인물뿐 아니라 가공인물도 허다하고, 이름이 명확히 제시되는 경우도 있지만 그렇지 않은 경우도 있다. 때로는 특정 인물이 산 사람으로 나오다가 죽은 귀신으로 등장하기도 하고, 보통의 사람과는 다른 기이한 존재가 출현하기도 하며, 드물게는 동물 내지 괴물이 일정한 서사적 비중을 갖고 나타나기도 한다. 문학의 관점에선 이들 어느 하나 중요하지 않은 것이 없는바, 이들을 체계적으로 포집하는 방안으로 인물과 캐릭터로 범주를 나누어 별도의 클래스를 설정한 것이다. 이에 더해 '실존성(facticity: +/−)'과 '존재성(existence: 현실/비현실)'을 표지하는 속성 항목을 설계하여 야담 내 등장인물을 보다 입체적으로 이해할 수 있도록 하였다.

시간의 경우 연월일시(date)를 데이터로 처리하는 것이 일반적이지만, 이야기에서 포착되는 시간이란 것이 그것만 있는 게 아니다. 날짜가 아니라 계절로 언급되는 경우도 허다하다. 또 밤이나 새벽 등이 특정한 사건이 벌어지는 시간으로서 중요성을 갖기도 하고, '어렸을 적'이나 '과거공부를 할 때' 등이 여러 이야기에서 자주 등장하기도 한다. 이들은 정규화된 시간 정보는 아니지만, 야담을 광시야적으로 읽을 때 중요한 착점을 제공하는 단서들인바 역시 소홀히 여길 수 없는 정보들이다. 이에 대응하기 위해 떠올린 방법은 주기(cycle) 개념을 도입하여 '시점'으로서 서사 속 시간을 처리하는 것이다. 생애주기(life), 연주기(annual), 일주기(diurnal), 사회주기(social) 등이 그 하위범주로 설정된다.

통상의 데이터 처리에서 공간이란 지리정보와 거의 동일하게 사용된다. 즉 지도 위에 맵핑할 수 있는 정보를 취집하고, 후에 그것을 바탕으로 전자지도를 구현하는 데 소용되는 것이다. 헌데 서사에서 공간이란 또한 단순치가 않다. 일례로 용궁, 저승, 천상세계 등을 어떻게 처리할 것인가. 특정되지 않는 산, 숲, 강, 섬 따위도 이야기가 진행되는 공간으로 허다히 등장하지만 도무지 지도 위에선 그곳을 지목할 수 없다. 뿐 아니라 지리정보를 추출할 수 없는 집, 논밭, 시장, 주막, 관아, 감옥 같은 곳들도 서사가 펼쳐지는 무대로 언급되고, 명당, 비경, 복지 같은 것도 야담의 이야기에서 대단히 유의미한 공간들로 나온다. 이에 대한 해결은 맵핑이 가능한 '장소(place)'와 서사의 공간으로서 '공간(space)'을 구분해 접근하는 것이다. 특히 공간에 대해선 인물의 경우와 같이 '존재성(existence)'을 표지할 속성을 배치하여 야담에서 자주 보이는 상상과 허구의 세계를 식별할 수 있도록 하였다.

사건 또한 통상적으로는 역사적으로 중요한 사건을 취급하지만, 서사 속에서 벌어지는 사건이란 그것만이 아닌 것이다. 등장인물이 과거에 급제하는 것, 벼슬에 나아가는 것, 누군가와 사랑을 나누는 것, 또는 산수를 유람하거나 상경하는 것, 사행을 가는 것, 항해 중에 표류하는 것, 나아가서는 신이한 술수를 부리는 것까지도 서사를 구성하는 중요한 사건들이다. 이에 이렇게 이야기 속에서 벌어지는 여러 사건들은 '행위(doing)'로서 포집하고, 역사적 사건이나 등장인물들에 의해 이루어지는 배경사건 같은 것들은 '사건(event)'으로 따로 범주화하여 표시할 수 있도록 한 것이다.

이처럼 나뉘어 설정된 것 외에 따로 들어 말할 만한 것은 '전고(典故, precedent)'라는 클래스이다. 주지하듯 전통시대 문학에서 전고는 매우 광범위하게 구사되며 그 자체로 중요한 지식의 체계를 이루기도 한다. 야담의 경우 한문 전통의 전고뿐만 아니라 우리나라 속담이 이야기 속 상황을 비유하거나 단락을 갈무리하는 데 활용되는 경우까지 종종 보여 특이성이 있다. 이를 하나의 범주로 수렴함으로써 야담 특유의 전고 사전(事典)을 기대할 수 있다. 이는 나아가 서사문학에서 빈출하는 전고 사전을 만드는 데 소중한 자산으로서 쓰일 수 있는바 특히 유의해야 할 대상이라 하겠다.

기실 고전 자료의 데이터 아카이브가 동시다발적으로 기획되고 또 다양한 결과물이 나와 있으나, 대개 역사기록물을 대상으로 하고 있거나 다른 성격의 자료를 다루더라도 기록유산으로서 취급하고 있음을 지적하지 않을 수 없다. 그러다보니 문학 영역에서 주시하는 요소와 긴요한 데이터를 처리하는 방법론에 대해 깊이 있게 파고든 사례는 좀처럼 보이지 않았던 것이다. 그러나 위에서 확인한 것처럼 허구와 사실을 넘나드는 문학 자료를 해상도 높은 데이터로 편찬하기 위해선 그에 최적화된 착점과 문법이 필요하다. 이에 야담을 데이터 아카이브로 구현하기 위해 떠올린 위와 같은 착상과 대응은 차후 서사물을 데이터의 관점에서 접근하고자 할 때 중요한 참조와 지침이 되리라 생각한다.

4. 야담에 있어 데이터 기반 연구의 특장과 의미

한편 시맨틱 웹 기술에 기초한 데이터 편찬은 종래의 레거시 시스템에선 실현하기 어려웠던 것을 가능하게 해주기도 한다. 각 데이터 간의 관계와 의미를 직관적으로 표시할 수 있는 기능이 담보해주는 것으로, 이에 대한 방대한 정보가 축적되었을 때 그것은 더욱 강력한 효용을 발휘한다.

이러한 기능성은 야담처럼 필사본이 난립하여 무수한 이본이 있는 경우에 특히 요긴하다. 더구나 단순한 글자상의 출입뿐만 아니라 이본에 따라 작품의 수록 여부도 다르고, 같은 작품이라 해도 이본에 따라 또는 다른 야담집으로 전재되며 변모되는 현상도 매우 흔하게 일어나는 것이 야담 문학의 실상이요 특징이다. 종래의 지면 매체에선 이 전체를 드러내는 것이 거의 불가능하기에 유의미하다고 판단되는 일부를 선별하여 보이는 정도에 만족할 수밖에 없었다. 오랫동안 천착하여 하나하나 따져보더라도, 학적 결과물로서 남는 것은 그 과정과 결론을 압축적으로 정리한 논문뿐인 것이다. 그러나 데이터 아카이브는 이를 총체적으로 또 직관적으로 표현하는 것이 가능하다. 아래의 개념도는 그 기제를 간략하게 나타낸 것이다.

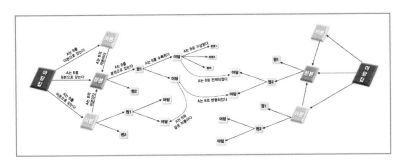

〈그림 11〉 야담 텍스트 체계에서 개체 간의 관계도

뿐 아니라 이러한 기제를 통해 야담 작품에 담지된 의미자질과 내용요소 또한 더욱 복잡한, 그래서 보다 심층적인 의미를 포착할 수 있는 데이터 네트워크로 만들 수 있다. 각 클래스에 포집되는 지식과 정보들이 그 안에서 정렬되는 것에 그치는

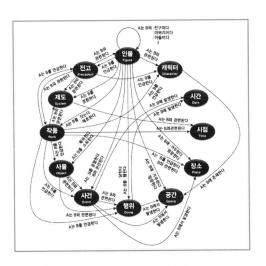

〈그림 12〉 내용 요소 클래스의 개체 간 관계도

것이 아니라, 우측의 개념도처럼 서로 연결되고 체결되며 야담 문학의 구성성분과 분자구조를 물리적으로 보여줄 수 있게 되는 것이다.

이들 가운데 일부는 야담을 이해하거나 연구함에 있어 반드시 긴요하지 않은 잉여 데이터일 수 있지만, 그렇다고 의미가 없는 것은 아니다. 연구에서든 향유에서든 지금까진 대두되지 않은 시각과 목적에서 언제 어떻게 의미를 갖게 될지 알 수 없기 때문이다. 비유하자면 이것은 야담의 유전자 지도 같은 것이다.

지면 매체라면, 애초 이를 효율적으로 정리하는 것이 어렵기도 하지만, 담아낸다 하더라도 불필요한 것은 산삭될 수밖에 없다. 하지만 디지털 공간에서 구현되는 데이터 아카이브는 이것의 총체를 유실 없이 더 효율적으로, 또 사용자 친화적으로 갈무리할 수 있다. 이 점은 데이터 아카이브가 가진 가장 극적인 강점이라 할 것이다.

이러한 맥락에서 야담을 데이터의 군집체로 보고 디지털 환경에서 아카이브를 구축하는 작업은 단순히 책에 있는 글자를 웹 상의 텍스트 데이터로 변환하는 것이 아니라, 문자라는 2차원 매체에 압축되어 있던 지식과 정보를 3차원의 구조물로 펼쳐내는 것이라 하겠다. 그리고 이것은 지성의 구축과 향유 기제에 거대한 전환이 일어나고 있음을 말해주고 있다. 데이터로서 야담을 읽는 것, 또 연구하는 것이 2.0으로 명명되어야 하는 이유이다.

참고문헌

김바로, 『시맨틱 데이터 아카이브의 구축과 활용』, 보고사, 2018.
김현·임영상·김바로, 『디지털 인문학 입문』, 한국외국어대학교 지식출판원, 2016.
동국대학교 한국문학연구소 편, 『한국문헌설화전집』(전10권), 태학사, 1981.
박용식·소재영·大谷森繁 편, 『한국야담사화집성』(전5권), 국학자료원, 1995.

이우성·임형택 편역,『이조한문단편집』상·중·하, 일조각, 1973·1978·1978.
정명기 교수 추모논총간행위 편,『야담 연구의 새로운 시각과 해석』, 보고사, 2020.
정명기 편,『야담문학연구의 현단계』1·2·3, 보고사, 2001.
정명기,『한국야담자료집성』(전24권), 계명문화사, 1995
정환국 책임교열,『정본 한국 야담전집』(전10권), 보고사, 2021.

권기성·김동건,「야담집 색인 데이터베이스의 구축방안 모색:『기문총화(記聞叢話)』를 중심으로」,『고전과 해석』22, 고전문학한문학연구학회, 2017.
김바로,「제도와 인사의 관계성 데이터 아카이브 구축과 활용: 근대 학교 자료(1895~1910)를 중심으로」, 한국학중앙연구원 한국학대학원 박사학위논문, 2017.
류인태,「데이터로 읽는 17세기 재지사족의 일상:『지암일기(1692~1699)』데이터베이스 편찬 연구」, 한국학중앙연구원 한국학대학원 박사학위논문, 2019.
이강옥,「야담 연구에 대한 반성과 모색」,『한국문학연구』49, 동국대학교 한국문학연구소, 2015.
이강옥,「야담 연구의 대중화 방안」,『어문학』115, 한국어문학회, 2012.
이병찬·민경주,「한국고전종합DB의『한국문집총간』분석 시각화 방안 연구」,『민족문화』57, 한국고전번역원, 2021.
이승은,「조선 후기 야담에 나타난 송사담의 세 유형과 그 의미: 야담집 색인 데이터베이스를 활용한 연구의 한 사례」,『한국고전연구』41, 한국고전연구학회, 2018.
최지연·조성덕·최동빈,「데이터 정제의 관점에서 본 한국문집총간 XML 문서 검토」,『한문학논집』60, 근역한문학회, 2021.

고전문학 연구에서 데이터 처리 기술은 어떻게 활용될 수 있는가?

대담자: **류인태**
토론자: **권기성, 양승목**

이상적 데이터 모델과 현실적 데이터 구축 사이의 간극

류인태(이하 류) 두 분 선생님께서는 그동안 야담(野談), 필기(筆記), 패설(稗說)과 같은 고전 자료 또는 그러한 자료에 담긴 고전 서사에 꾸준한 관심을 기울여 오신 것으로 알고 있습니다. 한편으로 세부전공을 나누자면 권기성 선생님은 고전문학, 양승목 선생님은 한문학 분야에서 연구 활동을 하고 계시기 때문에 그동안 발표해 오신 연구의 성격이나 지향은 조금 다르지 않을까 싶습니다. 석박사 학위논문을 포함해서 그동안 권기성 선생님께서 발표해 오신 논문들을 보면 장르로서 야담에 관한 전방위적 탐색을 시도하고 계신 듯하고, 양승목 선생님께서는 기몽문학으로서의 몽기(夢記)에 대한 연구로 박사학위를 받으신 이후로 다양한 한문 자료에 대한 기초 연구와 소위 술가(術家)를 향한 관심 등을 논문을 통해 피력하고 계십니다. 야담에 대한 양승목 선생님의 관심과 이해는 아마도 최근에 나온 『정본 한국 야담전집』(전10권) 관련 작업을 하시면서 심화한 것이 아닐까 이런 생각이 듭니다. 두 분의 연구 맥락이나 방향을 고려하면 야담이라는 장르 또는 작품 군을 바라보는 연구자의 시각에 있어서 조금은 차이가 있을 수밖에 없겠다는 생각이 듭니다. 아마도 그러한 지점이 컴퓨터 기술을 활용해서 야담을 연구하는 맥락에 있어서도 차이를 발생시키는 것이 아닐까 싶은데요. 관련해서 권기성 선생님의 논문(「야담집 색인 데이터베이스의 구축방안 모색-『기문총화(記聞叢話)』를 중심으로-」(2017))과 양승목 선생님의 논문(「야담의 데이터, 야담으로부터의 데이터: 한국 야담 데이터 모델의 구상」(2022))에 대한 각자의 인상이나 문제의식에 대한 말씀을 여쭈어 듣고 싶습니다.

권기성(이하 권) 네, 제가 먼저 말씀드리겠습니다. 양승목 선생님께서 최근에 발표하신 논문(「야담의 데이터, 야담으로부터의 데이터: 한국 야담 데이터 모델의 구상」)을 보고, 2016년과 2017년 무렵 한창 야담 데이터베이스를 만들던 때가 생각났습니다. 당시 데이터베이스를 구축하면서 부딪친 장벽이 많았는데, 아마 온톨로지 디자인을 염두에 두지 않은 탓이 가장 크게 작용했던 것이 아닐까 싶습니다. 선생님 논문에 나와 있는 여러 유관 논의를 보면서, 당시 고민했던 여러 부분들이 해결될 수 있겠구나 라는 생각을 많이 했습니다. 예를 들어 당시 저는, 야담에서 추출 가능한 객관적인 정보보다 조금은 주관적인, 서사와 관련된 다양한 맥락의 정보를 한눈에 포착하고 싶은 욕심이 있었습니다. 정리하기가 쉽지 않아서 헤맨 부분이 많은데, 양 선생님께서 설계하신 디자인은 유관 정보들을 병렬적으로 나열하는 형식이라 사용자가 쉽게 활용할 수 있는 설계라는 생각을 좀 많이 했습니다. 제가 의문을 가지고 있던 그런 부분들이 상당 부분 해소되었다는 말씀을 드리구요(웃음). 관련해서 궁금한 점이랄까요 머릿속에 떠오른 생각이 있어서 말씀드리겠습니다. 처음 데이터를 설계하는 단계에서 대상(야담 자료)이 지닌 아주 디테일한 지점까지 고민할 수 있다면 좋겠지만, 현실적으로 시간이나 비용이나 인력이 제한되어 있어서 실제로 어디까지 건드려 볼 것인가 라는 문제가 늘 있는 것 같습니다. 그랬을 때 양 선생님께서 논문을 통해 제안하신 데이터 모델은 제가 생각한 것 이상으로 많은 정보들을 품고 있습니다. 이렇게만 만들어진다면 야담 연구에 정말 많은 도움이 되겠다는 생각이 드는데, 실제 데이터 구축 작업에 착수했을 때 현실적으로 얼마나 할 수 있을까 그런 생각도 해봅니다. 만약 데이터 구축 작업이 공동의 협업으로 진행된다면, 참여하는 연구자들의 의견을 그때그때 동시적으로 조율하고 정리하면서 데이터를 체계적으로 구축해 나가야 하는데, 논문을 통해 밝히신 이상적인 지점과는 또 다른 차원에서 현실적으로 그러한 작업이 어느 정도로 가능할 것이라 생각하시는지 양 선생님의 의견을 여쭤보고 싶습니다.

양승목(이하 양) 먼저 전달해 드릴 것은, 데이터베이스 설계를 혼자 했다고 말씀 드리기는 어려울 것 같습니다. 결과물로서 논문을 쓴 것은 저이지만 그 전에 학내에 계신 야담 연구자 선생님들과 유관 내용에 관해 많은 대화를 나누었습니다. 그 과정에서 '굉장히 많은 시간과 노력을 투입해야 할 것 같은데, 꼭 그렇게까지 해야 하는 것이냐?'라는 이야기도 들었습니다(웃음). 아무래도 젊은 연구자들은 실적에 예민할 수밖에 없고, 실적의 형식이 거의 유일하게 '논문'이다보니 논문 쓸 시간을 확보하는 것이 매우 중요하고 상대적으로 다른 데 투입되는 시간을 줄여야 하는 현실 논리가 엄존하는 것이죠. 제가 '이런 형식으로 구현해야 한다'라고 강하게 주장했을 때 적극 공감하고 동조하는 분은 거의 없다시피 했는데, 앞으로 계속 이 지점에 관해 공론화해서 이런 논의가 지속될 수 있게 하는 것이 가장 중요하지 않을까 싶습니다. 설득이든 타협이든 데이터베이스 편찬 작업에 참여할 수 있는 유관 야담 연구자들을 최대한 많이 포섭하는 것이 전략적으로 필요하겠지요.

류   조금 더 구체적으로 말씀해주실 수 있을까요?

양   현실적으로 협업을 어떻게 이끌어낼 수 있느냐에 관해서는 두
가지 접근으로 구체화할 수 있다고 생각합니다. 하나는, 협업
연구에 참여할 인력을 어떻게 모을 것이냐의 문제가 있겠습니
다. 나머지 하나는, 그렇게 모인 연구자들이 협업 연구 과정에
서 이탈할 가능성을 어떻게 최소화할 것이냐의 문제가 있겠습
니다. 하나는 외부로부터 끌어당겨야 한다는 측면에서 일종의
인력(引力)에 가까운 것 같고, 하나는 내부에서 밀어내는 것을
제어해야 한다는 측면에서 일종의 척력(斥力)의 영역이 아닐
까 싶습니다(웃음). 인력과 척력을 어떻게 제어할 것이냐가 핵
심인데, 여기서 역시나 중간자의 역할이 필수적이라 생각합니
다. 양쪽 분야를 모두 이해하고 있어서, 연구 과정의 의미나 구
축될 결과물의 학술적 가치를 종합적으로 이해시키고 전달할
수 있는 사람이 있어야겠죠. 양쪽에 정통한 사람이 일종의 계면
활성제 역할을 하며 전통적인 고전 연구자를 데이터 기반 연구
환경으로 이끌고 또 유리되지 않도록 해야 한다는 것입니다.

류   디지털 인문학 연구 수행의 현실적 전략에 관한 양승목 선생님의
입장은 '계면활성제 수요론' 정도로 정리할 수 있겠네요(웃음).

양   비유하자면 그렇다는 것이지요(웃음). 중간자의 역할이 그만
큼 중요하다 정도로 이해하시면 될 듯합니다. 중간자의 역할과
별개로 연구 과정에서 이루어지는 여러 기능적 문제 또한 해결

되어야겠죠. 데이터 구축 성과를 최종적인 결과물 단계가 아니라 중간 단계에서도 가시적으로 확인할 수 있게끔 한다든지, '데이터 디자인 내용에 관해 나는 너희와 생각이 달라'라고 이야기하는 주변 연구자들과 교류하고 포섭할 수 있는 커뮤니케이션 채널을 마련한다든지. 뭐 그런 문제라고 해야겠죠. 연구 과정에서 발생하는 연구자들 사이의 인력과 척력의 제어 그리고 연구의 방법과 수행에서 일어나는 마찰이나 알력 따위를 모두 노출시키고, 그에 관한 논의를 개방적으로 펼칠 수 있는 연구 아카이브 겸 커뮤니티 플랫폼이 있으면 좋겠다는 생각도 합니다.

류   연구자들이 모여서 자료와 의견을 공유할 수 있는 커뮤니티가 있어야 한다는 이야기는 늘 듣습니다(웃음).

양   우리 인문학 연구자들은 각자의 글쓰기 즉 논문을 발표하는 것을 통해 학술적으로 교류한다고 생각하지만, 사실 그러한 '교류'는 형식적 차원에 많이 치우쳐 있는 면이 있습니다. 오히려 허심탄회하게 이루어지는 술자리에서 중요한 정보를 얻는 경우가 더 많다고 하는 것이 그때문이겠지요(웃음). 논문에 모든 정보를 밝히는 것도 아니고, 심지어 논문에 담긴 내용을 보다 보면 근거 자료가 분명하지 않은 지식들도 있습니다. 논문을 통해 학술적으로 교류한다는 형식이 지닌 한계가 있는 것이지요. 디지털 세계에서 한문학이나 고전문학 연구 조금 더 좁혀서 보자면 야담 연구를 위한 베이스캠프로서 연구자들이 모여서 자유롭게 의견을 주고받는 공간이 있어야 합니다. 유관 정보를 검색할 수 있는 데이터베이스를 구축하는 것도 중요하겠지만, 조금 더 확장해서 생각하자면 자신의 의견을 남기고 그것을 매개로 연구자 간에 교류할 수 있는 채널이나 커뮤니티가 있어야 실질적인 협업을 이끌어낼 수 있지 않을까 개인적으로는 그런 생각을 합니다.

류 쉽지 않은 말씀을 하신 것 같습니다. 디지털 인문학 연구를 온전히 수행하려면 모든 것을 개방하고 공유하고자 하는 태도가 필수적으로 요구됩니다. 문제는 나뿐만 아니라 유관 분야의 동료 연구자들 또한 그렇게 해야 실질적인 효과가 발생한다는 것이죠. 어떻게 해야 다수가 협력할 수 있는 연구 커뮤니티를 만들 수 있을까요. 무언가 대단하고 큰 것이 아니라 연구의 작은 단위부터 하나씩 실천해야 할 지점이 아닐까 그리고 정해진 답은 없기 때문에 계속 고민해야 할 지점이 아닐까 그런 생각을 해봅니다(웃음). 말씀을 길게 해주셨는데, 권기성 선생님의 논문에 관해 양승목 선생님께서는 어떤 생각을 갖고 계신지 여쭈어 듣고 싶네요.

양 우선 동지 의식을 느꼈다고 말씀드리고 싶습니다(웃음). 권기성 선생님의 논문을 읽으면서, 고전문학 연구자가 데이터 처리 환경을 연구에 도입하고자 하는 절실함이 이 정도일 수도 있구나 라는 것을 체감할 수 있었습니다. 그리고 나와 같은 생각을 하고 나와 유사한 고민을 하고 있구나 라는 생각에 약간의 안도감도 들었습니다(웃음). 실제 제가 야담 데이터 모델에 관한 고민을 전개하는 데 있어서 권기성 선생님의 논문으로부터 많은 착점을 제공받았다 해도 과언이 아닙니다. 한편으로 권기성 선생님께서 논문을 통해 제안하신 여러 고민과 그 결실을 제

논문에서 모두 수용하지는 못했습니다. 제 문제의식과 고민이 여물지 않아서 정리하지 못한 부분들이 있기 때문입니다. 그럼에도 불구하고 제가 쓴 논문은 권기성 선생님이 쓰신 논문과 대단히 많은 연결점이 있고, 실질적으로 권기성 선생님의 논문은 제 연구에 바탕이 된 중요한 선행 연구임을 강조하는 정도로 제 감회를 말씀드립니다.

권 과분한 말씀입니다 선생님. 선생님께서 쓰신 논문을 통해 제가 더 많이 배웠습니다. 제가 드린 질문은, 딱딱한 토론 주제라기보다 양승목 선생님과 술 한 잔 하면서 허심탄회하게 나눌만한 이야깃거리에 가깝지 않을까 생각합니다(웃음). 조금 더 덧붙이자면, 어떤 일이 진행되는 데 있어서는 늘 선택과 집중의 문제가 발생합니다. 그런 시각에서 보자면, 선생님께서 제안하신 모델은 선택을 정밀하게 가져가야 하는 쪽에 가깝다는 생각이 들어서 앞서와 같은 질문을 드린 것이었습니다. 선택을 정밀하게 하려고 하다 보면 이것저것 고려해야 할 지점이 많아지고, 상대적으로 집중할 수 있는 여지가 줄어들게 되지 않을까 그런 지점은 어떻게 해결해야 할까 뭐 그런 생각들이 떠올랐기 때문입니다. 모든 데이터를 완비한 결과물을 빨리 구현할 수 있다면 좋겠지만 현실적으로 데이터베이스가 뚝딱 만들어지는 것이 아니니, 활용의 여지가 많은 데이터를 우선 선정해서 단계별로 구축 작업에 집중할 수 있는 여지를 마련한 다음 순차적으로 데이터베이스를 구축해 나가는 것이 필요하겠다는 생각이 듭니다.

양 네, 그 지점에 대해서는 매우 동의합니다. 빨리 술 마시러 가야겠습니다(웃음). 첨언을 하자면 실제 작업 과정에서는 일의 순차와 단계가 있을 것이고, 그런 순서와 단계를 기획하고 논의하는 프로세스 매니저라고 할까요? 제가 앞서 말씀드린 소위 중간자 역할을 하는 실무 인력이 반드시 있어야 하지 않을까 싶습니다.

야담 자료를 대상으로 한 데이터 모델링의 실제

류 두 분의 논문을 보면 두 분께서 말씀하신 문제의식이라든지 데이터를 디자인해 나가는 과정에서의 어떤 근본적인 생각들에 있어서 유사한 부분들이 많습니다. 한편으로는 권기성 선생님께서 잠깐 말씀해주셨지만, 온톨로지의 적용 여부라든지 구체적으로 활용한 데이터베이스 기술이라든지 그러한 테크Tech 차원의 접근은 조금 다른 부분이 있습니다. 권기성 선생님은 RDB(MS-Access) 기반의 모델을 구체적으로 디자인하셨고, 양승목 선생님은 SemanticDB(RDF, GraphDB) 기반의 모델링을 시도하셨습니다. 예컨대 SQL과 No-SQL 기반의 데이터 처리는 기본적인 철학이 다르고 그로 인해 데이터 처리 과정에서 개체(entity)들 사이의 관계(realationship)나 속성(attribute)을 안배하는 형식에 다소 차이가 있습니다. 두 분의 논문을 읽어볼 경우 데이터 디자인 과정에서 발생한 문제의식에 있어서는 큰 차이가 없지만, 결과적으로 정리한 데이터 형식에 있어서는 차이가 드러나는 이유라고 할 수 있습니다. 두 분께서 데이터 모델을 디자인하면서 고민하신 유관 내용을 모두 거론하기는 어렵고, 야담의 서사적 특징을 파악하는 데 있어서 중요한 단서이자 동시에 연구자의 주관이 개입될 수 있어 정보화하기 쉽지 않은 지점에 관해 질문을 드릴까 합니다. 권기성 선생님의 논문(「야담집 색인 데이터베이스의 구축방안 모색-『기문총화(記聞叢話)』를 중심으로-」(2017))을 기준으로 할 경우 110~115쪽에 걸쳐 정리하신 Event 항목이 그에 해당할 텐데요. 이 지점을 정리하시면서 천착하신 고민의 핵심이 무엇이며, 이후 시도된 양승목 선생님의 모델 디자인 과정에서 그 지점이 어떻게 드러났는지 그리고 그에 관해 어떠한 생각을 하셨는지 권기성 선생님의 말씀을 들어보고 싶습니다. 그리고 양승목 선생님께서는 권기성 선생님께서 논문을 통해 사전에 고민하신 지점을 어떻게 수용하셨고, 그에 관한 문제의식을 데이터 모델 과정에 구체적으로 어떻게 반영했는지를 말씀해주시면 좋을 것 같습니다.

권 네. 작업을 하던 당시 저는 서대석 선생님께서 쓰신『조선조문헌설화집요』(1991, 집문당)라는 책에서 처음 아이디어를 얻었습니다. 아마 많은 연구자들이 비슷하지 않을까 싶습니다. 소재의 차원에서 야담 연구를 하게 될 경우, 자료에 관한 접근성 때문에 여러 모로 활용도가 높은 자료가『조선조문헌설화집요』입니다. 그 자료에 보면 사건의 제재라고 할까요. 1개에서 2개 정도로 사건의 중심 제재를 분류해두었는데, 이 지점에 대해서는 양승목 선생님께서도 논문에서 제시해 주셨고, 대체로 저도 생각이 비슷했습니다. 야담 데이터를 구축할 경우 해당 정보 즉 사건의 제재를 체계화하는 것이 매우 중요한 줄기가 되겠다는 생각을 했는데, 얕은 수준이 아니라 좀 더 구체적이고 깊은 수준에서 정리할 필요가 있겠다고 나름 생각했던 것 같습니다. 사건을 여러 층위로 나누어 체계화하는 방식이 그것이었는데요, 이 지점이 얼마나 유효하고 학술적 의미가 있을까에 대해서 주변 연구자들과도 이야기를 많이 나누었습니다. 의견을 교환한 결과, 부정적인 피드백을 많이 받았습니다(웃음). 짐작하시겠지만, 데이터를 만드는 과정에서 연구자의 주관적 판단이 개입된다는 것이죠. 그렇게 해서 만들어진 데이터가 학술적으로 무슨 객관적인 가치를 지닐 수 있겠느냐 뭐 그런 정도의 맥락이라 생각하시면 되겠습니다. 제 나름대로는 작품 속 등장인물의 성격과 특징을 구분한다든지(Event1), 사건이 지닌 서사(모티프)의 성격을 유형화한다든지(Event2) 역사적 사건으로서의 의미와 연계한다든지(Event3), 서사의 범주를 벗어난 작품의 형식을 정의한다든지(Event4) 등 야담이 내포한 여러 정보를 다양한 맥락에서 복수의 층위로 나누어 정리하는 것이 나름 의미가 있겠다고 생각했습니다. 단형 서사의 지형도 위에서 야담을 바라볼 경우, 여러 장르의 성격이 공존하고 있는 것을 확인할 수 있고, 그러한 지점을 체계적으로 연구하려면 개별 자료의 서사 유형이나 양태라고 할까요 유관 정보를 분류해서 정리할 필요가 있습니다. 소위 '야담 유형론'에 관한 연구가 이강옥 선생님 이후로 이루어지고 있지 않은데(이강옥, 「야담 연구에 대한 반성과 모색」(2015) 참고), 데이터베이스를 구축하면서 이 지점을 함께 들여다보면 좋겠다는 생각을 한 것이죠. 예를 들어 야담에 등장하는 인물의 성격은 평범한데, 상대적으로 서사의 성격이 뚜렷할 경우 청구야담에 자주 보이는 야담계 소설 유형에 해당한다든지, 반대로 인물의 성격은 뚜렷한데, 서사의 성격이 두루뭉술하고, 역사적 사건과 연계하는 경향이 있다면 그 경우는 인물전이나 야사 장르에 가깝다든가 뭐 그런 식으로 여러 층위의 정보를 모듈화 해서 야담의 유형을 바라보는 것이 가능하지 않을까 생각을 했던 것이죠.

류 재미있는 접근인 것 같습니다. 데이터를 활용한다는 것은 곧 연구의 줄기를 잡아나가는 데 있어서 어떠한 문제의식이나 연구 주제를 모듈화된 형식으로 가공하는 것으로도 이해할 수 있으니까요.

권 네. 말씀하신대로 당시 저는 표지(標識, index)라고 해야 할까요? 야담의 서사 형식이나 장르적 변별의 지점과 관련된 다채로운 층위의 정보를 데이터로 정리할 수 있고 또 그것을 표시할 수 있다면 한눈에 작품의 유형을 파악할 수 있지 않을까 라는 고민을 했던 것 같습니다. 흔히 야담을 '야담집'과 같은 표현으로 접근해서 범주를 단순하게 규정하는 경향이 있는데, 제가 생각한대로 데이터를 정리할 수 있다면 필기나 패설, 잡록 등 야담과 유사한 장르로 여겨지는 것들과의 연관성까지도 데이터를 매개로 종합적으로 살펴볼 수 있겠다는 생각을 했던 것이죠. 그런 거창한 의도와 달리 실제 데이터 구축 작업을 하면서는 반신반의했습니다(웃음). 정리를 하다 보니 연역적 체계에 근거한 분류보다는 아무래도 귀납적 성격의 주관적 판단이 많이 개입될 수밖에 없더라구요. 그래서 적절한 표지가 되기 어려울 수 있겠다는 생각을 많이 했습니다. 관련해서 양 선생님 논문을 보면서, 대략적으로 사건에 관한 큰 범주를 나누고 그 하위 범주를 체계화해서 잘 연결한다면 생각보다 데이터 간의 연계성이 매끄럽게 드러날 수도 있겠다는 생각이 들었습니다. 데이터 디자인 과정에서 입각한 근본적 문제의식이 다르다 보니까 제가 고민한 모든 것이 양 선생님 연구에서 완벽하게 해결되지는 않은 것 같습니다. 다만 양 선생님께서 제안하신 데이터 모델이 상대적으로 제가 구축했던 데이터베이스 스키마보다 더 객관적이고 병렬적으로 정보를 잘 보여줄 수 있겠다는 생각은 합니다.

양 네. 말씀하신 대로 문제의식의 입각 지점이 서로 다르고 그에 따라 연구를 통해 논증하고자 한 경로와 방향이 같지 않아서, 의견에 있어서 다른 지점들이 분명히 있습니다. 선생님께서 정리하신 Event의 맥락은, 제가 클래스로 정리한 '행위'와 '사건'과 유사한 정보 항목이 아닐까 싶습니다. 이미 살펴보셨을 테니 대체로 이해하고 계실 것이라 생각하구요. 다만 권 선생님께서 정리하신 Event 항목 가운데 Event4에 해당하는 것에 대해서 조금 첨언을 할까 합니다.(Event4에 관해서는 「야담집 색인 데이터베이스의 구축방안 모색-『기문총화(記聞叢話)』를 중심으로-」(2017), 115쪽 참고.) 제 연구에서는 선생님께서 제안하신 Event4에 해당하는 양식적인 부분/특질을 감지하고 분류하는 것에 있어서 완전히 배제를 했습니다. 장르 구분이나 양식 규정 같은 것들이 대단히 주관성이 강하다고 생각하기 때문입니다. 물론 연구자들 사이에 통용되는 한문 단편이라고 하는 것의 영역과 시화의 영역, 필기와 잡록 등과의 경계에 관한 개념이 있고, 학계에서는 그것을 대단히 면밀하게 구분하는 것을 중요하게 여깁니다. 그런데 그것이 데이터를 구축할 때 과연 객관적 정보로 상정하고 정리할 수 있는 것인가에 관해서는 모든 연구자들의 합의를 이끌어내기도 어렵거니와 객관화할 수 있는 정보도 아니라고 저는 생각을 했습니다. 그래서 '이것은 시화에 가깝다 이것은 서사 단편적인 성격이 강하다'라고 하는 것은 구축된 데이터를 활용해서 2차적으로 그 의미를 해석하는 과정에서 이루어져야 할 소임인 것이지, 데이터 차원에서 그것을 명징하게 정리하기 어렵겠다는 판단을 한 것입니다. 그 지점이 작품 속 등장인물의 성격과 특징을 구분한다든지 (Event1), 사건이 지닌 서사(모티프)의 성격을 유형화한다든지 (Event2) 역사적 사건으로서의 의미와 연계한다든지(Event3) 와 같은 맥락과는 다른 양식적 규정(Event4)의 특징인 것 같기도 합니다. Event4는 데이터 구축의 대상이 아니라 해석의 맥락에서 바라보아야 할 정보의 지점이라 해야 할까요? 데이터베이스를 디자인하고 실제 데이터를 구축하는 과정에서 정보의 객관성과 주관적 판단의 개입 여부를 인지하고 그에 대해 재단하는 일은 쉽지 않은 것 같습니다. 특히 우리가 하는 인문학 연구라는 것이 질적 연구 경향이 강하기 때문에, 아무래도 어떠한 분명한 기준을 확립하고 또 그것을 근거로 쪼개고 나누고 하는 작업에는 취약할 수밖에 없습니다(웃음).

류 네, 말씀 잘 들었습니다. 굉장히 흥미로운 이야기였습니다. 종종 그런 생각을 할 때가 있습니다. 소위 '데이터 모델링'이라고 하는 데이터 디자인 분야가 문학 연구에서 어떠한 학술적 의미를 가질 수 있을까. 그런데 지금 두 분 선생님께서 토론하시는 내용을 들어보면 학술적으로 접목해볼 가치는 충분하지 않은가 싶습니다. 두 분이 각자 데이터를 디자인하신 논리적 근거와 그에 관한 문제의식이 토론의 매개가 되고 있는 것을 보면서 아마 다른 분들도 비슷한 생각을 하시지 않을까 싶습니다. 그런 맥락에서 흥미롭다는 생각을 했습니다(웃음).

협업으로서 디지털 고전문학 연구의 가능성에 관해

류 다른 질문으로 넘어가보겠습니다. 권기성 선생님께서는 오랜 기간 최운호(목포대) 선생님, 김동건(경희대) 선생님과 컴퓨터 기술을 활용한 고전문학 연구를 꾸준히 해 오고 계신 것으로 알고 있습니다. 인문학 방면에서는 공동 연구의 형식이 그렇게 흔하지가 않습니다. 그동안 공동으로 연구를 하고 논문을 발표하시는 가운데, 구체적으로 두 분 선생님과 어떻게 협업을 해 오셨는지 그리고 그 과정 속에서 협업으로서 디지털 인문학 연구에 관해 고민해 오신 지점이 있다면 그것은 무엇인지 여쭈어 듣고 싶습니다.

권 최운호, 김동건 두 분 선생님과의 공동 연구는 그 분들께서 진행하고 계시던 연구 프로젝트에 제가 우연히 참여하면서 시작되었습니다. 최근 동국대학교에서 『정본 한국 야담전집』을 간행한 것과 비슷하게 경희대학교에서도 2,000년대 중반에 『판소리이본전집』을 간행했었습니다. 간행 이후에 해당 자료를 어떻게 활용할 것인가에 관한 고민이 있었는데, 그 중에 작품

사이의 거리 즉 여러 이본(異本) 사이의 거리를 연산해서 처리하는 방식을 적용해보고자 하는 시도가 있었습니다. 전통적 인문학 연구와는 조금 다른 접근 방식이라 할 수 있는데, 당시 한국연구재단 사업 가운데 일반공동연구로 진행되었고, 제가 해당 연구 사업에 연구보조원으로 들어가면서 작업에 참여하게 되었습니다. 이후로 최운호, 김동건 두 분 선생님과는 꾸준히 디지털 인문학적 성격의 공동 연구를 조금씩 해오고 있는 것 같습니다. 올해의 경우 야담 자료를 대상으로 한 작업을 진행해서 관련 내용을 논문(「문학 작품의 거리 측정을 활용한 야담의 이본 연구-〈옥소선 이야기〉」)으로 발표했습니다. 판소리와 달리 야담의 경우 한자로 기록되어 있기 때문에 한자 간의 차이를 '레벤슈타인 거리(Levenshtein Distance)' 측정법 같은 기술을 활용해서 시각화하고, 그것을 매개로 아날로그 환경에서 이루어진 기존 이본 연구의 여러 성과와 차이점이나 공통점이 있는지 그런 맥락을 살펴보는 연구를 했습니다. 단일 작품의 여러 이본을 대상으로 좌표에 정렬한 다음 각각이 어떻게 다른지 그 차이 값을 계산합니다. 그 계산 값을 바탕으로 최종적으로 이본 사이의 거리가 얼마나 멀고 가까운 지를 보여주는 방식으로 진행했습니다.

류 제가 알기로 단어 간 거리를 측정하는 방법은 '의미적' 거리와 '형태적' 거리 맥락으로 나눌 수 있습니다. 의미적 거리 측정은 'Word Embedding'과 같은 방법이 대표적입니다. 그 가운데서도 요즘 문학 연구에서도 많이 활용하고 있는 'Word2Vec'과 같은 방법은 단어 간 의미적 유사도를 거리로 삼아서 벡터로 표현하는 방식입니다. 형태적 거리 측정은 'String Distance'와 같은 방법을 가리킵니다. 단어나 문장과 같은 문자열 데이터를 대상으로 그 형태적 유사도를 거리 개념으로 측정하는 방법인데, 레벤슈타인 거리(Levenshtein Distance)는 그 가운데서도 대표적인 방법에 해당합니다. 한문 자료 이본의 경우 글자나 문장의 형태가 다른 것이 일종의 기준이 되는데, '이본 사이의 유사도'라는 개념이 레벤슈타인 거리 측정을 적용하기에 적합한 학술 주제라는 생각이 듭니다.

권 네, 선생님. 컴퓨터를 활용한 분석 방법론 가운데는 문학 연구에서 활용할만한 기능이나 도구를 제공하는 지점들이 분명히 있다고 생각합니다. 찾아서 실제 적용하려면 문학 연구와 컴퓨터 기술 양쪽 분야에 관한 이해를 모두 갖추고 있어야 하는데, 그러한 조건을 갖추기가 어려운 것이 현실이 아닌가 싶습니다. 그래서 공동 연구가 중요한 것 같기도 합니다(웃음). 저 같은 경우 공동 연구를 수행하면서 여러 경험도 하고 그만큼 고민도 많이 한 것 같습니다. 저와 함께 연구를 수행한 최운호, 김동건 선생님은 야담 연구자가 아니기 때문에 연구 도메인을 중심으로 한 기획과 설계는 아무래도 야담 연구자인 제가 중심이 될 수밖에 없었습니다. 두 분 선생님은 데이터를 대상으로 한 연산이라든지 분석이라든지 그런 기술적 처리를 주로 맡아주셨습니다. 야담이라는 고전문학 장르에 관한 이해와 디지털 인문학적 방법론에 관한 이해를 모두 갖추고 있는 사람들이 모여서 협업을 한다면, 제가 수행한 연구 형식과는 또 다르지 않을까 싶습니다. 그러한 조건이 아니라면, 공동 연구에 참여하는 연구자들 사이의 대화와 소통 절차는 필수적이라 할 수 있습니다. 연구 과정에서 서로가 잘 모르는 지점에 대해 모두 펼쳐놓고 이해를 도모하는 과정이 필수적이다 보니 데이터 디자인이나 분석 방법론에 관한 설명이 굉장히 지난할 때가 많습니다(웃음). 그리고 설명을 길게 한다고 해서 이해가 된다는 보장도 없습니다(웃음). 공동연구자를 대상으로 '이것을 왜 굳이 이렇게 해야 하는지'에 관한 설득을 늘 염두에 두어야 합니다. 특히 데이터 디자인이나 분석 알고리즘 적용에 있어서는 처음에 연구의 목적이나 의도가 분명하지 않을 경우, 작업 과정 중에 프로세스가 뒤집어질 때가 있습니다. 데이터 구축 작업을 일정 이상 진행한 연구의 중간 단계에서 그런 상황이 닥치면 정말 힘이 빠집니다(웃음).

류 속된 표현으로 '데이터 노가다'라는 말이 있죠. 인문학 연구의 경우, 다루는 자료의 성격이나 의미가 다양해서 데이터를 구축하는 일이 생각보다 그렇게 간단하지가 않습니다(웃음).

권 네, 그렇습니다. 협업으로 이루어지는 데이터 구축 작업의 경우 개인적으로는 연구 실적 차원에서도 예민한 지점이 있다고 생각합니다. 만약 양승목 선생님께서 구상하고 계신 야담 데이터 구축이 야담 연구자들의 협업 형태로 실제 기획·진행된다고 한다면, 그렇게 해서 쓰게 되는 논문은 1인 저작이 아니라 공동 저작의 형태로 간행될 가능성이 큽니다. 단독 저작이 아니라는 점, 공동 저작일 경우 교신저자, 1저자, 2저자 등 공동의 범위와 층위를 어떻게 결정할 것인가의 문제 등 분명히 고민이 될 만한 여지들이 많습니다. 그런 현실적 장벽이 있음에도 불구하고 인문학 연구도 협업이 계속 늘어나야 한다고 생각합니다(웃음). 의미 있는 생산물을 만들기 위해서는 규모의 접근이 필요하고, 그에 대응하기 위해서는 데이터 기반의 협업 연구가 필수적이라는 생각을 늘 갖고 있습니다. 최근에는 야담집 가운데서도 『계서잡록』의 이본 계열이 굉장히 파편화되어 흩어져 있는데, 해당 자료들을 좀 모아서 작업들을 해볼까 그런 생각도 하고 있습니다.

류   개인적으로는 단독논문보다 공동논문을 작성하는 것이 더 어렵다고 생각합니다. 공동으로 무언가를 연구하는 형식 자체가 쉬운 일이 아닙니다. 연구 내용을 적절히 분담하고 절차상의 소통을 원활히 하기 위한 협업 장치도 고민해야 하고, 연구 과정과 별개로 연구 결과물을 논문으로 옮기는 데 있어서도 참여한 연구자들의 입장과 이해를 적절히 반영해야 합니다. 예를 들어서 두 명이 같이 연구를 진행하고 논문을 쓴다고 하면 보통 생각하기로는 단독 연구에 비해 2분의 1 정도의 노력만 들어갈 것이라고 생각할 수 있는데, 실제 제대로 수행된 공동연구의 경우 그렇지 않은 경우가 많습니다. 오히려 모든 것을 혼자 판단하고 결정하는 단독 연구를 하는 것이 덜 피곤하겠다는 생각이 들 정도이죠. 특히 개인 연구에 익숙한 인문학 연구자들은 디지털 환경에서 이루어지는 협업 방식의 연구를 무척이나 낯설고 어려운 연구 형식으로 받아들이는 경우가 많습니다 (웃음).

양   이 지점에서 제가 좀 한마디 거들자면, 앞서 '데이터 노가다'라는 표현을 언급하셨는데, 과거의 역사를 돌아보면 우리나라는 팔만대장경도 만든 나라입니다. 나의 지식의 노동의 결과물이

나만의 결과물이 아니라 역사 속에서 소위 공물(公物)로 지칭되는 높은 수준의 지적 결과물로 만들어질 수 있다면, '데이터 노가다'라고 비하하는 그 행위가 반대로 굉장히 가치 있는 노동이 될 수 있는 맥락도 있지 않을까요? '나의 데이터 노동 행위가 현대판 팔만대장경도 만든다!'와 같은 관점과 입장에서 우리 인문학 연구자들이 모여서 무언가를 만들어보자는 이야기입니다. 다들 논문 한 편 더 쓰려고 노력하는 것이 보편적 일상인데, 뭐랄까요 각자도생의 차원이 아니라 학계 전체의 유지와 발전을 위해 우리가 모여서 어떤 '데이터 노가다'를 해야 할지에 관한 고민이 필요한 시점이 아닐까 싶습니다(웃음).

류   양승목 선생님의 '데이터 노가다 필요설' 잘 들었습니다(웃음). 여러모로 시사점 있는 말씀을 해주신 것 같습니다. '각자'가 아니라 '함께' 하는 연구가 그 어느 때보다 필요한 시점인데, 어떻게 함께 해야할 지에 관해 다들 잘 모르는 상황입니다. 데이터를 만드는 과정이 '인문학자들이 함께 연구하는 형식'의 하나로서 충분히 수용될 수 있다고 생각합니다.

야담 데이터 모델에서 고전문학 데이터 모델로

정선우   안녕하세요? 저는 성균관대학교 한문학과 석사과정에 재학 중인 정선우입니다. 흥미로운 발표 잘 들었습니다. 저는 야담 자료를 대상으로 한 공부는 깊게 하지 않아서 그에 관한 이해는 많이 부족하지만, 말씀해주신 내용을 들으면서 든 생각이 몇 가지 있어서 말씀을 드릴까 합니다. 첫 번째는, 야담 자료를 대상으로 데이터베이스를 구축하는 것은 매우 의미 있는 연구가 아닐까 생각됩니다. 야담을 보다 보면 비슷한 이야기가 여러 야담집에서 중복해 등장하는 경우가 있는 것 같은데, 유사한 화소(motif)가 나온 야담집이 무엇이 있고, 또 표현은 구체적으로 무엇이 다른지를 확인해보고 싶다는 생각을 한 적이 있습니다. 데이터베이스가 만들어지면 그런 맥락도 데이터를 통해 확인할 수 있겠다는 생각이 듭니다. 비슷한 맥락에서 새로운 야담집이 발굴되어서 그 안에 있는 이야기들이 소개가 될 때, 데이터베이스를 매개로 기존 야담들과 비교할 수 있는 지점도 생기지 않을까 그런 생각도 들었습니다. 데이터를 다루는 그런 프로세스를 체계화할 수 있다면 야담집의 가치를 판단하는 근거를 마련할 수도 있지 않을까요? 다른 질문 하나는, 두 분 선생님께서 고민하신 야담 데이터 모델을 소화나 시화나 필기나 패설과 같은 유사 장르에도 적용할 수 있는지. 더 큰 범위에서 한문 서사라든지 서사 문학 자체를 들여다볼 수 있는 체계나 구조로서 연장해서 생각해볼 여지가 있는지 궁금합니다. 시간적 흐름을 기준으로 생각한다면, 소설과 같은 근현대의 서사 장르에까지 연장해서 생각해볼 수도 있지 않을까 싶은데, 데이터 모델링 과정에서 그런 부분도 고려하셨는지 여쭤보고 싶습니다.

양 데이터 유관 기술을 다루는 연구자들의 입장에서는 인간 두뇌로 처리할 수 없는 규모나 깊이의 무언가를 데이터베이스나 데이터 처리 기술을 활용해서 발견할 수 있다고 생각할 텐데, 저는 반대로 생각합니다. 기계적 연산을 통해 무언가를 추론하는 그런 데이터 처리 방식으로는 근접할 수 없는 직관적인 두뇌가 인간 연구자에게 있을 수 있다고 생각합니다(웃음). 문제는 현실에 그런 연구자가 있다 하더라도 본인만 그것을 아는 것이지, 자기의 앎을 논문이나 학술 저서 출간을 통해 다른 사람에게 온전히 전달하는 것은 불가능에 가깝다는 것입니다. 다른 연구자는 해당 연구자의 두뇌에 직접 접속할 수 없기 때문이죠. 데이터베이스나 데이터 아카이브를 구축해서 활용한다면, 말씀하신 화소의 전승 현황이라든가 또는 화소 출현의 유무라든가 이런 정보들을 개방하고 접근하는 데 있어서 해결점이 생길 것이고 그렇게 되면 지금보다 훨씬 정밀한 수준에서 야담이라든지 문학 자료를 연구하는 것이 가능해질 것입니다. 문학 연구에 기계를 활용하고자 하는 맥락을, 인간의 연구 역량을 기계가 얼마나 뛰어넘을 수 있는가와 같이 '효율성'에만 초점을 둘 것이 아니라 기계가 문학 연구에 활용될 때 연구 환경이 근본적으로 어떻게 바뀔 수 있는지를 살피는 것이 중요합니다.

류 중요한 지적입니다. 문학 연구자에게 디지털 환경이나 데이터 처리 기술 그리고 컴퓨터에 관한 이야기를 꺼내면 대체로 기계에 관한 적대적 관점을 드러내는 경우가 많습니다. 장기적으로 인간 연구자의 연구 영역을 고도로 발달한 인공지능이 빼앗아 갈 것이라든지 뭐 그런 현실의 변화를 생각하는 것입니다. 실제로는 그렇지 않은데, 기술 환경에 관해 잘 모르기 때문에 생겨나는 인상주의적 태도라 할 것입니다.

양 공감합니다. 첨언을 조금 더 하자면, 질문을 해주신 선생님께서 마지막에 데이터 모델의 장르적 확장성 내지는 시대별 확장성 이야기를 해 주셨는데 그에 관해 말씀을 드릴까 합니다. 최근에 제가 쓴 논문의 제목을 「야담의 데이터, 야담으로부터의 데이터」라고 지었는데, 공동 저자이신 류인태 선생님은 그 제목을 듣자마자 '무슨 말인지는 모르겠지만 멋있어 보인다'라고 했습니다(웃음). 제 답은 이런 것이었습니다. '야담의 데이터를 어떻게 정리할 것이고 이 야담의 데이터를 정리하는 과정에서 우리는 고전 문학 나아가서는 문학 연구의 데이터를 어떻게 구축할 것인가를 고민해야 한다.' 그래서 '으로부터'라는 말을 쓴 것입니다. 제가 설계를 주로 담당한 야담 데이터 모델의 기본적인 클래스와 그 외에 다른 속성과 관계에 관한 정보는 적어도 근접해 있는 고전 서사 항목의 경우 약간의 출입은 있겠으나 그것을 기본적으로 활용할 수 있을 것이라 생각합니다. 한편으로 같은 고전 영역 안에 속하지만 장르적 성격이 완전히 다른 자료의 경우 그럴 수 없겠다는 것이 제 입장입니다. 단적으로 시를 갖고 생각해보자면, 시에서 이야기해야 될 것들 시에서 바라보아야 할 것들 시에서 얻을 수 있는 정보들은 야담과는 또 다른 차원이라서 그건 그것대로의 데이터 모델이 필요하다고 생각합니다. 각 장르의 데이터 모델이 디자인되고, 나중에 합쳐질 수 있다면 종국에는 고전문학 데이터 모델이 나올 수 있을 것입니다. 물론 각각의 디자인 과정은 총체로서의 체계를 항상 염두에 두고 이루어져야 함을 유의해야겠지요. 전근대기와 달리 근현대 시기의 문학 자료를 대상으로 확인하고 발견하고자 하는 어떠한 학술적 지향이 무엇인지에 대해서는 제가 잘 알 수 없는 부분입니다. 그 부분은 현대 문학을 연구하는 선생님들과의 소통을 통해 보다 생산적인 착상을 얻을 수 있으리라 생각합니다.

류 현대문학을 연구하고 계신 선생님께서 여기 와 계십니다. 유승환 선생님 혹시 방금 양승목 선생님께서 말씀하시는 내용을 들으셨는지요? 의견의 말씀을 부탁드립니다.

데이터를 통해 고전문학과 현대문학이 만날 가능성

유승환 안녕하세요? 서울시립대학교에서 현대 문학을 공부하고 있는 유승환이라고 합니다. 양승목 선생님의 말씀을 들으면서 제가 느낀 것은, 야담 자료를 대상으로 데이터 모델을 설계하신 것을 보았을 때 야담이 지닌 여러 서사적 자질을 데이터로 어떻게 변별할 수 있을까 라는 문제에 대해서 고민을 많이 하신 것 같습니다. 그런데 저는 고전문학 전공자가 아니라서 야담은 잘 모르는 분야이기 때문에 이러한 형식의 데이터 모델을 현대소설에도 적용할 수도 있지 않을까 라는 막연한 생각만 했지, 구체적으로는 잘 모르겠습니다(웃음). 오히려 현대소설은 어렵지 않을까 그런 생각도 있구요.

류 아무래도 고전문학이 담고 있는 서사의 형식이나 특질과 현대소설에 나타나는 서사적 요소를 동일선상에서 바라보기는 어렵겠지요.

유승환 네, 그런 생각이 있습니다. 장르의 변화에 따라서 서사적인 자질과 같은 요소를 변별할 수 있는 기준이라든지 그것을 파악하기 위한 방법이 데이터를 매개로 가능해질 수도 있을 것 같아서 제시해 주신 모델 사례는 굉장히 흥미롭게 다가오지만, 그것을 현대 소설 분야에 그대로 적용하기는 쉽지 않겠다는 생각을 합니다. 한편으로 말씀하신 내용 가운데, 장기적으로 문학 연구자들이 함께 의견을 교환하거나 자료를 공유할 수 있는 통합 채널이나 커뮤니티 또는 아카이브를 구축하는 방안이 마련되어야 한다는 데 있어서는 무척 공감합니다. 지금은 연구자 각각으로 정리하고 있는 연구 데이터 같은 것들을 하나의 도메인에서 모아야 그것들을 모두 연결한 종합적 지식이 가능해진다는 그런 말씀도 양승목 선생님께서 하신 것 같은데, 무언가 통합할 수 있는 그런 플랫폼이라고 해야 할까요 뭐라 해야 할까요 그런 것이 필요하다는 생각은 드는데, 구체적으로 그 형식이 무엇인지에 관해서는 감이 잘 오지 않습니다. 지금 현재 각자가 연구하고 있는 어떤 분야의 데이터를 구축함에 있어서 향후에 이것이 재 가공되어 조금 더 큰 어떠한 시스템이나 플랫폼에 포함되어 여타 연구자들이 구축한 각양각색의 데이터와 연계될 수 있다는 가능성을 염두에 두고, 데이터 편찬 및 가공 작업을 진행하는 것도 현실적인 방안이 될 수 있을 것 같고, 실제 그것을 가능하게 하는 방법론적 절차가 있다면 그것은 무엇일까 뭐 그런 것들을 혼자 생각해보았습니다.

권 유승환 선생님의 말씀에 대해 제가 조금 이야기를 해보자면, 여러 야담집을 거치면서 어떠한 야담의 화소가 어떻게 변화하였고 그 과정에서 시대적 특징이라든지 혹은 작가의 어떤 의식이 반영되었는가 이런 지점을 들여다보는 것이 기존 야담 연구에서는 굉장히 중요한 연구의 축이었습니다. 그런 기존 연구가 품고 있던 보편적 문제의식을 연장해서 데이터베이스 기반의 야담 연구를 생각해본다면, 그것들 중 많은 요소가 데이터를 통해 확인이 가능해질 것이고 또 일부는 데이터 처리로 접근하기에 어려운 것들도 있을 것입니다. 한편으로 야담과 관련된 지식 가운데는 야담을 전공하지 않는 분들이 야담에 관해 궁금해 하는 지점과 야담을 전공하는 연구자들이 알고 싶어 하는 지점이 또 다릅니다. 뭐랄까요 '굳이 왜 그 정보를 데이터로 만들어야 해? 머릿속에 다 있는 것인데'와 같은 태도를 생각해보시면 됩니다. 여튼 통합적인 차원의 데이터베이스를 구축해야 하는 과정에서 해결해야 할 지점이 여럿이지만, 저는 개인적으로 양승목 선생님께서 제시하신 데이터 모델도 그렇고 제가 예전에 제시한 데이터베이스 스키마도 그렇고 필기나 잡록과 패설 류와 같이 야담과 인접한 유사 장르는 충분히 표지가 가능하다고 생각합니다.

류 충분히 고무적인 말씀입니다.

권 그런데 야담도 짧은 일화나 단순한 서사의 국면을 넘어설 때 내적 구조가 복잡해지기도 합니다. 갈등구조가 심화되고 인물들이 다양하게 등장해서 데이터로 표지할 것이 많아지면, 작품의 수준은 한문단편소설로 볼 법하며 이는 근대 소설의 표지방법과 크게 다르지 않을 것입니다. 그렇게 되면 지금 말씀하고 있는 근대 소설의 성격과 연장선상에서 다룰 수 있는 가능성이 있지 않을까 그런 생각을 조심스럽게 해봅니다. 실제 근대

전환기라든지 근대 초기 이해조와 같은 작가가 쓴 작품을 보면 야담에서 가지고 온 모티프가 툭툭 튀어나오는 경우를 확인할 수 있습니다. 물론 근대소설과 야담을 나란히 놓고 직접 비교할 수준은 아니라고 생각합니다. 야담보다 근대소설이 훨씬 복잡하겠죠(웃음)?

류 전성규(전남대 국어국문학과 연구교수) 선생님이 작년에 성균관대학교 국어국문학 전공 대학원에서 강의하실 때 집중한 문제의식과 당시 학생들이 진행한 소규모 연구 프로젝트에 관한 내용을 함께 정리해서 논문으로 발표를 하셨습니다. 읽어보셨을 지도 모르겠는데 논문 제목은 「소설의 언어를 데이터로 읽는다는 것」입니다. 이인직이 쓴 여러 신소설 작품을 대상으로 삼아 그것을 어떻게 데이터화해서 유의미한 지점을 분석·발견할 수 있을 것인가에 관해서 대학원생들과 함께 고민한 여러 지점을 정리하신 것입니다. 저 같은 경우 문학 작품의 데이터 전환 양태가 갖는 원론적 의미에 관해 늘 고민하는 편이라, 해당 논문을 읽으면서 많은 생각이 들었습니다. 지금 논의되고 있는 내용들이 전성규 선생님의 논문에 있는 고민과 연장되는 지점이 있어서 관심이 있는 분들은 그 논문도 읽어보시면 좋을 것 같습니다. 그리고 특정한 장르나 갈래에 해당하는 작품군만을 대상으로 한 데이터 모델이나 체계가 아니라, 문학이라는 큰 개념으로 묶을 수 있는 서사의 보편적 형식을 염두에 둔 광역적 성격의 데이터 모델이 있을 수 있습니다. 통합적 관점에 입각한 데이터 체계에 대한 고민이 늘 필요하다고 생각을 하는 편입니다. 다만 현실에서 그러한 데이터 모델과 그에 기초한 빅데이터 구축이 가능하려면 장르별로 데이터 모델링 작업이 선행되어야 하고, 그에 근거해 정교한 형식의 스몰데이터 구축이 우선적으로 이루어져야 합니다. 개별 장르나 작품군을 대상으로 한 스몰데이터가 여기저기서 많이 구축되면, 그것을 통합하는 문학 빅데이터에 관한 논의가 자연스럽게 수면 위로 떠오를 것입니다. 당장 큰 규모의 작업을 현실화하고자 할 것이 아니라, 조금만 노력하면 실천할 수 있는 작은 것부터 하나씩 차근차근 해나가는 것이 중요합니다.

양 무슨 일이든 급하게 처리하면 체하기 마련입니다(웃음).

류 그렇죠. 이러한 문제의식과 관련해서 영미문학 쪽에 유명한 프로젝트 사례가 있습니다. TEI(Text Encoding Initiative)라는 디지털 인문학 프로젝트인데, 쉽게 말씀드리면 XML 기반의 표준적인 어문학 데이터 스키마를 구축하는 것입니다. 단순한 plain text가 아니라 일종의 표준 규약으로서 학술적 의미를 마크업 처리한 어문학 데이터를 구축하기 위한 시도라고 할 수 있습니다. 개인 연구자 홀로 그 작업을 하는 것이 아니라, 어문학 전공의 연구자들이 연구 과정에서 발생하는 다채로운 문제의식을 데이터 스키마 형식으로 공유하는 방식이라 생각하시면 될 것 같습니다. 그렇게 해서 다수의 연구자들이 공유하는 일관된 형식의 데이터 스키마가 규약으로 확정되면, 유관 분야의 연구자들이 모두 공통의 스키마를 기반으로 한 어문 데이터를 구축할 수 있습니다. 각자가 자기만의 기준과 체계로 데이터를 구축하면 그렇게 구축된 각양각색의 데이터가 연계되기 어렵겠지만, 만일 단일한 기준과 체계로 데이터를 구축한다면,

작업은 각자 한다 하더라도 나중에 각자가 작업한 데이터를 정리·연결하는 데는 큰 문제가 없을 것입니다. 구체적인 연구는 아니지만, 연구 분야에서 통용되는 표준적 지형을 만들어 나간다는 맥락에서 큰 규모의 협업이라고 할 수 있을 것입니다. TEI에서 규약으로 명문화된 스키마를 가끔씩 찾아볼 때가 있는데, 한국문학 분야의 TEI 프로젝트가 있으면 좋겠다는 생각을 합니다(웃음).

서사 구조를 대상으로 한 정량적 분석의 가능성에 관해

왕성필 안녕하세요? 한국과학기술원(KAIST) 문화기술대학원에서 공부하고 있는 왕성필이라고 합니다. 양승목 선생님께 여쭤보고 싶은 것이 있습니다. 서사 구조와 인물에 관한 정보를 담고 있는 데이터베이스에 대해 여러 의견을 말씀해주신 것 같은데, 혹시 고전문학 작품의 서사 구조나 인물의 성격을 다루는 데 있어서 정량적인 분석 방법론을 적용한 연구 시도가 있는지 궁금합니다. 만약 없다면 장기적으로 구축하고자 하시는 데이터베이스를 활용해서 그러한 정량적 성격의 연구를 진행하시려는 계획이 있는지에 대해서 여쭈어봅니다.

양 말씀하신 서사 구조의 정량화 시도라고 하는 것이 정확히 무엇을 가리키는지 모르겠습니다(웃음). 내러티브를 유형화하는 그런 형식을 말하는 것인가요? 제가 최신 연구 흐름에 밝지가 못해서 그에 관해 잘 모르겠습니다. 다만 그런 생각은 있습니다. 서사 구조 그러니까 우리가 흔히 서사 유형을 나눈다고 할 때 소재론적으로 접근하는 것은 화소(motif) 차원에서 접근했던 것이구요. 아마 왕 선생님께서 말씀하시는 것은 스토리라인의 선형(線形)을 어떻게 다룰 것이냐의 문제를 말씀하시는 것 같기도 한데, 만약 유관 분야에서 최신 연구 성과가 설득력 있게 다가온다면 당연히 반영해야 한다고 생각합니다. 이 정도로밖에 답변을 못 드리겠네요.

류 혹시 왕 선생님 최신 연구 성과에 대해 알고 계신 것이 있으면 말씀해주실 수 있을까요?

왕성필 네, 제가 질문을 드린 의도는 최신 성과를 알고 있어서에 근거한다기보다는 문학 연구에서 여러 문학적 기법에 대해서 구조화하고 정량화하려는 시도가 계속해서 등장하고 있는데, 현대의 문학 작품을 대상으로 한 것보다는 고전에 초점을 둔 접근이 상대적으로 많다고 느꼈습니다. 예를 들어 셰익스피어의 소네트 같은 것에서 메타포를 확인하려고 한다든가. 추측을 해보자면, 현대시나 소설과 같이 현대 문학 장르의 경우 정량화할만한 기준을 찾기 어렵다 보니까 오히려 전근대기의 정형화된 형식의 문학 장르를 대상으로 한 작업이 많이 시도되고 있는 것이 아닌가 그런 생각도 들구요. 저는 고전문학 전공자가 아니라서 사실 야담이라는 장르에 대한 깊은 이해는 없습니다. 다만 앞서 말씀드린 그러한 맥락의 시도가 양 선생님께서 장기적으로 연구하고자 하시는 그런 지점에 포함되어 있는지 궁금해서 여쭤보고자 했던 것입니다.

류 확실히 고전문학 분야의 연구와 현대 문학 분야의 연구 사이에 뚜렷한 차이점이라고 할까요. 아무래도 고전문학 분야의 경우 상대적으로 문학 장르에 있어서 정형화된 특징이 뚜렷하지요. 데이터 모델링이나 라벨링 과정에서 특징적인 지점을 기준으로 정보를 구조화하거나 체계화하는 데 있어서는 현대문학 작품보다 고전문학 작품이 조금 수월한 것은 사실입니다. 고전문학을 연구하시는 선생님들이 참고하실만한 어떤 시의성이 아닐까 싶습니다.

양 제가 조금 더 말씀을 얹어도 괜찮을까요(웃음)? 사실 저는 문학 자료를 대상으로 한 계량적 정량적 접근에 대해 개인적으로는 보수적 입장에 가깝습니다. 비유하자면 이렇게 말씀드릴 수 있을 것 같습니다. 나는 미식가로서 지금 눈앞에 있는 이 음식(문학작품)을 먹는 가운데 이 맛이 내게 선사하는 미적 경험에 관해 섬세하게 잘 짜인 이야기를 사람들에게 전달하고 싶은데, 데이터 과학의 관점에서 이 음식(문학작품)에 접근하는 사람은 영양학적 관점에서 화학적 성분을 가지고 그것을 다루는 분자식과 같은 수식을 매개로 내가 경험하는 이 맛을 사람들에게 모두 설명할 수 있다고 말하는 상황이라고 할까요? 그런 상황에 대한 거부감 정도를 생각해볼 수 있지 않을까 싶습니다(웃음). 관련해서 류인태 선생님은 몇 년 전에 발표하신 「디지털 인문학은 인문학이다」라는 논문을 통해, 종국에 나아가서는 디지털 인문학에서 '디지털'이라는 수식어가 없어질 것이고, 어느 순간에는 디지털 인문학과 전통적 인문학이 완전히 접합된 상태의 어떠한 단계에 도달할 것이라고 하셨습니다. 큰 틀에서는 저 역시 그 의견에 동의하지만, 그러한 결과에 도달해

나가는 가운데 디지털 인문학과 전통적 인문학 사이에 자리 잡은 어떠한 지향의 차이에 대해서는 인정해야 되지 않을까 그런 생각을 해봅니다.

류 결과로서의 양태와 그 결과에 나아가기까지 벌어지는 일련의 양태는 확실히 다른 것이죠. 특히 인간이 그 과정에 개입한다면 여러 변수가 있을 수 있습니다. '결국 이렇게 될 테니까, 지금도 이렇게 해야 해'와 같은 말은 사실 힘을 갖기가 어렵습니다.

양 네, 앞서 사용한 음식의 비유에 조금 더 제 의견을 보태자면, 예를 들어 나는 눈앞에 있는 이 음식에 어떠한 영양 성분이 얼마만큼의 비중으로 함유되어 있는지 궁금하지 않습니다. 내 삶의 어떠한 중요한 순간에 이 음식을 먹을 때, 그 순간 음식의 맛과 그것을 느끼는 저만의 단독적 체험을 다른 누군가와 정서적으로 공유할 수 있는 글을 쓰고 싶은 것인데, 옆에서 누군가 '네가 그 음식에서 느끼는 짠맛은 나트륨의 비율이 얼마라서 그렇고, 단맛은 설탕의 함유율이 얼마이기 때문이야' 라고 설명하는 것 같은 그런 분위기가 있다는 것이죠. 그렇다면 질적 차원에서 정서적 공감을 지향하고자 하는 인문학적 작업과 양적 차원에서 정보 전달에 초점을 두는 과학적 작업이 만날 수 있는 여지는 없는 것이냐(웃음). 생각해보면, 양자가 만날 수 있는 지점은 분명히 있을 것입니다. 다만 요즘은 '학문의 객관성'이니 뭐니 하는 지표를 내세우면서 마치 그 객관성을 담보하는 것처럼 보이는 양적 데이터가 확보되지 않으면, 학문으로서의 엄밀함이 없다면서 내려다보는 그런 태도가 주류가 되어버린 시대이니만큼 서로가 가까워지기에는 현실적 장벽이 높다고 생각합니다. 그럼에도 동일한 음식(문학작품)을 앞에 두고 있지만 시좌에 따라 영양학자가 있고 맛칼럼니스트(제가 맛칼럼니스트란 말을 썩 좋아하지 않지만, 웃음)가 있음을 상호 인정하는 태도가 대단히 중요하다 생각됩니다. 사실 두 층위의 연구 지향 내지 지평은 서로 떨어질 수가 없는 것입니다. 그래서 전통적 방식으로 문학을 연구하는 사람과 데이터를 매개로 문학을 연구하는 사람들 사이에 서로 간의 거리 조정과 자기 위치를 고민하는 날이 조만간 오지 않을까 그런 생각을 해봅니다. 일종의 과도기로서 그러한 과정이나 논의가 이루어진 다음에야 표면적으로는 '디지털'이 소거된 문학 연구로서 그러나 실제로는 디지털 환경을 다루는 문학 연구에 관해 스스럼없이 이야기할 수 있는 날이 올 것이라 생각합니다.

디지털 고전문학, 디지털 한문학의 발전을 위하여

류 권기성 선생님은 현재 교수의 신분이시라 학과의 교육과정 운영이나 실제 고전문학 강의에 대한 철학과 이해가 뚜렷하실 것이고, 양승목 선생님은 현재 연구소 소속의 전임연구원으로 활동하고 계시기 때문에, 상대적으로 연구 기획이나 결과물 편찬에 관한 문제의식이나 이해가 풍부할 것이라는 생각이 듭니다. 고전문학 그리고 한문학 분야에서 향후 디지털 인문학을 발전시켜나가기 위해서, 그와 같은 교육과 연구의 현장에서 구체적으로 어떤 준비가 필요한 지 두 분의 의견을 여쭈어듣고 싶습니다.

권 굉장히 어려운 질문입니다. 제가 무어라 대답하기에도 적절한 위치가 아니라는 생각이 들구요(웃음). 억지로라도 대답을 드리자면, 그냥 개인적인 사례들을 이야기할 수밖에 없을 것 같습니다. 저는 지금 창원대학 소속 교원인데, 아시다시피 전국적으로 학령인구 감소가 화두인 가운데 특히 지방 같은 경우 학과 통폐합에 관한 이야기가 꾸준히 나오고 있어 융합적 성격의 교과목 개설이라든지 커리큘럼 개발에 관한 요청을 꾸준히 받고 있습니다. 그래서 어떤 방식으로 접근하면 국어국문학과 수업에서 학생들이 좀 재미있게 그리고 능동적으로 참여할 수 있을지를 계속 고민하고 있는 상황입니다. 그 과정에서 제가 실험적 사례로서 안배한 과목이 두 개인데, 하나는 한문학 작가 수업이고 하나는 고전문학사 수업입니다. 두 과목 모두 다루어야 할 범위가 방대하기 때문에, 일반적인 경우 교수자는 그 가운데서 몇 가지 항목을 선택해서 수업을 진행할 수밖에 없습니다. 다루어야 할 자료의 범위가 넓고 관련된 정보가 지나치게 많을 경우, 선형적으로 접근하기보다 비선형적 방식의 정보 처리가 더 나을 수 있는데, 그런 지점에서 디지털 인문학 연구 방법론을 활용한다면 좋지 않을까 그런 생각을 해왔습니다.

류 흥미로운 이야기네요. 동종 강의를 하고 있는 입장에서, 강의를 어떻게 진행하시는 지 무척 궁금합니다.

권 대단한 무언가가 있는 것은 아니구요(웃음). 고전문학사 강의의 경우에 보통 『한국문학통사』와 같은 교재를 많이 사용합니다. 그런데 기본 분량이 너무 많고 내용이 순차적으로 기술되어 있어서, 문학사적 흐름을 유연하게 파악하는 데는 어려움이 있습니다. 그러한 지점에서 시각 자료를 활용한다든지, 시대를 구획해서 개별 시기를 기준으로 제가 기존 강의에서 직접 다루지 않은 내용을 찾아서 학생들과 함께 찾아보고 정리해서 하나의 결과물로 만들어가는 작업을 꾸준히 하고 있습니다. 문학사에 대한 데이터 기반의 접근이라고 해야 할까요(웃음)? 제가 생각하기에, 현장에서는 학생들에게 국어국문학 수업이 딱딱하지 않고 유연하며 그리고 재미있을 수 있다는 인식을 심어주는 데 디지털 인문학 방법론을 활용하는 것이 매우 의미가 있는 것 같습니다. 디지털 환경을 활용하는 방식의 새로운 교육이 가능하다는 것을 실제 사례로 보여준다면, 자연스럽게 그것을 확장할 수 있는 유관 인프라가 늘어나고 참여하는 인력도 증가하지 않을까 그런 생각을 해봅니다.

류 디지털 인문학 강의가 말처럼 쉽지 않습니다. 실제 그런 교육을 하고 계신 선생님의 말씀을 듣게 되면, '아 그런가보다. 어렵지 않게 할 수 있는가 보다'라고 생각하기 쉽지만, 그만큼 보이지 않는 지점에서는 교수자의 꾸준한 관심과 노력이 투입되고 있는 것이죠.

양 저는 연구 현장에서 디지털 인문학을 발전시키기 위한 방안이 무엇인지에 관해 말씀을 조금 드리겠습니다. 제가 소속된 동국대학교 한국문학연구소에서도 디지털 리터러시 관련 특강 프로그램을 기획해서 전문가들을 모시고 교육을 진행하기도 했습니다. 관련해서 저는 늘 그런 생각을 합니다. 디지털 환경이나 유관 기술을 다루는 기능적인 성격의 강의나 교육은 의당 필요한 것이야 두말할 것 없고, 한편으로 '상상할 줄 알아야 한다'는 명제가 그것만큼이나 중요하다는 것을 강조하고 싶습니다. 무슨 소리냐 하면, 기술을 잘 배워서 그 기술 속에서 내가 실현하고 싶어 하는 것들을 구현하려고 하면 안 되고, 오히려 기술 바깥에서 무엇을 하고 싶고 무엇을 할 수 있는지에 관해 자유롭게 생각하는 것이 중요하다는 이야기입니다. 문학 자료를 통해서 내가 무엇을 보고 상상하고 이야기할 것인가에 관한 근본적 고민 없이 오로지 눈앞에 던져진 기술의 기능적 측면을 활용할 생각만 하면, 학문적 발전이 있을 수 없다는 이야기입니다. 예컨대 전자지도 만드는 기술을 갖고 있지만, 그 기술을 인문학적으로 의미 있게 활용할 사유가 없다면 그냥 맛집지도 만드는 수준에서 그 활용성이라는 걸 기대할 수밖에 없겠죠. 그러한 측면에서 연구자들에게 진정으로 필요한 것은 오히려 인문학적 이해의 심화라고 생각합니다. 인문학 연구자도 디지털 기술을 알아야 한다, 데이터 처리 기술을 익혀야 한다 뭐 이런 이야기를 하는 와중에 느닷없이 제가 인문학을 더 잘해야 한다는 뜬금없는 말씀을 드리는 것 같기도 합니다만(웃음). 개인적으로 저는, 사유의 빈약함, 학적 상상력의 빈약함이 기술을 능동적으로 활용하게 하는 것이 아니라 오히려 기술에 수동적으로 의존하게 하는 문화를 만들어낸다고 생각합니다. 인문학적 이해가 깊어지면 그로부터 발생하는 사유의 나래를 펼치고 그것을 효과적으로 표현할 수 있는 최적의 환경으로써 디지털 기술을 익히고 싶은 마음이 들 수밖에 없습니다. 어중간한 수준에서 인문학에 관한 이해를 갖고 있기 때문에, 디지털 기술을 자기 연구에 활용해야겠다는 능동적 인식을 갖지 못하고 '인문학 연구하기도 바쁜데, 디지털 기술까지 익혀야 해?'와 같은 수동적이고 소극적인 태도를 갖게 되는 것이죠. 그래서 '우리 같이 열심히 인문학 공부해서 상상의 나래를 펼칩시다'라는 말을 끝으로 붙이고 싶습니다(웃음).

제4장

한문학 데이터의
편찬과 분석

한희연 Wilfrid Laurier Univ. History Drpartment,
Associate Professor

지영원 고려대학교 국어국문학과 박사수료

곽지은 성균관대학교 한문학과 석사수료

일곱 번째 이야기

『시화총림(詩話叢林)』 연구를 통해 살펴보는 한문학 데이터 편찬

한희연 · 지영원

이 글은 2022년 10월 발간 『한문학논집』 63에 개재한 「한국 詩話 시맨틱 데이터 아카이브 구현 방안 모색－『詩話叢林』 대상 개념적 데이터 모델링을 중심으로」 의 내용 일부를 수정 · 편집한 것임을 밝힌다.

1. 시화(詩話) 연구에 디지털 방법론을 활용한
배경과 목적

이 글은 '한국시화 데이터 아카이브 파일럿 연구'[80]를 함께 진행 중인 두 연구자가 프로젝트를 수행하면서 고민한 내용을 정리한 것이다. '한국시화 데이터 아카이브 파일럿 연구'는 『시화총림(詩話叢林)』이 담고 있는 여러 층위의 정보를 데이터로 편찬하고 이를 의미적 차원의 지식그래프로 시각화하기 위한 기초 프로세스를 정리하는 데 목적을 두고 있다.

詩話는 한문학 연구의 초창기부터 주목받은 비평 양식이었기 때문에 연구자들은 관련 자료를 발굴하고 심층적인 연구에 힘쓰는 한편으로 시화의 분류 및 총집에 관련한 사업을 꾸준히 진행해 왔다. 그러한 작업의 일차적인 결과물로 1988년 간행된 『한국역대시화유편(韓國歷代詩話類編)』과 1989년 간행된 『한국시화총편(韓國詩話叢編)』을 들 수 있으며, 특히 『한국시화총편』은 시화의 총체적 이해를 위한 전반적 토대를 마련해 주었다. 그러나 『한국시화총편』의 경우 그 작업의 형태는 단순히 시화집을 영인하여 그대로 탑재하는 형식으로 진행되었으므로 가독성에 다소 문제점을 가지고 있었다. 2012년 간행된 『한국시화전편교주(韓國詩話全編校注)』, 『한국시화인물비평집(韓國詩話人物批評集)』은 각각 학술·서지적인 면모와 정보 편성의 차원에서 큰 발전을 이루었지만, 오늘날의 시점에서 보자면 유관 정보를 손쉽게

---

80) 해당 연구는 한국학중앙연구원의 '한국고전100선 영문번역사업'에 연구공여를 받은 프로젝트로 2023년 『시화총림』 영역본을 출간할 예정이며, 그 연장선상에서 『시화총림』 데이터 아카이브 구축 연구를 기획·준비 중이다. 본 프로젝트는 2022년 여름 서울대학교에서 개최된 Advanced Topics in Digital Korean Studies 의 인큐베이션 워크샵에서 Javier Cha 선생님의 지도를 받았다.

파악하기 위한 편의성의 차원에서는 일부분 아쉬운 점이 있다. 이러한 문제점은 아날로그 환경에서 유연한 형식으로 출간되기 어려운 단행본이라는 매체의 근본적인 한계에서 비롯된 것으로, 만약 『시화총림』데이터가 온라인상에서 데이터베이스로 편찬·제공된다면 연구의 편의와 접근성 면에서 과거의 단행본들과는 큰 차이가 있을 것이다.

이러한 시대적 요구를 고려해, 본 연구는 '시화'라는 한문학 장르의 속성을 검토·분석하여 장르에 걸맞은 데이터 아카이브를 구축하는 것을 목적으로 한다. 시화의 데이터 구축과 그 분석에 관련된 선행 연구를 살펴보면, 국내 연구는 한국한시에 대한 텍스트 분석이 간헐적으로 시도되는 단계에 있으며, 여러 한문학 장르의 데이터 아카이브를 구축하기 위한 기반 연구가 다수 착수되고 있다.[81] 해외에서는 주로 중국 한시에 대한 텍스트 분석과 디지털 아카이빙, 기타 여러 가지 시도가 포착되고 있다.[82] 그러나 시화에 대한 데이터 구축과 디지털

---

81) 유관 연구로 다음과 같은 것들이 있다. 김하영, 「문중고문서 디지털 아카이브 구현 연구」, 한국학중앙연구원 한국학대학원 석사학위논문, 2015; 박순, 「고전문학 자료의 디지털 아카이브 편찬 연구: 누정기(樓亭記) 자료를 중심으로」, 연세대학교 박사학위논문, 2017; 이재열, 「서사 이론 기반 구비설화 스토리 데이터베이스 연구」, 한국학중앙연구원 한국학대학원 박사학위논문, 2018; 류인태, 「데이터로 읽는 17세기 재지사족의 일상: 『지암일기(1692~1699)』데이터베이스 편찬 연구」, 한국학중앙연구원 한국학대학원 박사학위논문, 2019; 양승목·류인태, 「야담의 데이터, 야담으로부터의 데이터: 한국 야담 데이터 모델의 구상」, 『한국문학연구』 68, 동국대학교 한국문학연구소, 2022, 275-306쪽; 김지선·류인태, 「여항문화 연구와 데이터 모델링」, 『한국한문학연구』 85, 한국한문학회, 2022, 79-118쪽.
82) 유관 연구로 다음과 같은 것들이 있다. Liu, Chao-Lin; Mazanec, Thomas J; Tharsen, Jeffrey R. (2018). Exploring Chinese Poetry with Digital Assistance: "Examples from Linguistic, Literary, and Historical Viewpoints." *Journal of Chinese Literature and Culture*, Vol. 5, No.2: 276-321. Huang Yi-Long and Zheng Bingyu (2018). "New Frontiers of Electronic Textual Research in the Humanities: Investigating Classical Allusions in Chinese Poetry through Digital Methods." *Journal of Chinese Literature and Culture*, Vol. 5, No. 2: 411-437. Sturgeon, Donald (2018). "Digital Approaches to Text Reuse in the Early Chinese Corpus." *Journal of Chinese Literature and Culture*, Vol.5, No. 2: 186-213. Wang Zhaopeng and Qiao Junjun (2018). "Geographic Distribution and

아카이빙, 디지털적인 기법을 통한 분석적 연구는 그 사례를 찾아보기가 어렵다.

시화는 한시비평 분야에서 역사가 길고 그 영향력이 두드려졌던 장르로 한시 관련 연구에서 텍스트에 대한 기본적인 문맥 정보를 제공하며 또한 시화 자체적으로도 다채로운 맥락적 요소를 내재하고 있다. 이러한 특징들 덕분에 시화는 한시비평 분야에서 연구 가치를 인정받고 있지만, 본격적인 연구에 들어서면 단편적인 인용에 그치거나 특정 작가, 장소, 주제 등에 집중한 개별적이고 파편적인 연구에서 더 나아가지 못하게 되는 한계점이 있다. 대개의 연구가 피해가지 못하는 이러한 한계점을 극복하려면 시화의 내용을 총체적으로 파악하고 여러 요소를 종합적으로 고려할 수 있어야 하지만 불분명한 목적, 잡다한 형식, 여러 가지 장르의 혼재, 기타 여러 가지 유형화를 난해하게 하는 시화의 장르적 성향 때문에 연구자 개인이 아무리 훌륭한 소양을 지니고 있더라도 개별 연구에서 이러한 한계를 극복하기는 어렵다.

이러한 부분에 주목하여 본 연구에서는 시화의 내용을 화소 단위로 구분하고 이를 의미적 관계어로 연결해 지식그래프를 구현하는 방법을 구상하였다. 이러한 방식의 시화 지식그래프가 성공적으로 구현된다면 지식그래프를 통해 시화의 여러 가지 세부적인 데이터를 한눈에 조망할 수 있고 데이터베이스 질의어(query)를 통해 관련 정보에 대한 결과값을 즉시 얻어낼 수 있다. 즉, 연구자가 지식그래프를 살피면서 관련된 문제의식을 떠올릴 수 있으며, 데이터베이스 질의어를 통해

Change in Tang Poetry: Data Analysis from the "Chronological Map of Tang-Song Literature". *Journal of Chinese Literature and Culture,* Vol. 5, No. 2: 360-374. Liang Hong; Hou Wenjun; Zhou Lina (2020). "KnowPoetry: A Knowledge Service Platform for Tang Poetry Research Based on Domain-Specific Knowledge Graph." *Library Trends,* Vol. 69, No. 1: 101-124.

그 문제의식을 검증하는 데이터값을 손쉽게 찾아낼 수 있다. 다만 이를 위해서는 실제 데이터베이스를 구현하기 위한 기술적인 능력과 더불어 시화의 내용을 분류하고 정리하며 필요한 부분들을 관계어의 형태로 알맞게 연결하는 데 필요한 인문학적 소양이 요구되며, 기술적인 것에 비해 인문학적인 부분에서 더욱 다양한 논의와 개선의 여지가 주어진다. 따라서 이 글에서는 기술적인 솔루션을 정리해서 제시하기보다는 시화가 담고 있는 여러 층위의 정보들을 대상으로 한 데이터 디자인 과정에서의 인문학적 고민을 정리하는 데 주력하였다.[83]

2. 『시화총림(詩話叢林)』과 Triple(S-P-O) 데이터 디자인

이 글에서 다루는 『시화총림』은 『한국시화총편』에 포함된 시화로 조선 중기 홍만종(洪萬宗, 1643~1725)이 편저한 서적이다. 홍만종의 자는 우해(于海), 호는 몽헌(夢軒)으로 여러 가지 특별한 저서를 남겼다. 시화와 관련해서는 청장년기에 시화 및 잡록인 『소화시평(小華詩評)』, 『순오지(旬五志)』를, 만년에는 『소화시평』을 보충한 『시평보유(詩評補遺)』와 총집류 저서인 『시화총림』을 각각 편찬하였다. 『시화총림』은 고려 말부터 조선 중기까지 총 24종의 시화와 1편의 부록을 선집한 시화총집으로, 전근대기 시비평의 주요 단서를 찾을 수 있는 자료이며 한국 시화의 역사에서 중요한 위치를 차지한다.

---

83) 기술적인 부분과 관련해서는 다음 논문에서 더욱 자세한 내용을 다루었다. 한희연 외, 「한국 詩話 시맨틱 데이터 아카이브 구현 방안 모색―『詩話叢林』대상 개념적 데이터 모델링을 중심으로」, 『한문학논집』 63, 근역한문학회, 2022, 105-146쪽.

이 책은 편찬 과정에서 많은 부분을 산삭하였는데, 특히『역옹패설(櫟翁稗說)』,『용재총화(慵齋叢話)』와 같은 잡록적인 성격이 강한 시화에서 이러한 성향이 두드러지며『용천담적기(龍泉談寂記)』같은 경우에는『희락당고(希樂堂稿)』기준 총 35조목 중 5조목밖에 남겨 두지 않았다. 『시화총림』은 총집류 시화인 만큼 포함된 시화의 내용이 다양한 편으로, 각각의 시화마다 특징적인 부분이 있다. 예컨대『백운소설(白雲小說)』과 같은 시화는 이론적인 내용을 다룬 조목이 많이 포함되어 있고『어우야담(於于野談)』과 같은 시화는 내용의 다양성에 초점이 맞추어져 있으며 조선 중기 시화에 비해 조선 전기 시화가 중국과 관련된 내용을 더 많이 다루고 있다. 이 연구는 시화의 데이터 디자인을 다루는 초기 연구인만큼 이러한 자료의 특성이 잘 드러날 수 있는 방안을 모색하는 데 초점을 두었다.

　　Triple(S-P-O) 형식의 데이터 디자인이란 곧 주어, 동사, 목적어의 형태로 데이터를 설계하고 구현하는 것을 말한다. 예컨대 "홍만종이『시화총림』을 지었다."라는 문장에서 '홍만종', '『시화총림』', '지었다'를 각각 개별 클래스(Class)에 속하는 개체(Entity)와 관계(Relation)로 나누어 연결하고, 이 문장에 깃든 복합적 의미를 정보로 정리하기 위해 '홍만종', '『시화총림』'이 가진 속성(attribute)을 부기하는 것이다. 이렇게 다채로운 데이터가 컴퓨터가 이해할 수 있도록 재가공된 웹 환경을 '시맨틱 웹(Semantic web)'이라고 하며, 해당 시맨틱 웹 아키텍처에 기초한 데이터 모델 디자인을 '온톨로지(Ontology)'라 지칭한다.

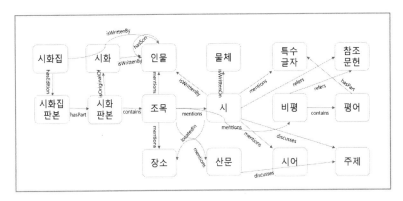

<그림 13> 『시화총림』 데이터 디자인의 전체 윤곽

『시화총림』을 대상으로 한 기초적 성격의 데이터 디자인은 시화의 구조에 주목하고 그 특징을 밝히는 데 주력하였다. 우선『시화총림』이라는 큰 시화집이 있고, 25종의 하위분류인 시화가 있으며, 시화마다 각각의 조목을 수록하고 있다. 시화의 조목 속에는 거의 반드시 시가 있고, 대부분 그 시에 대한 비평이 있으며, 간혹 비평 안에는 평어가 포함되어 있기도 하다. 시화는 기본적으로 어떤 인물이 지은 시에 대한 이야기이고 장소에 대한 내용도 종종 포함되며 확고한 주제의식을 가지고 있는 경우도 많다. 이러한 내용들을 종합하여 위의 <그림 13>과 같은 체계로 전체 데이터의 윤곽을 디자인하였다.

위의 <그림 13>을 보면『시화총림』의 데이터 디자인은 총 16개의 클래스(Class, Node)와 다수의 관계어(Relation, Edge)로 구성되어 있는 것을 확인할 수 있다. 이 중에서도 관계어들이 서로 연결되는 중심적인 클래스로는 조목(Entry), 시(Poem), 비평(Critique)을 뽑을 수 있다. 이 세 가지 클래스는 여타 클래스 전반과 연결되는 중심적인 클래스로서, 세 클래스를 중심으로 하여 다른 클래스와의 관계와 그 개별 속성을 살피면, 전체 데이터의 윤곽을 살피는 데 있어서 줄기로 삼

을 수 있을 것이다.[84]

〈표 3〉 조목(Entry) 클래스의 속성과 유관 개체 항목 예시

식별자(id)	E001
대표명(name)	소문쇄록_054
원문(origintext)	伯恭西湖詩曰ー
번역문(translationK)	백공 남효온의 서호시에 이르기를ー
영역문(translationE)	Nam Hyoon (styled Paekkong)'s poem "West Lake" 西湖 reads ー
유형(type)	P(Poem)
시대(era)	조선 초기
유관 개체(Class)	秋江秋興蒲城酒ー(시, Poem), 남효온(南孝溫)(인물, Person) 등

위의 <표 3>은 조목(Entry)의 속성과 유관 개체에 관해『소문쇄록』 54조를 예시로 들어 살펴본 것이다. 식별자(id)와 대표명(name)은 모든 개체가 갖는 보편적 속성에 해당한다. 식별자의 E는 Entry를 뜻하고 001은 이 조목이 갖는 고유 속성값을 의미한다. 대표명은 소문쇄록_054로 소문쇄록의 54번째 조목이라는 뜻을 담았다. 원문(origintext), 번역문(translationK), 영역문(translationE)은 해당 식별자가 갖는 텍스트 데이터를 의미하며, 유형(type)은 시화의 특징을 몇 가지 유형으로 분류해 그에 해당하는 유형을 부기하기 위해 디자인한 속성으로, 예컨대『소문쇄록』 54조는 시로만 구성된 매우 특수한 형태의 시화로 P(Poem)

---

84) 본고에서는 지면상의 문제로 세 종류의 클래스 속성과 유관 관계만을 소개하였고, 한희연 외(2022)에서 다른 예시를 통해 전체적인 내용을 다루었다.

라는 속성값을 가진다. 그에 관한 내용은 다음 장에서 더욱 자세히 다룰 것이다.

유관 개체(클래스)로는 시(Poem), 비평(Critique), 평어(Criticword), 주제(Topic), 인물(Person), 장소(Place), 인용문헌(Reference) 등 여러 가지가 있을 수 있는데 이 조목은 특수한 조목이기 때문에 한정된 유관 개체만을 갖는다. 이 중 주제는 '표절(Plagiarism)', '전쟁(War)', '시참(Omen)' 등 주목할 만한 특정 주제를 가리키며, 이는 조목만이 아니라 시, 산문 등에도 모두 해당할 수 있는 정보이기 때문에 조목의 속성으로 부여하는 것이 아니라 주제라는 클래스를 따로 만들어서 이에 해당하는 클래스를 관계어로 연결하는 형식을 취하였다.

〈표 4〉 시(Poem) 클래스의 속성과 유관 개체 항목 예시

식별자(id)	M021
대표명(name)	부록002_시01
원문(origintext)	金碧楼明压水天 −
번역문(translationK)	황금빛 푸른빛 두른 누각은 밝아 물속 하늘 누르고 있는데 −
영역문(translationE)	The Gold-Green Tower glows, weighing down on the sky's reflection in the water. −
범주(category)	칠언율시
원시(originalPoem)	상동
작가(writer)	도원흥/요녀(妖女)
작가성향(writerType)	관료/귀신
시대(era)	조선 초기

유관 개체(Class)	영남루(嶺南楼)(장소, Place), 여지승람(輿地勝覚)(참고문헌, Reference) 등

위의 <표 4>는 『부록』 2조를 통해 시(Poem)의 속성과 유관 개체를 살펴본 것이다. 식별자, 대표명, 원문, 번역문, 영역문은 식별자에서 Poem의 M을 쓰는 것 외에는 모두 조목과 동일하다. 범주(category)는 시의 형식을 구분하기 위한 속성이며 원시(originalPoem)는 시화에서 시의 일부분만 발췌한 경우를 상정하여 부여한 속성이다. 작가(writer) 속성은 해당 작품을 창작한 사람을 가리키는 것으로, 인물(Person) 클래스와 정보가 중복되는 경향이 있으나, 작가성향(writerType)이라는 속성과 함께 다루기 위해 해당 속성을 안배하였다. 작가성향은 작가(시인)에 관한 특수한 일면이나 이력을 정보로 처리하기 위한 속성이다. 예컨대 『부록』 2조의 경우 이 작품의 원작자는 도원흥이지만 다른 시화에서 이 시의 원작자가 귀신이라고 하였던 견해도 함께 게재해 놓았으므로 그 정보를 작가와 작가성향이라는 속성값으로 각각 정리하였다.

〈표 5〉 비평(Critique) 클래스의 속성과 유관 개체 항목 예시

식별자(id)	C016
대표명(name)	호곡시화031_평01
원문(origintext)	奇則奇矣, 然亦未必奇也.
번역문(translationK)	기이하기는 하지만, 또한 그렇게 기이할 필요도 없다.
영역문(translationE)	There is no denying that Im's poem is unique, but it also is not that necessarily so.
유형(type)	시비평
시평자(critic)	남용익
시평대상자(critiqued)	임숙영
시평태도(sentiment)	부정적(negative)
유관 개체(Class)	기(奇)(특수글자, Character), 남용익(南竜翼)(인물, Person) 등

위의 <표 5>는 『호곡시화』31조를 통해 비평(Critique)의 속성과 유관 개체를 살펴본 것이다. 역시 식별자, 대표명, 원문, 번역문, 영역문은 식별자에서 Critique의 C를 쓰는 것 외에는 모두 조목과 동일하다. 유형(type)은 비평의 층위를 시비평, 인물비평, 비교비평과 같이 다소 논지가 다른 몇몇 유형으로 나누어 판단할 수 있기 때문에 안배한 속성이다. 예컨대 『호곡시화』31조의 임숙영에 대한 비평은 임숙영에 대한 인물비평적 경향도 있지만 궁극적으로 임숙영의 「述懷」 시에 대한 비평이기 때문에 시비평으로 보았다. 시평자(critic)와 시평대상자(critiqued)를 식별하고 그 비평태도(sentiment)를 밝히는 작업은 비평이라는 항목에서 일반적으로 요구되는 것이며 시화를 이해하는 데 큰 도움이 되기 때문에 이와 같이 속성을 구성하였다.

이상과 같이 주요 클래스의 속성과 유관 개체를 알아보았으며, 여타 클래스도 비슷한 방식으로 기술하였다. 이 개체들은 Triple(S-P-O) 형식의 데이터 기술에서 주어(S, Source)와 목적어(O, Target)에 해당하는 것으로, 이들 사이에 서술어(P, Relation)에 해당하는 관계 정의를 부여함으로써, 개별 개체를 모두 연결하는 의미적 네트워크를 생성할 수 있다. 이러한 과정을 반복적으로 실천하여 『시화총림』을 매개한 하나의 커다란 시화 지식그래프를 구현하는 것이 본 연구의 목표이다. 현재까지 정리된 주요 관계 정의는 아래의 <표 6>과 같다.

〈표 6〉 주요 관계(relationship, edge) 정의

Source Class (A)	Target Class (B)	Relation (A→B)
시화집	시화집간본	**A hasEdition B** (A는 B를 간본으로 갖는다)
시화집간본	시화간본	**A hasPart B** (A는 B를 부분으로 갖는다)
평어	특수글자	

시화간본	시화	**A isOriginalOf B** (A는 B의 정본이다)
		A isVariationOf B (A는 B의 이본이다)
시화간본	조목	**A contains B** (A는 B를 포함하다)
조목	비평	
비평	평어	
조목	시	**A mentions B** (A는 B를 언급하다)
	산문	
	인물	
	장소	
시	시어	
시화집	인물	**A isWrittenBy B** (A는 B에 의해 창작되다)
시화		
시		
산문		
비평	시	**A criticizes B** (A는 B를 비평하다)
조목	주제	**A discusses B** (A는 B를 논의하다)
시		
비평	참고문헌	**A refersTo B** (A는 B를 거론하다)
시	물체	**A isWrittenOn B** (A는 B에 기록되다)
시	시	**A isSameAs B** (A는 B와 동일하다)

관계어(edge)를 통해 서로 연결된 개체(node)는 그 전체가 단일한 논리 구조(logic)를 지닌 네트워크가 된다. 예컨대 시화 개체(예:백운 소설)가 '포함한다(contains)'는 관계어를 통해 조목 개체(예:백운소

설_001)와 연결되면, '(백운소설) 포함하다 (백운소설_001)'과 같은 형태의 관계가 만들어지게 된다. 본고에서 예시한 관계어는 일부에 불과하며 향후 연구가 진행되면서 클래스 사이에 더욱 다양한 의미적 관계어가 정의될 것이다. 예컨대 인물 사이의 의미적 관계를 표현하는 다양한 형식의 관계어가 요구될 것이며, 특히 시화를 매개로 하고 있기 때문에 '교유하다'와 같은 관계어가 반드시 정의될 필요가 있다.

3. 데이터 편찬과 그래프 시각화

Triple(S-P-O) 형식의 데이터 디자인이 기초적인 얼개를 갖추면 이를 바탕으로 하여 그래프 데이터베이스를 이용해 기본적인 지식그래프를 구현할 수 있다. 그래프 데이터베이스를 이용해 지식그래프를 구현하면 시각적으로 출력된 결과물을 매개로 개체 간의 관계를 직관적으로 파악할 수 있으며, 또 질의어(query)를 통해 컴퓨터에게 의미적 차원의 질문을 던지고 그에 대한 답을 결과값으로 출력할 수 있다는 장점이 있다. 본 연구에서는 다양한 그래프 데이터베이스 가운데서도 앞서 언급한 여러 디지털인문학 연구의 매개로 활용된 바 있는 Neo4j를 활용하여 데이터를 구축·시각화하였다.

아래의 <그림 14>는 『시화총림』에 수록된 일부 시화를 대상으로 앞서 정리한 데이터 모델을 적용하고, 데이터를 가공해 그래프 데이터베이스로 구현한 예시이다. 『시화총림』에 수록된 시화 중 31조목을 추출해 구현하였으며, <그림 14>의 오른쪽 'Overview' 정보에서 확인할 수 있듯 8종 415개의 노드(node)와 6종 427개의 관계를 만들었다.

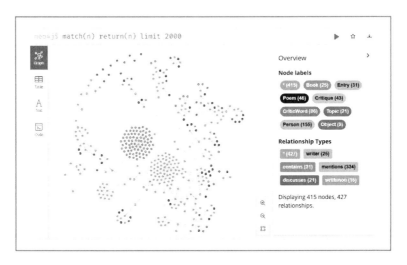

<그림 14> 『시화총림』 수록 일부 시화를 대상으로 그래프데이터베이스로 구현한 지식그래프

또 디자인한 데이터 모델이 『시화총림』에 담긴 다양한 정보를 효과적으로 탐색할 수 있는지 확인하기 위해 아래와 같이 몇 가지 테스트를 진행하였다.

먼저 시화의 조목(Entry)이 갖는 속성 가운데 '유형(type)'을 활용해 동일한 유형의 시화를 찾는 질의어를 작성하였다. 조목의 내용은 크게 세 가지 형태로 분류할 수 있다. 첫째는 시로, 시화라는 장르가 성립하려면 그 조목 안에 시나 시제가 반드시 수록되어 있어야 한다. 둘째는 비평으로, 대개 시화의 질적 가치를 결정하는 요소이며 대부분의 시화에서 핵심이 된다. 셋째는 시화의 서술부로, 시와 비평을 제외한 부분을 통칭하며 대개 시나 비평의 맥락을 이어 주는 역할을 한다. 시, 비평, 서술부를 각각 P(Poem), A(Appraisal), S(Story)라는 정보로 구분하고, 각각을 '유형(type)'의 속성값으로 안배하였다.

P(Poem), A(Appraisal), S(Story) 세 가지 기준으로 대부분 조목의

내용을 특정할 수 있으나, 간혹 시가 제시되고 이를 비평하는 방식이 아니라 순수하게 시이론만을 다루는 방식의 조목도 있다. 이런 경우 '이론(Theory)'이라 명명하고 T라는 약어로 속성값을 안배하였다. 이와 같은 기준에 입각해 '조목' 31개 항목의 '유형(type)' 속성에 각기 해당하는 값을 부여하였다. 예컨대 어떤 시화의 조목이 시와 비평, 서술을 모두 갖추고 있을 경우 'SPA'라는 값을 입력하는 방식이다. 아래는 이러한 과정을 거쳐 입력된 조목들 가운데 특정 종류(예:SPA)의 조목만을 선택해 컴퓨터에게 출력하기를 명령하는 질의어다.

Cypher Query (Neo4j)
match (a:Entry) where a.type contains 'SPA' return a

match는 입력된 정보를 선택하는 명령어로, (a:Entry)와 같은 형식의 표현을 통해 컴퓨터가 '조목' 클래스의 데이터를 임의로 선택하도록 한다. 임의로 선택한 것들 가운데 이어지는 where a.type contains 'SPA'라는 명령어를 통해 선택한 데이터에서 유형(type) 속성으로 입력한 값 가운데 'SPA'라는 값을 갖는 개체들을 찾도록 한다. 그리고 return 명령어를 통해 찾은 데이터를 결과적으로 출력한다. 아래 <그림 15>는 그 출력 결과이다.

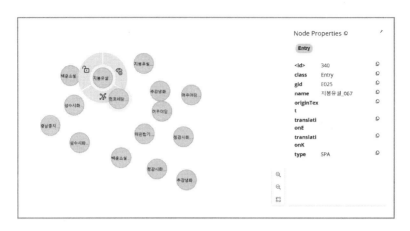

〈그림 15〉『시화총림』의 조목 가운데 'SPA' 유형에 해당하는 시화의 출력 결과

시(Poem)가 기록된 물체를 찾는 질의어도 구성할 수 있다. 『시화총림』에는 시를 기록한 물체를 분명하게 서술하거나 나아가 해당 물체를 시화의 주요한 이야깃거리로 삼는 경우가 종종 확인된다. 시를 어떠한 물체에 썼는지가 분명하게 특정된 작품의 경우 '시(Poem) 기록되다(isWrittenOn) 물체(Object)'와 같은 형식으로 해당 내용을 데이터로 구축할 수 있다. 관련된 정보를 출력하는 질의어는 아래와 같다.

Cypher Query (Neo4j)
match (a:Poem) - [r:isWrittenOn] -> (b:Object) return a, r, b

(a:Poem)과 같은 형식의 표현을 통해 컴퓨터가 '시' 클래스의 데이터를 임의의 Source 개체로 선택하도록 한다. [r:isWrittenOn]을 통해 임의의 두 노드 사이의 의미적 관계를 명시하고, (c:Object)와 같은 형식의 표현으로 컴퓨터가 '물체' 클래스의 데이터를 임의의 Target 개

체로 선택하도록 한 다음, 그 모든 조건에 부합하는 결과로서 정보를
출력한 것이 아래의 <그림 16>이다.

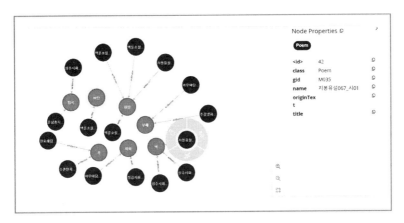

〈그림 16〉『시화총림』에 수록된 시와 그것을 기록한 물체의 출력 결과

위의 <그림 16>에서 청록색 부분에 해당하는 노드가 물체(Object)이
며 회화, 현판, 비단 등 시를 기록한 여러 물리적인 매체로서 그에 해당하
는 다양한 개체가 확인된다. 여기서 만약 특정한 매체, 예컨대 부채에 기
록된 시만 찾아보고자 한다면 아래와 같은 질의어를 입력하면 된다.

```
Cypher Query (Neo4j)

match (a:Poem) - [r:isWrittenOn] -> (b:Object) where b.name='부채'
return a, r, b
```

이와 같은 논리에 입각해 비평(Critique)과 평어(CriticWord)의 의
미적 관계 또한 살펴볼 수 있다. 아래 <그림 17>은 우리나라의 여러 시
인들을 열거하며 평어로 짤막하게 평하는 내용을 담고 있는 『호곡시

화』의 첫 부분을 데이터로 출력한 결과이다. 파란색 표시 노드의 '평어'가 하늘색 표시 노드의 특정한 '비평'에 다수 연결되어 있는 것을 확인할 수 있다. 해당 출력 결과는 『호곡시화』의 첫 부분에 해당하는 데이터로 우리나라의 여러 시인들을 열거하며 평어로 짤막하게 평하는 내용을 담고 있다.

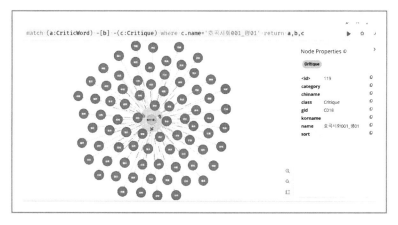

〈그림 17〉 『호곡시화』의 특정 시평과 그에 연결된 평어의 출력 결과

아래의 질의어를 사용한 결과이며, 현 시점에서는 모두 구현하지 못했지만 각 평어를 다시 인물과 연결하는 데이터를 구축하면, 해당 시화의 '비평' 항목에서 어떤 '평어'로 특정 '인물'을 평하였는지 한눈에 살펴볼 수 있게 될 것이다.

Cypher Query (Neo4j)
match (a:CriticWord) - [r] -> (b:Critique) where b.name='호곡시화001_평01' return a, r, b

4. 향후 연구 방향에 관하여

이 글은 본격적인『시화총림』데이터 아카이브의 편찬 작업에 앞서 기초 단계에서 모색하고 있는 몇 가지 데이터 디자인을 소개하고 샘플 데이터를 통해 그에 대한 내용을 일부 시연하는 방식으로 전개되었다. 클래스와 관계어의 설정이나 항목의 범주 설정, 속성의 부여 수준 등은 이후로도 끊임없는 고민을 통해 단계적으로 개선해나갈 계획을 세우고 있으며, 특히 이번 글을 준비하면서 시화의 설계 과정에서 "비평" 부분을 효과적으로 분류하기 위한 구체적 방법에 관해 더욱 깊이 고민하게 되었다.

본 연구 프로젝트는 차후『시화총림』을 대상으로 더욱 정밀한 데이터 체계를 디자인함으로써 정교한『시화총림』데이터 아카이브를 구축하는 것을 최우선 과제로 삼고 있다. 장기적으로는 데이터의 확장을 통해 '시에 대한 점화와 표절의 양가적 시선'이나 '중국 시화와 한국 시화의 영향 관계'와 같이 기존에 진행된 연구이지만 이를 세부적이면서도 넓은 범주의 데이터로 검증할 필요가 있는 그래서 더욱 새로운 지식을 발견할 가능성이 큰 다채로운 성격의 연구를 시도할 계획에 있다.

참고문헌

박성규,『역주 백운소설』, 보고사, 2012.
劉暢, 허경진, 趙季,『韓國詩話人物批評集』, 보고사, 2012.
이종은, 정민,『한국역대시화유편』, 아세아문화사, 1988.
조종업,『한국시화총편』, 동서문화원, 1989; (수정증보)『한국시화총편』, 태학사, 1996.
차용주,『역주 시화총림』, 아세아문화사, 2011.
蔡美花 등,『韓國詩話全編校注』, 人民文学出版社, 2012.
허권수, 윤호진,『역주 시화총림』, 까치, 1993.

홍찬유, 『역주 시화총림』, 통문관, 1993.

김지선・류인태, 「여항문화 연구와 데이터 모델링」, 『한국한문학연구』 85, 한국한
　　문학회, 2022.
김하영, 「문중고문서 디지털 아카이브 구현 연구」, 한국학중앙연구원 한국학대학
　　원 석사학위논문, 2015.
류인태, 「데이터로 읽는 17세기 재지사족의 일상: 『지암일기(1692~1699)』 데이터
　　베이스 편찬 연구」, 한국학중앙연구원 한국학대학원 박사학위논문, 2019.
박순, 「고전문학 자료의 디지털 아카이브 편찬 연구: 누정기(樓亭記) 자료를 중심으
　　로」, 연세대학교 박사학위논문, 2017.
양승목・류인태, 「야담의 데이터, 야담으로부터의 데이터: 한국 야담 데이터 모델
　　의 구상」, 『한국문학연구』 68, 동국대학교 한국문학연구소, 2022.
이재열, 「서사 이론 기반 구비설화 스토리 데이터베이스 연구」, 한국학중앙연구원
　　한국학대학원 박사학위논문, 2018.
장문석・류인태, 「디지털 인문학과 한국문학 연구(1): 작가 연구를 위한 시맨틱 데
　　이터베이스 설계」, 『민족문학사연구』 75, 민족문학사학회・민족문학사
　　연구소, 2021.
한희연 외, 「한국 詩話 시맨틱 데이터 아카이브 구현 방안 모색-『詩話叢林』 대상 개
　　념적 데이터 모델링을 중심으로」, 『한문학논집』 63, 근역한문학회, 2022.

Liu, Chao-Lin; Mazanec, Thomas J; Tharsen, Jeffrey R. (2018). Exploring Chinese
　　Poetry with Digital Assistance: "Examples from Linguistic, Literary, and
　　Historical Viewpoints." *Journal of Chinese Literature and Culture,* Vol.
　　5, No.2: 276-321.
Huang Yi-Long and Zheng Bingyu (2018). "New Frontiers of Electronic Textual
　　Research in the Humanities: Investigating Classical Allusions in Chinese
　　Poetry through Digital Methods." *Journal of Chinese Literature and
　　Culture,* Vol. 5, No. 2: 411-437.
Sturgeon, Donald (2018). "Digital Approaches to Text Reuse in the Early Chinese
　　Corpus." *Journal of Chinese Literature and Culture,* Vol.5, No. 2: 186-
　　213.
Wang Zhaopeng and Qiao Junjun (2018). "Geographic Distribution and Change
　　in Tang Poetry: Data Analysis from the "Chronological Map of
　　Tang-Song Literature". *Journal of Chinese Literature and Culture,* Vol.
　　5, No. 2: 360-374.
Liang Hong; Hou Wenjun; Zhou Lina (2020). "KnowPoetry: A Knowledge
　　Service Platform for Tang Poetry Research Based on Domain-Specific
　　Knowledge Graph." *Library Trends,* Vol. 69, No. 1: 101-124.

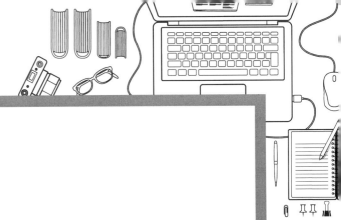

수신사(修信使) 자료 연구와 한문학 데이터의 가공 및 분석

곽지은

1. 수신사 및 조사시찰단 자료 DB 구축 연구에 관해

　수신사(修信使)는 1876년 조선이 강화도 조약(조일수호조규)을 통해 문호를 개방한 뒤 일본에 파견한 외교 사절단이다. 조선은 수신사 파견 이전까지 동아시아의 전통적 외교체제 속에서 의례를 중심으로 하는 통신사를 운용해 왔다. 수신사는 통신사에서 통상 및 외교 현안 해결을 사명으로 하는 근대적 외교사절인 공사로 넘어가는 도중 성립된 과도기적 외교사절의 성격을 가지고 있다.[85] 수신사는 1876년부터 1885년까지 10여 년간 파견되었으며, 문물 정탐과 조약 내용 조정, 외부 인사들과의 만남 및 교유 등의 역할을 수행하였다.[86] 수신사행의 경험을 바탕으로 쓰인 저술 『일동기유』 등은 널리 필사되어 당대의 대외 인식에 영향을 주었다.[87]

　수신사행과 관련된 여러 기록은 개항 후 다양한 계층의 조선 사람들이 근대로 이행 중인 세계를 목도하고 보이는 다채로운 반응들을 생생하게 드러내고 있다. 수신사 관련 기록은 근대 전환기의 조선을 담고 있는 중요한 자료임에도 불구하고 그동안 크게 주목받지 못했다. 그러던 중 2015년부터 2018년까지 한국연구재단의 토대연구 지원 사업으로 수신사 및 조사시찰단 자료 DB 구축 연구가 수행되고 실제 DB가 구축·서비스되면서[88], 수신사 관련 기록을 다룬 연구가 꾸준

---

85) 하우봉, 「開港期 修信使行에 관한 一硏究」, 『한일관계사연구』 10, 한일관계사학회, 1999.

86) 1881년 파견된 조사시찰단과 1885년 파견된 서상우 사절단의 경우 여타 수신사와는 그 성격이 다소 다르지만, 본 연구에서는 수신사의 범위 안에 포함하였다.

87) 상기 서술은 '박탄, 「조선 수신사의 사행록 연구」, 강원대학교 박사학위논문, 2009'을 참조하였다.

88) 수신사 및 조사시찰단 자료DB는 현재(2022년 8월) <한국연구재단> 기초학문자료센터(https://www.krm.or.kr/)의 '토대연구DB'를 통해 제공되고 있다.

히 이어지고 있는 상황이다.

수신사 및 조사시찰단 자료 DB 구축 연구 사업은 사행록, 보고서, 시문집, 기사 등 1876년부터 1885년까지의 수신사 파견과 관련된 100여 종의 자료들을 재번역 및 DB화하고, 해당 기록들에 나오는 고유명사들을 인물/공간/단체/개념/문헌/물품으로 나누어 부가적인 정보를 제공하는 데 초점을 두었다. 현재 한국연구재단 사이트의 토대연구 DB에서 관련 연구 성과를 확인할 수 있다. 또한 본 연구 성과를 바탕으로 도서출판 보고사에서 전 7권의 『수신사기록 번역총서』를 출판하였다.

필자는 2017년부터 2018년까지 해당 사업의 연구보조원으로 참여하였다. 사업의 진행에 있어 100여 종의 수신사 관련 기록에 나오는 고유명사 표기들에 마크업(Markup) 작업[89]을 수행하고 정해진 양식에 근거해 정보를 입력하는 과정이 수반되었다. 여기에는 많은 인력과 시간이 필요하기에, 당시 학부생이던 필자 또한 데이터 입력 연구 인력으로 참여할 수 있었다. 그 과정에서 개항기 조선과 일본에 대한 많은 정보들을 읽고 다양한 기록을 접했던 것이 이후 필자의 연구 방향에 있어 큰 자양분이 되었다. 또한 해당 연구를 통해 '디지털 인문학'을 표방하는 프로젝트를 진행할 때 수반되어야 하는 논의, 즉 어떤 형태로 어떠한 종류의 정보를 얼마나 가공 및 제공할 것인가에 대한 협업으로서의 커뮤니케이션 과정을 직접 체험할 수 있었다.[90]

---

89) 마크업(Markup)은 태그(Tag) 등의 형태로 문서의 구조를 표시하는 과정이다. 이를 통해 텍스트 데이터 내에서 구조화된 형태의 다양한 정보를 제공할 수 있다. 예를 들어 '나는 사과를 먹었다'라는 문장이 있을 때 '나는 <과일>사과</과일>를 먹었다'라는 형태로 마크업을 수행한다면 사과가 '과일'이라는 정보를 포함하고 있음을 확인할 수 있다.

90) 본 사업에 대한 상세한 설명은 '류인태, 「디지털 인문학과 한문학 연구」, 『한문학논집』 49, 근역한문학회, 2018; 이효정 · 김누리, 「수신사 및 조사시찰단 자료의 DB 구축 과정에 대한 일고찰」, 『열상고전연구』 62, 열상고전연구회, 2018.'을 참고할 것.

2. 수신사 자료 XML 데이터의 형식과 특징

이 글은 XML 형태로 된 수신사·조사시찰단 자료 데이터 분석의 방법과 가능성을 타진한 것이다.[91] XML(eXtensible Markup Language)은 마크업 언어의 한 종류로, Tag와 Attribute 값을 통해 문서의 구조 및 다양한 정보값을 제공하는 것이 주된 특징이다. 구조화된 형태의 반정형 데이터이기 때문에 데이터 추출과 재현이 용이하다. Emeditor, Sublime Text 등 여러 텍스트 에디터 및 Python과 같은 다양한 환경에서 사용할 수 있으며, 정규표현식이나 Python Package 등 여러 방법을 통해 원하는 내용을 손쉽게 추출할 수 있다.

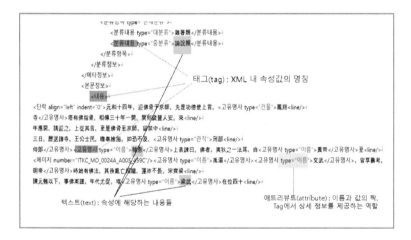

〈그림 18〉 공공데이터포털 제공 한국문집총간 XML 데이터(鄭道傳, 『三峯集』) 예시

현재 한국의 여러 인문학 관련 공공기관에서는 자체적으로 구축한

---

91) 분석 과정에서 활용한 수신사 자료 raw data는 XML 형식으로, 해당 프로젝트에서 데이터 가공 실무를 맡았던 류인태 선생님으로부터 제공받은 것이다.

XML 데이터를 공공데이터포털에서 서비스하고 있다. 한문학 분야의 대표적 XML 데이터로는 한국고전번역원의 한국문집총간 XML 데이터, 국사편찬위원회의 조선왕조실록·승정원일기 XML 데이터 등이 있다. 한문으로 된 고전 자료를 대상으로 구축한 XML 데이터에서 주로 제공하는 정보는 기사/글에 대한 메타적 정보(작성자, 작성 시기와 문체), 텍스트 본문, 본문에 나타나는 고유명사를 대상으로 한 마크업 정보(일반적으로 '문맥요소contextual elements'라고 이야기한다) 및 개별 고유명사의 상세 속성 등이다.

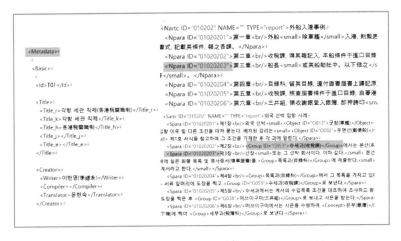

〈그림 19〉 수신사 자료 XML 데이터(李憲永,『各港稅關職制』) 예시

이 글에서 활용할 XML 데이터의 구조 역시 이러한 틀을 기반으로 한다. 연구에서 구축한 수신사 관련 XML 데이터는 크게 본문과 문맥요소 데이터 두 종류다. 본문 데이터의 경우 상기한 것처럼 글에 대한 메타 정보, 기사의 내용과 번역문, 주석을 포함한다. 문맥요소 데이터에는 문맥요소 자체에 대한 설명 해당 요소가 본문 데이터 내 어떤 부분에서 등장하는지에 대한 설명이 들어 있다.

1	2	3	4	5	6	7	8
Text	Metadata	Basic	Id				
			title	title_r			
				title_k			
				title_h			
				title_j			
				title_e			
			Creator	Writer			
				Compiler			
				Translator			
			Bibilo	Wyear			
				Pyear			
				Type			
				Mode			
				Context			
				Volume			
				Institution			
				Size			
				Char			
				Edition			
		Commentary	Format				
			Content				
			Value				
	Origin	Npart	Nchapt	Nsect	Nsubs	Nartc	Npara
	Trans	Spart	Schapt	Ssect	Ssubs	Sartc	Spara
	Annot	Comment					

한국고전번역원에서 제공하는 XML 데이터를 포함해 현재 XML

형식으로 웹에서 개방 및 유통되는 한문 자료 데이터는 대부분 '메타 정보'-'고유명사(문맥요소)' 형식으로 되어 있다. 이 고유명사는 동일한 대상을 가리키는 경우라 하더라도 표기상으로 인명의 경우 자(字)/호(號) 등 여러 이칭이 존재한다. 동일한 데이터임에도 다른 명칭(표기)으로 나타나는 데이터를 하나로 합치는 작업을 '전거 통제'라 한다. 이러한 전거 통제 없이 데이터에 마크업 작업을 진행한 경우 연구자가 다시 전거 통제 과정을 거쳐야 하는 불편함이 있다.

국사편찬위원회에서 제공하는 데이터와 본 수신사 자료 XML 데이터의 경우 고유명사에 각각 식별자를 부여해 전거 통제를 사전에 진행해 두었으며, 이로 인해 고유명사(문맥요소)별로 식별자가 있기 때문에 Gephi 등의 툴을 사용해 지식 네트워크를 구축하고 시각화 작업을 진행하기 용이하다.

〈표 8〉 본문에 표기된 고유명사(문맥요소)를 대상으로 한 XML 데이터의 Schema 구조

1	2	3
Concept	Metadata	id
		name
		name_k
		name_h
		name_j
		name_e
		alias
		type
		Times
		Nation
	Content	Summary
		Details

3. 수신사 자료 XML 데이터를 대상으로 한 분석과 그 맥락

수신사 자료 XML 데이터에 포함된 수신사행 관련 전체 텍스트, 운문, 필담 자료를 분석하였다. 각각의 분석에 내포된 문제의식과 구체적인 데이터 처리 과정, 그리고 분석 결과를 아래와 같이 간략하게 정리해보았다.

1) 빈출 고유명사 분석 및 주요 고유명사의 공기어 분석

XML 데이터에 포함된 수신사행 관련 텍스트 전체를 분석 대상으로 하고, 이 데이터에서 자체적으로 제공하고 있는 고유명사(문맥요소) 정보를 이용한 빈도 분석 및 텍스트 분석을 진행하였다. Python을 이용해 고유명사 전체를 '개념', '문헌' 등 종류별로 추출한 후 어떤 종류의 고유명사를 검토할 것인지, 그리고 그 안에서 특히 주목하여 분석할 만한 고유명사 어휘가 존재하는지를 잠정적으로 설정한다. 필자는 '문헌' 데이터를 중점적으로 조사하기로 하였다. 또한 기존 근대전환기를 다룬 선행연구에서 자주 거론되는 『만국공법』의 언급 양상에 특히 주목하였으며, 문헌 고유명사의 빈도 분석을 수행하였다.

〈표 9〉 XML 데이터 내 문헌 고유명사의 출현 빈도

문헌	조약유찬	만국공법	소학독본	십팔사략	국사략	논어
빈도	31	12	10	7	6	6
문헌	맹자	일본잡사시	조야신문	문장궤범	영국사	만국사략
빈도	6	5	5	5	4	4

데이터 전체에서 <Record>라는 Tag값을 지닌 텍스트, 즉 '문헌'으로 분류되는 고유명사를 모두 추출한 결과 『조약유찬』[92)과 『만국공법』이 다수 등장함을 확인하였다. 따라서 처음 연구에서 주목하고자 했던 『만국공법』 이외에 『조약유찬』에 대해서도 주목해야 할 필요성을 발견하고 분석 대상을 다시 설정하였다. 『만국공법』의 경우 일본의 외교에 중요한 지침이 되었고, 조선 지식인들 역시 근대적 국제 관계를 받아들이는 데 해당 문헌의 관점을 적극적으로 수용하였기 때문에 일찍이 관련 연구가 활발하게 진행되었다. 그런데 『조약유찬』은 조사시찰단의 사행 과정에서 한역되어 조선에 유입되었으며, 1880년대 중후반 조선이 외국과 잇달아 통상 계약을 체결할 때 영향을 미쳤을 가능성이 있음에도 불구하고, 기존 연구에서 『만국공법』만큼 주목받지는 못했다. 즉, 문헌 자료의 빈도 분석을 통해 19세기 후반 수신사행을 통해 조선에 유통되고 외교 정책에 영향을 미친 것으로 추정되는 새로운 서적을 발견한 것이다.

『만국공법』, 『조약유찬』과 같이 분석 대상으로 삼은 문맥 요소의 경우, 해당 문헌이 등장하는 단락을 전체 추출하여 문헌의 출현 맥락과 문헌에 대한 인식, 해당 문헌이 가진 의의에 대해 보다 상세히 검토하고자 하였다.[93) 김기수의 『일동기유』에서는 김기수가 '만국공법'이라는 근대적 세계 질서를 '합종·연횡'이라는 전근대적 틀로 전유하여 받아들이고 있는 현장을 확인할 수 있었고[94), 또한 일본 측이 지은

---

92) 『체맹각국조약유찬(締盟各國條約類纂)』, 일본이 여러 국가와 맺은 통상조약의 내용을 수록한 서적으로, 1874년 외무성에서 편찬되었다.

93) 지면상의 문제로 『조약유찬』에 관한 분석은 생략하였다.

94) 김기수, 「政法22則」, 『日東記遊』. '그 이른바 만국공법이란 것은, 여러 나라가 맹약을 맺기를 옛날 전국시대의 육국연횡법과 같이 하는 것이니, 한 나라가 어려운 일이 있으면 여러 나라가 이를 구원하여 주고, 한 나라가 맹약을 어긴 일이 있으면 여러 나라가 공벌해 한 나라를 치우치게 사랑하고 미워하는 일도 없으며, 또 한 나라를 치우치게 공격하는 일도 없었다. 이것은 서양인의 법인데, 지금 대단히 놀랍게

여덟 번째 이야기 수신사(修信使) 자료 연구와 한문학 데이터의 가공 및 분석 **235**

시와 필담에서는 만국공법을 새로운 국제 질서로 받아들이고 조선이 이러한 흐름에 동참할 것을 촉구하고 있는 정황을 포착하였다.[95] 『창사기행』 속 『만국공법』을 선물로 받는 내용[96]을 통해 『만국공법』의 국내 유통 경로에 대해서도 대략적으로 살필 수 있었다.

또한 『만국공법』과 함께 언급된 다른 고유명사를 통해 『만국공법』의 성격과 역할에 대해 더 소상히 파악하고자 하였다. XML 본문과 번역문의 데이터는 전체가 아니라 전체/단락/기사 등 더 정교한 단위로 구성되어 있기 때문에 텍스트 추출을 더 세부적으로 진행할 수 있다. 전체 데이터 중 『만국공법』이 언급된 부분을 기사/단락 단위, 텍스트 단위로 추출한 뒤 같은 단락에 함께 등장하는 고유명사들을 추출하여 분석하였다. 『만국공법』과 같은 단락에서 여러 차례 등장한 주요 공기어로는 '공사(公使)', '외무성(外務省)', '외무경(外務卿)', '영국', '러시아' 등이 있다. 이는 모두 당시의 외교 실무와 연관이 있는 용어들이다. 이러한 용어들과 『만국공법』이 함께 사용된 용례를 분석해 본 결과, 외교 실무에서 만국공법의 내용을 참조할 것을 지시하는 텍스트를 여럿 확인하였다.[97] 즉, 어휘의 출현 맥락과 그 공기어를 검토하여

보고 받들어 행하여 감히 어기는 일이 없었다.'

95) 곤도 마스키, 「用宮本鴨北韻, 謹奉贈金道園先生閣下」, 『朝鮮國修信使金道園關係集』. '온 세계는 만국의 공법에 의지해야 하니 萬邦只合依公法, / 한 손으로 누가 적군을 물리칠 수 있으랴隻手誰能却敵軍 / 어지러운 세상 참으로 해야 할 일 많은데天下紛紛固多事 / 오늘날 기미를 아는 그대 같은 이 적구나知機今日少如君'
어윤중, 『談草』. '이노우에 : 우리는 만국공법에 의기히여 기절할 수 있지만, 귀국은 아직 동맹을 맺지 않고 있으니 곧 하나의 고립된 나라입니다. 피차간에 요구하는 데 들어주지 않으면 형편상 버틸 수 없습니다. 그 말에 부응한다면 청나라가 귀국에게 무어라 하겠습니까? 또 오늘날의 형세는 만방과 연맹하는 것이 가장 좋으니 상호간에 견제하는 것이 상책입니다. 또 우리나라로 논하건대, 비유하자면 인접한 지역에서 이웃집에 불이 나면 우리가 아무리 흙벽을 두껍게 바르더라도 필시 그 남은 화를 입게 되는 것과 같습니다. 이 때문에 번거롭게 반복해서 충고하기를 꺼리지 않는 것입니다.'
96) 안광묵, 「二十六日丙辰」, 『滄槎紀行』.
97) 『日本國外務省事務』 권1, '각 국 가운데 특히 프랑스, 영국, 네덜란드 공사가 오면, 이

19세기 후반 외교 실무에서『만국공법』이 가지고 있던 구체적인 맥락을 많은 양의 텍스트에서 손쉽게 추출할 수 있었다.

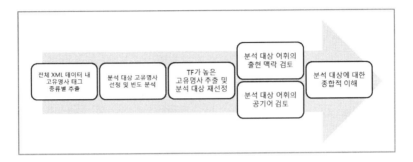

〈그림 20〉 XML 데이터 내 고유명사 어휘 빈도 및 텍스트 분석의 전체 과정

양적 분석을 통해 수신사와 관련된 방대한 양의 전체 데이터 중 새로운 키워드를 발견하였고, 관련 텍스트 추출과 공기어 분석을 통해 이러한 키워드가 어떠한 맥락에서 사용되었는지를 종합적으로 확인하였다. 이는 XML이라는 반정형화된 데이터를 통해 빠른 속도로 정해진 틀의 데이터를 수집하고 분석할 수 있었기에 가능한 일이다.

2) 근체시 시어 비교

앞서 <표 9>에서 확인할 수 있듯이, 본 연구에 사용한 XML 데이터에서는 <Biblio> 하위의 <Type> 요소를 통해 원문의 형식에 대한 정보를 알 수 있다. 따라서 특정 형태의 글만을 선택해 추출하는 것이 가능하다. 전체 데이터 가운데 Type이 '운문'인 것들을 모두 추출하였고, 추출한 시문을 검토하여 조선/일본인 저자가 쓴 시 중 근체시로 된

전에 만국공법(萬國公法)으로 널리 고지한 것을 따르며, 교제를 행할 때 신하들은 그 뜻을 숙지하고 있어야 한다.'

것만 남겼다.[98] 이렇게 구축한 조선－일본 근체시 코퍼스를 의미 단위, 낱자 단위라는 두 가지 방법을 이용해 분할하였다.

텍스트 데이터에서 형식 형태소를 불용어로 분류하고 실질 형태소만을 추출해 분석하기 위해서는 필수적으로 형태소 분석의 과정이 수반되어야 한다. 그런데 형태소 분석이 상대적으로 용이한 영어나 여러 형식의 형태소 데이터가 구축된 한국어 등과는 다르게 한문 텍스트에서는 보편적으로 사용할 수 있는 품사 구조도 없고, Konlpy, NLTK 등 통용되는 형태소 분석기도 없는 상황이다. 이러한 상황에서 형태소 분석기를 사용하지 않고 한문 텍스트를 분석하기 위해 두 가지 방법을 고안해 텍스트 분석을 시도하였다. 시문 전체에서 5언/7언의 근체시만 채택한 것도 이러한 이유에 기인한다.

근체시의 경우 형식이 일정하고 상대적으로 정해진 범위 내에서 의미 해석이 이루어지기 때문에, 형태소 분석 없이도 의미 단위를 추출할 수 있다는 장점이 있다. 오언시의 경우 보편적으로 2-3, 칠언시의 경우 2-2-3자로 분절된다. 또한 한 글자마다 하나의 의미를 가진다는 한문 텍스트의 특성을 반영하여, 낱자 단위로도 분석을 진행하였다. 이러한 방법론을 사용해 시를 분석한다면 각 집단별로 특징적으로 사용하는 시어를 추출하고, 그 시어가 등장하는 맥락을 바탕으로 두 집단의 시를 비교하는 것이 가능하다. 양적 관점에서 시작해 질적 분석의 영역까지 도달할 수 있는 셈이다. 조선－일본 시에서 상위 빈도 키워드 10개, 낱자 20개를 추출한 빈도분석의 결과는 다음과 같다.

---

98) 이 과정에서는 정규표현식을 활용하였다.

〈표 10〉 조선 문인과 일본 문인이 창작한 근체시의 상위 빈출 어구 비교

구 분	어구
조선 문인의 시	萬里, 殷勤, 三國, 如今, 志氣, 搏桑, 文章, 星槎, 此地, 登樓, 英豪
일본 문인의 시	千里, 星使, 今日, 園林, 一路, 三邦, 付與, 只合, 同文, 吟筵, 天下

〈표 11〉 조선 문인과 일본 문인이 창작한 근체시의 상위 빈출 낱자 비교

구 분	어구
조선 문인의 시	一, 人, 不, 海, 有, 相, 日, 風, 此, 無, 國, 天, 多, 萬, 事, 同, 君, 如, 年, 世
일본 문인의 시	一, 日, 三, 國, 文, 今, 君, 天, 使, 紛, 邦, 來, 同, 和, 好, 星, 時, 林, 無, 萬

조선 문인이 사용한 시어 중에는 '如今', 일본 문인이 사용한 시어 중에는 '今日'이라는 어휘가 자주 등장한다. 이 두 어휘는 유사해 보이지만, 조선 문인의 근체시에서는 흥취의 표현과 정서를 고취하는 용도로 '如今'을 사용하고 있는 반면[99] 일본 문인의 근체시에서 확인되는 '今日'은 조선-일본의 새로운 관계 설정에 대해 제시할 때, 그리고 변화하고 있는 시류를 표현할 때 주로 사용되고 있다.[100]

---

99) 강위, 「奉和大使次宮本大丞韻却寄」, 『東游草』. '옛 터 아직도 남아 주순수를 슬퍼하고 古址如今悲舜水 / 진서 봉안한 황폐한 사당 어디인가荒祠何處葆秦徐'
강위, 「赤馬關次韻和張甫」, 『東游草』. '지금 막 금오의 머리 밟았는데如今纔躡金鼇頂 / 천상의 소리로 원방 사람 위로하네天外佳音慰遠人'

100) 미시마 쓰요시, 「八月二十九日 曖依村莊宴集 席上賦贈朝鮮修信使金宏集」, 『三島中洲詩全釋』. '지금은 진진(晉秦)처럼 싸울 때가 아니요晉秦構難非今日 / 이런 때엔 한위(韓魏)처럼 연합해야 한다오韓魏連和是此時'
곤도 마스키, 「用宮本鴨北韻, 謹奉贈金道園先生閣下」, 『朝鮮國修信使金道園關係集』. '어지러운 세상 참으로 해야 할 일 많은데天下紛紛固多事 / 오늘날 기미를 아는 그대 같은 이 적구나知機今日少如君'
미시마 쓰요시, 「呈朝鮮諸先生」, 『興亞會報告18集』. '들으니 올빼미가 북쪽 변경을 노리고서聞說鴟鴞窺北陲 / 오늘날 세차게 나니 오랑캐 중 최고라 하네雄飛今日冠諸夷'

또한 조선 문인의 시에서 '風', '海', '日', '天' 등 자연물을 의미하는 글자가 상대적으로 출현 빈도가 높은 데 비해, 일본 문인의 시에서는 '和', '今', '好' 등 시류에 관한 어휘의 출현 빈도가 더 높다. 즉, 시어의 출현 빈도 차이를 근거로 삼아 수신사행 당시 조선과 일본에서 시를 지은 인물들의 창작 배경이나 문학적 경향의 차이에 관해서도 거칠게나마 추정해보는 것이 가능하다. 이러한 분석은 큰 규모의 텍스트 데이터를 다루는 가운데 특정한 문제의식에 초점을 둔 정보만을 추출하여 가공하고, 이를 통해 새로운 사실과 키워드를 탐색하는 하나의 사례로 볼 수 있다.

3) 필담 데이터의 유사도 분석

XML 데이터에 마크업된 고유명사(문맥요소) 정보와 빈도를 이용해 1880년, 1881년의 필담 자료를 분석해보았다. 분석의 용이성을 위해 한국어로 번역된 결과물도 함께 활용하였다. 번역물을 활용해 텍스트 분석을 진행할 경우, 역자마다 사용하는 어휘와 번역의 양상이 다르기 때문에 텍스트의 균질성과 정합성에 있어서 오류의 가능성이 있다. 이러한 문제를 해결하기 위해 번역문 내에 병기된 한문 어휘와 <고유명사>로 표시되어 마크업된 어휘만을 추출하였다.[101]

먼저 메타 데이터 중 <Type>의 값(value)이 '필담록'인 텍스트 전체를 추출하였다. 그리고 단락(Paragraph) 기준으로 50회 이상의 대화가 이루어진 인물들의 대화 텍스트를 가공해 실제로 유사도 분석에 반영할 어휘 목록을 구축하였다. csv 형식으로 인물별 대화의 원

---

101) 마크업된 데이터 추출을 위해서 Python의 Elementree 모듈과 정규표현식을, 한문으로 된 어휘 추출을 위해서 Python 환경 내에서 Konlpy의 Kkma 형태소 분석기를 활용하였다.

〈표 12〉 인물별 필담 데이터 내 고유명사 및 한자어 출현의 코사인 유사도

	황준헌	김홍집	하여장	최성대	스에마쓰	쓰요시	이상재
황준헌		0.415282	0.400795	0.140417	0.162791	0.114460	0.179670
김홍집	0.415282		0.399065	0.209962	0.178694	0.184071	0.186666
하여장	0.400795	0.399065		0.160402	0.163332	0.170005	0.157644
최성대	0.140417	0.209962	0.160402		0.204563	0.338023	0.190182
스에마쓰	0.162791	0.178694	0.163332	0.204563		0.200534	0.717585
쓰요시	0.114460	0.184071	0.170005	0.338023	0.200534		0.171672
이상재	0.179670	0.186666	0.157644	0.190182	0.717585	0.171672	

문과 추출한 어휘를 정리한 후, 이를 TF-IDF값[102] 을 기반으로 벡터화하였다.

분석 결과, 동일한 필담에 참여한 각 인물들을 유사도 분석을 통해 감지할 수 있는 것으로 확인되었다. 같은 주제를 가지고 필담을 나누었기에, 사용한 어휘의 유사성이 높은 것은 자연스러운 현상이다. 추가적으로 주목할 점은 코사인 유사도 분석에서 같은 국적의 인물들이 상대적으로 높은 유사성을 보이고 있다는 점이다. 본고에서 다룬 필담 자료는 1880년, 1881년의 것인데 이 당시 일본에 파견되어 필담에 참여한 인물들은 모두 상대적으로 개화에 우호적인 자세를 취하고 있었다. 따라서 조선 인물들의 필담 기록이 높은 유사성을 보이는 것은 자연스러

---

102) TF-IDF(Term Frequency-Inverse Document Frequency)는 문서의 집합 안에서 특정 단어의 중요도를 계량적으로 측정하는 방법이다. 문서 집합 안에 등장하는 단어의 총 빈도와 역문서빈도, 즉 (전체 문서의 수/단어 t가 포함된 문서의 수)에 로그를 취한 값을 곱하여 산출한다. 1), 2)에서 사용한 TF 값은 '많이 등장할수록 중요한 단어'라는 사실을 전제하고 있지만, 실제로 문서 집합 전체에서 골고루 빈출되는 어휘는 각 문서의 차이를 보여주지 않는다. 특정 문서에서 다른 문서에 비해 '특징적으로 자주' 등장하는 어휘일수록 TF-IDF 값이 높다고 할 수 있다.

운 결과이나, 추후 여러 인물들의 필담 데이터가 보충된다면 당시 필담 참여자들의 입장을 확인하는 데 있어서 큰 도움이 될 것이다.

4. 수신사 자료 XML 데이터 분석의 시사점

여러 방법론에 근거해 데이터를 정교하게 분석하는 데 있어서 가장 중요한 것은 양질로 구축된 데이터 그 자체다. 본 연구에서 활용한 수신사 자료 XML 데이터의 경우, 현재 웹상에 유통되고 있는 여러 한국 한문 데이터와 비교했을 때 상당히 정교한 수준의 마크업 처리가 되어 있음에도, 섬세한 분석을 시도하기에는 불완전한 부분이 있다. 한 단락에 고유명사가 중복될 경우 그 중 하나에만 마크업 처리를 하였으며, 태그가 누락되었거나 전거 통제 과정이 완정하게 이루어지지 않은 부분도 있다. 이러한 요인을 고려하지 않고 분석을 진행할 경우 연구에 있어서 필연적으로 오차가 발생하게 된다. 즉, 데이터 구축 과정 중 텍스트에서 추출 가능한 여러 지식 요소를 대상으로 정보를 섬세하게 가공할수록 다양한 문제의식에 입각해 데이터를 입체적으로 분석하는 것이 가능해지며 그 오차 역시 감소한다.

예를 들어 앞서 필담 자료의 유사도 분석에서 사용한 필담 데이터는 총 700여 개로 양이 그렇게 많지 않아 필담 자료의 상세한 면모까지 분석하는 데에는 난점이 있었다. 그러나 추후 연행록 등에 수록된 다른 방대한 양의 필담 자료를 연구하거나 실록류 글에 수록된 대화나 여러 군집의 글을 연구할 때에 이러한 방법론을 사용할 수 있다. 또한 다른 필담 데이터와 연계하여 본 연구에서 구축한 데이터를 다시 활용하는 것도 가능하다. 이는 단일한 주제의 연구를 벗어나 그로부터 구축한 데이터가 다른 연구 과업이나 프로젝트를 통해 구축한 데이터와 만날 수 있는 가능성을 보여준다. 여러 종류의 한문 텍스트 간 유사도를 측정하고 상호 영향을 연구하는 데 있어서 정교하게 구축한 데이터는 큰 도움이 될 것이다.

본 연구는 수신사 자료 XML 데이터의 원문과 고유명사(문맥요소) 데이터를 활용해 수신사 자료를 대상으로 한 세 가지 맥락의 분석을 시도하였다. 키워드 분석, 빈도분석 등을 통해 추출해낸 결과는 기존 아날로그 기반 텍스트 연구에서 발견하지 못한 중요한 키워드를 정량적 분석방법론을 바탕으로 새롭게 발견한 것이라 할 수 있다. 또한 유사도 분석을 통해 기존 연구의 성과를 재확인하거나, 비판적으로 재검토할 수 있는 가능성을 타진하였다. 데이터가 정교하게 구축될수록 이를 활용한 연구 역시 정교하게 진행될 수 있고, 기존 연구에서 발견하기 어려웠던 새로운 시각을 이끌어내는 것도 가능할 것이다. 추후 한문 자료를 대상으로 이루어질 여러 디지털 인문학 연구와 관련해, 본 연구에서 시도한 분석 방법론 및 그에 관한 문제의식이 데이터 처리에 관한 고민에 있어서 작게나마 도움 되는 바가 있기를 바란다.

참고문헌

류인태, 「디지털 인문학과 한문학 연구−고문헌 자료 대상 국내 디지털 인문학 연구 사례를 중심으로−」, 『한문학논집』 49, 근역한문학회, 2018.
박탄, 「조선 수신사의 사행록 연구」, 강원대학교 박사학위논문, 2009.
이효정·김누리, 「수신사 및 조사시찰단 자료의 DB 구축 과정에 대한 일고찰」, 『열상고전연구』 62, 열상고전연구회, 2018.
하우봉, 「開港期 修信使行에 관한 一研究」, 『한일관계사연구』 10, 한일관계사학회, 1999.

<한국연구재단> 기초학문자료센터(https://www.krm.or.kr/)의 '토대연구DB'

한문학 데이터 편찬 및 분석 연구의 학술적 의미는 무엇인가?

대담자: **류인태**

토론자: **지영원, 곽지은**

한문 자료에 관한 공부 vs 디지털 기술에 관한 숙지

류인태(이하 류) 특정한 분야를 탐구하는 한문학 연구자가 해당 분야의 자료를 데이터화 하는 작업을 시도하는 과정에서 이루어질 수 있는 여러 고민을 정리한 구체적 사례가 지영원 선생님의 발표였다면, 곽지은 선생님의 발표는 그렇게 해서 만들어진 특정 분야의 데이터로 도대체 뭘 해볼 수 있는지 구체적으로 어떠한 분석을 시도할 수 있는지를 보여준 사례라고 할 수 있겠습니다. 한 분은 데이터를 새롭게 구축하는 것에 관해, 또 한 분은 기존에 만들어진 데이터를 분석하는 것에 관해 각기 보여주셨다고 해도 될 듯합니다. 여전히 많은 연구자들이 데이터를 만드는 것과 만들어진 데이터를 분석하는 것이 단일한 프로세스 안에서 어떻게 연결될 수 있으며, 그것이 디지털 인문학의 관점에서 어떠한 의미를 갖는지에 관해 잘 모르고 있습니다. 그래서 실제 이루어졌거나 또는 지금 이루어지고 있는 구체적 연구 사례를 통해 그에 관한 내용을 여러 연구자들에게 소개하면 좋겠다는 의도 하에 두 분 선생님께 발표를 의뢰했던 것인데, 두 분께서 잘 정리해서 말씀을 해주신 것 같습니다.

류 곽지은 선생님은 석사학위논문을 준비하고 있고, 지영원 선생님은 박사학위논문을 준비하고 있는 신진연구자입니다. 한문학 분야는 여타 인문학 분야와 달리 한문 자료를 독해하는 역량과 경험을 쌓아나가는 것이 중요하기 때문에, 학위논문을 준비하면서 원 자료를 직접 다루고 해독·번역하는 과정이 일종의 훈련으로써 한문 공부를 더욱 단단히 만드는 채널 역할을 하기도 합니다. 한문으로 된 원 자료와 씨름하기에도 벅찬데 데이터를 처리하는 기술까지 배우고 익혀야 하니, 많은 시간과 노력을 연구에 쏟았을 것이라 짐작해봅니다. 관련해서 대상 자료에 대한 정리・해독・분석 과업과 디지털 기술을 익히고 적용하는 과업이 두 분의 연구 과정에서 얼마나 효과적으로 배분되고 있는지, 그리고 그 강도가 어느 정도인지 궁금합니다. 각자 그에 대한 이야기를 들려주셨으면 합니다.

지영원(이하 지) 저 같은 경우 비율로 환산한다면 9:1 정도로 한문 공부에 비중을 더 두고 있는 것 같습니다. 한문 실력이 많이 부족해서 일단 글을 읽는 능력을 더 길러야 한다는 생각이 앞서는 것도 있고, 디지털 인문학 분야에서 다루는 기술의 경우, 이미 여러 훌륭한 선생님들께서 길을 열어주고 계시기 때문에 그런 내용들을 조금씩 익히면서 천천히 따라 간다는 생각을 갖고 있습니다.

곽지은(이하 곽) 디지털 기술 습득이 전통적인 인문학 연구와 동시에 진행되어야 하는 것이 이상적이고 옳은 방향이지만, 그건 말 그대로 이상일 뿐인 것 같습니다(웃음). 양쪽에 모두 능한 훌륭한 선생님들도 일부 계시지만, 역시나 두 마리 토끼를 모두 잡기란 현실적으로 매우 어렵다고 생각합니다. 저는 두 가지 가운데 디지털 방법론 쪽에 상대적으로 많은 관심을 기울여 왔습니다. 그렇다 보니 한문 공부에 투입하는 시간은 늘 부족한 것 같습니다. 이런 상황 때문에 디지털 방법론을 활용하는 데 있어 협업이 더욱 중요한 것 같습니다. 예를 들어, 전거 통제(authority control)의 경우 여러 이칭 가운데 대표 명칭을 설정할 때 해당 분야에 관한 폭넓은 지식이 요구됩니다. 해석 과정의 경우도 분석을 위해 추출한 데이터가 과연 얼마나 유효한 것인지에 관해 끊임없는 검증이 필요하기 때문에, 한 사람이 그 모든 것을 이해하고 처리하기란 현실적으로 무척 어렵습니다. 다만 디지털 인문학에서 다루어지는 여러 기술적 방법론을 처음 익힐 때는 시간이 다소 걸리지만, 방법론을 익히는 단계가 끝나고 그러한 방법론을 실제 연구에 적용하는 단계가 되면 자기 전공 분야의 도메인 지식을 익히는 데 집중할 수 있는 시간이 더 늘어나는 것이 아닌가 싶습니다.

류 저도 한문 자료를 늘 보고 있는데, 디지털 환경에 관한 이해를 심화하기 위해 들이는 시간과 한문 자료를 탐구하는 시간의 균형을 맞추는 것이 무척 어렵습니다. 원자료를 들여다봐야 하는 경우가 많을 때도 있고, 또 어떨 때는 기술 방면의 이슈를 해결하기 위해 시간을 지속적으로 쏟아야 하는 순간도 있고, 계속 왔다갔다 합니다. 이 가운데서 균형추를 어떻게 맞추느냐의 문제는 결국 연구자로서 자기 자신과의 끊임없는 대화가 아닐까 싶습니다. 앞으로 공부하시면서 균형추를 잘 맞춰 나가시기를 바랍니다.

한문학 연구에서 텍스트 분석에 관하여

류 곽지은 선생님께 질문을 드립니다. 현대한국어로 된 텍스트도 온전한 분석을 시도하기란 쉽지 않습니다. 그런데 한문 그것도 중국고전어로서의 한문이 아니라 한국한문 자료를 분석하는 것은 현 시점에서 매우 까다로운 작업입니다. 분석에 활용할 수 있는 도구가 제한적이기에, 분석 과정에서 고려해야 할 지점들이 매우 많기 때문입니다. 예컨대 '근체시 시어 비교'에서 "오언시의 경우 보편적으로 2-3, 칠언시의 경우 2-2-3자로 분절"되기 때문에 그에 근거해서 시어를 추출·분석을 시도했다 하였지만, 그처럼 분절되지 않는 경우도 있습니다. 정밀하게 접근하려면 작품을 하나하나 살펴보는 것이 필요합니다. '필담 데이터의 유사도 분석'에서는 대상 자원으로서 번역문이 갖는 제한적 조건을 피하기 위해 "번역문 내에 병기된 한문 어휘와 <고유명사>로 표시되어 마크업된 어휘만을 추출해" 작업을 진행했다고 하였지만, 그렇게 될 경우 확실히 분석 범위가 좁아지는 단점이 있습니다. 이러한 지점들과 함께 고전번역원에서 제공하는 한국문집총간 XML 데이터를 대상으로 분석 연구를 해 본 경험까지 포함할 경우, 한문학 방면에서 텍스트 분석 연구를 시도하기 위해 현 시점에서 필요한 고민이 무엇인지에 관해 선생님의 개인적 의견을 여쭈어봅니다.

곽 말씀하신 내용 가운데 시의 구조는, 2-3(오언), 2-2-3(칠언)과 같이 보편적으로 분절되지 않는 경우는 구체적으로 어떠한 사례가 있는지 또 그렇게 보편적이지 않은 형식으로 분절되는 경우의 특징이 무엇인지에 관한 탐구가 필요하다고 생각합니다. 유관 내용이 정리되면 한시를 대상으로 한 분석 목적의 데이터 스키마를 디자인할 때 그러한 지점을 반영할 수 있을 것입니다. 그리고 한편으로 분석 과정에서 예외나 오류가 발생하는 현상은 방법론의 특성상 일정 부분 어쩔 수 없는 한계라고 생각합니다. 그래서 분석을 진행하는 과정에서 발생하는 다양한 오류를 유형화해서, 그것을 단계적으로 해결해나가는 연구 또한 이루어져야 하지 않을까 싶습니다. 유관 연구 사례가 계속 축적이 되면, 그만큼 오류에 관한 이슈도 쌓일 것이고, 자연스레 극복방안에 관한 노력도 함께 진행할 수 있을 것입니다. 이번에 제가 시도한 연구는 대부분 기초적인 빈도 분석에 해당하는데, 그래서인지 사실 데이터 분석이라고 하기에도 부끄러운 것이 사실입니다(웃음). 그런데 한문학 분야에서는 유관 연구 사례가 너무 없다보니, 이런 기초적인 빈도 분석 영역에서조차 기술적인 이슈에 관한 보고나 논의가 거의 이루어지지 않는 상황입니다.

류 말씀 감사합니다. 그나마 이번 연구에서 다루신 수신사 및 조사시찰단 관련 데이터는 여타 한문 자료 데이터에 비해 상대적으로 조금 더 정밀한 스키마로 구축되었기 때문에, 대규모 데이터 전처리 작업 없이도 분석을 시도하는 것이 가능했던 부분도 있을 것입니다. 이렇게 생각하면 가장 본질적인 문제는 '연구 데이터를 어떻게 정밀하게 만들 것이냐'로 귀착됩니다. 분석을 위한 데이터를 누군가 만들어주기를 기다릴 것이 아니라, 연구자 스스로가 자기 연구 분야의 데이터를 만드는 것이 정답이겠죠(웃음).

시화(詩話) 데이터의 구축 배경과 활용 가능성

류 지영원 선생님께 질문을 드립니다. 발표문을 보면 <그림 13>을 통해 『시화총림』 데이터베이스의 전체 윤곽을 전달하였는데, 이러한 데이터 디자인을 진행하게 된 이유나 그 당위에 대해서는 다소 설명이 미흡합니다. 예를 들어 시화와 조목, 시, 시어, 인물, 장소, 평어와 같은 노드들은 그 당위성을 어느 정도 이해할 수 있지만 '비평'에 대한 정의와 자료 수집의 당위성, '주제'의 설정과 그 범위, '특수글자'라는 개체의 의미와 그 필요성 등 여러모로 설정된 항목에 대한 부연과 그 의의에 대한 보충 설명이 필요해 보입니다. 그리고 3장에서 예시를 통해 일부 보여주기는 하였으나, 편찬 과정에서의 어려움 대비 데이터베이스의 활용 맥락이 뚜렷해 보이지가 않습니다. 현재까지 구축한 데이터 량이 많지 않기 때문이라는 생각도 듭니다. 차후 데이터 구축 량이 많아지면 해당 데이터를 어떻게 활용할 수 있을지 그리고 그것이 '시화' 연구에 어떠한 학술적 의미를 불러올 수 있을지에 대해 여쭈어봅니다.

지 인물이나 장소와 같은 데이터는 텍스트에서 바로 확인되지만 비평 같은 경우 텍스트의 어디서부터 어디까지를 구체적인 비평으로 볼 것인가의 문제가 있습니다. 예컨대 어떤 서술이 있을 때 배경에 관한 이야기가 먼저 언급이 되고 그에 대한 비평이 따라 나오는 경우가 있다고 한다면, 배경에 관한 이야기에서 어떤 인물에 관해 이러이러하다와 같은 형식의 인물평이 있을 때 그것을 과연 비평으로 볼 수 있는가. 뭐 이런 문제입니다.

저 같은 경우 고민을 하다가, 해당 서술부 또한 저자의 비판적 사유가 반영되었기 때문에 비평 데이터에 포함할 수 있다고 생각을 하고 데이터를 정리했습니다.

류 말씀하신 지점이 모호하긴 합니다.

지 네. 그런데 혼자 모든 것을 결정하는 것은 한계가 있습니다. 그래서 협업이 중요한 것 같습니다(웃음). 앞서 곽지은 선생님은 도메인 지식 전문가와 디지털 기술을 다루는 전문가가 만난다는 맥락에서의 디지털 인문학적 협업을 말씀하셨는데, 단일한 도메인 지식 분야에 관해서도 전문 연구자들마다 상이한 이해를 갖고 있는 경우가 많기 때문에 그들 사이의 협업 또한 중요하다고 생각합니다. 저 같은 경우 현재 다른 선생님들과 협업 연구를 진행하고 있고, 그래서 애매모호하거나 혼란스러운 이슈가 있을 때마다 함께 참여하고 있는 선생님들께 의견을 구하고, 구체적 논의가 필요할 경우 토론을 하는 형식으로 연구를 진행하고 있습니다. 한편으로 토론 과정에서 결론이 난다고 해서, 해당 결론이 반드시 맞다고 할 수도 없습니다. 그냥 '합의한 결론' 정도로 볼 수 있을 텐데, 여튼 완결된 무언가가 아니라 계속 논의를 해나가는 상황이 지속되고 있다는 것이 이색적인 연구 경험이라고도 말씀드릴 수 있을 것 같습니다(웃음). 발표 원고를 준비하면서 토론 과정에서 이루어진 여러 이슈를 반영했어야 했는데, 사실 제대로 정리가 안 되고 지속되고 있는 고민들이 많아서 그렇게 하지 못한 부분도 있습니다. 이런 문제 때문에 함께 연구하는 선생님들과 곧잘 그런 이야기를 합니다. "우리가 과연 객관적인 데이터베이스를 만들어 나가고 있는 것일까요?" 그런 질문이 튀어 나오면 대답하는 사람이 아무도 없습니다(웃음). 그렇기 때문에 물어보신 데이터베이스의 유효함에 관해 답변드리기에는 아직은 쉽지 않은 상황입니다.

류 네 알겠습니다. 말씀하신 내용의 이슈는, 문학 연구 과정에서 연구자를 통해 직접 만들어지는 데이터는, 주관적인 성격을 가질 수밖에 없는 것인가 정도로 정리할 수 있을 것 같습니다. 만약 그런 고민이 지속된다면, 그런 고민 속에서 만들어지는 데이터는 객관성 확보가 안 되기 때문에 의미가 없고 가치도 없고, 그렇다면 애초에 만들지 말아야 하는 것이 아닌가 뭐 그런 식의 극단적인 입장도 나올 수 있겠죠.실제 그런 말씀을 하시는 분들도 주변에 있을지 모릅니다. 개인적 생각으로 '인문학 데이터'라는 것은, 기본적으로 주관적일 수밖에 없다고 생각합니다. 왜냐하면 데이터를 다루는 과정에서 어떤 식으로든 연구자의 주관적 시각이 반영될 수밖에 없기 때문입니다. 그렇다 하더라도 그러한 데이터를 만드는 것이 무슨 가치가 있느냐 라는 질문을 한다면, 나름의 가치가 있을 것이라고 말하고 싶습니다. 완전히 객관적인 데이터는 아니라 하더라도, 적어도 내가 연구하고 있는 어떠한 지점이나 맥락을 확인할 수 있는 최소한의 근거는 확보가 되는 것이니까요. 데이터가 있다는 것은, 그냥 생각을 말하고 글로 옮기는 것과는 또 다른 의미를 갖는 지점이 아닐까 싶습니다.

데이터 설계 및 편찬 과정에서의 목적성에 관해

김강은 안녕하세요? 저는 성균관대 국어국문학과에서 공부하고 있습니다. 저는 디지털 인문학에 관해서는 문외한입니다. 그래서 어떤 내용이 있나 궁금해서 이 자리에 오게 되었습니다. 관련해서 지영원 선생님께 질문이 있습니다. 연구 데이터를 만드는 과정에서 사전에 어떠한 목적이나 방향을 염두에 두고 작업을 하시는지, 아니면 일단 그냥 뭐든 만들어 보자 만들어지면 그 때 무얼 할 지 생각해보자는 방향으로 작업을 하시는 궁금합니다.

지 저는 이번 시화 연구뿐만 아니라 디지털 인문학 관련 수업이라든지 워크숍이라든지 다양한 자리에서 여러 데이터베이스를 설계해 본 경험이 있습니다. 그런데 상황에 따라 달랐던 것 같습니다. 구체적인 목적을 갖고 데이터를 설계한 적도 있구요. 일단 데이터베이스를 디자인하는 과정을 진행하면서 목표를 하나씩 만들어나간 적도 있습니다. 『시화총림』 데이터베이스의 경우, 뚜렷하지는 않지만 개략적인 목적이 있습니다. 데이터 기반 시화 연구를 위한 기초적인 문제의식들을 최대한 정리해보겠다는 것이 가장 큰 목적인데요. 다만 그 목적이 다소 뚜렷하지 않고 불분명한 부분도 있어서, 그보다 데이터베이스를 완성하는 것을 더 우선으로 생각하고 있습니다(웃음).

류 관련해서 곽지은 선생님도 말씀해 주실 만한 지점이 있을까요. 데이터를 편찬하고 분석한 경험을 갖고 계시기 때문에, 목표 지향적으로 데이터 디자인을 하는 것이 좋은지 또는 자료 자체가 가지고 있는 성격을 전반적으로 드러내는 데 초점을 두고 데이터를 디자인해 나가면서, 그 과정에서 얻게 되는 문제의식을 목표로 삼는 것이 나은지. 선생님의 경험은 어떻습니까?

곽 네, 저는 데이터를 편찬하는 것 못지않게 구축한 데이터의 활용에 관한 고민도 중요하다고 생각합니다. 데이터 편찬과 별개로 데이터 활용의 차원은, 해당 데이터를 만든 사람뿐만 아니라 해당 데이터를 다루는 유관 분야의 연구자들의 활용 맥락을 고려하는 것이 중요하겠죠. 그러한 측면에서 데이터를 편찬할 때 특정한 목표를 두지 않고 대상 자료의 특성이나 범용성을 최대한 살리는 방향으로 데이터를 설계해서 진행하는 것이 필요하다고 생각합니다. 그렇게 해서 만들어진 데이터는 일종의 천연광물이 혼합되어 있는 광맥 정도로 비유할 수 있지 않을까 싶습니다(웃음). 다이아몬드를 캐고 싶으면 다이아몬드만 골라서 캐고, 에메랄드만 캐고 싶다면 또 에메랄드만 캐서 활용하면 될 것이고, 이런 식으로 해당 데이터에 접근하는 개별 연구자가 각자의 문제의식을 살릴 수 있다면 그 데이터베이스의 활용도는 굉장히 올라갈 것입니다.

류 제가 조금 부연을 하자면, 그것은 연구(research)를 어떻게 정의할 것인가의 문제와 관련이 있다고 생각합니다. 대체로 인문학 연구는 내가 열심히 공부하고 있는 어떤 자료에서 다른 연구자들이 여태 발견하지 못한 독창적 지식을 발견해서 논문이나 단행본으로 글을 써서 학계에 발표하는 것이라고 대부분 생각을 합니다. 그 형식을 잘 생각해보면, 기존 학계에서 선배 연구자들이 발견한 어떤 사실이나 지식이 어우러진 도메인 세계가 있고, 나 또한 연구자로서 그러한 지식 세계에 얼마나 기여할 수 있는가를 보여주고 확인하는 과정이라고 할 수 있을 텐데요. 결국 '내가 발견한 정보와 지식을 사람들에게 잘 전달'하는 것이 인문학 연구의 가장 중요한 지점일 것이고, 그것을 잘하기 위한 방법이 무엇일까를 생각해보면, 중요한 이슈가 될 것이라 판단되는 지식만 전달할 것이 아니라 연구 과정에서 알게 된 다양한 맥락의 정보들을 함께 제공할 수 있다면 그것이 최선일 것입니다. '내가 이런 발견을 했다'고 알리는 것도 중요하겠지만, 그 과정에서 나온 여러 요소를 정리해서 '함께 공유하는' 것도 매우 중요한 것입니다. 그런데 현실에서 두 가지 지점은 늘 충돌합니다. 현실은 늘 시간과 비용이 제한되어 있기 때문이죠. 어디에 무게 중심을 두느냐에 따라 연구의 방향은 무척 달라질 수 있습니다.

지 그 지점에서 늘 고민을 하게 되는 것 같습니다(웃음).

류 저 같은 경우 연구 데이터베이스를 만들 때 애초에 편찬하는 데이터의 성격을 구분합니다. 먼저 범용적 성격의 정보 자원으로서의 데이터 항목들을 정리합니다. 내 연구에 본격적으로 활용하겠다는 의도보다도, 이 자료의 경우 이런 형식의 기초 데이터를 구축해둬야 나중에 다른 누군가가 활용할 수 있을 것이라는 생각을 전제합니다. 사실 일종의 봉사활동에 가까운 느낌도 있습니다(웃음). 곽지은 선생님께서 발표하신 수신사 및 조사시찰단 데이터의 경우가 구체적인 사례라 할 수 있습니다. 해당 프로젝트의 데이터 편찬 과정에서 제가 총괄적인 역할을 맡았었는데, 토대 연구로서의 성격이 강했기 때문에, 추후 활용 맥락을 염두에 두고 데이터를 설계하고 편찬했습니다. 그런데 그 데이터를 곽지은 선생님이 실제로 활용해서 이번에 이런 연구를 소개해주신 것이죠. 데이터 편찬 과정에서의 의도가 실제 데이터 분석이라는 구체적 결과로 현실에 반영된 재미있는 경우가 아닐까 싶습니다(웃음). 또 하나는 범용적 성격의 데이터 편찬이 아니라, 나도 내 연구를 해야 되니까 내 연구를 위해서 만드는 맥락의 데이터 편찬 작업입니다. 뭐라고 해야 할까요 연구자의 해석이 부여된 층의 어떤 데이터라고 할 수 있을 텐데, 그것을 다른 층위에서 작업하는 것입니다. 재미있는 것은 그 데이터조차도 다른 연구자들이 궁금해 하는 경우들이 있다는 것입니다. 범용적이지 않다 하더라도 연구에 관한 문제의식이 데이터에서 드러나기 때문에, 그 지점을 데이터로 확인하고 싶어하는 것이죠(웃음). 정리하자면 데이터 설계 및 편찬 작업은 연구와 관련된 복잡한 의식을 그대로 반영한다고 보시면 되겠습니다.

한시의 구조와 다양한 해석을 데이터화할 수 있는가

양승목 곽지은 선생님께 질문을 드립니다. 아까 류인태 선생님께서 이야기해 주셨듯이 시를 지을 때의 구법이라는 것이, 2-3이나 2-2-3으로 끊어지는 것뿐만 아니라, 1-4 1-6으로 끊어지는 경우도 많고, 유가 전통의 시 창작 형식을 넘어서 선시(禪詩)의 전통에서는 2-3, 2-2-3의 구법을 파괴하는 시들도 꽤 많습니다. 그래서 한시라고 하는 전체 영역으로 확장했을 때, 분석을 어떤 형식으로 할 것인가가 고민이 될 수밖에 없을 것 같습니다. 관련해서, 한시는 유수의 한문학 연구자들이 모여서 동일한 한 시를 강독하는데도, 다르게 해석하는 경우가 적지 않습니다 (웃음). 저는 주로 야담 분야를 공부하고 있다 보니 그런 경우와 마주하는 것이 흔치는 않은데, 시를 대상으로 연구할 때는 그러한 지점을 어떻게 처리할까 늘 의문이 있었습니다. 시를 대상으로 단위를 나눠 분석을 해보신 경험을 토대로, 제가 말씀드린 문제의식과 착점이 될 만한 정보가 있다면 알려주시면 감사하겠습니다.

곽 네, 말씀 감사합니다. 가장 이상적인 방법은 비교적 많은 연구자들 사이에서 검증된 해석을 분석 과정에서 반영하는 방법입니다. 시어의 형태소 분석이라고 해야 할까요? 그런 형태소를 부여해서 문법이나 운을 맞추기 위한 글자들 외에 실질적으로 의미가 있는 어휘들을 모두 추출하고, 그것을 가지고 연구를 하는 것이 가장 이상적인 방향이 아닐까 싶습니다. 하지만 아시다시피 현실에서 그와 같은 방법론 적용을 기대하기는 매우 어렵습니다. 제가 연구를 진행하면서 2-3. 2-2-3으로 형식을 고정한 이유는, 이렇게 했을 때 비록 많은 예외가 발생한다 하더라도 최소한 의미 구조에서 일부 신빙성을 보장할 수 있는 길이 되지 않을까 생각을 했기 때문입니다. 말씀해주신 것과 같은 한계가 뚜렷하지만, 새로운 방법론의 시도 자체에 작게나마 의의가 있을 것 같습니다. 참고로 이번 연구에서 사용한 시를 모두 합쳐도 700여수 정도밖에 되지 않습니다. 만약 대상 작품의 양이 더 늘어나서 전체 데이터의 규모가 커진다면, 분석

과정에서 지금과는 다른 성격의 이슈가 또 있을 것이라고 생각합니다. 관련해서 현장에 계신 박기완 선생님이 저와 함께 한 공동 연구에서 시문을 2,3글자로 분절해서 시도한 데이터 분석 부분을 맡아주셨었습니다. 의견을 들어보면 좋을 것 같습니다.

박기완 안녕하세요? 성균관대학교 한문학과에서 공부하고 있는 박기완입니다. 양승목 선생님께서 하신 질문에 저 역시도 공감을 합니다. 요즘 들어 제가 계속 하고 있는 고민은, 디지털 인문학 분야에서 활용하는 보편적인 분석 방법론에 관해서는 이제 어느 정도 배우고 익혔다고 생각을 하는데, 과연 이것을 한문학 연구에 적용하는 것이 적합한가에 대해 계속 질문하고 있는 상황입니다(웃음). 요약하자면, 양적 분석의 관점에서 한시를 연구한다고 할 때 질적인 접근을 얼마나 녹여낼 수 있는가의 문제인 것 같습니다. 곽지은 선생님과 제가 한시를 대상으로 연구를 하는 과정에서 생각해낸 것은, 양적 연구 방법론 가운데서도 빈도 추출이라는 것을 적용해보자는 것이었고, 한시를 대상으로 빈도를 추출할 수 있는 방법을 여러 가지로 고민한 결과, 일단 오언이나 칠언의 한시가 보편적으로 2-3, 2-2-3으로 많이 나눠지니 그것을 기준으로 텍스트를 분절해서 접근해보자는 입장이었습니다. 다양한 형식의 시를 대상으로 한 분석 방법론은 사실 저희의 입장에서도 미지의 무언가에 가깝습니다(웃음). 계속 고민을 하고 있는 상황인데, 아직은 답보 상태에 머물러 있지 않나 라는 생각이 듭니다.

시화(詩話) 연구에서 한시(漢詩) 연구로의 확장에 관해

류 지영원 선생님께 질문을 드립니다. 선생님께서는 한시를 연구하는 연장선상에서 시화를 다루시는 것으로 알고 있습니다만, 한시라는 대상은 개별 작품에 대한 이해도 중요하지만, 해당작품을 창작한 작가나 그것이 실려 있는 문집에 대한 이해도 매우 중요합니다. 거기서 더 확대할 경우 시화와 같은 문헌에 담긴 작품 감상·비평에 관한 정보를 다각도로 정리하는 것이 또 필요하다는 생각이 듭니다. 이렇게 보았을 때 시화를 정보화한다는 것은 궁극적으로 시화라는 문헌에 관한 정보에 초점을 두기보다 시화에 담긴 여러 한시에 관한 정보를 정교하게 구축하는 것에 가깝지 않을까 싶습니다. 시화는 그것을 정리하기 위한 매개에 가깝다는 생각이 듭니다. 이와 관련해 '시화'가 아니라 '한시'를 정보화하는 입장에 선다고 할 때 근본적으로 고민해야 할 지점이 있다면, 다른 말로 중심적인 학술적 문제의식이 있다면 그것은 무엇일지에 관해 선생님의 견해를 여쭈어 듣고 싶습니다.

지 질문자이신 류인태 선생님도 한시를 대상으로 연구를 하고 계신 것으로 알고 있습니다. 이미 생각을 정리하셨을 것 같습니다만(웃음), 개인적으로는 '분류'가 가장 힘든 작업인 것 같습니다. 데이터를 매개로 한시 연구를 한다고 가정했을 때, 가장 어려운 영역은 아마 시어의 분류가 아닐까 싶습니다. 물론 단어(word)가 아니라 글자(letter) 단위의 분류도 마찬가지일 것이구요. 한시를 연구하는 사람으로서 시화에 관심을 갖고 계속 들여다보는 것도 시화 자체가 가진 장르적 성격의 흥미로움도 한몫을 하겠지만, 사실 한시나 시어를 어떻게 바라볼 것인가의 단서를 얻고 싶은 마음이 더 크게 작용하는 것 같습니다. 특정 작품이나 시어를 대상으로 한 평어(評語)를 보면, 그런 지점에 접근하고자 하는 평자(評者)의 문제의식이라고 할까요 그런 것이 숨어 있습니다. 평자들의 입장에서는 그냥 자기 이야기를 한 것이지만, 역사속의 여러 평자들이 사용한 평어를 모아 놓으면 또 그것들이 만들어내는 묘한 의미들이 있습니다. 한시를 연구한다는 것은 그런 지점들을 계속 탐구할 수밖에 없는 입장이 아닐까 싶습니다. 기능적 차원에서 보자면, 시어를 체계적으로 분류하기 위한 어떤 시소러스를 구축하는 작업이라고 보면 될 텐데, 결국 그 시소러스를 구성하기 위한 카테고리를 어떻게 설정할 것인가가 핵심이 될 것이고, 그것은 한시나 시화를 얼마나 깊고 넓게 이해하고 있는지에 관한 연구자의 시각이나 지식에 달려 있는 것이라고 해야겠죠.

연구데이터 공유와 연구재현성 문제

류   곽지은 선생님은 이번 연구에서 사용하신 데이터와 코드를 깃허브를 통해 공개하신 것으로 알고 있는데요. 데이터 공유의 관점에서, 매우 중요한 시도를 하신 것 같습니다.

곽   네, 주석에 깃허브 블로그를 공개했습니다. 분석에 사용한 데이터 전체를 공개하는 것으로 했는데, 지금은 사소한 문제가 조금 생겨서 일시적으로 비공개로 전환을 해둔 상황입니다. 그래서 지금은 닫혀 있습니다(웃음). 해결이 되는 대로 공개로 전환할 예정입니다.

류 디지털 인문학 연구의 특성을 보여주는 지점이라고 생각합니다. 연구 과정에서 사용한 소스 코드를 공개해서, 내가 어떤 방법론을 활용해서 이 연구를 했는지 다른 연구자들도 알 수 있게끔 하고, 동시에 그렇게 활용한 데이터를 같이 공유하면, 또 그 데이터를 자기 연구에 가져다 쓰는 연구자도 생길 것이고, 또 해당 연구의 신뢰도를 검증해 보고 싶은 사람은 공유한 소스코드와 데이터를 가지고 직접 연구를 재현해보는 것도 가능할 것입니다. 그래서 깃허브라든지 아니면 다른 개방적 채널을 통해서 그런 연구 결과물을 웹상에서 공유하는 것이 디지털 인문학 연구에서는 무척 중요한 것입니다. 그것이 왜 중요하냐면 결국은 연구 재현성(Reproducibility) 문제가 본질이 아닐까 싶습니다. 예를 들어서 10만 건의 데이터를 분석했는데 결과가 이렇게 나오더라 라는 내용으로 논문을 작성하면서, 데이터와 분석방법론에 관한 알고리즘을 외부에 공개하지 않는다고 하면, 사실 그 연구에서 이루어진 프로세스에 관한 이해는 연구자 혼자만 아는 것이고, 검증해볼 수 있는 채널은 전혀 없습니다. 논문에 작성된 내용 말고는 연구 결과의 진실성을 판단할 수 있는 근거가 없는 것이죠. 디지털 인문학 연구는 데이터를 다루는 분야인 만큼, 전통적인 인문학 연구와는 다른 차원에서 연구 과정을 재현하고 검증할 수 있는 매개와 결과물의 개방적 공유가 무척 중요한 지점이라 할 것입니다.

인문학 데이터 프로세싱에 관한 이야기

류 　곽지은 선생님께 질문을 드립니다. 남들이 발견하지 못한 것을 찾는 작업은 무척 흥미로운 일입니다. 인문학 연구자들이 새로운 문헌을 발굴한다거나, 기존 자료에서 다른 연구자가 짚어내지 못한 지식을 찾아서 제시한다거나 그러한 경험에서 지적 쾌감을 느끼고 연구에 몰두하는 것은 매우 자연스러운 일입니다. 한편으로 아날로그 환경에서의 문헌 연구가 아니라 디지털 환경에서 데이터를 활용해 그와 같은 작업을 시도하려면, 그것을 가능하게 하는 기초 데이터가 갖추어져 있어야 합니다. 정교한 데이터 스키마에 근거한 것은 아니라 하더라도 최소한 플레인 텍스트(Plain Text) 형식이라도 갖추고 있어야, 정규화(normalization)나 라벨링(labeling) 그리고 마크업(mark-up) 등과 같은 데이터 전처리 과정을 거쳐서 데이터를 직접 가공해나가면서 연구하는 것이 가능할 것입니다. 그런데 기초 데이터를 편찬하는 작업은 지난한 일입니다. 인문학 데이터는 한 땀 한 땀 바느질 하듯이 정보를 수집·정리·체계화해나가야 온전한 형태로 편찬할 수 있고, 그렇게 편찬된 것이어야 연구 과정에서 제대로 활용할 수 있기 때문입니다. 데이터를 정교하게 편찬하는 작업과 편찬된 데이터를 분석하는 작업을 모두 수행해본 입장에서, 그와 같은 단계적 성격의 데이터 처리 프로세스에 대해 어떠한 생각을 가지고 있는지 궁금합니다.

곽 　네, 비유하자면 사이버 뜨개질을 하는 사람이 따로 있고, 그 분들이 뜨개질 한 것을 입거나 활용하는 사람들이 또 따로 있는 상황이라고 생각이 됩니다. 저는 개인적으로 인문 데이터를 편찬해 본 경험이 있어야 데이터를 제대로 분석할 수 있고, 또 역으로 인문 데이터를 분석해 본 경험이 있어야 데이터를 제대로 편찬할 수 있는, 그와 같은 뗄 수 없는 관계라는 생각을 합니다. 여타 분야의 데이터가 으레 그렇겠지만 인문 데이터 역시 다른 분야의 데이터와는 다른 특성이 있습니다. 예를 들어 어떠한 정보 값에 마크업을 할 것인지, 정보 통제 과정에서 어떠한 텍스트가 실제로 어떤 명칭으로 통일이 되어야 하는지 등에 대해서는 전문 도메인 분야에 관한 이해가 필수적으로 전제되어야 합니다. 대상 자료에 관한 전문성이 있어야 어떠한 정보가 텍스트 분석에 있어서 유용한지 인지하고, 데이터 설계나 전처리 과정에서 그에 해당하는 정보를 반영할 수가 있는 것입니다. 데이터 편찬 작업은 뭐라고 해야 할까요 앞서 제가 '사이버 뜨개질'이라는 표현을 사용했는데, 단순히 한 땀 한 땀 바느질하는 식의 고된 노동에 그치는 것이 아니라 한 땀 한 땀 떠가는 과정의 이면에는 도메인 지식에 관함 탐구와 이해가 반영되는 것이기에, 그 과정 자체가 연구의 일부라고 생각합니다.

류 데이터를 만들어나가는 과정이 글쓰기와 유사한 부분이 있습니다. 그 과정이 곧 연구의 일부가 될 수 있음에도, 경험을 해보지 않으면 알 수 없기에 많은 연구자들이 인지를 못하는 지점입니다.

지 저도 류인태 선생님께 질문을 하나 드리고 싶습니다. 연구를 진행하면서 데이터를 편찬할 항목을 정하고 그 의미를 찾는 데 많은 시간을 들였습니다. '시', '산문', '인물'과 같이 비교적 분명하게 데이터화 할 수 있는 항목들이 있는 반면 '비평', '시어'와 같은 항목들은 범주를 잡는 데 어려운 점이 있었습니다. 그렇다고 해서 명확하지 않은 것들을 배제한다면 데이터의 존재 의의가 상당 부분 감퇴하게 됩니다. 예컨대 '장소'와 같이 어떠한 사실에 관한 정보로서 비교적 분명하게 의미가 드러날 것 같은 단어도 문맥에서 알레고리로 활용되거나 모호하게 쓰인 경우가 많아서 데이터 편찬이 간단치 않음을 새삼 실감했습니다. 직접 참여하시거나 아니면 자문과 같은 형식을 통해 여러 종류의 데이터베이스 편찬 연구를 경험하신 것으로 알고 있는데, 데이터를 만들어나가는 과정에서 유의해야 할 점이 있다면 무엇인지 여쭈어봅니다.

류 근본적인 질문이네요. '행간을 읽어야 한다'는 말이 있습니다. 텍스트를 읽을 때 겉으로 드러나는 표현에만 초점을 두고 접근하면 안 된다는 이야기인데, 인문학 데이터를 편찬하는 사람의 입장에서는 그 말만큼 까다로운 것이 없습니다. 예를 들어, 보통 태깅을 한다고 이야기하죠. 데이터를 만드는 과정에서 마크업을 하거나 라벨링을 하거나 하려면 텍스트에 있는 무언가를 기준으로 해야 됩니다. 그 과정에서 표면적으로 확인되는 요소는 그대로 마크업이나 라벨링 과정에서 적용한 데이터 스키마에 반영하면 되지만, 소위 기표로서 텍스트 표면에 드러나지 않는 어떠한 의미적 지점을 데이터에 반영할 때는 매우 많은 고민이 필요합니다. 깊은 고민 없이 작업했다가는 연구자의 주관적 판단이 개입한 데이터라든가 억지로 만들어진 데이터라든가 나중에 다른 연구자들에게 지적이나 비난을 받을 가능성이 매우 큽니다. 고민을 많이 할 수밖에 없는 것이죠. 저라고 해서 특별한 노하우가 있다거나 그런 것은 아닙니다. 다른 연구자들보다 그에 관한 경험이 조금 더 많은 것일 뿐이지(웃음).

곽 주변에서 디지털 인문학에 대한 이론에 관해서 많이 궁금해 하고 그에 관한 이야기를 많이 하는데, 제가 생각하기에 아직은 이론보다도 연구자의 경험이 훨씬 더 중요한 것 같습니다. 말씀하신 '경험'이라는 것이, 경험하고 싶다고 아무나 경험할 수 있는 것도 아니구요.

류 네, 경험에 근거한 귀납적 판단이 실제 연구 과정에서 중요한 역할을 할 때가 많죠. 경험에 비추어 판단해본다면, 개인적으로는 두 가지 차원에 대한 고민을 동시에 진행하는 것이 중요하다고 생각합니다.
첫 번째는 그래서 나는 이 연구를 통해 무엇을 발견하려고 하는가에 대한 고민이 명확해야 합니다. 일종의 문제의식이라고 하겠죠? 그것이 명확하지 않으면 만들어지는 데이터도 난삽해지기 마련입니다. 우선은 문제의식이 분명해야 합니다. 두 번째는 내 문제의식만 분명하면 안 되고 내가 이 데이터를 만든다고 했을 때, 그것이 학계에 어떤 기여를 할 수 있는가에 대한 고민을 해야 합니다. 결국 하나는 연구 주체로서의 나의 단독적 고민을 잘 담아내야 하는 것이고, 또 하나는 내가 주체가 되어 만든 데이터가 세상에 나왔을 때 학계라든지 사회에서 어떤 유효한 기능을 할 수 있는지를 잘 정리해야 하는 것입니다. 앞의 것은 사실 자기 자신과의 싸움이지만, 뒤의 것은 여러 가지 종합적인 이해가 있어야 합니다. 예를 들어, 지영원 선생님 연구의 경우, 시화라는 한문학 장르가 그동안 학계에서 어떻게 연구되어 왔고 지금 이 시점에서 그동안 학계에서 연구되어 온 유관 학술 담론들이 어떻게 다루어지고 있으며, 그로부터 여타 한문학 분야의 연구와 관련해서 또 어떠한 시사점을 제공하는지 등등 그와 같은 전체적인 연구 지형에 대한 이해가 굉장히 중요합니다. 게다가 국내 연구뿐만 아니고 중국이나 일본에서 이루어지고 있는 유관 분야에 관한 연구까지 참고한다면, 문제의식은 더욱 확장될 것입니다. 그 이해가 얼마나 깊고 얕으냐에 따라 생각의 방향이 달라질 수 있고, 데이터를 만드는 내용과 과정 또한 달라질 수 있는 것이죠. 결국 이 지점은 '공부를 열심히 하는 수밖에 없다'는 상투적 입장 정도로 귀결될 수밖에 없긴 한데(웃음), 정리를 하자면 연구자로서 내가 가진 문제의식이 확실해야 한다는 것이 첫 번째고, 내가 만들고 있는 데이터가 완성되었을 때 학술적으로 어떠한 기여를 할 수 있을 것인가에 관한 이해의 지점도 분명해야 한다 두 가지 정도로 그 근본적인 지점을 짚어볼 수 있을 것 같습니다.

제5장

자연어 처리와
형태소 분석기의 활용

박진호 서울대학교 국어국문학과 교수

이민철 카카오엔터프라이즈 연구원

단어 벡터와 문장 벡터를
이용한 동형어 구분

박진호

이 글은 2020년 12월 발간 『한국(조선)어교육연구』 16에 개재한 「문장 벡터를 이용한 동형어 구분」의 내용 일부를 수정·보완한 것임을 밝힌다.

271

1. 중의성 및 그 해소 방법과 언어 요소의 벡터화

자연언어의 표현들 중에는 중의성(ambiguity)을 지닌 것들이 꽤 있다. 즉 하나의 형식이 둘 이상의 의미로 해석될 수 있는 것이다. '감사'라는 문자열은 '선생님께 감사 인사를 드렸다'라는 문장에서는 "感謝"로 해석되고, '이 회사는 회계 감사를 받고 있다'라는 문장에서는 "監査"로 해석된다. '가장'이라는 문자열은 '그는 이 집의 가장으로서 많은 책임을 지고 있다'라는 문장에서는 "家長"으로 해석되고, '아무런 가장 없이 솔직하게 자신을 표현해라'라는 문장에서는 "假裝"으로 해석된다. 이런 '감사'나 '가장' 같은 단어를 동형어(homonym)라고 한다. 인간은 문맥과 세상에 대한 지식을 바탕으로 동형어의 이런 중의성을 쉽게 해소할 수 있지만, 기계에게는 중의성 해소가 꽤 어려운 일이다.

인간이 중의성을 해소하는 기제를 본떠서 기계로 구현하려면 인간이 지닌 방대한 세상 지식을 적절히 표상해야 하고 문맥으로부터 필요한 정보를 추출하는 능력도 갖추어야 할 텐데, 이것은 너무나 어려운 일이다. Symbolic AI 또는 GOFAI(good old-fashioned AI), 규칙 기반 시스템, 전문가 시스템이 유행하던 수십 년 전에는 그런 방식이 시도되었으나 좋은 성과를 거두지 못하여 이제는 거의 사장되었다.

보다 효율적인 방법, 그리고 현재 유행하고 있는 방법은 기계학습을 이용하는 것이다. 기계학습은 어떤 과제를 수행하기 위해 필요한 정보(분류 과제의 경우 각 범주에 속하는 개체들을 구분하기 위해 알아야 할 패턴)를 인간이 기계에게 넣어 주는 것이 아니라 기계가 데이터로부터 스스로 찾아낸다. 다만 기계가 그 일을 할 수 있으려면 데이터가 수치로 표상되어야 한다.

자연언어의 언어 단위들(단어, 문장 등)은 본질적으로 분절적 (discrete)이기 때문에 연속적인 수치로 나타내기에 부적합하다. 그래도 기계학습을 언어에 적용하려면 어떻게 해서든 수치화해야 한다. 언어 요소가 지닌 풍부한 의미를 하나의 수치에 담기에는 부족하기 때문에 대개 수백 개의 수치들로 이루어진 벡터로 나타낸다.

단어를 벡터화할 때는 타깃 단어 가까이에 나타나는(共起하는) 단어들을 바탕으로 한다. 어떤 두 단어가 주위에 데리고 다니는 이웃 단어들이 비슷하다면 이 두 단어는 의미도 비슷하다고 간주하고 비슷한 벡터로 나타내는 것이다. 2012년경 이 아이디어를 구현한 Word2Vec 알고리즘이 나와서, 단어의 벡터화에서 혁명적 발전을 이루었다.

언어 요소를 적절히 벡터화하면 언어 요소들 사이의 의미 관계가 벡터들 사이의 거리로 반영된다. 어떤 두 언어 요소의 의미가 비슷하다면 이에 대응하는 두 벡터는 거리가 가깝고(유사성 기준), 두 언어 요소가 의미상 매우 다르다면 이에 대응하는 두 벡터는 거리가 멀고 (차이 기준), 네 언어 요소가 A:B=C:D 식으로 유추 관계에 있다면(예: 남자:여자=아버지:어머니) 이에 대응하는 벡터들을 두 개씩 연결한 선도 평행하거나 그에 가깝게 된다(유추 기준). 아래 <그림 21>과 <그림 22>를 보면 의미가 유사한 것들이 가까이 위치함을 알 수 있고, <그림 23>을 보면 단어들 사이의 의미상의 유추 관계가 벡터들의 관계에 평행선으로 반영되어 있음을 알 수 있다.

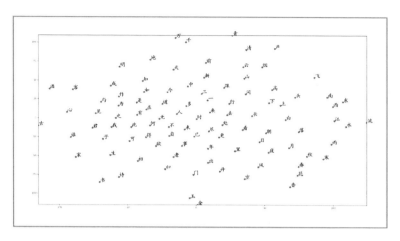

〈그림 21〉 한문 텍스트의 고빈도 한자들을 벡터화한 결과

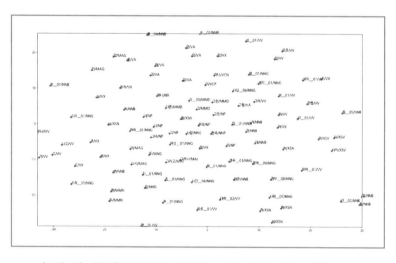

〈그림 22〉 세종 형태의미분석 말뭉치의 고빈도 형태소를 벡터화한 결과

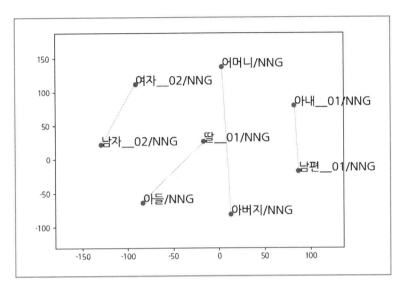

〈그림 23〉 세종 형태의미분석 말뭉치의 8개 단어를 벡터화한 결과

2. 중의성 해소에 있어서 벡터의 활용

단어를 벡터화하면 중의성 해소에도 써먹을 수 있다. 동형어가 2개의 의미(①과 ②)를 가지고 있다고 할 때, ①의 의미일 때 공기하는 단어와 ②의 의미일 때 공기하는 단어가 사뭇 다를 것이므로, 이 둘이 상당히 다르게 벡터화될 것으로 기대할 수 있는 것이다. 예컨대 '감사'가 "感謝"의 뜻일 때는 '드리-', '깊-', '-에게' 등과 흔히 공기할 것이고, "監査"의 뜻일 때는 '회계', '회사', '기관', '국정' 등과 흔히 공기할 것이다.

동형어의 구별에 벡터를 써먹으려고 한다면, 단어 벡터 그 자체뿐 아니라 문장 벡터를 이용하면 더 좋을 것이다. 단어 벡터를 만들 때, 말뭉치에서 그 단어 가까이에 자주 나타난 단어들의 영향이 이미 반영되어 있겠으나, 특정 문장에서 타깃 단어와 공기한 단어들의 벡터까지 종합적으로 고려하면 더 많은 정보를 얻을 수 있기 때문이다.

단어 벡터들을 종합하여 문장 벡터를 얻는 상식적인 방법은 단어 벡터들의 평균을 내는 것이다. 한 학급의 수학 성적을 하나의 수치로 나타내려면, 그 학급 학생들의 수학 성적의 평균을 내는 것과 같은 이치이다. 다만 문장을 이루는 모든 단어의 비중/중요도가 같은 것은 아니므로 적절히 가중치를 부여하여 가중평균(weighted average)을 내는 것이 좋다. 매우 많은 문장에 두루 나타나는 단어는 타깃 단어의 중의성 해소에 별 도움이 안 되므로 가중치를 낮추고, 소수의 문장에만 특징적으로 나타나는 단어는 가중치를 높여야 한다. FSE(Fast Sentence Embedding)는 바로 그런 아이디어를 구현한 문장 벡터화 알고리즘이다.

세종 형태의미분석 말뭉치에 나타나는 명사 '감사'의 1660여개의 예문들에 대해, Word2Vec으로 단어를 벡터화하고 FSE로 문장을 벡터화한 결과는 <그림 24>와 같다. 원래 하나의 단어, 하나의 문장을 100차원의 벡터로 나타냈으나, TSNE 알고리즘으로 2차원으로 축소하여 시각화한 것이다. '감사08(感謝, 적색)', '감사13(監査, 청색)', '감사12(監事, 연두색)'가 비교적 잘 구분되어 있다.

최근에는 언어 요소를 벡터화하는 알고리즘으로서 BERT가 각광을 받고 있다. BERT는 문장을 구성하는 각 토큰(형태소나 단어)을 Word2Vec처럼 고정된 벡터로 나타내는 것이 아니라, 문장 내의 다른 토큰들의 영향을 고려하여 벡터를 수정한다. 하나의 단어가 공기하는 단어의 영향을 받아서 의미가 미세조정되는 현상을 isotopy라고 하는데(예컨대 '책을 읽다'의 '읽다'와 '다른 사람의 마음을 읽다'의 '읽다'는 의미가 꽤 다르고, '공을 차다'의 '차다'와 '남자친구를 차다'의

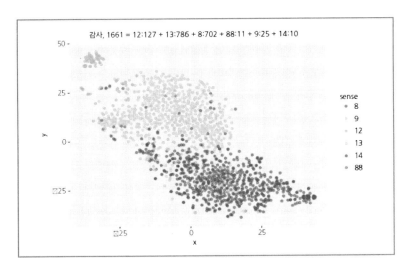

〈그림 24〉 동형어 '감사'의 예문들을 Word2Vec과 FSE로 벡터화한 결과

'차다'도 의미가 꽤 다름), BERT는 isotopy를 포착하기에 유리한 것이다. 아래 <그림 25>를 보면 '읽다'와 '차다'의 isotopy가 벡터로 잘 포착되고 있음을 알 수 있다.

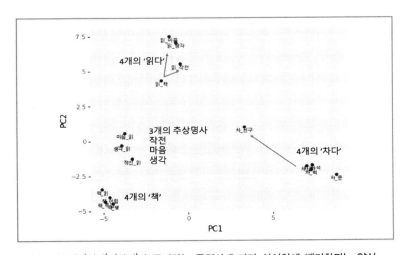

〈그림 25〉 '읽다', '차다'가 공기하는 목적어에 따라 상이하게 벡터화되는 양상

동형어 '감사'의 중의성 해소에 한국어 BERT 모델인 KorBERT를 적용한 결과는 아래 <그림 26>과 같다. 세 가지 '감사'가 매우 뚜렷하게 구분되어 있음을 알 수 있다.

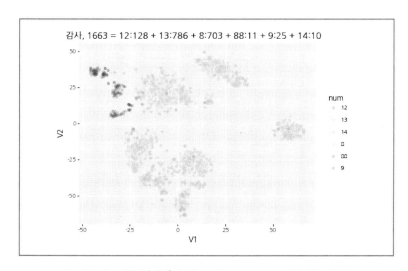

〈그림 26〉 동형어 '감사'의 예문들을 KorBERT로 벡터화한 결과

3. AutoML을 이용한 벡터의 분류

동형어 '감사'의 벡터들이 이렇게 잘 구분되어 있으면, 여기에 기계학습 알고리즘(이 경우 분류 알고리즘)을 적용하여 매우 높은 정확도로 중의성 해소를 할 수 있다. KorBERT는 각 토큰과 문장을 768차원의 벡터로 나타내는데, '감사'의 1,660여개 예문에 대해 PyCaret이라는 AutoML 라이브러리를 이용하여 다양한 기계학습 기법을 적용해 본 결과 KNN (K-Nearest Neighbor) 기법이 가장 좋은 성능을 보였다(<그림 27>).

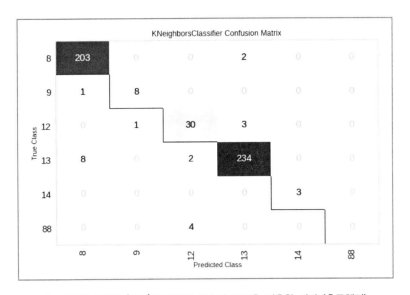

	Model	Accuracy	AUC	Recall	Prec.	F1	Kappa	MCC	TT (Sec)
knn	K Neighbors Classifier	0.9682	0.3955	0.8486	0.9636	0.9656	0.9464	0.9466	0.1270
lightgbm	Light Gradient Boosting Machine	0.9656	0.3982	0.8087	0.9596	0.9620	0.9417	0.9420	2.5500
lr	Logistic Regression	0.9631	0.3983	0.8463	0.9585	0.9604	0.9375	0.9378	0.2540
nb	Naive Bayes	0.9605	0.3951	0.8660	0.9604	0.9590	0.9331	0.9337	0.0950
svm	SVM - Linear Kernel	0.9588	0.0000	0.8368	0.9569	0.9570	0.9301	0.9306	0.1020
ridge	Ridge Classifier	0.9570	0.0000	0.8288	0.9532	0.9546	0.9273	0.9277	0.0190
et	Extra Trees Classifier	0.9570	0.3983	0.7124	0.9482	0.9505	0.9260	0.9272	0.1060
lda	Linear Discriminant Analysis	0.9502	0.3918	0.8590	0.9472	0.9481	0.9158	0.9162	0.0440
rf	Random Forest Classifier	0.9485	0.3975	0.6809	0.9384	0.9415	0.9114	0.9126	0.1500
gbc	Gradient Boosting Classifier	0.9433	0.3957	0.6518	0.9448	0.9427	0.9039	0.9047	9.6980
dt	Decision Tree Classifier	0.9064	0.3673	0.6738	0.9133	0.9070	0.8430	0.8445	0.1450
ada	Ada Boost Classifier	0.8368	0.3345	0.4510	0.7723	0.7968	0.7063	0.7210	0.3450
dummy	Dummy Classifier	0.4656	0.2000	0.1867	0.2168	0.2959	0.0000	0.0000	0.0150
qda	Quadratic Discriminant Analysis	0.3943	0.2252	0.3180	0.2632	0.3122	0.1021	0.1253	0.0350

```
KNeighborsClassifier(algorithm='auto', leaf_size=30, metric='minkowski',
                     metric_params=None, n_jobs=-1, n_neighbors=5, p=2,
                     weights='uniform')
```

〈그림 27〉 '감사'가 포함된 문장들을 벡터화한 뒤 PyCaret으로 분류 기법들을 적용한 결과

〈그림 28〉 동형어 '감사'의 중의성 해소에 KNN을 적용한 결과 (혼동행렬)

혼동행렬(confusion matrix)을 보면 대부분의 경우 정확히 분류하고 있음(대각선 셀들)을 볼 수 있고, 소수의 경우 어떤 범주를 어떤 범주로 잘못 분류했는지도 알 수 있다(<그림 28>).

4. 통사 구조를 고려한 문장 벡터와 단어 벡터

그런데 이런 Word2Vec+FSE, KorBERT 같은 벡터화 알고리즘이 동형어 구별을 위해 항상 좋은 결과만을 낳는 것은 아니다. '가장'의 경우에는 "家長"과 "假裝"의 경우들이 뒤섞여 있어서, 이것으로는 중의성 해소를 제대로 할 수 없다. <그림 29>는 Word2Vec+FSE로 벡터화한 것이고, <그림 30>은 KorBERT로 벡터화한 것이다.

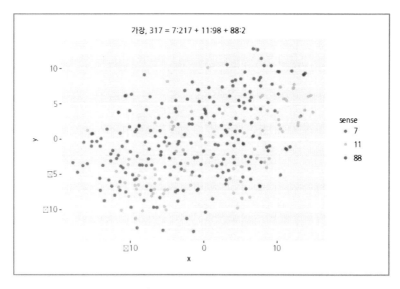

〈그림 29〉 동형어 '가장'의 예문들을 Word2Vec+FSE로 벡터화한 결과

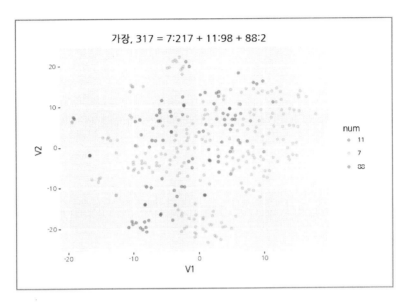

가장, 317 = 7:217 + 11:98 + 88:2

〈그림 30〉 동형어 '가장'의 예문들을 KorBERT로 벡터화한 결과

여기서 언어학의 도메인 지식이 도움이 될 수 있다. 문장을 구성하는 형태소나 단어들이 서로 맺는 관계의 긴밀도가 모두 동일한 것은 아니다. '맛있는 사과를 빨리 먹었다'와 '잘못했으면 상대방에게 사과를 빨리 하는 게 좋다'에서 동형어 '사과'의 중의성 해소에 '맛있-', '먹-', '상대방', '-에게' 등은 도움이 되지만 '빨리' 같은 것은 별로 도움이 되지 않는다. 대개 타깃 단어와 통사적으로 밀접한 관계에 있는 요소는 중의성 해소에 도움이 되지만, 그 외의 요소는 별 도움이 안 될 때가 많고 오히려 방해가 될 때도 있다. 따라서 문장의 모든 토큰을 포함해서 벡터화할 게 아니라, 중의성을 해소하고자 하는 타깃 단어와 통사적으로 긴밀한 관계에 있는 요소들만 뽑아서 벡터화하는 게 더 좋을 것이다. 이러한 아이디어를 바탕으로, '가장'의 예문들을 구문분석한 뒤 타깃 단어 '가장'과 통사적으로 긴밀한 관계에 있는 요소들만

뽑아서 Word2Vec+FSE로 벡터화한 결과는 <그림 31>과 같다. '가장'의 두 의미가 뚜렷하게 구분됨을 알 수 있다. 요컨대 문장의 통사 구조에 대한 언어학적 고려가 동형어의 중의성 해소에 도움이 될 수 있는 것이다.

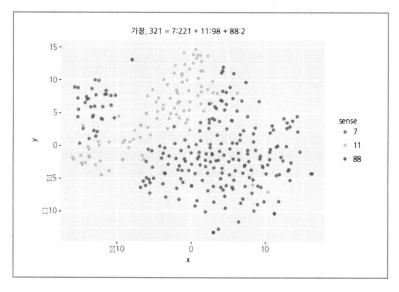

〈그림 31〉 동형어 '가장'의 예문들을 구문 분석하여 Word2Vec+FSE로 벡터화한 결과

285개의 동형어 명사들에 대해 이러한 실험을 해 본 결과, 통사 구조를 고려하지 않았을 때에 비해 통사 구조를 고려했을 때 동형어의 각 의미가 더 뚜렷하게 구분됨을 알 수 있었다. 285개의 동형어 명사 중 10개만 뽑아 보면 <그림 32>와 같다. 통사 구조를 고려하지 않고 벡터화한 왼쪽에 비해 통사 구조를 고려하여 벡터화한 오른쪽이 동형어의 각 의미가 더 잘 구분됨을 볼 수 있다.

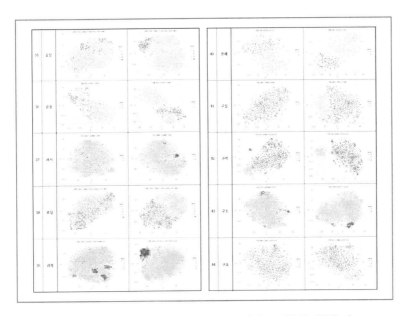

〈그림 32〉 통사 구조를 고려하지 않은 벡터화와 고려한 벡터화의 비교

　그렇다면 여기서 한 걸음 더 나아가서 생각해 볼 수도 있을 것이다. 타깃 단어의 중의성 해소를 위해 문장 벡터를 구할 때 문장의 통사 구조를 고려하니까 더 좋은 성과를 얻었다면, 문장 벡터뿐 아니라 단어 벡터를 구할 때에도 통사 구조를 고려하면 더 좋지 않을까? 통상적인 벡터화 알고리즘은 타깃 단어 가까이에 공기하는 다른 단어들에 주목한다고 했는데, 이때 가깝다는 것을 결정하는 기준은 그냥 선조적 거리 (linear distance)이다. 그런데 ‘Australian scientists discovered stars with a telescope’ 같은 문장에서 타깃 단어가 ‘discovered’라고 할 때 선조적으로 가까이 있는 ‘Australian’은 사실 ‘discovered’와 별로 관련이 없고, 선조적으로 이보다 더 멀리 있는 ‘telescope’는 ‘discovered’와 더 깊은 관련이 있다. 동형어 동사 ‘감다’의 중의성을 해소할 때 목

적어가 무엇인지('눈'인지 '머리'인지 '실'인지)가 중요한데, 목적어가 동사 가까이에 있으면 다행이겠지만 '눈을 내가 말할 때까지는 꼭 감고 있어라'에서처럼 선조적으로 멀리 떨어져 있을 수도 있다. 벡터화할 때 선조적 거리를 기준으로 이웃 단어를 선정한다면, 포함되어야 할 것이 빠지고 빼야 할 것이 포함되는 불행한 결과를 낳을 수 있는 것이다. 이 경우에도 선조적 거리 대신 통사 구조를 고려한 거리를 기준으로 하는 것이 더 좋다. 위 문장에서 'Australian'보다는 'telescope'가 'discovered'에 통사적으로 더 가깝고 '눈'이 동사 '감다'로부터 선조적으로 멀리 있어도 통사적으로는 가깝기 때문에 포함되어야 할 것이 포함되고 빠져야 할 것이 빠지게 된다.

Levy와 Goldberg가 2014년 논문에서 이러한 아이디어를 이미 시도해 본 바 있다. 이들의 실험 결과가 <그림 33>에 제시되어 있다. 통사 구조를 고려하지 않고 선조적 거리를 사용한 통상적인 Word2Vec 알고리즘을 적용한 결과가 좌측과 가운데 컬럼에 있고, 통사 구조를 고려하여 Word2Vec 알고리즘을 적용한 결과가 우측 컬럼에 있다. 좌측 컬럼은 타깃 단어의 앞뒤에 공기하는 것으로 간주하는 이웃 단어의 거리 기준[span]을 5로 한 것이고, 가운데 컬럼은 span을 2로 한 것이다. 통상적 알고리즘의 경우, 특히 span이 클 때는 타깃 단어와 문법적 성질(예: 품사)이 다르더라도 의미상/주제상 관련되어 있으면 타깃 단어와 매우 유사한 단어로 간주되는 경향이 있다. span이 작을수록, 그리고 통사 구조를 고려한다면 더더욱 의미상/주제상의 관련성뿐 아니라 문법적 성질의 유사성이 더 중요해진다.

Target Word	BoW5	BoW2	Deps
batman	nightwing aquaman catwoman superman manhunter	superman superboy aquaman catwoman batgirl	superman superboy supergirl catwoman aquaman
hogwarts	dumbledore hallows half-blood malfoy snape	evernight sunnydale garderobe blandings collinwood	sunnydale collinwood calarts greendale millfield
turing	nondeterministic non-deterministic computability deterministic finite-state	non-deterministic finite-state nondeterministic buchi primality	pauling hotelling heting lessing hamming
florida	gainesville fla jacksonville tampa lauderdale	fla alabama gainesville tallahassee texas	texas louisiana georgia california carolina
object-oriented	aspect-oriented smalltalk event-driven prolog domain-specific	aspect-oriented event-driven objective-c dataflow 4gl	event-driven domain-specific rule-based data-driven human-centered
dancing	singing dance dances dancers tap-dancing	singing dance dances breakdancing clowning	singing rapping breakdancing miming busking

〈그림 33〉 통사 구조를 고려하지 않은 벡터화(span이 5인 경우, 2인 경우)와
통사 구조를 고려한 벡터화의 비교

  한국어에 대해서도 같은 아이디어를 적용하여 최고 빈도 형태소
100개를 벡터화한 결과가 〈그림 34〉에 제시되어 있다. 이를 앞서 제
시한 〈그림 22〉와 비교해서 볼 필요가 있다. 〈그림 22〉에서는 서로

품사가 다르더라도 의미상 유사하면 가까이에 위치한다(예: '좋/VA'
와 '잘/MAG'). 반면에 <그림 34>에서는 동일한 품사에 속하는 것들
이 매우 tight하게 뭉쳐 있는 것을 볼 수 있다.

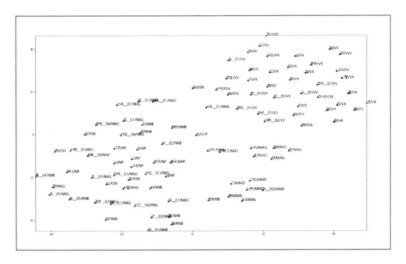

〈그림 34〉 세종 형태의미분석 말뭉치의 고빈도 형태소를 통사 구조를
고려하여 벡터화한 결과

통사 구조를 고려한 벡터화 방법과 고려하지 않은 벡터화 방법 중
어느 하나가 모든 경우에 더 좋다고 획일적으로 말하기는 어렵다.
품사 같은 문법적 성질은 중요하지 않고 의미상/주제상의 관련성만
중요한 경우에는 통사 구조를 고려하지 않은 통상적인 벡터화 방법
이 더 좋을 것이고, 의미상/주제상의 관련성뿐 아니라 문법적 성질
도 중요한 경우에는 통사 구조를 고려한 벡터화 방법이 더 좋을 것
이다.

5. 맺는 말

과거에 Symbolic AI가 유행하던 시절에는 도메인 전문가의 역할이
중요했다. 언어 관련 인공지능 엔진을 만들 때에는 언어학자가 언어
에 대한 방대한 지식을 구축했고, 음성인식 엔진을 만들 때에는 음성
학자가 중요한 역할을 했다. 기계학습, 특히 딥러닝이 대세가 되면서
도메인 전문가의 역할이 별로 중요하지 않다는 인식이 확산되고 있
다. 언어학자를 포함한 도메인 전문가들로서는 슬픈 일이지만, 도메
인 전문가가 자신의 효용가치를 제대로 증명하지 못한 책임이 있다.
기계학습, 특히 딥러닝이 아무리 맹위를 떨치더라도 도메인 지식을
적절히 활용하면 그렇지 않을 때보다 더 잘할 수 있음을 실제 사례를
통해 증명할 필요가 있다. 이 글에서는 동형어의 중의성 해소라는, 작
지만 중요한 과제를 사례로 해서, 문장의 통사 구조라는 도메인 지식
이 더 나은 결과를 낳을 수 있음을 보여주고자 했다. 이와 비슷한 노력
이 축적되고 그 성과가 더 널리 알려질수록, 딥러닝 시대에도 도메인
전문가가 살아남고 그 가치를 인정받을 수 있을 것이다.

참고문헌

박진호, 「의존문법에 기반한 한국어 구문분석기의 설계와 구현」, 『한국어 정보화
와 구문분석』, 도서출판 월인, 2003.
박진호, 「문장 벡터를 이용한 동형어 구분」, 『한국(조선)어교육연구』 16, 중국한국
(조선)어교육연구학회, 2020.
최재웅, 「숫자로 표상된 의미: 딥러닝 시대의 의미론」, 『언어와 정보사회』 34, 서강
대 언어정보연구소, 2018.

Levy, Omer and Yoav Goldberg. 2014. "Dependency-Based Word Embeddings",
Proceedings of the 52nd Annual Meeting of the Association for
Computational Linguistics (Short Papers), 302-308.

열 번째 이야기

형태소 분석기 Kiwi의 가능성과 한계, 그리고 그 너머

이민철

1. 들어가며: 한국어 자연어처리의 특수성과
형태소 분석기

컴퓨터는 텍스트를 그 자체로 이해할 수 없기에 텍스트를 처리하려면 컴퓨터가 계량할 수 있는 단위로 분할하는 작업이 필수적이다. 이 작업을 토큰화(Tokenization)라고 하며, 토큰화의 결과로 얻는 텍스트의 조각들을 토큰(Token)이라 한다. 토큰은 컴퓨터가 처리하기에 좋도록 충분히 작으면서도 자신의 의미를 유지해야 한다. 만약 너무 작은 단위로 분할할 경우 각 토큰에서 얻을 수 있는 의미 정보가 빈약해 이후 분석이 어려워지고, 반대로 너무 큰 단위로 분할할 경우 각 토큰들이 여러 의미를 가지고 있어 토큰 단위로 분할한 의미가 없어지기 때문이다. 따라서 토큰화를 수행하는 도구인 토크나이저(Tokenizer)를 개발함에 있어 최적의 토큰 단위를 선정하는 것이 중요한 과제가 된다.

영어의 경우 단어의 변화가 극히 단순하기에 공백을 기준으로 단어를 구분하고 약간의 후처리만 적용해도 괜찮은 토큰을 추출할 수 있다. 반면 한국어의 경우 체언에는 조사가, 용언에는 어미가 붙어 복잡하게 변화한다. 게다가 띄어쓰기가 자유로운 편이라 텍스트에 따라 공백의 위치나 유무가 다양하게 나타난다. 따라서 한국어 자연어처리에서는 일관적이지 않은 공백과 복잡한 변화형에 대응하기 위해 형태소를 토큰으로 삼고 토크나이저로 형태소 분석기를 사용하는 것이 일반적이다.[103] 형태소 분석기는 체언에서 조사를 분리하고, 복잡하게

---

[103] 최근에는 형태소 분석기 없이 WordPiece 등의 알고리즘을 이용해 토큰화를 수행하는 경우도 있다. 그러나 이 경우에도 형태소를 고려한 경우가 더 좋은 결과를 낸다는 것이 다음 연구에서 확인되었다.
Park, K., Lee, J., Jang, S., & Jung, D. (2020, December). An Empirical Study of

활용된 용언들에서 어간과 어미를 분석해 일관적인 형태를 제공한다. 또한 공백 유무와 상관없이 한국어 텍스트를 의미를 가지는 최소 단위인 형태소로 분리하여 주기 때문에 한국어의 토크나이저 역할을 수행하기에 제격이다.

　이렇듯 한국어 자연어처리에 있어서 형태소 분석기는 필수적인 역할을 수행하므로 고품질의 형태소 분석기를 개발하기 위한 시도가 꾸준히 있었다. 대표적인 것으로 울산대 UTagger[104], 서울대 Intelligent Data Systems 연구실에서 개발한 꼬꼬마(Kkma)[105], KAIST Semantic Web Research Center의 한나눔(Hannanum)[106], Shineware의 Komoran[107], 은전한닢 프로젝트의 Mecab-ko[108] 등이 있다. 각각의 형태소 분석기는 설계 목표, 분석 알고리즘, 구축에 사용한 말뭉치 데이터, 분석 결과로 내놓는 품사 태그셋 등이 상이하여 각자 장단점이 다르기 때문에 목적에 맞는 형태소 분석기를 선택하는 것이 중요하다. 이 글에서는 최근 새로 개발되어 꾸준히 개선 중인 새로운 형태소 분석기인 Kiwi의 강점을 소개하고, Kiwi를 비롯한 다양한 형태소 분석기가 가지는 한계인 과분석에 대한 개선 방안을 제안한다.

Tokenization Strategies for Various Korean NLP Tasks. In Proceedings of the 1st Conference of the Asia-Pacific Chapter of the Association for Computational Linguistics and the 10th International Joint Conference on Natural Language Processing (pp. 133-142).

104) 신준철·옥철영, 「기분석 부분 어절 사전을 활용한 한국어 형태소 분석기」, 『정보과학회논문지: 소프트웨어 및 응용』 39(5), 한국정보과학회, 2012, 415-424쪽.

105) <꼬꼬마(Kkma)> URL: http://kkma.snu.ac.kr/

106) <한나눔(Hannanum)> URL: http://semanticweb.kaist.ac.kr/hannanum/

107) <Komoran> URL: https://www.shineware.co.kr/products/komoran/

108) <Mecab-ko> URL: https://bitbucket.org/eunjeon/mecab-ko-dic

2. Kiwi 소개

Kiwi(Korean Intelligent Word Identifier)[109]는 누구나 쉽게 사용할 수 있는 오픈소스 형태소 분석기를 목표로 개발되었다. 2017년에 최초 공개된 이후로 현재 0.14.0버전까지 업데이트되었으며, 앞으로도 계속 업데이트가 진행될 예정이다. 주 분석 대상인 한국어 문어체 텍스트와 웹 텍스트에 대해 범용적인 성능을 내도록 구현되었으며, 일반적인 사용자들이 이용하기에 무겁지 않도록 다양한 최적화를 적용하여 대량의 텍스트에 대해서도 빠른 속도로 분석을 수행한다.

한국어 형태소 분석기에 대한 전통적인 접근법에서는 (가) 입력된 텍스트로부터 형태소들의 후보를 분리해내는 단계와 (나) 형태소 후보들에 대해 적절한 품사 태그를 붙이는 단계를 거쳐 한국어 문장을 형태소의 나열로 분할해낸다. (가)를 위해서는 수작업 혹은 대규모의 말뭉치를 기반으로 사전을 구축하고 이를 Trie라는 효율적인 자료구조에 저장하여 빠르게 탐색하도록 한다. (나)에서는 각 형태소가 어떤 품사 태그를 가져야하는지를 계산하기 위해 주로 은닉 마르코프 모델(HMM, Hidden Markov Model)이나 조건부 무작위장(CRF, Conditional Random Field) 등의 기계학습 모델을 사용한다. 또 이 두 단계 전반의 속도를 높이기 위해 기분석 어절 사전을 도입하기도 한다.[110]

반면 위의 접근법과는 다르게 형태소 후보 분리와 품사 태그 부착을 하나의 단계로 통합하여 수행하는 모델들도 제안된 바 있다.[111] 이

---

109) <Kiwi(Korean Intelligent Word Identifier)>
   URL: https://github.com/bab2min/Kiwi
110) 신준철·옥철영(2012), 위의 논문
111) 심광섭, 「형태소 분석기 사용을 배제한 음절 단위의 한국어 품사 태깅」, 『인지과학』 22(3), 한국인지과학회, 2011, 327-345쪽; 이건일·이의현·이종혁, 「Sequence-to-sequence 기반 한국어 형태소 분석 및 품사 태깅」, 『정보과학회논문지』 44(1),

접근법에서는 사전을 기반으로 형태소 후보를 생성하는 것이 아니기 때문에 모델이 문맥을 보고 새로운 형태소를 적절히 제안하는 것이 가능해 신조어와 같이 사전 미등재 단어에 대응하는 것이 가능하지만, 반대로 사전에 없는 잘못된 형태소를 생성해낼 위험성도 가지고 있다.

Kiwi의 경우 두 접근법 중 두 단계로 나누어 분석을 진행하는 접근법을 사용하였다. 이는 형태소 후보 분리 단계에서 사전을 사용하기 때문에 분석 결과가 좀 더 예측가능하며, 또 이용자들이 형태소 사전을 추가/수정하여 상황에 맞게 분석기를 조율하여 사용하는 것이 가능해지기 때문이다. 다만 기존의 분석기들과는 다르게 품사 태그 부착 단계에서 HMM이나 CRF를 사용한 것이 아니라 형태소의 등장확률을 계산하는 언어 모델을 사용하였다.

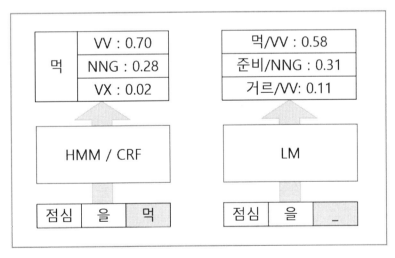

〈그림 35〉 HMM 및 CRF와 언어 모델의 작동방식 차이

한국정보과학회, 2017, 57-62쪽.

사전 및 모델 구축에 사용한 데이터는 <세종 형태 분석 말뭉치>[112] 와 <모두의 말뭉치－형태 분석 말뭉치>[113]로 이 말뭉치들은 세종 품사 태그에 기반하여 태깅되어 있으므로 Kiwi의 품사 태그 집합으로는 세종 품사 태그를 선택했다. 다만 편의를 위해 몇 가지 신규 태그를 추가했다[114].

위의 <그림 35>는 "점심을 먹다"라는 문장에서 "먹" 형태소에 대한 품사를 판별하는 단계를 묘사한 것이다. HMM 및 CRF를 이용하는 경우 주변 문맥(점심, 을, 먹)을 바탕으로 단지 주어진 형태소의 품사(VV, NNG, VX)를 예측하도록 하는 반면, 언어 모델의 경우 이전 문맥을 바탕으로 다음에 어떤 형태소가 등장할지 그 확률을 계산한다. 그리고 언어 모델이 예측한 형태소(먹/VV, 준비/NNG, 거르/VV) 중 실제 다음 형태소 후보와 형태('먹')가 일치하는 후보(먹/VV)를 선택한다. 이 방식은 오타 교정이나 모호성 해소가 필요한 경우 강력하다.

예를 들어 '먹' 대신 오타가 발생해 '믹'이 입력된 경우 HMM 및 CRF 모델은 이에 대해 적절한 품사를 찾기 어렵겠지만, 언어 모델의 경우 예측된 다음 형태소 후보 중 '믹'에 해당하는 형태가 없고, 그 대신 유사한 '먹/VV'이 있음을 알 수 있어 오타에 강건한 결과를 낼 수 있다. 이와 유사하게 언어 모델이 내놓는 확률값을 바탕으로 정답이 모호한 경우 맥락 상 출현확률이 가장 높은 후보를 선택함으로써 모호성을 해소하는 것도 가능하다. 다만 언어 모델을 이용하는 경우 모델이 바로 품사 태그를 선택하는 HMM 및 CRF에 비해 분석 속도가 다소 느려지는 문제가 있는데, 이는 형태소 분석기 전반을 최적화하는

---

112) 최민우·강범모, 「세종 형태 (의미) 분석 말뭉치 구축의 실제」,『민족문화연구』 48, 고려대학교 민족문화연구원, 2008. 337-372쪽.
113) <모두의 말뭉치> URL: https://corpus.korean.go.kr/
114) Kiwi 품사 태그 집합 전체는 https://github.com/bab2min/Kiwi에서 확인할 수 있다.

방식으로 보완하여 기존에 공개된 대부분의 오픈소스 형태소 분석기보다 빠른 속도를 달성할 수 있었다.

〈표 13〉 Kiwi의 분석 정확도

평가셋	Kiwi	+오타 교정 모드
웹	86.50	86.65
문어	94.17	94.05
오타가 포함된 웹	78.02	90.64

〈표 14〉 Kiwi 및 다른 분석기의 모호성 해소 정확도

구 분	불규칙 활용	동/형용사	명사	원거리
Kiwi	**91.0**	**92.6**	**92.7**	**77.4**
Komoran	46.3	40.7	54.5	41.9
Mecab	46.3	53.7	60.0	54.8
Kkma	52.2	46.3	70.9	41.9
Hannanum	46.3	–	47.3	–

<표 13>은 자체 구축된 평가 데이터[115]로 측정한 Kiwi의 분석 정확도이다. 문어뿐만 아니라 신조어나 고유 명사, 오타 등이 다수 포함된 웹 텍스트에 대해서도 꽤 높은 정확도를 보이며, 오타 교정 모드에서는 오타가 포함된 웹 텍스트에 대한 정확도를 크게 끌어올리는 것을 확인할 수 있다.

<표 14>는 자체 구축된 평가 데이터[116]로 모호성 해소 성능을 측정한 결과이다. '불규칙 활용'은 "전화를 걸어"와 "큰 길을 걸어"처럼 불

---

115) https://github.com/bab2min/Kiwi/tree/main/eval_data
116) https://github.com/bab2min/kiwipiepy/tree/main/benchmark/disambiguate

규칙 활용 여부에 따라 달라지는 형태소를 구분해 낼 수 있는지를 평가하며, '동/형용사'는 "허리가 **굽다**", "고기를 **굽다**"와 같이 형태가 동일한 동사와 형용사를 구분할 수 있는지 평가한다. '명사'는 "**종**이 울린다", "찢어진 **종**이다"와 같이 명사와 조사의 조합 때문에 발생하는 모호성을 해결할 수 있는지 평가하며, '원거리'는 앞의 3개의 평가 데이터에 대해 정답을 판단하는 데 도움이 되는 단어들을 의도적으로 멀리 떨어트려 놓은 것이다. 모든 경우에 있어 Kiwi가 오픈소스 형태소 분석기에 비해 크게 앞서는 정확도를 달성한 것을 볼 수 있다. 디지털 문학 연구에 있어 형태소 분석 오류는 곧바로 최종 결론의 오류로 이어질 수 있기 때문에 고품질의 형태소 분석기를 선정하는 것은 중요한데, 이런 점에서 Kiwi는 특히 문학 연구에 적합하다고 할 수 있다.

3. Kiwi의 한계와 그 너머

앞에서는 Kiwi의 강점에 대해서 살펴보았다. 그러나 한계 역시 존재한다. 가장 대표적인 것은 사전 기반의 두 단계 접근법을 사용하는 분석기들이 공통적으로 가지는 '미등재 어휘 문제'이다. 이는 사전에 등재되지 않은 형태소에 대해서는 형태소 후보 분리 단계에서 고려하지 못하기 때문에 발생한다. 이 경우 분석기는 '분석 불능'이라는 결과를 내놓거나 형태소를 더 작은 단위로 임의로 분할하여 잘못된 결과를 내놓는다. Kiwi에는 '분석 불능'을 출력하는 기능이 없어 신조어나 고유 명사가 다수 포함된 텍스트를 분석 시 과분석된 결과를 얻게 되는 문제가 있다. 또한 Kiwi는 다어절 단위에 대한 분석 기능이 없다. '달라이 라마', '호모 사피엔스'와 같은 명사구는 둘 이상의 어절로 구성되지만 사실 각 어절을 따로 떼어놓으면 전체의 의미를 잃는다. 따라서 한국어 문법론에서 말하는 형태소에는 부합하지 않더라도, 두 어절을 하나의 단위로 분석하는 것이 의미를 가지는 최소 단위를 바르게 추출하는 것이라고 할 수 있다. 그러나 Kiwi에는 이와 같이 둘 이상의 단어로 구성되는 단어구를 묶어서 추출하는 기능이 없어 여러 개의 형태소로 분할하는 문제가 발생한다.

이런 문제를 해결하기 위해 N-gram이 흔히 사용된다. 이는 연속한 토큰 n개를 묶어서 분석의 단위로 삼는 방법을 가리킨다. N-gram은 과도하게 분할된 토큰 여러 개를 하나로 묶어 처리하게 되므로 과분석 문제를 경감시킬 수 있으나 연속한 토큰 n개를 무조건 묶기 때문에 의미가 전혀 다른 토큰들이 묶이는 새로운 문제를 야기한다. 이 문제는 모든 연속 토큰을 결합하는 대신 의미적으로 연관 있는 토큰만을 선택적으로 결합함으로써 해결 가능하다. 이 단락에서는 의미적으로 연관 있는 토큰 쌍을 발견해내는 두 가지 척도를 간단하게 소개한다.

첫 번째는 전통적인 상호정보량(Mutual Information)을 이용한 연어 추출 방법[117]에 기반한 것이다. 그러나 이 통계 값은 말뭉치에 따라 최댓값이 가변적이므로 정규화된 상호정보량(Normalized Mutual Information)[118]을 사용하여 관련 있는 토큰쌍을 추출한다. 다음 식에서 NPMI(a, b)는 두 토큰 a, b 간의 정규화된 상호정보량, P(a)는 말뭉치 내에서 토큰 a가 등장할 확률, P(b)는 토큰 b가 등장할 확률, P(a∩b)는 토큰 a와 b가 연이어 발생할 확률을 나타낸다.

---

117) 이호석, 「자연어 처리: 말뭉치에 기반한 상호정보를 이용한 연어의 자동 추출」, 『정보처리학회논문지』 1(4), 한국정보처리학회, 1994, 461-468쪽.
118) 이재윤, 「상호정보량의 정규화에 대한 연구」, 『한국문헌정보학회지』 37(4), 한국문헌정보학회, 2003, 177-198쪽.

$$NPMI(a,b) \;=\; \log(\frac{P(a \cap b)}{P(a)P(b)})/\log\frac{1}{P(a \cap b)}$$

이 값은 두 토큰이 완전히 독립적으로 등장할 경우 0, 두 토큰이 연이어 출현하는 경우가 늘어날수록 0보다 커지며 항상 연이어 출현하는 경우 1이 되고 반대로 두 토큰이 연이어 출현하는 빈도가 줄어들수록 −1에 가까워지므로, 두 토큰의 연관성을 계량적으로 평가하는 데에 사용될 수 있다.

빈도에 근거하여 과분석의 흔적을 탐색하는 상호정보량 방법과는 다르게 의미에 근거하여 탐색하는 것도 시도해볼 수 있다. 분포 가설 (Distributional Hypothesis)[119]에 따르면 어떤 단어의 의미는 그 단어 주변에 등장하는 단어의 분포와 연관이 깊다. 따라서 특정 단어의 주변 맥락 단어를 조사하면 그 단어의 의미를 계량할 수 있는데, 이는 Word2Vec[120]과 같은 단어 임베딩의 기본 원리가 된다. 따라서 연이어 등장한 두 토큰 a, b에 대해 이 토큰 쌍의 주변 맥락이 토큰 a와 b 각각의 주변 맥락과 크게 다르면 연이어 쓰이는 토큰 a-b가 a와 b 각각과는 다른 새로운 의미를 지닌다는 증거가 된다. 주변 단어 분포는 확률 분포의 일종이므로 확률 분포 간의 차이를 계량하는 쿨백-라이블러 발산(Kullback-Leibler divergence)을 이용해 측정할 수 있다. 이 값은 두 토큰이 함께 쓰일 경우 얼마나 새로운 의미를 지니는지를 보여주므로 '창발지수'라고 이름 붙인다.

[119] Harris, Z. S. (1954). Distributional structure. Word, 10(2-3), 146-162.
[120] Mikolov, T., Chen, K., Corrado, G., & Dean, J. (2013). Efficient estimation of word representations in vector space. arXiv preprint arXiv:1301.3781.

$$E(a,b) \;=\; D_{KL}(C(a \cap b) \parallel C(a)) + D_{KL}(C(a \cap b) \parallel C(b))$$

여기서 E(a, b)는 두 토큰 a와 b의 창발지수이며, DKL은 쿨백-라이블러 발산, C(·)는 토큰의 주변 단어 분포를 가리킨다. 이 값은 두 토큰이 함께 쓰인 경우의 단어 분포가 각각 쓰인 경우의 분포와 정확히 일치할 경우 0의 값을 가지고, 두 분포 간의 차이가 커질수록 0보다 큰 값을 가진다.

위에서 소개한 두 가지 척도가 실제로 형태소 분석기의 과분석 오류를 경감할 수 있는지 확인하기 위해 간단한 실험을 진행하였다. <모두의 말뭉치-문어 말뭉치>를 Kiwi로 형태소 분석한 뒤 모든 2-gram에 대해 빈도조사를 실시하여 정규화된 상호정보량을 계산하였다. 또한 이 2-gram들을 포함하여 Word2Vec-계층적 소프트맥스(Hierarchical Softmax) 모델을 훈련하여 각 2-gram과 단어들의 주변 맥락의 단어 분포를 계산하여 창발지수를 구했다.

〈표 15〉 정규화된 상호정보량이 큰 2-gram 상위 5개

NPMI	2-gram	Word2vec 유사 토큰 상위 5개
0.845	일거수/NNG 일투족/NNG	일투족/NNG, 일거수/NNG, 일거수일투족/NNG, 일거일동/NNG, 감시망/NNG
0.844	피골/NNG 상접/NNG	상접/NNG, 피골/NNG, 피둥피둥/MAG, 삐쩍/MAG, 푸르뎅뎅/XR
0.831	모골/NNG 송연/XR	송연/XR, 모골/NNG, 능지처참/NNG, 악다물/VV, 광소/NNG
0.825	백문/NNG 불여일견/NNG	불여일견/NNG, 백문/NNG, 한비야/NNP, 거울삼/VV, 온고지신/NNG
0.823	현모/NNG 양처/NNG	양처/NNG, 현모/NNG, 현모양처/NNG, 내조자/NNG, 삼종지도/NNG

상단의 <표 15>는 정규화된 상호정보량을 기반으로 2-gram을 뽑은 결과, 하단의 <표 16>은 창발지수를 기반으로 2-gram을 뽑은 결과이다. 결과 중 불용어를 포함하는 2-gram은 사전에 제거되었다. 상호정보량을 사용한 경우 항상 함께 쓰이는 다어절 표현이 많이 검출되었다. 이는 텍스트 내의 띄어쓰기 오류나 형태소 분석기의 분석 오류로 하나의 단어로 쓰여야할 것이 분리된 경우로 볼 수 있다. 반면 창발지

〈표 16〉 창발지수가 큰 NNG-VV 형태의 2-gram 상위 10개

창발지수	2-gram	Word2vec 유사 토큰 상위 5개
2.242	과정/NNG 밟/VV	수료/NNG, 한국과학기술원/NNP, 부교수/NNG, 심리학과/NNG, 홍익대학교/NNP
1.815	눈/NNG 붙이/VV	곤하/VA, 한잠/NNG, 뒤척거리/VV, 쿨쿨/MAG, 새우잠/NNG, 비몽사몽/NNG
1.760	떼/NNG 쓰/VV	떼쓰/VV, 칭얼거리/VV, 울고불고/MAG, 징징/MAG, 징징거리/VV
1.748	뿌리/NNG 뽑/VV	좀먹/VV, 송두리/NNG, 근절/NNG, 사회악/NNG, 악습/NNG
1.671	하늘/NNG 찌르/VV	충천/NNG, 등등/XR, 기세등등/MAG, 창끝/NNG, 위풍당당/NNG, 위용/NNG
1.582	재미/NNG 보/VV	쏠쏠/XR, 쏠쏠하/VA, 알짜배기/NNG, 놈팽이/NNG, 알부자/NNG
1.564	짝/NNG 짓/VV	짝짓기/NNG, 암수/NNG, 교미/NNG, 암컷/NNG, 발정기/NNG
1.508	세상/NNG 뜨/VV	타계/NNG, 향년/NNG, 부음/NNG, 별세/NNG, 지병/NNG
1.504	사랑/NNG 나누/VV	밀회/NNG, 에로틱/XR, 성관계/NNG, 욕정/NNG, 포옹/NNG
1.433	시집/NNG 가/VV	시집오/VV, 장가가/VV, 장가들/VV, 시집가/VV, 새색시/NNG

수를 사용한 경우 각각은 일상적으로 쓰이는 형태소들이지만 결합하여 쓰일 경우 의미가 달라지는 쌍을 검출한 사례가 많았다. 이는 분석기 자체의 오류로 발생하는 과분석은 아니지만, 토큰화 결과 얻은 토큰들이 실제 의미 단위보다 더 작은 경우이다. 여기에 해당하는 토큰을 2-gram으로 결합하여 처리한다면 각 토큰을 분리해서 처리할 때는 불가능한, 새로운 의미 포착이 가능해진다.

간단한 실험을 통해 형태소 분석된 말뭉치로부터 정규화된 상호정보량과 창발 지수를 이용해 과분석된 2-gram의 목록을 추출하는 것이 가능함을 확인할 수 있었다. 이렇게 추출된 토큰쌍을 후처리 단계에서 다시 결합한다면 형태소 분석기의 과분석 문제를 줄여 전체적인 분석 품질을 향상시킬 수 있을 것이다.

4. 나오며: 디지털 문학 도구로서 Kiwi의 가능성

한국어 자연어처리에 있어서 형태소 분석기의 중요성과 새로운 형태소 분석기인 Kiwi에 대해서 간단히 소개하였다. Kiwi는 자체적으로 언어 모델을 내장하여 모호성 해소나 오타가 포함된 텍스트 분석에 탁월한 성능을 보인다. 그러나 다른 형태소 분석기들과 마찬가지로 Kiwi도 미등재 어휘의 과분석 문제를 가지고 있으며, 추가로 다어절 단위에 대한 분석 기능 부재라는 한계도 있다. 이 문제를 경감하기 위해 상호정보량과 창발지수라는 척도를 이용하여 2-gram 목록을 추출하는 방법을 제안했으며, 간단한 실험을 통해 실제로 과분석 문제에 효과가 있음을 확인하였다.

디지털 문학 연구는 사람이 직접 전부 볼 수 없던 대량의 텍스트를 문학 연구의 장으로 불러온다. 사람이 전부 살펴볼 수 없다는 점 때문에 자동 분석 도구들의 정확도는 더욱 중요해지는데 기존의 도구들은 이를 충분히 만족시킬 수 없었다. 이 글에서 소개한 Kiwi와 과분석 경감 방법은 이를 개선하기 위한 작은 시도이다. 여전히 개선해야 할 부분이 많지만, 여기서 소개한 내용이 향후 정확도에서 더 높은 성능을 확보해 디지털 문학 연구의 새로운 장을 여는 데 기여할 수 있기를 바란다.

참고문헌

신준철·옥철영, 「기분석 부분 어절 사전을 활용한 한국어 형태소 분석기」, 『정보과학회논문지: 소프트웨어 및 응용』 39(5), 한국정보과학회, 2012.
심광섭, 「형태소 분석기 사용을 배제한 음절 단위의 한국어 품사 태깅」, 『인지과학』 22(3), 한국인지과학회, 2011.
이건일·이의현·이종혁, 「Sequence-to-sequence 기반 한국어 형태소 분석 및 품사 태깅」, 『정보과학회논문지』 44(1), 한국정보과학회, 2017.
이재윤, 「상호정보량의 정규화에 대한 연구」, 『한국문헌정보학회지』 37(4), 한국문헌정보학회, 2003.
이호석, 「자연어 처리: 말뭉치에 기반한 상호정보를 이용한 연어의 자동 추출」, 『정보처리학회논문지』 1(4), 한국정보처리학회, 1994.
최민우·강범모, 「세종 형태 (의미) 분석 말뭉치 구축의 실제」, 『민족문화연구』 48, 고려대학교 민족문화연구원, 2008.

Harris, Z. S. (1954). Distributional structure. Word, 10(2-3)
Mikolov, T., Chen, K., Corrado, G., & Dean, J. (2013). Efficient estimation of word representations in vector space. arXiv preprint arXiv:1301.3781.
Park, K., Lee, J., Jang, S., & Jung, D. (2020, December). An Empirical Study of Tokenization Strategies for Various Korean NLP Tasks. In Proceedings of the 1st Conference of the Asia-Pacific Chapter of the Association for Computational Linguistics and the 10th International Joint Conference on Natural Language Processing (pp. 133-142).

<꼬꼬마(Kkma)> URL: http://kkma.snu.ac.kr/
<모두의 말뭉치> URL: https://corpus.korean.go.kr/

<한나눔(Hannanum)> URL: http://semanticweb.kaist.ac.kr/hannanum/
<Kiwi(Korean Intelligent Word Identifier)>
        URL: https://github.com/bab2min/Kiwi
<Komoran> URL: https://www.shineware.co.kr/products/komoran/
<Mecab-ko> URL: https://bitbucket.org/eunjeon/mecab-ko-dic

함께 나눈 이야기 다섯.

자연어 처리 기술과
형태소 분석기의 성능은
어디까지 도달했는가?

대담자: **류인태**

토론자: **박진호, 이민철**

형태소 분석기 Kiwi의 개발 맥락

류인태(이하 류) 이민철 선생님은 2017년 3월부터 지금의 형태소분석기 Kiwi를 개발하기 시작하신 것으로 알고 있습니다. 유튜브 <데이터홀릭> 채널의 선생님 인터뷰에서 확인한 바로는, 대학원 다니실 때 학위논문 준비를 위해 C++을 독학하시고, 그 과정에서 혼자 형태소 분석기 Kiwi를 개발하신 것으로 알고 있습니다. 과일 키위를 좋아하셔서 형태소 분석기 이름을 Kiwi로 지으셨다고 들었습니다. 토마토, 레몬 등 과일 네이밍을 오픈소스 개발 결과물 이름으로 계속 생각하고 계신 것으로 알고 있는데요. Kiwi의 경우 2017년 웹에서 최초 공개하신 버전에서 최근까지 그 성능이 굉장히 많이 향상되었는데 여전히 갈 길이 멀다고 이야기하셨습니다. 여타 형태소 분석기와는 다른 Kiwi만의 특수성을 언급하자면, 판별 모델이 아니라 생성 모델에 가까운 방식에 있다고 표현하셨던 것 같은데요. 그에 대해서는 발표문의 챕터2에서 세세하게 설명을 해주신 것 같습니다. 최근에는 형태소 분석기 없이 딥러닝 모델에서 텍스트를 분석·번역·생성하는 알고리즘이나 그러한 알고리즘을 활용한 방법론이 꽤나 고도화된 것 같습니다만, 여전히 그리고 앞으로도 계속 형태소 분석기가 한국어 텍스트를 다루는 맥락에서 중요하다면 그 이유가 무엇인지에 대해 선생님의 견해를 여쭈어보고 싶습니다.

이민철(이하 이) 굉장히 의미 있는 질문이라고 생각을 합니다. 사실 요즘 트렌드는 방금 말씀해 주신 것처럼 형태소분석기와 같은 언어학적 지식을 반영한 매개 기술 없이, 그냥 빅모델 그러니까 딥러닝 모델에다 데이터를 그냥 대량으로 집어넣고 결과물을 확인하는 방식의 접근이 대세이긴 합니다. 특히 최근에는 토큰화(Tokenization) 단계에서 형태소분석기를 쓰지 않고, 데이터 기반 처리 방법 즉 흔히 데이터 압축에 쓰는 기법을 많이 사용합니다. 예컨대 함께 등장하는 빈도가 높은 것들을 묶어서 하나의 토큰으로 처리를 하는 방식입니다. 그래서 함께 등장할 확률이 높은 것들을 묶어서 그것을 하나의 토큰(Token)으로 삼고, 해당 토큰을 기반으로 데이터 처리 과정을 거쳐도 결과물 확인에 문제가 없다는 것이 딥러닝 모델의 특징이라 할 수 있습니다. 그런데 우리가 사용하는 언어가 '한국어'라는 것을 고려하면, 저는 이러한 추세가 저와 비슷한 입장에 있는 개발자들의 게으름에서 비롯된 부정적인 현상이 아닐까 생각합니다.

류   무슨 말씀이신가요? 조금 더 정교하게 데이터를 처리할 수 있는 길이 있음에도 개발자들이 그 길을 버려두고 가지 않는다는 의미인가요?

이   네, 말씀하신 뜻과 비슷합니다. 그런 현상이 발생하는 근본적 원인을 꼽아보자면 일단 해당 분야에서 사용되는 최신 기법들이 대부분 영어권을 중심으로 개발된다는 사실이 있습니다. 영어가 지닌 언어적 특성이 형태론·통사론적으로 복잡하지 않기 때문에, 형태소분석기와 같은 별도의 분석기 없이 텍스트를 그냥 적당한 수준에서 분절하는 것이 어렵지 않은, 그런 특징이 있습니다. 그렇게 영어 중심의 언어 환경에서 개발된 텍스트 처리 기법과 그로부터 파생된 여러 코드들을 국내 자연어처리(NLP) 유관 개발자들이 그대로 사용하는 경우가 많습니다. 속된 말로 개발자들이 맨땅부터 헤딩하는 것을 꺼려하기 때문에 이미 구현되어 많이 사용되는 기법과 코드를 가져와 데이터만 한국어 텍스트로 좀 고쳐놓는 경우가 많습니다. 거기다 뭔가를 입력하면 일단 결과가 나오기는 하니까 개발자 입장에서는 구현 과정이 굉장히 편합니다. 모델을 그대로 가져와서 적용할 데이터만 바꾸면 되니까, 실제 개발 과정에서 필요한 데이터를 정교하게 검수하고 거기에 맞춰 알고리즘을 재배열하는 그런 본래의 과업이 줄어드는 것입니다.

류　개발자들이 들으면 좋아하지 않을 이야기가 될 것 같습니다.

이　네. (웃음) 사실이 그러니까요. 어쩔 수 없습니다. 아시다시피 한국어의 경우 영어와는 비교할 수 없을 정도로 형태론·통사론적으로 복잡한 특성을 지니고 있습니다. 예컨대 형태소끼리 붙어서 형태가 바뀐다든지 그 과정에서 어떤 요소가 탈락을 한다든지 아니면 단어의 전체적 형태가 바뀐다든지 이런 다양한 특징이 있습니다. 그런 요소를 고려하지 않고 그냥 분절해버리면 의미 단위와 토큰 단위가 일치하지 않을 확률이 굉장히 높습니다. 이런 경우 어떠한 데이터를 입력했을 때 해당 데이터를 정교하게 처리하기 위한 프로세스가 해당 모델에 거듭 반영될 가능성이 큽니다. 그런데 재미있는 건, 그렇게 구현한 모델이 잘 작동한다는 사실입니다. 아마도 딥러닝 모델의 특징이라고 할 수 있을 것 같습니다. 예컨대 결과를 통해 확인할 수 있는 모델의 성능이 좋지 않으면, 돈을 들여서 모델의 규모를 2~3배 정도 키우고 또 데이터의 양을 2~3배 늘려서 입력하면 또 결과가 잘 나오는 경우가 실제로 많습니다.

류 　딥러닝 모델이야말로 자본주의에 최적화된 기술이 아닐까 싶
　　네요(농담).

이 　네. (웃음) 그렇긴 한데 이 지점과 관련해서 생각해 봐야 할 것
　　이 있습니다. '공짜 점심은 없다'는 말을 개발자들이 많이 합니
　　다. 모델 내부에 한국어 텍스트를 완전에 가깝게 연산할 수 있
　　는 어떤 알고리즘이 반영되지 않은 상황에서 한국어 텍스트를
　　대충 분절한 데이터를 입력하게 되면, 그렇게 완전하지 않은
　　데이터를 매개로 의미를 파악하기 위해서 해당 모델은 어떤 연
　　산을 하게 됩니다. 그러니까 해당 모델이 연산 과정에서 한정
　　된 기억과 추론 능력을 활용한다고 전제할 때, 만약 불완전한
　　데이터가 입력되면 그 내부적으로는 해당 데이터의 불완전함
　　을 해결하기 위한 전처리 과정이 이루어질 테고 그렇게 되면
　　모델의 연산 능력을 불필요한 방향으로 더 소모하게 되는 셈입
　　니다. 물론 돈을 들여서 모델의 규모를 키우면 그 전체 수용능
　　력(capacity)이 늘어나니까 그런 문제가 풀릴 수 있긴 합니다.
　　(웃음) 그런데 모델이 커지면 커질수록 당연히 비용이 많이 들
　　어가게 되고 데이터도 많이 필요하게 되고 에너지도 많이 사용
　　하게 되고, 여러 가지로 투입되는 요소가 늘어납니다. 예컨대
　　현재 사용되는 딥러닝 모델들 가운데 개인용 컴퓨터에서 사용
　　할 수 없는 사이즈의 모델들이 이미 많습니다. 구글(Google)이
　　나 아마존(Amazon), 페이스북(Facebook)과 같은 거대 기업들
　　은 대개 6개월 단위로 모델을 새롭게 만들어서 사용하는 방식
　　으로 유관 프로젝트를 진행하고 있는데, 그렇게 하는 것이 과

연 적절한 연구 방향이 될 수 있을까 라는 생각이 듭니다. 그냥 툭 터놓고 이야기하자면, 새로운 솔루션이나 알고리즘을 발명하는 것이 아니라 그냥 돈 많이 써서 모델 규모 키우고 데이터 더 많이 넣어서 성능을 올리는 방식으로 진행하는 것에 가깝습니다.

류 거대 IT기업들다운 방식이군요.

이 연구의 관점에서 보자면, 뭔가 혁신적인 아이디어를 새롭게 발명해서 기존의 모델 크기를 그대로 유지하든지 아니면 더 작게 줄이면서도 성능을 올리는 것이 더 의미 있는 연구라고 생각을 합니다. 그렇게 하려면 고려해야 될 것이 무엇이냐. 바로 적용하고자 하는 언어의 특징을 연구하고 그로부터 정리된 이해를 활용해야 한다고 생각합니다. 예컨대 한국어 모델의 성능을 높이려면 한국어에 대한 이해를 고도화할 수 있는 어떠한 아이디어를 한국어학자나 유사 방면의 전문 지식인들이 연구하고 발견하는 것이 핵심입니다. 모델에게 모든 걸 알아서 처리하고 해결하라고 미룰 것이 아니라, 실제 사람이 전문가로서 해야할 역할을 충실히 함으로써 모델의 불필요한 연산 과정을 줄일 수 있습니다. 절약되는 그 에너지를 다른 고차원적인 부분으로 돌린다면 훨씬 향상된 결과를 기대할 수 있을 것입니다. 그런 측면에서 형태소분석기에 적용할 수 있는 알고리즘은 대부분 언어학 연구를 통해 나오는 여러 지식을 기반으로 한다는 것을 말씀드릴 수 있을 것 같습니다. 불필요한 데이터 전처리에 모델을 소모하는 방식이 아니라 한국어에 특화한 형태소분석기를 매개로 모델을 더욱 효과적으로 사용할 수 있습니다. 언어학적 지식을 가진 전문가의 역할은 여전히 중요한 것입니다.

류 기계가 모든 것을 해결해주는 것은 아니라는 말씀이 요지인 것
같습니다. 인공지능이 지배하는 시대, 기계가 모든 것을 해결
해주는 시대인 것처럼 보여도 여전히 인간 연구자의 역할이 중
요하다는 것을 이민철 선생님의 말씀을 통해 조금은 짐작해 볼
수 있겠습니다.

자연어 처리에 관한 관심과 연구자로서의 행보

류 이번에는 박진호 선생님께 질문을 드리겠습니다. 박진호 선생
님께서는 국어정보학, 자연어처리 방면에서 다양한 연구를 꾸
준히 시도해오셨지만 한편으로 그와 같은 접근 또한 근본적으
로는 국어학 연구자로서의 고민이 전제되어 있지 않을까 라는
생각이 듭니다. 최근에 발표하신 「의미유형론은 한국어 연구
에 어떻게 기여할 수 있는가」(2022)라는 논문에서 의미 기술에
관해 서술하신 내용 가운데 '규칙성'과 '패턴'으로 강조되는
귀납적 접근의 중요성을 강조하신 것도, 선생님께서 평소 가지
고 계신 그러한 문제의식과 유관한 지점이 있지 않을까 그런
생각을 개인적으로 해보았습니다. 국어학 연구자로서 자연어
처리 방면의 연구에 꾸준히 관심을 가져오신 근본적 이유와 또
그러한 문제의식이 선생님께서 그동안 진행해 오신 연구 지형
에 어떠한 영향을 끼쳤는지에 관해 여쭈어봅니다.

박진호(이하 박) 1998년에 21세기 세종 계획이 시작되었습니다. 저는 당시 박사 과정을 수료하고 학과에서 조교 일을 하고 있었습니다. 그래서 21세기 세종 계획의 한 작은 분과의 연구 보조원으로 참여를 하게 되면서 말뭉치 그리고 자연어처리(NLP)를 처음 접하게 되었습니다. 일반적인 국어학 공부를 할 때는 책과 논문을 많이 읽고 그 분야에 대한 지식을 많이 쌓으면 훌륭한 연구자가 될 수 있다고 생각을 했는데, 자연어처리 분야는 책과 논문만 많이 읽는다고 능사가 아니라 실제 데이터를 만져보고 다뤄보고 유관 실무 경험을 많이 쌓아야 그것을 온전히 이해할 수 있겠다는 생각이 많이 들었습니다. 그래서 그런 방면의 실무 경험을 해보고 싶다는 갈증이 있었는데, 2000년에 <언어과학>이라는 회사에 취직을 해서 그곳의 부설 연구소에서 일을 하게 되었습니다. 당시 저는 연구부에 있었는데 개발부의 개발자들과 일상적으로 소통을 많이 해야 하는 상황이었고, 아무래도 제가 프로그래밍에 대한 지식이 없다 보니 소통에 많은 어려움이 있었습니다. 그래서 회사 일을 더 잘하기 위해서라도 제가 좀 그걸 알아야겠다 싶어서 그때 독학으로 코딩을 처음 시작했습니다.

류 학술연구가 아니라 회사 일을 목적으로 기술을 익히신 것이군요.

박 네. (웃음) 제 연구 분야 가운데 국어사도 포함되어 있는데, 옛날 문헌 자료가 상당히 전산화가 되어 있었고, 국어사 연구자들이 원하는 용례를 편하게 검색할 수 있으면 좋겠다 그런 검색기가 있으면 좋겠다는 마음이 있었습니다. 당시 제가 프로그래밍 공부를 하다 보니까 조금만 더 하면 검색기도 어렵지 않게 만들 수 있겠다 싶어서 열심히 작업한 끝에 검색기를 만들어서 배포를 했더니, 국어사 연구자들이 다들 너무 좋아하셨습니다. 그 이전에 영인본을 찾아서 하나하나 수작업으로 확인하던 것들을 이제는 검색 한 번으로 해결할 수 있게 되니까 연구의 생산성이 많이 올라갔다고 하시면서, 여러 연구자들이 저한테 고맙다는 말씀을 연이어 하셨습니다. 당시 제가 느낀 보람이나 성취감은 이루 말로 표현할 수가 없습니다.

류 놀라운 말씀이신데요. 정말 대단한 보람을 느끼셨을 것 같습니다.

박 네. (웃음) 연구자로서 자기 전공 분야를 연구해서 그에 대한 지식을 넓히고 이해를 깊게 하는 과정에서도 많은 기쁨이 있지만, 한편으로 그렇게 해서 나온 결과가 꼭 세상에 유의미한 영향을 미치고 다른 사람의 행복을 증진시키는 건 아닙니다. '직업 중에 의사는 가족이 좋고 법률가는 친구가 좋고 교수는 지가 좋다'는 말이 있습니다. 교수/학자는 그냥 자기 좋은 일만 하고 다른 사람에게는 좋은 영향을 별로 주지 못하는 직업인 것 같아서 약간 무력감에 빠질 때도 있는데, 당시 국어사 자료 검색기를 만들어서 제 주위 분들에게 선한 영향력을 미쳤던 그 쾌감이나 기쁨은 지금 생각해도 이루 말할 수가 없습니다. 그 이후로 프로그래밍을 꾸준히 해서 주위 사람들이 필요로 하는 것을 만들어서 공유하면 좋겠다는 생각을 하게 되었습니다. 최근에는 다들 아시다시피 인공지능 자연어처리가 각광을 받게 되면서 학생들의 관심도 많이 늘어나고 있고 그래서 자의반 타의반 이쪽 분야를 계속 연구해 나가면서 재미를 느끼고 또 많은 보람을 느끼고 있습니다.

류 말씀 감사합니다. 두 분 가운데 박진호 선생님은 회사에 계셨고, 또 이민철 선생님은 현재 회사에 다니시구요. 두 분의 경험을 곱씹어보면 대학원이 아니라 회사에 가야 할 것 같기도 합니다(웃음). 아무래도 회사에서 부딪치는 실무의 영역과 대학원에서 배우는 이론의 영역 사이에는 또 장벽이 있을 것이라는 생각이 듭니다. 이번에는 현장에 참석하신 분들께 질문 기회를 드릴까 합니다.

한국어 텍스트 분석 도구의 활용과 한계

노대원 안녕하세요. 제주대학교 국어교육과에서 공부하고 있는 노대원입니다. 두 분 선생님의 말씀 잘 들었습니다. 저는 문학 전공자이고 또 디지털 인문학에 관한 이해가 깊지 않아서 말씀하신 내용 가운데 많은 부분을 온전히 이해하지 못했습니다만, 한편으로 영감을 많이 얻었습니다. 감사합니다. 제가 오래전에 텍스트 분석기를 접한 경험이 있는데 2014년 쯤 되었던 것 같습니다. 당시 영어권에서는 여러 텍스트 분석기를 리뷰해 주는 사이트가 있었습니다. 장점과 단점 이런 것들을 소개해 줬던 것 같은데, 그로 인해 전문가가 아닌 사람도 손쉽게 쓸 수 있는 그런 여지도 있었던 것 같구요. 저도 시험적으로 써본 경험이 있는데, 이민철 선생님이 말씀하신 것처럼 한국어의 특성에 적합한 텍스트 분석기가 아니었는지, 분석 결과가 그렇게 썩 좋지는 않았던 것으로 기억합니다. 최근에 확인을 해보니까 영어권에 텍스트 분석기 Voyant Tool[121]이라고 하나요. 그런 것이 있어서 쉽게 사용할 수 있고 그래서 유튜브를 보니 해당 도구를 소개하고 수업에서 활용하는 것을 보았습니다. 중학교와 고등학교 영어 수업에서 문학 맥락에서 활용할 수 있는 간단한 도구가 나와서 활용되고 있는 상황인데, 한국어 텍스트를 대상으로 그렇게 쉽게 접근할 수 있는 분석 도구가 있는지 만약 없다면 영어권 텍스트 분석기를 조금 수정하거나 변형해서 활용할 수 있는 방안이 있는지 궁금합니다.

박 질문하신 내용은 저도 잘 몰라서 전문적인 답변을 드리기는 어렵습니다. 그냥 피상적으로만 말씀드리면 아까 이민철 선생님도 말씀하셨듯이, 영어를 대상으로 한 분석기들은 그냥 띄어쓰기 단위를 하나의 토큰으로 간주해서 통계를 내고, 각각의 토큰이 예컨대 자기들 DB에 있는 단어의 등급에 따라서 1등급인지 2등급인지 이런 것을 판정합니다. 그렇게 해서 텍스트가 전반적으로 얼마나 어려운 어휘를 포함하고 있는지 난이도가 어느 정도 되는지를 분석하고, 문장 길이나 구문 분석을 해서 문장의 통사 구조가 얼마나 복잡한지도 측정을 해서, 대상 텍스트 전체의 난이도 예컨대 초등학교 몇 학년 정도가 읽을 만한 글이라든지 이런 여러 통계 수치나 지표를 알려주는 그런 성격의 프로그램이 영어권에 많이 있다고 알고 있습니다. 거기에 한국어 텍스트를 곧장 집어넣으면 별로 좋은 결과가 안 나오는

---

121) 〈Voyant Tool〉 URL: https://voyant-tools.org/

것은, 해당 분석기는 띄어쓰기 단위로 분석을 할 것이고 한국어의 경우 체언에 조사가 붙고 용언에 어미가 붙어 있는데 그런 단위들을 그냥 한 덩어리로 삼고 분절을 할 테니까 한국어 특성에 적합하지 않을 수밖에 없습니다. 편법을 좀 쓰자면, 이민철 선생님이 만드신 형태소 분석기를 써서 체언과 조사를 따로 별도의 토큰으로 삼아서 원래 그 사이에는 띄어쓰기가 없지만 억지로 띄어쓰기를 적용하고, 마찬가지로 용언의 어간과 어미에도 띄어쓰기를 반영한다면 그래도 좀 더 나은 결과를 얻을 수 있으리라 생각이 듭니다. 그런데 영어를 대상으로 해서 나온 분석기는 한국어 어휘의 등급이나 빈도나 이런 정보는 DB에 없을 테니까, 그렇다 하더라도 영어를 대상으로 하는 것만큼 만족스러운 좋은 분석 결과를 얻기는 어려울 것이라 생각합니다.

이   네, 저 같은 경우 연구자가 아니기 때문에, 연구 영역에서 어떤 성격의 데이터를 사용하는지 구체적으로 잘 몰라서 노대원 선생님께서 질문하신 내용에 대해 정확하게 말씀드리기는 어려울 것 같습니다. 다만 영어권에 어떠한 분석 도구가 있다는 것은 그 나름의 의미가 있는 것이기 때문에, 한국어권에도 비슷한 것이 하나쯤 있어야 된다고 생각을 합니다. 없으면 만들 생각을 해야 하지 않을까 싶네요. 개발자 입장에서는 요구 사항만 명확하다면, 개발하는 것은 며칠 밤만 새면 됩니다(웃음). 며칠이 아니라 몇 달이 될 수도 있기는 하지만, 아무튼 연구자들과 유관 분야의 기술을 다루는 개발자들 사이에 커뮤니케이션이 필요하다 생각합니다. 사실 이런 분야에 관심 있는 개발자들은 연구 영역에서 무엇이 필요하고 연구자들 사이에 어떠한 고민이 있는지 잘 모릅니다. 연구자들이 무엇을 필요로 하고 어떠한 도구가 있으면 좋은지를 개발자들이 알고, 연구자들은 이런 것이 있으면 좋을 텐데 싶은 무언가를 개발자들에게 전달할 수 있는 어떠한 채널이 있다면 좋지 않을까요? 서로 힘을 합치면 놀라운 결과가 나올 수 있을 텐데, 그동안은 '연구'와 '개발' 각각의 분야로 나눠져 있어서 융합적인 무언가를 온전히 시도하지 못한 것이 아닌가 싶습니다. 앞으로는 '디지털 인문학'이라는 이름으로 연구자들과 유관 분야에서 공학적 마인드를 갖고 있는 개발자 분들이 협업을 해서 좋은 도구를 만드는 길을 여는 것이 중요하겠다는 생각을 해봅니다.

류 실제 연구 현장에서도 논의되고 있는 내용과 비슷한 문제의식을 확인할 수 있을 것 같습니다. 허수 선생님께 유관 의견을 여쭈어봅니다.

허수 저는 서울대학교 국사학과에서 한국 근대사를 공부하고 가르치고 있습니다. 20세기 초 한국의 역사 자료를 대상으로 텍스트 마이닝을 활용해서 분석을 해본 연구 경험이 있습니다. 박진호, 이민철 선생님 두 분 발표를 잘 들었고 실제로 많은 참고가 되었습니다. 최근 저는 형태소 분석기 Kiwi를 써보기도 했습니다. 깊이 있게 이해는 못했지만, 오늘 이민철 선생님 발표가 더욱 반갑습니다. 연구를 하다 보니까 형태소 분석이 굉장히 중요하다는 생각을 늘 하게 됩니다. 20세기 초 역사 자료의 경우 국한문 혼용이 많고 또 띄어쓰기가 굉장히 불규칙적입니다. 그런 자료를 대상으로도 형태소 분석이 잘 되어야 디지털 인문학 방면의 연구도 그 문턱이 낮아질 것이라 생각합니다. 굉장히 어렵기도 하고, 시간이 많이 걸리고 해서 개인적으로는 어려운 점이 많습니다. 20세기 초에 만들어진 그래서 국한문 혼용이 많고 문법이나 어법의 맥락에서 불규칙함이 많은 이런 자료들을 어떻게 다루는 것이 좋을까를 생각해보면, 박진호 선생님의 통사 구조에 대한 이해나 또 이민철 선생님이 만드신 형태소 분석기의 활용이나 그런 지점을 토대로 발전이 있을 것 같기도 한데, 앞으로의 전망이랄까 가능성 같은 것을 포괄적으로 여쭈어보고 싶습니다. 한 가지 더 여쭈어보자면, Kiwi를 제가 직접 써보니까 구어 같은 정보가 들어가 있어서 상대적으로 다른 형태소 분석기보다 더욱 좋은 성능을 보이기는 하는데, 사용자 사전 등록이라든가 이런 걸 어떻게 하는지 잘 모르겠더라구요. 좀 더 상세한 매뉴얼 같은 것이 있는지 관련 내용을 좀 여쭙고 싶습니다.

박 20세기 초 자료의 형태소 분석에 대해서는 허 선생님과 이야기를 나눠본 적이 있습니다. 사실 연구의 측면에서 그러한 도구를 개발하는 것이 굉장히 중요한데, 현재 산업계의 수요와 직접 연결이 안 되기 때문에, 누군가 시간이나 비용을 투자해서 만든다는 것이 현실적으로 여의치 않은 면이 있어서, 아직까지 개발이 안 되고 있는 것 같습니다. 국가기관 같은 곳에 연구비를 신청해서 만약 프로젝트가 성사가 된다면 그런 연구 프로젝트에서 20세기 초나 개화기 자료의 형태소 분석에 필요한 자료를 데이터로 구축하고, 실제 분석기를 개발하는 연구 사업을 해보는 방안이 현실적이지 않을까 생각합니다.

이   허 선생님께서 키위 매뉴얼에 관한 말씀을 해주셨는데, 사실 제가 그런 쪽으로 둔합니다. 이용자의 시선에서 어떤 게 어렵고 어떤 게 쉽고 이런 지점을 잘 판단해서 정리를 해야 되는데, '일단 내가 보기엔 안 어려운데 내가 보기에는 쓸 수 있는데 왜 어려워하지' 이런 생각이 있는 것 같습니다. 어쩔 수 없는 개발자의 특징 같기도 하구요(웃음). 그래서 개발자들 입장에서는 '이 정도면 정리를 다 한 것 같다'고 생각하는데, 이용자의 입장에서 보면 전혀 그렇지 않은 상황이 있는 것 같습니다. 한편으로 이것 역시 커뮤니케이션의 문제라는 생각도 듭니다. 오늘 같은 자리에서 저도 실제로 제가 개발한 것을 사용해 주시는 분들과 이렇게 이야기를 나눌 수 있어서 매우 좋습니다. 여러 이야기를 들어보면서 어떤 점이 어려운지 정리해서 매뉴얼을 보완하는 방향으로 가는 것이 최선일 것 같습니다. 이런 성격의 자리가 계속 있으면 좋을 것 같습니다(웃음). 앞으로도 이런 자리가 있어서 초대해 주시면 참석해서 열심히 의견을 듣도록 하겠습니다.

"학교에 가는 실이 있니?"

박   이민철 선생님께서 형태소 분석기를 개발하신 것은 아주 인상 깊습니다. 무척 훌륭한 작업을 하셨다고 생각합니다. 관련해서 몇 가지 질문을 드립니다. 작업 과정을 보면, 첫 번째로 형태소를 분리하고 두 번째로 각각의 토큰에 품사 부착, 이렇게 두 단계로 나누어 작업을 하셨는데, 두 번째 단계에서는 보통의 경우

HMM(Hidden Markov Model)이나 CRF(Conditional Random Field) 같은 것을 쓰는 데 비해 선생님은 언어 모델을 썼다는 것이 중요한 특징이 아닐까 싶습니다. 첫 번째 단계에서는 사전을 이용해서 작업했다고 하셨는데, 사실 사전만 가지고 해결이 안 되고 앞뒤 문맥을 고려해야 어떻게 분리해야 할지 결정할 수 있는 경우들이 있습니다. 예를 들면 "학교에 가는 실이 있니?"라고 하면 그때는 굵은 실이 아니라 가는 실. 그래서 '가는'이라는 어절을 '가늘' + 관형사형 어미 '-ㄴ'으로 분석을 해야 될 텐데요. 그런데 그것이 '가다'의 '가+ㄴ'인지 '가늘+ㄴ'인지는 앞뒤 문맥을 보아야 하는데, 사전만을 가지고서는 해결이 안 되는 것입니다. 언어 모델도 BERT같이 Bi-directional model도 있지만 가장 흔히 쓰이는 모델은 선형적(left to right)으로 하는데, 앞에 '학교에'라는 것이 나왔으니까 그 다음에 '가는'만 보면 이것은 '가+ㄴ'이라고 앞의 '학교에'라는 정보를 활용해서 판단할 가능성이 높은 것 같습니다. 뒤에 '실'까지 봐야 '가늘+ㄴ'이라는 확률이 훨씬 높아질 것 같은데, 여하튼 "학교에 가는 실이 있니?" 이 문장을 예로 들어서 첫 번째 분리 단계에서 사전만 가지고 해결이 어려운 부분을 어떻게 해결하셨는지 그런 지점을 좀 설명해 주시면 고맙겠습니다.

이 형태소 분석기를 직접 개발해보신 분이라 그런지 굉장히 날카로운 질문을 하셨습니다. 말씀하신 것처럼, 첫 번째 단계에서부터 문맥이 중요한 경우가 많고 그렇기 때문에 사실 한 가지 방향만을 선택해서 적용하는 것은 적절하지 않은 것 같습니다. 말씀하신 "학교에 가는 실이 있니?"의 구문을 예로 들자면, 키위(kiwi)의 경우 첫 번째 단계에서 '가다'의 '가'+ㄴ와 '가늘'+ㄴ 두 가지 경우를 모두 후보로 뽑습니다. 가능한 경우를 모두 후보로 뽑는 방식인데, 이렇게 하면 후보 목록이 매우 많아집니다. 그래서 모든 후보에 대해서 선형적(left to right) 언어 모델을 사용하는 것이 맞습니다. 그렇기 때문에 앞의 단어가 다음 단어에 영향을 미치는 것만 계산을 할 수가 있고, 이 단어가 다음 단어에 영향을 미치면 계산을 할 수가 없습니다. 그런데 이것을 앞에서부터 순차적으로 분절하는 것이 아니라 문장을 처음부터 끝까지 모두 입력해서 전체 스코어를 계산하는 방식으로 합니다. 그래서 '가는 실'이라는 단어가 나오면 '가다'의 '가+ㄴ'인지 '가늘+ㄴ'인지에 따라서 확률이 달라지겠죠. 그래서 '가늘+ㄴ'일 확률이 더 높게 나올 것이고, 반대의 경우에는 학교에 '가는'이 더 높게 나오겠지만, 학교의 '가늘'은 상대적으로 낮게 나올 것입니다. 정리하자면, 문장의 처음부터 끝까지 전체를 대상으로 확률을 계산해 점수를 합산해서 가장 점수가 높은 것을 선택하는 방식이라 생각하시면 됩니다.

BL Kiwi의 가능성에 관하여

김바로 안녕하세요? 한국학중앙연구원에서 공부하고 있는 김바로입니다. 저는 질문이라기보다 요청에 가까운 말씀을 드릴까 합니다(웃음). 저는 기존에 mecab이나 okt 등의 형태소 분석기를 많이 사용하다가 최근에 kiwi 중심으로 코드 강의를 하고 있습니다. 그런데 형태소 분석으로는 텍스트가 지닌 장르적 성격을 반영하기가 어렵다는 것입니다. 예를 들어서 BL소설이나 SF 소설을 분석하면, 각각의 영역에 대해서 형태소 분석 결과가 상이하게 나오는 경우가 꽤 있습니다. 물론 사용자 사전을 통해서 해결하는 방법도 있지만, 아예 사용자 언어 모델을 채택해서 언어 모델 자체를 변경 하는 방법도 있다고 생각합니다. 예를 들어 BL 문학을 연구하는 학생들은 BL 관련 텍스트로 언어 모델을 부착해서 추가적인 연산을 한다든지 하는 방식입니다. 이런 식으로 접근하면, 텍스트의 '장르'를 특화해야 하는 지점에서는 보다 정확도가 높은 형태소 분석이 되지 않을까 생각합니다. 이러한 "도메인 특화형 언어 모델 모듈화 기능"에 대해서 어떻게 생각하시는지 궁금합니다.

이 　김바로 선생님께서 말씀하신 것은 현재 제가 계획하고 있는 아이디어 중에 하나입니다(웃음). 사용자가 직접 자신이 다루는 텍스트 데이터를 적용해서 거기에 특화한 모델을 학습시키는, 일종의 개인 맞춤형 모델이 가능하다고 생각합니다. 사실 온전한 범용적 모델이라는 건 이상적인 것에 가까운 것이 아닐까 싶기도 하구요. 소위 범용적 모델은 단일 분야에 특화한 것이 아니라 대체로 고만고만한 수준에 있어서 한계가 있을 수밖에 없습니다. 실제 특정한 분야의 텍스트를 제대로 분석하려면 그 분야를 기준으로 한 데이터 수집과 모델 튜닝이 필요합니다. 범용 모델을 사용하면 아무래도 80점, 90점 정도의 성능에서 만족해야 하는 한계가 있습니다. 그런 모델을 언젠가 개발해야지 라는 생각은 늘 있는데, 개인 취미로 하고 있다 보니 개발에 투입하는 시간에 한계가 있습니다(웃음). 참고 기다리셔 주시

면 언젠가는 꼭 업데이트해서 말씀하신 기능이 가능하게끔 해
보도록 하겠습니다.

류　네. **BL Kiwi** 기대하겠습니다. 결국은 도메인 데이터를 다루는
영역과 알고리즘을 개발하는 영역이 어떻게 효과적으로 조우
하게 할 것인가, 근본적인 지점은 그러한 차원이 아닐까 싶습
니다. 그림을 좀 크게 그려보면, 교육과 연구 그리고 산업 이 세
영역이 실질적으로 교차할 수 있는 지점을 찾아서, 세 분야에
종사하는 사람들이 뭔가 함께하는 그런 기회를 마련할 때 굉장
한 시너지가 날 수 있지 않을까 싶습니다. 앞으로 계속 고민을
해 나가야 될 지점이라 생각합니다.

국어사 자료의 연대 추정 연구

류　박진호 선생님께 질문을 드립니다. 그동안 특정 텍스트 자료를
대상으로 자연어처리 기반의 딥러닝 기술을 활용한 응용 연구
를 꾸준히 시도해 오신 것으로 알고 있습니다. 그 가운데서도
'국어사 자료(한국학중앙연구원 장서각 필사본 자료 포함)의
연대 추정'이 자못 유의미한 결과를 발견하신 연구 사례로 알
고 있습니다. 디지털 인문학의 관점에서도 시사하는 바가 있다
고 생각합니다. 관련 내용을 간단하게 소개해주시고 그 학술적
시사점을 이야기해주시면 좋겠습니다.

박　국어사 연구 자료 중에 간본(刊本)이 있고 사본(寫本)이 있습니
다. 목판본이든 활자본이든 정식으로 인쇄 출판된 문헌의 경우

연대를 확실히 알 수 있는 경우가 보편적입니다. 손으로 옮겨 쓴 필사본 자료는 대체로 연대가 불확실한 경우가 많습니다. 국어사 연구자들은 국어가 어느 시기에 어떤 모습이었고 어떻게 변했는지를 연구하는데, 아무래도 연대를 분명히 알 수 있는 자료를 연구 대상으로 삼을 수밖에 없습니다. 그 때문에 간본보다 필사본 자료가 상대적으로 소홀히 다루어지는 경향이 분명히 있는 것이구요.

류 필사본 자료도 양이 적지 않을 텐데요.

박 맞습니다. 필사본 자료도 양이 엄청나게 많습니다. 그래서 필사본 자료를 대상으로 대략적인 연대라도 추정할 수 있다면 국어사 연구에 도움이 되겠다는 생각을 했습니다. 필사본 자료의 연대를 추정할 때 일부 국어사 연구자들은 국어의 알려진 어떠한 현상을 기준으로 '이 자료의 연대 상한선은 언제일 것이다'와 같은 식으로 추정을 합니다. 그런데 필사본 자료가 양이 워낙 방대하다보니 국어사 연구자가 개인적 차원에서 처음부터 끝까지 모두 읽고 시대 추정의 단서가 될 수 있는 정보를 하나하나 추출해서 종합적인 판단을 내리는 작업은 현실적으로 거의 불가능합니다. 그러한 측면에서 딥러닝 기법을 이용하면 좋겠다고 생각을 했습니다. 문헌의 연대가 알려진 자료를 학습 데이터로 삼아서 신경망 훈련을 시키고, 그렇게 훈련된 신경망 모델에 대상 데이터를 넣어보면 그 결과가 기대해볼만하지 않을까 생각했습니다. 아주 높은 정확도로 연대를 맞힐 수 있을 것이라 판단을 한 것입니다. 그런데 장서각에 소장된 필사본 자료는 연대가 불확실한 것들이 많습니다. 그래서 훈련을 위한 자료로 사용하지 않았습니다. 오히려 훈련된 모델에 집어넣어서 연대 추정을 시도하는 자료로 활용했습니다. 그러던 와중에 한국학중앙연구원에서 개최된 유관 학술대회에 초청을 받아서 그에 대한 내용을 발표했는데, 한국학중앙연구원에 계신 선생님들은 각각의 문헌에 대해서 나름대로 여러 가지 단서를 바탕으로 연대를 추정하는 연구를 해 오신 것을 알게 되었습니다. 그 분들 중 한 분이 제가 수행한 연구의 내용을 보고 말씀하시기를, 대략 10건 중에 8건 정도는 정말 놀라울 정도로 정확하게 가려냈다고 하시면서 매우 긍정적인 평가를 해 주셨습니다.

류　첫 연구에 80%의 정확성이라면 놀라운 수준입니다.

박　그런가요?(웃음) 다만 나머지 2건에 해당하는 자료의 경우 추정이 꽤 많이 어긋났는데, 나중에 보니까 그 2건에 있어서 오류가 발생한 이유 또한 분명히 확인되었습니다. 하나는 자료가 온전한 문장 형식을 갖춘 글이 아니라 여러 물건들을 나열한 물목 형식의 자료였는데, 그래서 그런지 뭐라고 해야 할까요 단어 목록만 쫙 펼쳐져 있다 보니까 연대 추정에 대한 단서가 굉장히 부족했던 것 같습니다. 또 하나는 해당 자료에 기록된 역사적 사건이 있었습니다. 제가 만든 모델은 그런 역사적 사건을 읽어내기 위해 학습된 지식은 없다 보니 그냥 자료에서 확인되는 구개음화니 표기상의 연철 분철이니 뭐 그런 언어적 특징만 가지고 연대를 추정했던 것이죠. 그런데 해당 자료에서 확인되는 언어적 특징만 보면 제가 만든 모델이 추정한 연대가 굉장히 설득력 있다는 답변도 들었습니다(웃음). 대충 이 정도로 말씀드립니다. 국어사 자료의 연대 추정에 있어서 기계학습과 같은 자동적인 방법을 이용할 수 있는 어떤 가능성을 조금 보여주었다는 정도에서 의의가 있지 않을까 생각합니다.

류 선생님께서는 계속 그런 문제의식을 가지고 앞으로도 비슷한 작업을 조금씩 계속 해나가실 예정인 것이죠?

박 네. 당시 그 연구를 수행했던 초기에는 CNN 모델을 사용했는데, 몇 달 뒤에 RNN 모델을 사용해서 오차를 더 줄이기는 했습니다. 그 뒤로는 다른 일을 하느라고 바빠서 아직 손을 못 대고 있는데, 국어사 연구자 선생님들께서 많이 호응해주신다면(웃음), 또 함께 참여해서 같이 고민해주신다면 얼마든지 앞으로 더 발전시켜 나갈 만한 프로젝트라고 생각합니다.

류 전통적인 방식으로 문헌 자료를 연구하시는 선생님들은 대부분 질적 차원에서 접근하기 때문에, 대상 자료를 대규모로 모아놓고 해당 자료의 군집을 속된 말로 통째로 들여다볼 기회가 거의 없지 않을까 싶습니다. 조금 전에 박진호 선생님께서 말씀하신 사례처럼 질적 연구와 양적 연구 두 가지 맥락의 연구가 함께 이루어질 수 있다면 기존에는 시도하지 못했던 다양한 연구를 해볼 수 있지 않을까 싶습니다.

KorQuAD란 무엇인가

류 이민철 선생님, 최근 KorQuAD[122] 2.0이 출시되어 소개된 것

---

122) KorQuAD URL: https://korquad.github.io/

으로 알고 있습니다만, KorQuAD에 대한 소개와 설명을 간단하게 부탁드리고, 향후 학술적인 차원에서 해당 데이터셋을 다룬다면 어떠한 맥락에서 활용할 수 있을지에 관해서도 여쭈어 봅니다.

이 KorQuAD 2.0 같은 경우는 제가 소속된 회사에서 수행했던 연구 분야 중에 하나입니다. 풀어서 이야기하자면 '코리안 퀘스천 앤서링 데이터셋'이라고 말할 수 있을 텐데, 조금 더 쉽게 설명하자면 '한국어 질의응답 데이터셋'정도로 표현할 수 있겠네요. KorQuAD 1.0이 아마 2018년 12월 무렵 오픈소스로 공개된 것으로 알고 있습니다. 이후로 지금의 2.0에 이르기까지 발전을 해온 것이라 보면 될 텐데, 해당 데이터셋을 매개로 한 AI 모델에 관한 성능 평가가 있습니다. 데이터셋에서 추출한 내용을 질문으로 제시하고, AI 모델이 그에 대한 정확한 답을 찾아내는 방식으로 이루어집니다. 올해 초에 제가 소속된 회사에서 개발한 자연어처리 모델 '리틀버드-라지(LittleBird-large)'가 정확도와 처리 속도 측면에서 고득점을 하면서 1위를 달성했습니다. 신문에도 나오고 그랬습니다(웃음). 사실 좀 놀라긴 했습니다. 왜 1등을 했는지 여전히 좀 의아하긴 한데(웃음).

류 본인이 작업하신 결과물에 대한 애정이 없으면 되겠습니까? (웃음)

이 애정이 없는 것은 아니구요(웃음) 관련해서 조금 설명을 드리자면, 위키피디아에서 대량의 텍스트를 모아서 사람들이 질문을 만들고 그 질문에 대한 답을 선택해놓습니다. 어떤 질문에 대한 답은 이것이고, 그래서 유관 페이지를 전달해 줄 테니까 이것을 읽고 답을 찾아서 보여달라고 기계(컴퓨터)에게 요구하는 것입니다. 그러한 과정에 기계(컴퓨터)가 참여해서 자동으로 추론할 수 있도록 만든 데이터셋이라고 보시면 될 것 같습니다. 이런 작업을 하는 이유는, AI 모델로 하여금 기존에 학습할 때 사용하지 않았던 새로운 데이터를 내밀고, 그것을 매개로 평가를 하는 것이라고 보면 됩니다. 뭐라고 해야 할까요? 사람으로 보자면 수능 언어 영역 지문을 읽고 유관 문제를 풀게 해서 그 사람의 언어적 역량을 평가하는 것처럼, 컴퓨터에게도 비슷한 방식으로 해당 기계의 성능을 평가하는 것입니다.

류   AI 모델이 지닌 언어 이해의 성능을 테스트한다는 개념 정도로 보면 되겠군요.

이   네 그렇죠. 예컨대 위키피디아 페이지 하나를 제시했는데 해당 페이지가 만약 '상어' 페이지라고 한다면 상어에 대한 내용이 서술되어 있겠죠. 그 내용을 바탕으로 컴퓨터에게 "상어의 이빨은 몇 개야?"라고 물어보면, 컴퓨터가 위키피디아 페이지 내에서 상어의 이빨에 관해 서술된 정보를 찾아서 보여주고, 만약 해당 페이지에 이빨에 관한 정보가 없으면 '이 페이지에서는 알 수 없는 정보입니다'와 같은 식으로 답해주는 것을, 모델에게 자동화한다고 보시면 될 것 같습니다. 이런 방식의 프로세스를 가져가기 위해서는 장문의 텍스트를 처리할 수 있는 기술이 필수적인데, 그러한 지점을 개선한 성과를 반영해서 제가 제출한 모델이 '리틀버드-라지(LittleBird-large)'였습니다.

류 　무척 흥미로운 작업인 것 같습니다.

이 　네, 어떻게 보면 이런 작업은 굉장히 실용적인 차원에서 이루어지는 Task라고 해야 할까요? 그래서 연구의 차원에서 이것을 어떻게 활용할 수 있을까에 관해서는 조금 더 고민을 해야 하지 않을까 싶습니다. 아마 제 이야기만 들어보시면, AI 챗봇 서비스를 떠올리실 수도 있을 텐데요. 예컨대 AI 챗봇에게 "상어의 이빨은 몇 개야?"와 같은 형식으로 물어보면 그에 대한 대답을 해주는 방향에 초점을 두고 개발한 결과물이기에 인문학 연구에 지금 당장 적용하는 것은 어렵습니다. 관점을 조금 바꿔서 접근해보자면, 정형화되지 않은 비정형적 성격의 텍스트를 대상으로 그 안에서 어떤 정형적이고 구조화된 형식의 답을 추출해내는 데 이 기술을 활용할 수 있지 않을까 그런 생각은 종종 합니다. 특정한 지식을 담고 있는 텍스트를 모델에게 읽게 해서, 거기서 어떠한 지식을 대상으로 지식그래프, 온톨로지 영역에서 적용되는 Triple 형식의 데이터셋 같은 결과물을 추출하는 것이 가능하지 않을까요? 그와 같은 방식으로 질문과 답변을 반복함으로써 주어진 텍스트로 다루는 지식에 관한 데이터셋을 추출하는 자동화된 도구로서의 가능성이 있지 않을까 싶은데 아직은 잘 모르겠습니다.

자연어 처리 기반의 딥러닝 기술을 다루려면

류 　이민철 선생님, 자연어처리-딥러닝 유관 기술을 다루는 첨단 업계에 계신 분으로서 자연어처리 기반의 딥러닝 기술을 활용한 무언가를 연구·개발하는 방향으로 진로를 고려한다면 당장 무엇을 공부하고 어떻게 공부해야 하는지에 관해서 조언을 부탁드립니다.

이　사실 구체적인 무언가를 공부해야 한다기보다 일단 하고 싶은 것이 무엇인지를 정하는 것이 가장 중요하다고 생각합니다. 사실 자연어처리 분야를 하나로 뭉뚱그려 묶어서 이야기 하는 경우가 보편적인데, 그 안에는 굉장히 다양한 기술과 방법론이 있습니다. 그래서 내가 하려고 하는 일이 구체적으로 무엇인지, 이 분야의 기술과 방법론을 통해 무엇을 하려고 하는지에 관한 윤곽이 없으면 어디서부터 공부해야 될지 뭘 해야 될지 알기가 어렵습니다. 저 같은 경우도 자연어처리 분야에 처음 뛰어들었던 계기가 있는데 바로 라틴어 때문입니다.

류　라틴어 공부도 하셨던 건가요?

이　라틴어와 안 어울리나요?(웃음) 예전에 라틴어를 공부했었는데 그 당시 라틴어 한국어 사전이 없었습니다. 그래서 라틴어 한국어 사전이 하나 있으면 좋겠다는 생각에, 영어로 된 라틴어 사전을 다 수집해서 영어로 된 부분을 한국으로 모두 번역을 했습니다. 그때는 자동 번역 기술을 통해서 번역을 시도했는데 아무래도 품질이 낮아서, 이 지점을 어떻게 보완해야할까 고민을 많이 했습니다. 그런 고민을 해결하기 위한 단서를 찾다가 Word Aligning이라는 기술을 알게 되었고, 그것을 사용하다보니 자연스럽게 기계 번역 방면의 기술들을 접하게 되었습니다. 그런데 기계 번역 기술을 제대로 다루려면 언어 모델 Language Model을 필수적으로 이해해야 합니다. 또 언어 모델을 익히고 이해하려고 하면 또 다른 유관 기술에 관한 이해가 전제되어야 합니다. 이런 식으로 꼬리에 꼬리를 물 듯이 여러 가지 기술을 익혀나가는 과정이 연결이 됩니다. 결과적으로 가장 처음에 내가 정말로 하려고 하는 것만 분명히 있다면 그것을 계기로 유관 기술을 익혀나가는 것은 자연스럽게 이어지게 되는 것이죠. 내가 정말로 하고 싶은 것이 무엇인가를 구체적으로 이해하고 그것을 목표로 삼는 것이 가장 중요합니다. 동기 부여가 된 상태에서 목표를 좇아가다보면 필요한 기술들을 익힐 수 있다고 생각합니다. 그런 동기나 목표 없이 그냥 뭐라도 공부해야 할 것 같아서 하게 되는 공부는 오히려 넓은 분야에서 길을 잃게 하고 헤매게 할 수도 있기 때문에, 신중해야 하지 않을까 싶습니다.

류 네, 말씀 감사합니다. 고전문학을 전공하신 권기성 선생님도 고전문학과 디지털 인문학의 접합이 어디서 출발해야 될 것인가에 대해서 '나 자신에게서 출발해야 한다'라는 말씀을 하셨는데, 비슷한 의미의 이야기를 해주신 것 같습니다. 피상적으로 생각하기보다 구체적으로 내가 당장 해결해야 하거나 아니면 구현해야 하는 것이 있을 때, 무엇을 공부할 것인가에 관한 길도 보이는 것이 아닌가 싶습니다.

인문학을 전공한 개발자의 역량에 관해

류 최근에 유튜브 '데이터홀릭' 채널에 이민철 선생님께서 나오신 것을 봤습니다. 학부 때 역사학을 전공하셨는데 농활 갔다가 문헌정보학을 복수 전공하고 대학원까지 진학하신 이야기. 대학원에서 열심히 프로그래밍 언어를 공부하시면서, 당시 뉴스나 소셜 네트워크에서 텍스트 마이닝해서 분석하는 연구에 주력하신 이야기. 답답해서 직접 형태소 분석기를 개발해서 학위논문을 작성하신 이야기. 석사학위를 받고 카카오 본사에 입사하신 이야기 등등. 범상치 않은 길을 걸어오셨다는 생각이 듭니다. 지금은 잘 모르겠으나 대학원에 계실 때만 해도 학부 때 전공하신 역사학의 영향이 있었을 것 같은데요. 개인적 추정입니다만 석사학위논문에서 탐구하신 Chrono-gram 모형이 기반으로 하고 있는 '의미 변화 감지'와 '텍스트 연대 추정'에 관한 문제의식도 아마 그러한 영향을 조금이라도 받은 결과가 아닐까 싶기도 합니다. 석사학위 연구에 관해 짧게 소개해주시기를 부탁드리며, 그 당시의 인문학적 문제의식이 현재 연구자로서 그리고 개발자로서의 과업에 어떻게 연장되고 있는지에 관해서도 여쭈어봅니다.

이 굉장히 예리한 질문을 던지시네요(웃음). 학부 때 역사학을 전공했습니다. 석사 과정에서는 문헌 정보학을 전공했구요. 석사학위 논문으로 Chrono-gram이라는 Word2Vec 모델을 주제로 연구를 했는데, 막상 말씀드리려고 하니까 너무 창피하네요. 지금 생각해 보니 당시에 했던 작업이 많이 부족한 것 같습니다 (웃음). 앞서 박진호 선생님께서 말씀해주신 국어사 자료의 연대 추정 연구와 문제의식이 비슷한 것 같기도 합니다. 시간이 흐름에 따라 언어가 계속 변화하니까 어떤 특정한 시기에 언어가 사용된 맥락을 기계가 학습하면, 그것을 토대로 시기를 추정하기 어려운 텍스트의 시기를 추측할 수 있지 않을까 뭐 그런 생각이 주된 문제의식이었습니다. 개발이란 것을 하기는 했지만, 복잡한 딥러닝 모델이 아니라 정말 단순한 word2vec 모델을 사용했기 때문에 품질이 그렇게 높지는 않았습니다. 당시에 제가 사용한 데이터는 주로 영어 데이터였습니다. Google Books에서 13세기부터 20세기까지 작성된 수많은 텍스트를 대상으로 OCR 기술을 활용해서 텍스트 데이터를 확보한 다음 13세기부터 20세기까지 영어가 어떻게 변화했는지를 모델에게 학습시켰습니다. 그리고 시기를 추정하기 어려운 영어 텍스트를 입력해서 시기 추정이 얼마나 잘 되느냐를 기준으로 기존 모델 대비 성능의 향상 정도를 분석해서 석사 논문을 썼습니다.

류 단순한 작업이라고 하셨지만, 단순한 작업이 아닌 것 같습니다.

이 사실 제 학위논문의 연구 주제는 그 당시 사학과 친구와 이야기를 나누다 나온 아이디어를 차용한 것입니다. 솔직히 말씀드리자면 저는 연대를 추정한다든가 그런 시도를 하려는 생각은 안 했습니다. 그냥 언어가 고정되어 있지 않고 계속 변한다는 것을 데이터로 보여주고 싶었습니다. 그런데 친구가 "언어는 당연히 변하지. 단순히 그걸 보여주는 것이 연구로서 무슨 의미가 있어? 그건 모두가 아는 사실인데?" 라는 이야기를 하기에, 그럼 그것은 연구 주제로 적절하지가 않겠다는 생각을 했습니다. 그런데 그 친구가 "거꾸로 생각해보는 건 어때? 언어가 변하는 것을 네 모델로 입증할 수 있다면, 그 모델로 특정한 언어적 양태의 시기를 추정할 수 있는 거 아니야?"라는 이야기를 했습니다. 친구의 그 이야기 덕분에 연구의 방향을 조금 더 구체화할 수 있었고, 졸업을 할 수 있었던 것이 아닐까 싶습니다. 지금에 와서 생각해보니, 그 친구가 없었다면 졸업을 과연 할 수 있었을까 싶네요(웃음).

류 졸업은 대학원생의 영원한 숙제입니다. 농담이구요(웃음). 훌륭한 친구 분을 두신 것 같습니다. 역시 연구는 혼자 하는 것이 아니라는 생각이 듭니다. 논문을 쓴 것은 나지만, 논문을 쓰게 한 것은 내가 아니라는 말도 있듯이 늘 겸손한 마음으로 연구를 해야 하지 않을까 싶습니다.

인공지능 기술이 전문가를 대체한다?

류 박진호 선생님께서 말씀해주신 내용 가운데 핵심이라고 할 만한 지점은 '도메인 지식의 중요성'인 것 같습니다. 딥러닝이 유행하게 되면서 도메인 지식에 대한 의존도가 낮아진 상황에서 언어학자의 역할과 기능이 무엇인지에 대해 다시금 질문하고 그에 대해 탐색해야 한다는 말씀을 계속 하고 계신 것 같습니다. 관련해서 고도화된 알고리즘과 다량의 데이터로 무장한 기계와 그 기계에 의한 정보 처리 과정이 지식유통과 의사결정 과정에 있어서 중심적인 단서나 근거가 되어가는 풍조는 앞으로 더욱 심해질 것으로 보입니다. 그와 같은 흐름 가운데서 "연구자는 무엇을 어떻게 할 것인가"의 질문은 자연어처리(NLP)

기술에 있어서의 언어학뿐만 아니라 인간 본연의 사유를 다루는 여타 인문학 분야 또한 유관 지식을 다루는 기술 영역에서 자유롭지 못하다는 생각이 듭니다. 한편으로 인문학 전공자가 도메인 전문가의 역할을 다하기 위해서는 기계가 작동하는 방식에 관한 기본적 이해를 갖추는 것이 필수적입니다. 그런데 이 부분에 대해 일반적인 인문학 연구자들은 아무래도 취약할 수밖에 없습니다. 이러한 현실적 환경에 대해서 어떻게 생각하시는지 여쭈어봅니다.

박 류인태 선생님 말씀에 이미 해답이 상당 부분 들어 있다고 생각합니다. 저는 그동안 학술대회에서의 발표나 논문 게재를 통해 딥러닝이 지배하고 있는 현재의 인공지능 환경에서도 도메인 전문가의 역할이 매우 중요하다는 이야기를 계속 해왔습니다. 그런데 그 이야기는 주로 공학자들을 향해서 하는 이야기입니다. 현재 공학자들 사이에는 도메인 전문가의 전문적인 지식이 필요 없다고 생각하는 풍조가 널리 퍼져 있습니다. 그 연장선상에서 제가 활동하고 있는 국어학이나 언어학 분야의 전공 연구자들에게 하고 싶은 이야기가 있는데, 인공지능이 모든 것을 전지전능하게 해결해주는 것은 아니라는 말입니다. 인간과는 비교할 수 없을 정도로 기계의 성능이 월등한 부분도 있는 반면, 반대로 여전히 인간의 사유를 기계가 따라가지 못하는 지점도 있습니다. 연구 과정에서 기계가 잘할 수 있는 부분 즉 딥러닝에게 맡기는 것이 효과적인 부분을 잘 파악해서 그것은 딥러닝에게 맡기고, 아직은 기계가 미숙하고 잘 처리하지 못하는 부분에서 자기 전공 분야에서 다루는 전문 지식을 활용하려고 하는 태도가 필요합니다. 그래서 인간 전문가와 기계 사이의 이상적인 협업 방식을 찾아가는 능력과 감각이 그 어느 때보다 중요한 시점이 현재라고 생각합니다.

류 말씀하신 것처럼 현 시점에서의 인공지능이 인간의 지능을 월등히 뛰어넘는 연산처리를 보여주는 지점이 있는 것은 분명하지만, 한편으로 제약된 면 또한 많은 것이 사실입니다.

박 네, 그렇습니다. AI를 다루는 데 있어서 옛날에 유행한 Symbolic AI처럼 규칙을 수동으로 만들어서 제가 하나하나 기계에게 입력하려고 한다면 너무나 많은 시간이 소모될 것이고, 그렇게 된다면 제한된 시간 내에서 연구의 결실을 맺기가 어려울 것입니다. 그런데 지금 우리가 살고 있는 현 시대의 기술은 그와 같은 과정에서 이루어지는 대부분의 절차를 딥러닝이 알아서 처리해줍니다. 그 가운데 일부 인간 연구자의 수동적 처리가 필요한 부분만 전문적 차원의 도메인 지식을 활용해서 수행하는 것이죠. 언어든 문학이든 역사든 철학이든 연구를 수행하는 데 있어서 대량의 자료나 데이터를 처리해야 될 때 딥러닝 기술을 활용한다면, 연구의 효율이 크게 향상될 것이라 생각합니다. 다만 그것이 가능하려면 연구자가 인공지능, 머신러닝, 딥러닝 등에 관한 최소한의 이해와 훈련을 해야 할 것입니다. 최근의 희소식이라고 할까요? 코딩을 간단하게 처리해주는 다양한 프레임워크와 툴들이 늘어나고 있어서 사용자 입장에서 그와 같은 프로그램을 사용하는 것이 점차 쉬워지고 있습니다. 컴퓨터 사이언스에 대한 깊은 지식이 없다 하더라도 자기 전문 분야의 데이터를 처리하고 실험해볼 수 있는 형태로 코딩 환경이 진화해 나가고 있는 것입니다. 이에 대해서는 자동차의 비유를 들 수 있습니다. 자동차가 처음 발명되어 상용화되었을 당시만 하더라도 운전자가 수리에 관한 지식과 경험이 어느 정도 있어야 자동차를 소유·관리할 수 있었지만, 지금은 수리에 관한 경험과 지식이 없어도 자동차를 운전하는 데는 전혀 어려움이 없습니다. 인공지능 유관 분야도 그러한 방향으로 나아가지 않을까 싶습니다. 젊은 선생님들은 전혀 주눅 들지 마시고 겁먹지 마시고, 자기 전공 분야의 전문 지식을 꾸준히 익혀나가면서 자연어처리에 기반을 둔 인공지능 기술을 결합하는 그런 연구 목표를 설정하시면 좋지 않을까 생각합니다.

제6장

문학 데이터 분석 방법과 연구 사례

김바로 한국학중앙연구원 인문정보학과 조교수

김병준 KAIST 디지털인문사회과학센터 연구교수

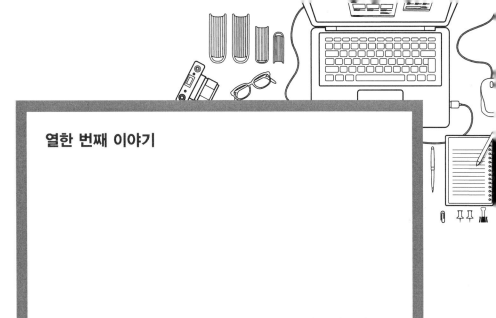

고전문학 데이터 분석 사례와 그 의미

김바로

1. 들어가며

지금까지 고전문학 데이터 분석은 인간 개인이 처리하기 어려운 대단위 인문 데이터를 토대로 하는 문체 비교 연구와 군집 연구 및 서사 연구를 중심으로 이루어졌다. "멀리서 읽기(distant reading)"로 대표되는 나무보다는 숲을 보는 연구를 중심으로 수행한 것이다[123]. 구비문학에서는 최운호와 김동건이 계통 연구를 수행해오고 있으며[124], 고전소설에서는 강우규와 김바로가 판본 비교와 유형 분류 연구 및 감정 연구를 진행하고 있고[125], 고전시가에서는 김성문과 김바로가 계

---

123) 디지털 분석 방법론을 활용한 고전문학 연구를 정리한 논문으로는 다음과 같은 것들이 있다. 김바로·강우규, 「빅데이터와 고전문학 연구방법론」, 『語文論集』 78, 중앙어문학회, 2019, 7-39쪽; 김준연, 「AI 시대 중국 고전문학 연구의 새로운 방법론 탐색」, 『中國文學』 106, 한국중국어문학회, 2021, 1-28쪽.

124) 최운호·김동건, 「군집분석 기법을 이용한 텍스트 계통분석−수궁가 '고고천변' 대목을 대상으로−」, 『인문논총』 62, 서울대 인문연구원, 2009, 203-229쪽; 최운호·김동건, 「「춘향가」 서두 단락의 어휘 사용 유사도를 이용한 판본 계통 분류 연구」, 『한국정보기술학회논문지』 10-4, 한국정보기술학회, 2012, 111-117쪽; 최운호·김동건, 「'십장가' 대목의 어휘 사용 유사도와 계층적 군집 분석 방법을 이용한 판본 계통 분류 연구」, 『한국정보기술학회논문지』 10-5, 한국정보기술학회, 2012, 133-138쪽; 최운호·김동건, 「컴퓨터를 이용한 고전문학 디지털콘텐츠의 유사도에 따른 이본 계통 분류 연구」, 『한국정보기술학회논문지』 12-7, 한국정보기술학회, 2014, 101-110쪽; 최운호·김동건, 「컴퓨터 문헌 분석 기법을 활용한 <토끼전> 이본 연구」, 『우리문학 연구』 58, 우리문학회, 2018, pp.123-154; 권기성·최운호·김동건, 「문학 작품의 거리 측정을 활용한 야담의 이본 연구−<옥소선 이야기>를 대상으로」, 『한국고전연구』 57, 한국고전연구학회, 2022, 87-120쪽.

125) 강우규·김바로, 「<소현성록> 연작의 문체론적 고찰−컴퓨터를 활용한 계층분석을 바탕으로」, 『인문과학연구』 59, 강원대 인문과학연구소, 2018, 29-46쪽; 강우규·김바로, 「계량적 문체분석을 통한 <소현성록> 연작의 변이양상 고찰−이대15권본과 서울대21권본을 중심으로−」, 『국제어문』 80, 국제어문학회, 2019, 115-135쪽; 강우규·김바로, 「<소현성록> 연작에 나타난 감정의 출현 빈도와 의미−컴퓨터를 활용한 통계학적 분석을 바탕으로−」, 『溫知論叢』 56, 온지학회, 2018, 101-128쪽; 강우규·김바로, 「인공지능을 활용한 <소현성록> 연작의 감정 연구」, 『문화와 융 합』 40(4), 한국문화융합학회, 2018, 149-174쪽; 강우규·김바로, 「고전소설에 대한 디지털 감정 분석방법론 탐색−<구운몽>을 대상으로−」,

통 연구를 수행[126]하기도 했다. 한문학 영역에서는 이병찬이 N-gram을 토대로 하는 분석과 시각화를[127], 류인태와 김바로가 딥러닝을 활용한 문체 분류 방법을 탐색[128]하고 있다. 이들 모두가 일정 이상의 분량을 가진 인문 데이터를 대상으로 하고 있다. 현 시점까지는 디지털 분석 방법론을 활용하는 장점을 극대화하기 위하여, 개인 연구로는 불가능하거나 오랜 시간이 소요되는 문제를 다루고 있는 것이다.

그런데 현재 고전문학 데이터 분석에 활용 가능한 디지털 언어 분석 방법은 사실 근현대문학 데이터 분석에 비하면 상당히 제한적이다. 고전문학에 대한 언어분석은 기본적으로 임의의 어절 단위로 분리하는 N-gram을 사용할 수밖에 없다. 고전문학의 N-gram 방법을 통한 분석에서 임의의 어절 단위는 글자 단위(1글자, 2글자, 3글자 등) 혹은 띄어쓰기 단위로 설정한다. 그리고 대체로 텍스트를 대상으로 한 분석 연구는 글자 단위로 이루어진다. 대다수의 고전문학의 원본

『동아시아고대학』 56, 동아시아고대학회, 2019, 349-377쪽; 강유규 · 김바로, 「딥러닝을 활용한 경판 방각본 소설의 유형 고찰-영웅소설과 애정소설 유형을 중심으로-」, 『국제어문』 84, 국제어문학회, 2020, 9-35쪽.

126) 김성문 · 김바로, 「디지털 분석 기법을 활용한 시조 연구 방법 탐색-『한국시조대사전』 수록 단형시조를 중심으로-」, 『다문화콘텐츠연구』 34, 중앙대학교 문화콘텐츠기술연구원, 2020, 209-235쪽; 김성문 · 김바로, 「딥러닝을 활용한 시조의 유형 고찰: 영남가단과 호남가단의 시조를 중심으로」, 『문화와 융합』 43/8, 한국문화융합학회, 2021, 185-204쪽.

127) 이병찬, 「빅데이터 분석 방법을 활용한 한 시 영향관계 분석을 위한 시론」, 『어문연구』 94, 어문연구학회, 2017, 107-129쪽; 이병찬, 「『한국문집총간』 엔그램 분석 프로그램 개발 연구」, 『韓國漢文學硏究』 77, 한국한문학회, 2020, 543-570쪽; 이병찬 · 민경주, 「한국고전종합DB의 『한국문집총간』 분석 시각화 방안 연구」, 『民族文化』 57, 한국고전번역원, 2021, 5-32쪽.

128) 류인태 · 김바로, 「인간가독형 한문산문 읽기와 기계학습형 한문산문 읽기의 만남: 딥러닝 기술을 활용한 『한국문집총간(韓國文集叢刊)』 수록 '說' 문체 분류」, 동아시아고전적 인문디지털 국제학술대회, 2021년 10월 16일, 초록: http://www.han-character.education/ICDHS/index.php/2021-abstract/?vid=24; 발표PPT: https://docs.google.com/presentation/d/1SEjt4g48X0QP2oITO7zkw21molgrIzCp/

텍스트에 띄어쓰기가 존재하지 않고, 이로 인해 후대 연구자에 의한 띄어쓰기가 이루어진다고 할 때, 후대 연구자의 해석이 데이터에 투영될 가능성을 최소화해야 하기 때문이다.

예를 들어서, "나랏말싸미듕귁에달아"는 1-gram으로 "나", "랏", "말", "싸", "미", "듕", 귁", "에", "달", "아"이고, 2-gram으로 "나랏", "랏말", "말싸", "싸미", "미듕", "듕귁", "귁에", "에달", "달아"이며, 3-gram으로 "나랏말", "랏말싸", "말싸미", "싸미듕", "미듕귁", "듕귁에", "귁에달", "에달아"이다. 그런데 "에", "듕귁", "나랏말"은 온전한 의미 요소라고 볼 수 있으나, "듕", "미듕", "싸이듕"과 같은 대다수의 조합은 일견 무의미해보인다. 그런데 N-gram은 1~2개의 문장에 적용하는 것이 아니라, 대단위의 문장에 적용한다. 그럼 무의미해보이는 조합들은 출현 빈도가 떨어지고, 유의미한 형태들의 출현 빈도가 많아지게 되어, 자연스럽게 유의미한 형태를 찾아낼 수 있게 된다. 그런데 글자 단위로 N-gram을 적용하여도 옛한글의 연철(連綴) 문제, 최소 의미 분리 문제 등으로 인하여 디지털 언어 분석이 온전히 이루어진다고 말하기 어렵다. 아무리 많은 문장을 넣어도 "달아"는 "다르"와 다른 형태로 잡히는 것이다.

사실 현대 한국어를 대상으로 N-gram을 적용해도 완전한 분석은 불가능하다. 현대 한국어는 교착어이기에 하나의 어근(혹은 어간)과 하나 이상의 단일한 기능을 가진 접사로 이루어진다. 그 과정에서 형태만으로는 어근과 접사를 구분할 수 없는 경우가 종종 발생한다. 특히 체언 뒤 혹은 앞에 조사가 붙는 경우가 비일비재하다. 그 결과 "해", "한다", "합니다", "했다"는 형태만으로는 "해", "한", "합", "했"일 뿐이며, 그 뜻을 담고 있는 "하—"를 유추할 수 없다. 이를 극복하기 위해서, 현대 한국인들이 사용하는 텍스트를 기반으로, 현대 한국어의 어법과 어휘를 도출하고, 이를 토대로 현대 한국어 문장을 자동으로 형태소 단위로 분리하고 품사를 판단하는 "현대 한국어 형태소 분석기[129]"가 개발되었다.

문제는 고전문학 텍스트를 분석하는 데 있어서 현대 한국어 형태소 분석기를 적용하는 것이 적합하지 않다는 것이다. 옛한글을 사용하는 고전문학의 어법과 어휘는 당연히 현대 한국어와는 "사맛디 아니할 세"이기 때문이다. 또한 한자를 바탕으로 하는 한문학 텍스트에 대해서 현대 중국어를 토대로 하는 형태소 분석기를 사용할 수도 없다. 동일한 한자로 기록되어 있다고는 하나, 현대 중국어는 한국의 한문과는 어법과 어휘가 다르다. 심지어 중국 대륙의 한문과 한반도의 한문이 서로 차이가 있기에, 고전 중국어를 토대로 만든 형태소 분석기를 한국의 한문학 텍스트에 그대로 적용하는 것 또한 적합하다고 말하기 어렵다.

결국 한국의 고전문학의 어법과 어휘를 토대로 독자적인 한국 고전문학 형태소 분석기를 만들어야 한다. 고전문학을 대상으로 하는 형태소 분석기를 만들기 위해서는 옛한글을 토대로 하는 국문문학 텍스트와 한자를 토대로 하는 한문문학 텍스트를 현대 한국어와 같이 대규모 말뭉치(코퍼스)로 구축하고, 이를 토대로 어법과 어휘를 연구해야 한다. 그러나 상업적인 활용 가능성이 사실상 없는 고전문학에서 대규모 말뭉치 구축은 불가능에 가깝다. 또한 당장 80년대에 사용한 한국어 문법과 어휘가 현재와 다른데, 수백 년의 기간 동안 사용되었던 고전문학 텍스트들이 동일한 문법과 어휘로 유지되었을 것이라고 생각하는 것은 환상이다.

---

129) 대표적인 현대 한국어 형태소 분석기로는 Hannanum, Kkma, Mecab, OKT (Twitter) 등이 있다.

설령 고전 문학을 위한 형태소 분석기를 만들었다고 하더라도 문체와 같이 비교적 고정된 형태로 표출되는 형태적인 특성을 파악할 수는 있지만, 텍스트의 의미 맥락과 같은 내재적인 특성은 파악할 수 없다. 예를 들어, "당신"이라는 형태소의 경우 부부 사이의 대화에서 등장할 때와 적대 관계에서 등장할 때의 내재적 의미가 당연히 다르다. 하지만 형태소 분석만을 사용하게 되면, 둘 다 "당신"이라는 형태에만 집중하기에, 서로 다른 "당신"의 의미를 온전히 분석하기가 어렵다. 이러한 의미 맥락의 문제를 해결하는 방안으로 Word2Vec과 같은 딥러닝을 통한 언어 분석 방법을 고려할 수 있다.

딥러닝을 통한 언어 분석 방법은 형태소의 의미 맥락을 파악할 수 있는 워드 임베딩 방법인 Word2Vec, 자연어 문장에서 형태소 분리를 할 수 있는 Word Piece Model, Word Piece Model개념을 토대로 대규모 텍스트 문장을 학습하여 딥러닝 분석에서 활용 가능한 사전학습 언어모델을 구축하는 BERT와 같이 지금 이 순간에도 다양한 방법론 개발이 새롭게 이루어지고 있다.

이와 관련해 김바로(2019)[130]는 불경 데이터인 CBETA 데이터에 Word2Vec 방법을 적용하여, 불경에 등장하는 한자들의 의미 맥락을 파악할 수 있을 뿐만 아니라, 의미 간의 연산도 가능하다는 점을 제시했다. 강우규·김바로(2020)[131]는 소설 장르 구분을 위해 딥러닝 분류 방법을 활용하였고, 김성문·김바로(2020)[132]는 사전학습 언어모델

---

130) 김바로, 「딥러닝으로 불경 읽기－Word2Vec으로 CBETA 불경 데이터 읽기」, 『원불교사상과 종교문화』 80, 원광대학교 원불교사상연구원, 2019, 249-279쪽.
131) 강우규·김바로, 「딥러닝을 활용한 경판 방각본 소설의 유형 고찰－영웅소설과 애정소설 유형을 중심으로－」, 『국제어문』 84, 국제어문학회, 2020, 9-35쪽.
132) 김성문·김바로, 「디지털 분석 기법을 활용한 시조 연구 방법 탐색－『한국시조대사전』 수록 단형시조를 중심으로－」, 『다문화콘텐츠연구』 34, 중앙대학교 문화콘텐츠기술연구원, 20220, 209-235쪽.

인 BERT 다국어 모델을 사용하여 시조에 대한 계파별 분류 및 계파 간 영향 관계를 탐색하거나, "나라를 위한 충정"을 검색했을 때 "爲國 忠憤"과 같이 형태가 아닌 유사 의미를 찾아주는 시맨틱 검색 방안을 연구했다. 그런데 이 연구에서 사용한 BERT 다국어 모델[133]의 경우 에도 104종의 언어를 기반으로 하는 방대한 데이터를 바탕으로 하고 있고, 이를 통해서 어느 정도 유의미한 시맨틱 검색 혹은 시조 계파 분류가 가능하긴 하지만, 아직 가야 할 길이 멀다. 딥러닝은 어디까지나 학습한 데이터를 토대로 작동하기 때문이다.

예를 들어서, 『조선왕조실록』과 『승정원일기』를 토대로 학습한 사전학습언어모델[134]은 얼핏 한국의 고전문학 연구에서 곧장 활용할 수 있을 것처럼 보이지만, 실제로는 일정한 한계가 존재한다. 조선왕조실록과 승정원일기는 한문을 기본으로 하고 있기에 옛한글이 포함되어 있는 고전문학에는 적용할 수 없다. 뿐만 아니라, 조선왕조실록과 승정원일기는 역사 기록을 위한 한문 쓰기 방식으로 작성되었기에 동일한 한자가 사용되었다 하더라도 문학 서술에서 활용된 한문 쓰기 방식과는 일정한 차이가 있다. 따라서 현대 한국어를 모국어로 삼고 있는 한국인들도 고전문학 텍스트를 보기 위해서는 별도의 훈련이 필요하듯이, 딥러닝도 고전문학 텍스트를 이해하기 위해서는 어디까지나 방대한 고전문학 데이터를 토대로 하는 학습이 필요하다.

133) Devlin, Jacob and Chang, Ming-Wei and Lee, Kenton and Toutanova, Kristina(2018), "BERT: Pre-training of Deep Bidirectional Transformers for Language Understanding", arXiv preprint arXiv:1810.04805; https://github.com/google-research/bert

134) Haneul Yoo, Jiho Jin, Juhee Son, JinYeong Bak, Kyunghyun Cho, and Alice Oh. 2022. HUE: Pretrained Model and Dataset for Understanding Hanja Documents of Ancient Korea. In Findings of the Association for Computational Linguistics: NAACL 2022, pages 1832-1844, Seattle, United States. Association for Computational Linguistics; https://aclanthology.org/2022.findings-naacl.140/

2. 고전문학 연구에 있어서 데이터의 공유 문제

고전문학계에서는 이미 90년대부터 수많은 연구자들이 자신의 연구 대상 텍스트를 디지털 텍스트로 손수 입력했다. 그리고 수많은 고전문학 디지털 텍스트들은 비공식적 경로를 통해서 어물쩍어물쩍 퍼져 나갔고, 수많은 연구자들에 의해서 오탈자 수정을 비롯한 다양한 보완이 이루어졌다. 문제는 공개적인 방식의 공유가 아닌 "아는 사람"을 통한 공유였기에 이렇게 생성한 고전문학 디지털 텍스트들의 판본 관리가 전혀 수행되지 못했다는 점이다. 특정 고전문학 디지털 텍스트가 누가 어떤 판본을 근간으로 디지털화 작업을 했으며, 지금까지 누가 어떤 수정ㅡ보완을 수행했는지 기록이 전혀 남아 있지 않다. 그 결과 고전문학의 전통적인 이본 문제보다 난제인 디지털 이본 문제가 발생했다. 그렇기에 설령 타인에게 방대한 디지털 텍스트를 받더라도 엄밀한 연구를 위해서는 처음부터 끝까지 다시 문헌 검토 작업을 수행해야만 한다.

공공의 영역에서는 90년대 후반부터 정부의 주도 아래 본격적으로 인문 데이터가 축적되기 시작했다. 그리고 고전문학 영역은 대한민국 헌법 제8조 "국가는 전통문화의 계승·발전과 민족문화의 창달에 노력하여야 한다"에 따라서, 자본의 논리를 조금이나마 벗어날 수 있었다. 무엇보다 IMF 체계를 벗어나고자 하는 정책의 일환으로 정보통신부에서는 공공 근로 정보화 사업을 추진하였기에[135], 산출되는 데이터보다 사업에 참여하는 인력에게 인건비를 지급하는 것을 중시하였고, 경제적 효과가 적은 인문 데이터도 정부 주도 하에 대량으로 만들어질 수 있었다. 하지만 이 당시에 만들어진 인문 데이터는 디지털

---

135) 김현, 『인문정보학의 모색』, 북코리아, 2012, 448-449쪽.

에서 처리 가능한 형태인 기계가독형데이터(Machine-readable Data)가 아니거나, 데이터가 만들어지기는 했으나 누구도 유지 관리를 하지 않아서 소리 없이 사라지거나, 사업 수행 기관에 귀속되어서 외부로 공개되지 않는 일이 비일비재 했다.

오래 전부터 문헌을 소유하는 것은 권력이었다. 특정한 텍스트를 보유하고 있는 것만으로 학문적 권위를 인정받았고 이러한 사유 방식은 디지털 텍스트에서도 적용되었다. 하지만 아무리 아름답고 완벽한 인문 데이터라도 한 개인이나 특정 집단이 독점하고 있다면, 이상적으로는 인류 공영의 인문학 연구의 의미가 퇴색되는 것은 물론이고, 현실적으로는 학문 환경의 악화로 후속 세대의 양성에 장애가 발생하게 된다.

물론 고전문학 디지털 텍스트에 대한 공유 노력이 없었던 것은 아니다. 국립국어원에서는 비록 현대 한국어 데이터에 비해서 많지는 않지만, "역사말뭉치"라는 이름으로 고전문학 텍스트에 대한 디지털화 작업을 수행하고 데이터를 공개하고 있다. 한국학중앙연구원에서도 "디지털 장서각"[136], "옛한글 원문정보 온라인 열람시스템"[137]을 통해서 고전문학 이미지와 텍스트를 제공하고 있다. 또한 비록 유료 서비스이지만, (주)누리미디어의 "KRpia(https://www.krpia.co.kr/)"에서도 고전문학 원문텍스트를 제공하고 있다.

특히 2013년 10월에 제정된 <공공데이터의 제공 및 이용 활성화에 관한 법률('공공데이터법')>은 공공기관이 보유·관리하는 공공데이터를 국민에게 제공하도록 의무화했다. 그에 따라서, 국사편찬위원회의 "디지털 조선왕조실록"이나, 한국고전번역원의 "한국고전종합

---

136) 한국학중앙연구원, 디지털 장서각, URL: https://jsg.aks.ac.kr/
137) 한국학중앙연구원, 옛한글 원문정보 온라인 열람시스템,
     URL: http://103.55.190.139/ohis/

DB"와 같은 공공기관 보유 데이터를 공공데이터포털을 통해서 공개 신청을 하거나, 기 공개되어 있는 데이터를 손쉽게 다운로드 받아서 사용할 수 있게 되었다.[138] 또한 대중지성을 토대로 위키문헌을 통해서 데이터를 공유하거나, 해외의 텍스트 공유 운동인 프로젝트 구텐베르크(Project Gutenberg)의 자극을 받아서 진행되었던 직지 프로젝트 등이 있다.

그리고 디지털 방법론을 적용한 연구의 토대 데이터 혹은 산출물로서 고전문학 데이터가 OSF 혹은 Github 등의 공유 플랫폼을 통해서 공유되고 있다. 예를 들어서, 지암일기 프로젝트의 데이터는 Github를 통해서 공유되고 있으며[139], 김성문, 김바로는『한국시조대사전』을 토대로 하는 데이터[140]를, 강우규는 29종의 경판본과 완판본 소설 텍스트[141]를 OSF를 통해서 공유하고 있다.

그러나 아직 방대한 고전문학 텍스트 중 디지털 텍스트로 전환된 것은 극히 일부이다. 물론 고전문학 텍스트는 이미 죽은 언어를 근간으로 하고 있기에, 새로운 텍스트가 생산되지는 않는다. 아마도 시간이 조금 걸리긴 하겠으나, 결국 모든 텍스트가 디지털화될 것으로 예상된다. 문제는 단순히 디지털 포맷의 텍스트만 확보한다고 해서, 디지털 인문학 연구가 가능한 것이 아니라는 데 있다. 디지털 인문학 연

---

138) 김바로, 「<공공데이터법>과 인문데이터−공공기관 보유 인문데이터 공개 신청 사례를 중심으로」, 『한국고전연구』 57, 한국고전연구학회, 2022, 167-192쪽.
139) 지암일기 연구팀, 지암일기 디지털 인문학 연구 프로젝트 Github, https://github.com/dhjad/jiamdiary.info
140) 김성문・김바로(2020), 「디지털 분석 기법을 활용한 시조 연구 방법 탐색−『한국시조대사전』 수록 단형시조를 중심으로−」의 OSF 주소:https://osf.io/3qs6g/; 김성문・김바로(2021), 「딥러닝을 활용한 시조의 유형 고찰: 영남가단과 호남가단의 시조를 중심으로」의 OSF 주소: https://osf.io/746gz/
141) 강우규(2022), 「딥러닝 분석을 통한 영웅소설의 유형론 재고찰」의 OSF 주소: https://osf.io/bjxsh/

구를 위해서는 인문학자의 해석이 내재되어 있는 온전한 인문 데이터가 필요하다.

3. 인문학적 의미가 내재된 데이터란 무엇인가

온전한 인문 데이터란 컴퓨터가 보다 많은 인문 정보를 이해할 수 있는 데이터를 의미한다. 고전 문학 텍스트를 스캔한 이미지 파일은 분명 데이터이지만, 이미지 파일을 대상으로는 키워드 검색을 수행하지는 못한다. 인간은 이미지 파일 속의 텍스트를 인지할 수 있지만, 컴퓨터에게는 "흰 것은 종이, 검은 것은 글씨"일 뿐이다.

플레인 텍스트(plain text) 수준에서는 키워드 검색을 통해서 이미지 파일보다는 원하는 결과를 비교적 손쉽게 얻을 수 있다. <디지털 조선왕조실록>의 방대한 텍스트에서 "코끼리" 관련 이야기만을 검색할 수 있는 것은 컴퓨터가 "코끼리"라는 문자를 인식할 수 있기 때문이다. 그러나 플레인 텍스트는 텍스트 그 자체일 뿐, 해당 텍스트의 어떠한 의미 정보도 담지 못하고 있다. 해당 텍스트가 누가 발화한 것인지? 해당 텍스트가 어떤 공간에서 발화했는지? 해당 텍스트의 모티브는 무엇인지? 해당 텍스트의 감정 발화 양태는 어떠한지? 해당 텍스트가 전체 소설 서사에서 어떤 역할을 하는지? 인문학자가 인지하고 있거나 인지하고 싶은 어떤 내용도 플레인 텍스트에서는 담아내지 못한다.

<표 1> 토끼전 서사단락 유형 데이터 샘플

SID	L1	L2	L3	L4	L5	L1	L2	L3	L4	L5
s0008	1	030	020	010	000			진맥과 처방	진맥사설_1	
s0009	1	030	020	020	000				약조제사설	
s0010	1	030	020	030	000				약성가	
s0011	1	030	020	040	000				약명사설	
s0012	1	030	020	045	000				약처방사설	
s0013	1	030	020	050	000				침사설	
s0014	1	030	020	060	000				진맥사설_2	
s0015	1	030	030	010	000			토간지시	토간지시	
s0016	1	030	030	020	000				토간 명약 이유	
s0017	1	030	030	030	000				토간 구득 어려움 탄식	

〈그림 36〉 토끼전 서사단락 유형 데이터 샘플 예시

최운호·김동건의 초기 연구에서는 옛한글 텍스트를 현대어로 번역하고, 현대 한국어 토대의 형태소 분석기를 적용하여 계통을 분석하는 연구를 진행했다. 하지만 이러한 방식은 원문 왜곡의 가능성이 존재한다. 그렇기에 <토끼전> 연구에서는 서사구조를 세분화하여 각 서사 단락의 내용 유형(모티브)을 연구자가 직접 입력한 데이터를 토대로 <토끼전>의 서사 연구를 진행했다.[142]

강우규·김바로의 초기 연구도 <소현성록>에 대한 감정분석을 위해서 현대 한국어로 번역된 <소현성록>을 영어로 번역하고, 이를 영어 감정 분석기를 통해서 분석했다.[143] <소현성록>의 원문이 옛한글

---

142) 최운호·김동건, 「컴퓨터 문헌 분석 기법을 활용한 <토끼전> 이본 연구」, 『우리문학 연구』 58, 우리문학회, 2018, 123-154쪽.

143) 강우규·김바로, 「<소현성록> 연작에 나타난 감정의 출현 빈도와 의미 – 컴퓨터를 활용한 통계학적 분석을 바탕으로 –」, 『溫知論叢』 56, 온지학회, 2018, 101-128쪽; 강우규·김바로, 「인공지능을 활용한 <소현성록> 연작의 감정 연구」, 『문화와 융합』 40(4), 한국문화융합학회, 2018, 149-174쪽.

이라는 점을 고려하면, 이를 현대 한국어로, 그리고 다시 영어로 번역하는 과정에서 원문의 의미가 훼손되는 문제가 발생할 수밖에 없다. 뿐만 아니라 영어 감정 분석기는 결국 영어 사용자들의 감정 표출이기에 국문 소설에 등장하는 한국인의 감정과는 일정한 격차가 있을 수밖에 없다.

<표 1> 감정 정제 데이터 예시

문장 번호	회차	화자	청자	문장 유형	문장내용	감정	감정 강도
2509	9	백능파	양소유	2	저 미친 용왕의 아들놈이 첩의 형편이 외롭고 약하다며 업신여겨 군병을 이끌고 와서 첩을 핍박했는데, 첩이 억울함과 어려움을 무릅쓰고 뜻을 지키려고 하자 하늘과 땅이 감동하여 연못물이 얼음처럼 차갑게 지옥처럼 시커멓게 변해버렸습니다.	분노	4
2510	9	백능파	양소유	2	그래서 바깥의 군대가 쉽게 들어올 수 없게 되었고, 이로써 첩은 위태로운 목숨을 지켰습니다.	기쁨	3
2511	9	백능파	양소유	2	지금 귀인을 이 누추한 곳에 모신 까닭은 제 속마음을 말하려고 한 것만은 아닙니다.	슬픔	1
2512	9	백능파	양소유	2	현재 당나라 군대가 이곳에서 야영한 지 오래입니다.	중립	0
2513	9	백능파	양소유	2	물을 얻으려고 해도 물길이 막혀 있고, 샘물이 말라 땅을 파봐야 헛수고일 뿐입니다.	공포	1

〈그림 37〉 〈구운몽〉 감정 정제 데이터 예시

　이런 문제를 해결하기 위해, 강우규·김바로는 <구운몽>을 대상으로 하는 감정 서사를 살펴보는 데 있어 국어국문학 전공자 5명이 직접 구운몽을 읽고 각 문장에서 느껴지는 감정을 일일이 입력하도록 했다. 그리고 수동으로 입력한 구운몽 텍스트와 감정 데이터를 토대로 감정 서사 패턴에 대한 통계적 연구를 진행했다.[144]

　또한 데이터 샘플을 살펴보면, 고전문학 전공자 5명이 감정에 대한

---

144) 강우규·김바로, 「고전소설에 대한 디지털 감정 분석방법론 탐색－<구운몽>을 대상으로－」, 『동아시아고대학』 56, 동아시아고대학회, 2019, 349-377쪽.

판단을 수행한 정보 이외에도, 회차 정보와 해당 문장의 화자와 청자에 대한 정보 및 서술, 대화, 시문(詩文), 독백의 4가지 문장유형도 같이 서술하고 있다. 고전문학 전공자 입장에서는 대상 텍스트를 읽으면서 당연히 인지할 수 있는 내용이지만, 컴퓨터에게 해당 내용을 알려주기 위하여 해당 내용을 포함한 데이터를 구축한 것이다. 이를 통해서 회차, 화자, 청자, 문장유형에 대한 디지털 분석과 해석을 수행할 수 있게 되었으며, 화자와 청자 간의 대화 네트워크 혹은 감정 네트워크 분석과 해석도 수행 가능하다.

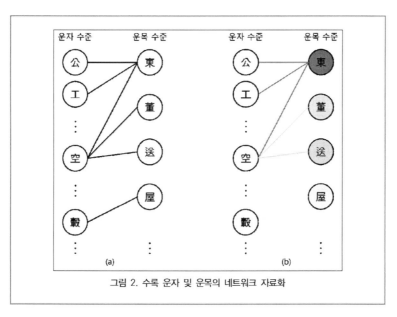

그림 2. 수록 운자 및 운목의 네트워크 자료화

〈그림 38〉『규장전운』 수록 운자 및 운목의 네트워크 자료화 예시

그리고 텍스트에서 벗어나서 텍스트의 내재 의미 자체만을 데이터로 구축하는 방안도 있을 수 있다. 류정민과 성기호는 『규장전운』 원

문 텍스트에서는 손쉽게 파악하기 어려운 운자와 운목의 관계를 데이터로 재구성하여 『규장전운』 편찬자의 의도를 파악하고자 했다.[145]

『지암일기』 디지털 인문학 프로젝트에서는 텍스트의 내용 요소를 인물(Person), 노비(Slave), 공간(Place), 물품(Object), 문헌(Book), 용어(Term)로 선정하고, 해당 정보들 사이의 의미적 관계를 상호 연결하는 도메인 온톨로지를 디자인하고, 이를 토대로 8만여 건이 넘는 시맨틱 데이터를 구축하기도 했다.[146]

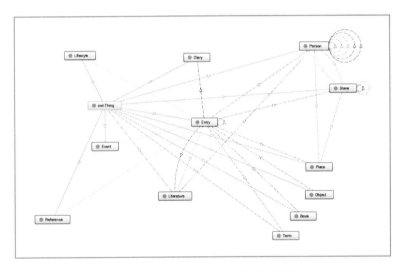

〈그림 39〉 『지암일기』 온톨로지 디자인의 전체적 얼개

그런데 유의미한 인문데이터의 설계와 구축은 인문학 연구자만이 할 수 있는 일이다. 정보공학 연구자는 인문학 영역의 지식과 지식체

---

145) 류정민·성기호, 「그래프 속 제왕의 목소리: 네트워크 시각화를 통해 재구성한 『규장전운』」, 『한국고전연구』 57, 한국고전연구학회, 2022, 121-166쪽.

146) 지암일기 연구팀, 지암일기 데이터셋: 지암일기 디지털 인문학 연구 데이터 현황, URL: https://jiamdiary.info/data/datasets

계에 대해서 접근하기가 어렵기 때문이다. 또한 인문데이터를 토대로
하는 디지털 분석 자체는 정보공학 연구자들이 보다 손쉽게 수행할 수
있지만, 분석의 결과물에 의미를 부여하는 해석의 과정은 결국 인문
학 연구자만이 온전히 수행할 수 있다.

이처럼 인문학 연구자의 독자적인 해석이 들어간 인문 데이터 설계와
구축을 통해서, 기존의 인문학 연구에서 연구자의 암묵지(暗默知, tacit
knowledge)로만 남겨졌던 내용을 형식지(形式知, explicit knowledge)
로 편찬하게 되면, 인문학의 학문적인 완결성을 높이는 동시에 디지
털 시대에 정보공학에서는 불가능한 인문학만의 독자적인 영역을 확
보할 수 있을 것이다. 또한 이렇게 구축한 인문 데이터는 디지털 분석
을 통해서 기존과는 다른 방식으로 인문학 연구를 수행할 수 있는 토
대가 된다.

4. 디지털 고전문학 연구를 위해
무엇을 익혀야 하는가?

온전한 디지털인문학 개념에 의거한 고전문학 연구를 위해서는 인
문학자의 해석이 내재된 인문 데이터를 구축하고, 이를 토대로 디지
털 분석을 수행하는 방법에 대한 능력을 배양할 필요가 있다. 과거 선
현들이 글을 많이 읽어 문리(文理)가 트이도록 노력했던 만큼 현대의
인문학자들은 디지털 리터러시에 대한 공부를 거듭하여 디지털 인문
학 능력을 키워야 할 것이다.

구체적으로 현 시점에서 인문학 연구자에게 필요한 디지털 인문학
에 관한 기초 공부로, 인문 데이터의 설계와 구축 영역에서 연구 대상

자원을 최대한 보존하면서 인문학 연구자의 해석을 부가하는 형식의 XML(eXtensible Markup Language), 대상 자원에서 필요한 정보만을 추출하여 재편찬하는 RDB(Relational Database), 그리고 대상 자원에 내포된 정보를 효과적으로 정리하기 위한 온톨로지(OWL) 디자인 방법론 등을 거론할 수 있다. 여기서 조금 더 나아갈 경우 인문 데이터 분석과 연계한 확장성을 고려하여 python을 기반으로 하는 언어 분석 방법과 사회네트워크 방법론 및 지리정보분석방법을 공부하면 좋을 것으로 생각한다. 그 외에 JavaScript와 같은 프로그래밍 언어를 활용한 다양한 시각화 방법론을 익히는 것도 무의미한 것은 아니나, 현장에서 그와 같은 시각화 방법론을 다루는 환경의 변화 속도와 실제 연구에서의 활용 가능성을 고려하면, 상대적으로 데이터 설계와 구축 그리고 분석과 관련된 방법론을 공부해나가는 것이 경제적이라는 생각이다.

다만, 디지털 리터러시를 익혀야 하는 이유는 어디까지나 고전문학 연구를 위함이기에, 고전문학 자료를 정독하는 과업을 등한시해도 된다는 말은 절대 아니다. 고전문학 자료에 대한 깊은 이해가 없이는 아무리 첨단의 디지털 방법론을 가지고 있다 하더라도 사상누각에 불과하기 때문이다. 물론 전통적인 맥락에서의 고전문학 자료를 다루는 것만으로도 쉽지 않은 상황에서 디지털 리터러시에 대한 이해까지 갖추는 것은 결코 녹록치 않은 일이다. 하지만 도전을 통한 성취감을 생각하면, 고통도 즐거움일 수 있지 않을까?

참고문헌

김현, 『인문정보학의 모색』, 북코리아, 2012.
강우규 · 김바로, 「<소현성록> 연작에 나타난 감정의 출현 빈도와 의미 – 컴퓨터를 활용한 통계학적 분석을 바탕으로ー」,『溫知論叢』56, 온지학회, 2018.

강우규・김바로, 「인공지능을 활용한 <소현성록> 연작의 감정 연구」,『문화와 융합』40(4), 한국문화융합학회, 2018.

강우규・김바로, 「고전소설에 대한 디지털 감정 분석방법론 탐색ー<구운몽>을 대상으로ー」,『동아시아고대학』56, 동아시아고대학회, 2019.

강우규・김바로, 「딥러닝을 활용한 경판 방각본 소설의 유형 고찰ー영웅소설과 애정소설 유형을 중심으로ー」,『국제어문』84, 국제어문학회, 2020.

김바로・강우규, 「빅데이터와 고전문학 연구방법론」,『語文論集』78, 중앙어문학회, 2019.

김바로, 「딥러닝으로 불경 읽기ーWord2Vec으로 CBETA 불경 데이터 읽기」,『원불교사상과 종교문화』80, 원광대학교 원불교사상연구원, 2019.

김바로, 「<공공데이터법>과 인문데이터ー공공기관 보유 인문데이터 공개 신청 사례를 중심으로」,『한국고전연구』57, 한국고전연구학회, 2022.

김성문・김바로(2021), 「딥러닝을 활용한 시조의 유형 고찰: 영남가단과 호남가단의 시조를 중심으로」,『문화와융합』43(8), 한국문화융합학회, 2021.

김준연, 「AI 시대 중국 고전문학 연구의 새로운 방법론 탐색」,『中國文學』106, 한국중국어문학회, 2021.

류정민・성기호, 「그래프 속 제왕의 목소리: 네트워크 시각화를 통해 재구성한『규장전운』」,『한국고전연구』57, 한국고전연구학회, 2022.

최운호・김동건, 「컴퓨터 문헌 분석 기법을 활용한 <토끼전> 이본 연구」,『우리문학 연구』58, 우리문학회, 2018.

지암일기 데이터 아카이브, URL: https://jiamdiary.info/
한국학중앙연구원, 디지털 장서각, URL: https://jsg.aks.ac.kr/
한국학중앙연구원, 옛한글 원문정보 온라인 열람시스템,
　　URL: http://103.55.190.139/ohis/

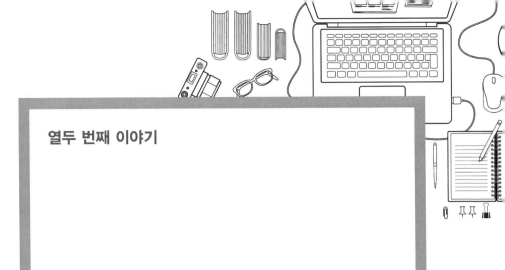

열두 번째 이야기

현대문학 데이터 분석 사례와 그 의미

김병준

1. 들어가며: 지금-여기의 문제

이 글에서 이야기할 내용은 현대문학 텍스트 데이터 분석에 관한 것이다. 특히 1800년대 후반 신소설부터 시작하는 한국 (근)현대문학을 말한다. 현대문학 작품을 디지털인문학 연구에 어떻게 활용할 것인지, 그 과정의 어려움과 도전 그리고 한계에 대해서 이야기해보고자 한다.

이광수의 『무정』을 한국 최초의 근대소설이라고 한다면, 1917년에 작품 연재가 시작되었으니 현대문학 데이터는 이제 겨우 백년이 넘은 '지금-여기'의 문제를 다룬다. 국어국문학과의 나머지 두 분과(국어학, 고전문학)가 수백, 수천 년 전 자료를 다룬다면 현대문학 분과는 마치 엊그제 일을 다루는 수준이라 해도 큰 무리가 없다. 하지만 역설적으로 현대문학(연구)가 가진 그 젊음 덕분에 연구할 데이터는 나머지 두 분과에 비해 매우 빈약하다. 국어학과 고전문학 분야에서는 각각 국립국어원과 고전번역원 등의 국가 기관을 통한 자료 정리와 편찬이 이뤄졌다면, 현대문학 분야는 최근에야 국립한국문학관이 개관하며 연구에 필요한 데이터를 편찬하기 시작했다. 세종 말뭉치('국어학'), 한국문집총간('고전문학')처럼 여러 연구자들이 공동의 연구 데이터로 합의한 자료가 없는 상황이다. 그나마 일제강점기 시대의 작가들이 사후 수십년이 지나 저작권이 사라졌기 때문에 해당 작가들의 작품 위주로 비공식적인 전자문헌화(hwp, txt 파일)를 하거나 현대문학 연구자들이 아닌 일반 시민들의 크라우드 소싱(위키문헌, 구글 도서 등)이 이뤄지는 수준이다.

2. 현대문학 데이터 분석의 어려움

1) 한국어판 구텐베르크 프로젝트의 부재

첫 번째 어려움은 연구에 쓰일 현대문학 공공 데이터가 부재한다는 점이다. 구텐베르크 프로젝트(Project Gutenberg)[147]는 활자 대량 생산 기술을 대중화한 요하네스 구텐베르크의 이름을 딴 전자문헌 프로젝트이다. 1971년 시작해 약 50년 동안 60,000편이 넘는 서적이 전자화되었다. 해당 프로젝트 덕분에 영문학의 정전(canon)들이 전자문헌화 될 수 있었고, 디지털 인문학 연구에도 큰 힘이 되고 있다. 이제는 문학 작품을 텍스트 파일로 단순히 옮기는 수준을 넘어 문장 단위에서 청자나 화자를 태깅 (혹은 annotation)하거나 형용사나 주요 단어를 따로 태깅하는 등 더 높은 수준의 연구가 가능할 수 있게 다각도의 아카이빙이 진행 중이다.

Quotation	Annotations	
"You must not be too severe upon yourself," replied **Elizabeth**	**Speaker:** Elizabeth Bennet	
	Addressees: (Mr. Bennet, Kitty)	
	Quote type: Explicit	
	Referring Expression: replied Elizabeth	
	Mentions: ('you', Mr. Bennet), ('yourself', Mr. Bennet)	
With an air of indifference **he** soon afterwards added: *"How long did you say he was at Rosings?"*	**Speaker:** George Wickham	
	Addressees: Elizabeth Bennet	
	Quote type: Anaphoric	
	Referring Expression: he soon afterwards added	
	Mentions: ('you', Elizabeth Bennet), ('he', Colonel Fitzwilliam)	
"But not before they went to Brighton?"	**Speaker:** Elizabeth Bennet	
	Addressees: Jane Bennet	
	Quote type: Implicit	
	Referring Expression:	
	Mentions: ('they', [George Wickham, Lydia])	

Table 1: Annotations for three sample quotations from PDNC, one for each quotation type. The speaker in each example is highlighted in bold, and mentions within quotations are underlined.

(Vishnubhotla, K., Hammond, A., & Hirst, G. (2022). The Project Dialogism Novel Corpus: A Dataset for Quotation Attribution in Literary Texts. arXiv preprint arXiv:2204.05836.)

〈그림 40〉 소설 대화문 Annotation 예

---

147) <구텐베르크 프로젝트(Project Gutenberg)> URL: https://www.gutenberg.org/

예컨대 토론토 대학 연구팀이 2022년 4월에 공개한 'the Project Dialogism Novel Corpus'[148]는 주요 영문학 소설 작품들의 대화 텍스트를 따로 태깅한 데이터 세트다. 해당 데이터 세트는 위의 <그림 40>처럼 대화문의 화자, 청자, 인용내용 등의 정보를 추가하였다. 한국어 소설을 쓰는 인공지능이 가능하려면 말뭉치의 크기뿐만 아니라 이렇게 섬세한 태깅 작업도 중요할 것이다. 하지만 문제는 한국어판 구텐베르크 프로젝트가 제대로 이뤄지지 못하고 있다는 점이다. 앞에서 언급한 한국어 위키문헌[149]과 한국 구텐베르크 프로젝트[150]가 존재하지만 해당 사이트의 작품 범위는 한국 현대문학 분야에서 주요하게 다뤄지는 작가들의 작품 수로서는 여전히 부족하다.

2) 굴곡이 많은 근현대 한국어

두 번째 어려움은 근현대 한국어에 내재한 지난 100년간의 굴곡이다. 근현대 한국어 텍스트는 국한문혼용체, 한국어와 일본어의 이중 언어, 한글 맞춤법 체계의 변화 등 글쓰기 형태의 변화가 많았다. 때문에 문학작품 텍스트도 동일한 분석 틀로 연구를 진행하기 어렵다.

예컨대 필자는 1900년대 초반의 애국계몽기 잡지 텍스트 분석 연구에 참여한 경험이 있다.[151] 해당 텍스트는 국한문혼용체로 작성되어 있었고, 현대 한국어 형태소 분석기로는 분석이 사실상 불가능했다. 따라서 한자어만 따로 추출해서 띄어쓰기 단위로 분석을 할 수 밖에 없었는데, 이는 근현대 텍스트의 경우 시대별로 서로 다른 분석 틀을

---

148) <the Project Dialogism Novel Corpus>
URL: https://github.com/Priya22/project-dialogism-novel-corpus
149) <한국어 위키문헌> URL: https://ko.wikisource.org/wiki
150) <한국 구텐베르크 프로젝트> URL: http://projectgutenberg.kr/
151) 전성규·김병준, 「디지털인문학 방법론을 통한 『서북학회월보』와 『태극학보』의 담론적 상관관계 연구」, 『개념과 소통』 23, 한림대학교 한림과학원, 2019, 141-188쪽.

만들어야 한다는 것을 의미한다. 특히 일제강점기 텍스트에는 일본어나 중국어도 함께 나오는 경우가 있는데 한중일, 한문 텍스트를 일괄적으로 분석하기는 어려운 일이다.

3) 수사(修辭)와 자연어 처리

세 번째 어려움은 문학 텍스트가 가진 고유의 수사(修辭)를 현재의 자연어 처리 기술로는 완벽하게 분석하기 어렵다는 점이다. 특히 주어를 생략하거나 문법 요소의 도치가 자유로운 한국어 특성상, 자연어 처리로 텍스트의 함의를 컴퓨터가 읽어낸다는 것은 무척 어렵다. 텍스트의 긍부정을 분류하는 감성 분석(Sentiment Analysis)이나 화남, 기쁨, 놀람 등의 감정을 분류하는 감정 분류(Emotion Classification) 정도가 현재 텍스트가 가진 수사(修辭)를 이해하는 자연어 처리 기반의 대표적인 방법이지만 여전히 한계는 존재한다.

최근 서울대 심리학과 연구진이 공개한 KOTE(Korean Online Thatgul Emotions)[152]가 한국어 감정 분류 모델의 가능성을 타진했지만 반어/역설 같은 더 높은 수준의 수사법을 이해하기엔 아직 부족한 면이 많다. 하단의 <그림 41>을 참고할 수 있다.

```
'가야 할 때가 언제인가를 분명히 알고 가는 이의 뒷모습은 얼마나 아름다운가.
봄 한 철 격정을 인내한 나의 사랑은 지고 있다.':
[('깨달음', 0.86),
 ('슬픔', 0.74),
 ('감동/감탄', 0.68),
 ('행복', 0.55),
 ('불쌍함/연민', 0.51)]}
```

〈그림 41〉 KOTE가 분석한 이형기의 시 〈낙화〉의 감정 분류 결과

---

152) <KOTE(Korean Online Thatgul Emotions)> URL: https://github.com/searle-j/kote

3. 시도와 한계

1) 데이터 확보

위에서 설명했듯이 현대문학 데이터는 확보 자체가 어렵고 몇몇 연구자나 연구단체가 만든 자료는 전자화 되지 않은 상태로 현실 공간의 어딘가에서 '부유'중이다. 그럼에도 파편화된 공공 데이터를 활용해 현대문학 데이터를 확보하는 채널을 소개하자면, 아래 정도로 요약 가능하다.

○ 한국어 위키문헌 : 위키문헌의 경우 XML 파일 형태로 매월 데이터를 공개[153]하고 있으며 여러 연구자 및 시민들의 기여로 점점 더 많은 문학 텍스트가 보강되고 있다. 위키문헌을 활용한 문학 말뭉치를 확보하는 자세한 과정은 필자의 논문[154]과 해당 논문의 깃허브[155]에 있다. 우선 위키문헌에서 연구자가 원하는 항목을 선택하는 방법은 크게 세 가지가 있다. 첫째, 특정 작가의 단위로 검색하는 법이다. 예를 들면 저자가 김동인으로 태깅된 작품을 모두 볼 수 있다[156]. 둘째, 작품의 장르 단위로도 검색이 가능하다[157]. 위키문헌에서 '양식별 작품' 분류를 제공하는데 소설, 시 등의 분류 체계를 활용할 수 있다. 마지막으로 작가 사후 50년이나 70년이 지나 저작권이 소멸된 텍스트를 검색하는 방법이

---

[153] https://dumps.wikimedia.org/
[154] 서재현·김병준·김민우·박소정,「멀리서 읽는 "우리" ─ Word2Vec, N-gram을 이용한 근대 소설 텍스트 분석」,『대동문화연구』115, 성균관대학교 대동문화연구원, 2021, 349-386쪽.
[155] https://github.com/Minwoo-study/Project_Uri
[156] https://ko.wikisource.org/wiki/저자:김동인
[157] https://ko.wikisource.org/wiki/분류:양식별_작품

있다[158]. 'PD-old-50(70)' 태그는 퍼블릭 도메인을 뜻하며 필자의 연구에서는 해당 태그를 활용해 근현대 문학 텍스트 데이터를 확보하였다.

○ 각종 공공데이터: 위키문헌 외에도 RISS, KCI, Dbpia, 공공데이터 포털[159] 등 각종 공공데이터를 연구에 활용할 수 있다. 필자는 문학 비평 텍스트나 문학 연구 논문 초록이나 주제어 등의 텍스트를 연구에 활용하였다[160]. 3대 문예지(창작과비평, 문학동네, 문학과사회) 비평 텍스트의 경우 Dbpia, 교보 스콜라 등 민간 DB 업체에서 PDF파일을 다운 받은 후 OCR 과정을 거쳐 비평 텍스트를 확보하였다. 학위/학술지 논문 서지정보의 경우 RISS와 KCI에서 웹 스크래핑과 API를 통해 데이터를 수집하였다. 두 과정 모두 프로그래밍에 대한 중급 이상의 지식이 필요하다.

2) 전처리 또 전처리

데이터 수집을 완료한 이후 가장 중요한 단계는 전처리(Preprocess)이다. 전처리란 본격적인 분석 과정 '이전'에 이뤄지는 모든 일로 해당 단계가 연구의 결과를 좌우할 정도로 큰 영향을 끼친다.

○ 텍스트 분석 단위 결정: 전처리 단계에서 가장 먼저 결정해야 할 일은 분석 단위이다. 자연어 처리를 활용한 연구에서는 줄글 상

---

158) https://ko.wikisource.org/wiki/분류:PD-old-50
159) https://www.data.go.kr/
160) 김병준 · 전봉관 · 이원재, 「비평 언어의 변동: 문예지 비평 텍스트에 나타난 개념 단어의 변동 양상, 1995~2015」, 『현대문학의 연구』 61, 한국문학연구학회, 2017, 49~102쪽; 김병준 · 천정환, 「박사학위 논문(2000~2019) 데이터 분석을 통해 본 한국 현대문학 연구의 변화와 전망」, 『상허학보』 60, 상허학회, 2020, 443~517쪽.

태의 텍스트를 벡터(vector) 형태로 전환하는데(임베딩), 이때 텍스트를 투입하는 단위를 문서로 할 것인지, 문단으로 할 것인지 아니면 더 세밀하게 문장으로 할 것인지 연구 목적에 맞게 결정해야 한다. 이를테면 어떤 소설가의 생각하는 단위를 문단으로 본다면 개행(엔터) 두 번을 기준으로 문단 단위 분석을 해야 하며, 하나의 문장 내에서의 텍스트 함의를 분석하고 싶다면 문장을 선택해야 한다. 필자의 연구('멀리서 읽는 우리')에서의 분석 단위는 문장이었는데, 처음에 문단 단위로 word2vec 학습을 하다가 다음 문단이나 문장의 단어까지 함께 학습이 되면서 연구자가 원하지 않는 결과가 나왔기 때문이다. 이때 한국어 문장 분리는 kss[161] 패키지를 활용하였다.

○ 한자 처리 및 한문 형태소 분석기 활용: 현대문학 텍스트에는 한자 병기나 국한문 혼용체가 자주 등장한다. 때문에 한자를 한글로 전환하거나 한글을 한자로 전환하는 일이 중요하다. hanja 패키지[162]는 한자−한글 변환이나 한자어 인식 기능이 있어 전처리에 용이하다. 또한 정규표현식을 활용해 한자를 한꺼번에 더 쉽게 변환할 수도 있다. 국한문 혼용체의 경우 한문(Classical Chinese)을 학습한 형태소 분석기[163]를 사용할 수도 있다.

○ 연구 텍스트의 특화된 형태소 분석기 만들기: 오픈소스 기반 한국어 형태소 분석기는 여러 종류가 있으며 아쉽게도 현대문학 텍스트에 최적화된 형태소 분석기는 없다. 여러 형태소 분석기

---

161) https://github.com/hyunwoongko/kss
162) https://github.com/suminb/hanja
163) https://github.com/KoichiYasuoka/SuPar-Kanbun

를 사용해본 결과 속도와 안정성, 다양한 기능 그리고 최근까지 계속 업데이트를 해주는 형태소 분석기는 kiwi[164]가 거의 유일하다. 중요한 것은 어떤 형태소 분석기를 쓰든 연구할 데이터에 특화해야 한다는 것이다. 첫째, 띄어쓰기가 제대로 되어있지 않은 경우는 띄어쓰기를 우선 시행한다. 둘째, 문학 텍스트에 특화된 사용자 사전을 구축한다. 예컨대 비평 텍스트의 경우 '현대문학'은 '현대' + '문학'이 아니라 '현대문학'으로 복합명사 처리가 필요하다. 이럴 때는 형태소 분석기에서 제공하는 사용자 사전 기능을 적극적으로 활용해야 한다. 셋째, 불용어와 동의어 처리도 적극적으로 활용한다. 한국어 불용어(stopwords)는 연구자들이 공통으로 활용하는 목록이 아직 없기 때문에 마찬가지로 데이터 성격에 맞게 목록을 구성해야 한다. 박사 학위논문 텍스트 연구에서는 '연구', '본고', '서론' 등 논문에서 매우 자주 등장하거나 거의 문법적인 기능만을 수행하는 단어를 불용어로 추가하였다. 그리고 동의어 처리도 중요하다. 동의어 처리란 서로 다른 기표를 가진 단어를 하나의 기표로 통일해주는 것을 뜻한다. 예컨대 '춘원'은 이광수의 호인데 '춘원'을 모두 '이광수'로 바꿔준다. 마지막으로 형태소 추출시 품사를 포함하는 것을 추천한다. 품사를 포함해 형태소를 추출하면 동음이의어 처리를 좀더 쉽게 할 수 있다. 예컨대 '이상/NNP'는 고유명사로서의 이상(시인)을 뜻하며, '이상/NNG'는 일반 명사로서의 이상을 뜻한다. 이렇게 동음이의어 때문에 생기는 문제를 좀 더 줄일 수 있다.

---

164) https://github.com/bab2min/Kiwi

4. 앞으로의 디지털 현대문학 연구

1) 전국 국문과생이여 단결하라!

표 1. 기계 판독이 가능한 형태의 포맷 단계별 구분비교19)

구분	1단계	2단계	3단계	4단계	5단계
기계판독이 가능한 형태	미충족포맷 (포털등록불가)	최소충족포맷	오픈포맷	오픈포맷	오픈포맷
특징	특정 소프트웨어에서 읽을 수만 있는 데이터로 자유로운 수정, 변환 불가	특정 소프트웨어에서 읽고 수정, 변환 가능	모든 소프트웨어에서 읽고 수정, 변환 가능	URI를 기반으로 데이터 속성 특성 관계를 기술하고 있는 데이터 구조	웹상의 다른 데이터와 연결, 공유 가능
예시	PDF	HWP, XLS, JPG, PNG, WMV, MPEG, MP3, SWF	CSV, JSON, XML	RDF	LOD

〈그림 42〉 데이터 포맷의 단계 예시[165]

지금까지 현대문학 데이터 분석 사례와 한계를 논의했다. 앞으로 현대문학 데이터의 디지털인문학 연구가 확장되려면 결국 현대문학 연구자들이 함께 위키문헌을 뛰어넘는 공통의 문학 말뭉치 데이터를 구축해야 한다. 위키문헌 데이터는 충분히 활용성이 높지만, 어떤 판본을 텍스트화했는지 알 수 없고, 전공자들이 중요하게 생각하는 작품들의 우선순위 없이 전자문헌화가 되고 있다는 치명적인 단점이 있다. 또한 문학 작품이 중심이 되는 말뭉치가 등장하면 BERT 프리트레인 모델 등 여러 분야에서 활용도가 높아질 것이다. 위의 〈그림 42〉

---

165) 김바로, 「<공공데이터법>과 인문데이터－공공기관 보유 인문데이터 공개 신청 사례를 중심으로」, 『韓國古典硏究』 57, 한국고전연구학회, 2022, 167-192쪽.

에서 구분한 것처럼 현대문학 연구자들은 3단계 이상의 데이터 포맷
을 추구해 누구나 활용할 수 있는 형태로 공개해야 한다.

2) 인문학 연구도 적정기술이 필요하다

두 번째 제안은 적정기술의 개념이다. 발표자 또한 한때는 최신 기
술에 경도된 적이 많았다. 공학 연구자들이 만드는 최첨단 기술이 인
문학 연구를 더 풍성하게 한다는 믿음 말이다. 하지만 공부를 하면 할
수록 결국 디지털 인문학도 인문학이며 인문학 연구의 본령인 인문 자
료를 어떻게 잘 만들고 해석할 것인가가 중요하다는 것을 깨달았다.
특히 최신 기술은 인문학 연구자들이 이해하기 어려울 정도로 복잡해
졌기 때문에 다소 간단하고 수년 전의 기술이지만 연구자들이 이해하
기 쉬운 '적정' 기술을 잘 활용하는 게 더 중요하다고 생각한다. 1~2%
의 정확도 향상이 인문학 연구에 중요한 요소는 아니기 때문이다. 인
공지능 학계 또한 점점 해석하기 어려운 인공지능의 등장으로 설명가
능한 인공지능(Explainable AI) 연구가 주목받고 있다.

3) 텍스트 분석을 넘어

앞에서 인문학 텍스트 데이터와 분석을 위주로 설명했지만, 현대문
학 데이터는 텍스트에 국한할 이유가 없다. 앞으로는 텍스트 외에 소
설에 등장하는 인물 사이의 관계라든가, 삽화나 표지에 등장하는 이
미지도 연구의 대상으로 삼고 데이터로 가공·활용할 수 있어야 한다.
2022년 등장해 가장 큰 반향을 불러일으킨 OpenAI의 'Dalle2'는 이
미지와 텍스트가 연동된 multimodal이다. 현대문학 분야도 이제 텍스
트를 넘어 데이터를 활용한 다방면의 연구를 시도할 때가 되었다.

참고문헌

김바로, 「<공공데이터법>과 인문데이터-공공기관 보유 인문데이터 공개 신청 사례를 중심으로」, 『韓國古典硏究』 57, 한국고전연구학회, 2022.

김병준·전봉관·이원재, 「비평 언어의 변동: 문예지 비평 텍스트에 나타난 개념 단어의 변동 양상, 1995~2015」, 『현대문학의 연구』 61, 한국문학연구학회, 2017.

김병준·천정환, 「박사학위 논문(2000~2019) 데이터 분석을 통해 본 한국 현대문학 연구의 변화와 전망」, 『상허학보』 60, 상허학회, 2020.

서재현·김병준·김민우·박소정. (2021). 「멀리서 읽는 "우리"-Word2Vec, N-gram을 이용한 근대 소설 텍스트 분석」, 『대동문화연구』 115, 성균관대학교 대동문화연구원, 2021.

전성규·김병준 「디지털인문학 방법론을 통한 『서북학회월보』와 『태극학보』의 담론적 상관관계 연구」, 『개념과 소통』 23, 한림대학교 한림과학원, 2019.

Vishnubhotla, K., Hammond, A., & Hirst, G. (2022). The Project Dialogism Novel Corpus: A Dataset for Quotation Attribution in Literary Texts. arXiv preprint arXiv:2204.05836.

함께 나눈 이야기 여섯.

문학 연구에서
데이터 분석 방법론의
활용 맥락은 무엇인가?

대담자: **류인태**
토론자: **김바로, 김병준**

데이터 분석(Data Analysis)에 관한 단상

류인태(이하 류) 고전문학과 현대문학은 확실히 큰 틀에서 보면 최대
한 정교한 데이터를 구축해야 한다는 근본적 방향은 비슷할 수
있겠으나, 접근 방식 자체는 좀 다를 수 있을 것 같습니다. 저도
넓게 보면 고전문학 분야를 연구하고 있는 사람이기도 하고 실
제 고전 관련 데이터를 오랜 기간 계속 구축해 왔고 지금도 구
축을 하고 있는 사람이긴 한데, 확실히 자연어 처리 기반의 어
떤 뭔가를 직접적으로 활용할 수 있느냐 없느냐 거기서 어떤
분기점이 있을 수도 있겠다는 생각이 듭니다. 김바로, 김병준
두 분 선생님과 여러 이야기를 나눠보도록 하겠습니다.

류 두 분 선생님은 한국 문학 자료를 대상으로 한 데이터 분석 영
역에서 가장 뚜렷한 행보를 이어가고 있는 연구자입니다. 아무
래도 디지털 인문학의 다양한 외연 가운데서도 '분석(analysis)'
방면의 연구가 갖는 뚜렷한 색채가 있고, 그러한 색채를 연구
에 적용하고자 한 결과가 아닐까 싶습니다. 관련해서 계량적
관점에 기초한 '분석(analysis)' 영역은 질적 연구가 바탕이 되
는 인문학과는 다소 거리가 있는, 사회과학(Social Science)이
나 이공계(STEM) 방면의 연구방법론과 더욱 가까운 것처럼
보입니다. 이와 관련해 김바로 선생님은 2019년도에 발표하신
논문에서 그러한 점을 분명히 지적하기도 하셨습니다. "디지
털 언어분석 방법은 기본적으로 표상체(Sign)에 대한 초고속
처리이다. 디지털 언어분석 방법은 방대한 텍스트에 출현하는
각 표상체를 표상체 식별 체계(형태소 사전, 띄어쓰기, 문장 부

호 등)를 통하여 식별하고, 그 출현 빈도를 정확하게 헤아려 대상 텍스트의 전체적인 모습을 탐색하는 방식이다. 그런데 표상체에 대한 통계 결과는 단지 숫자일 뿐 그 자체로 의미를 가지고 있지 않기에, 연구자의 해석을 필요로 한다. 즉 디지털 언어분석 방법 자체는 표상체만을 대상으로 하고 있으며, 대응하는 해석체를 탐색하고 표상체와 해석체를 연결하는 것은 인문학자의 역할로 남아 있다. 이를 다시 정리하면, 디지털 언어분석 방법은 결국 표상체에 대한 수치만을 도출할 뿐이며, 인문학에서 중시하는 표상체에 대응하는 해석체(Interpretant), 그리고 표상체와 해석체의 관계에 대한 부분이 미흡하다. 따라서 기본적으로는 표상체에 대한 수치만을 산출하는 현재의 보편적인 디지털 언어분석 방법은 작품 비교 연구 혹은 문체를 통한 이본 비교 등과 같은 제한적인 영역에서만 어느 정도 자체적인 완결성을 보이고 있으며, 그 외의 영역에서는 디지털 언어분석을 통하여 도출된 수치에 대한 연구자의 해석을 필요로 한다." (김바로・강우규, 「빅데이터와 고전문학 연구방법론」(2019)). 사실 이 부분은 어떻게 표현하느냐에 따라 달라질 수 있습니다. 김병준 선생님도 글을 통해 비슷한 말씀을 하셨습니다. 자연어처리 기술을 문학 연구에서 활용하는 맥락의 어떤 층위랄까 수준이랄까 그게 형태론이나 통사론적 맥락의 접근에 머물러 있지 의미론이나 화용론의 맥락에서 접근할 수 있는 수준까지 아직은 가지 못했다는 것이 김바로 선생님 말씀의 연장선상에서 짚어볼 수 있는 지점이라 생각합니다. 그래서 김바로 선생님 말씀을 들어보면 마지막에 강조하신 대로, 분석 결과로 얻어낸 수치에 대한 연구자의 해석이랄까요 결국은 분석 결과보다도 그 결과를 어떻게 해석할 것인가가 연구에 있어서 굉장히 중요한 지점이 되고, 그 해석이라는 것은 결국 분석 대상이 된 자료들에 대해서 그 연구자가 기존에 품고 있던 여러 학술적 문제의식이나 다양한 유관 지식에 관한 이해가 질적으로 작용하는 부분이 분명히 있지 않을까 싶습니다. 두 분 선생님은 문학 자료를 대상으로 한 분석 연구에 꾸준히 참여해 오셨기 때문에 아마 이 지점에 관해 뚜렷한 문제의식을 가지고 계시리라 생각합니다. 이 자리를 통해 문학 자료를 대상으로 한 '데이터 분석(data analysis)'에 관해 두 분 선생님이 가지고 계신 견해에 관해 여쭈어 듣고 싶습니다.

김바로(이하 김R) 정보 기술 영역이 빠른 속도로 발달하고 있습니다. 형태론이나 통사론 수준에서의 접근을 넘어서 화용론이나 의미론 방면의 접근을 접목한 데이터 처리 방법론에 관한 연구도 계속 이루어지고 있는 것으로 알고 있습니다. 다만 오랜 기간 질적 연구에 주력해 온 인문학 연구 영역에서 보았을 때, 텍스트를 대상으로 한 분석 처리 결과가 만족할만한 수준이 되기에는 조금 더 시간이 필요할 것이라 생각됩니다. 언젠가는 연구자들이 만족할만한 수준이 나오는 날이 도래하지 않을까요?

류 그 날이 빨리 왔으면 합니다(웃음).

김R 제 이야기를 조금 더 하자면, 저는 석사과정에서 북방 소수 민족사를 전공했습니다. 역사학의 기본 방법론은 사료를 찾아서 수집하고, 해독한 다음 그 안에서 유의미한 내용을 찾아서 정리하는 것인데, 말 타고 다니던 사람들이 사료를 많이 남겼을까요?(웃음) 그래서 저는 석사과정 당시 연구 도메인과 유관한 온갖 자료를 찾아서 살펴야 했습니다. 그 과정에서 언어학, 민속학, 인류학, 종교학 등 역사학 바깥의 여러 지식을 참고해야 했습니다. 사료를 찾기 위한 과정에서 다양한 분야의 기초 지식이 필요했기 때문입니다. 이런 말씀을 드리는 이유는 현재 인문학 연구에 있어서 방법론은 기본적으로 다학제적임을 전달하고 싶기 때문입니다. 역사학 전공자라고 해서 역사학 분과 내에서 다루는 것만을 익힐 필요도 없고 그래서도 안 되죠. 다른 학문에서 이뤄놓은 성과를 역사학 연구에 접목할 수 있다면, 더욱 유연한 방향으로 확장된 연구가 가능할 것입니다.

류 데이터 분석도 인문학 연구에 접목 가능한 유연한 방법론이 될 수 있다는 말씀이시죠?

김R 네, 그렇습니다. 데이터나 텍스트를 대상으로 한 분석 연구도 그러한 측면에서 생각해볼 수 있지 않을까 싶습니다. 데이터 모델을 디자인하고 실제 데이터베이스를 편찬하는 연구의 경우, 인문학 데이터를 구축하는 과정으로서 의미를 가질 수 있을 것입니다. 데이터 분석 자체는 인문학 데이터를 디지털 분석 방법론에 따라서 단순히 분석하는 것뿐이지만, 데이터 분석에서 자연스럽게 이어지는 분석 결과의 "해석"에서는 인문학에서 고민하는 "의미"가 발현되기에 인문학적으로도 유효하다고 생각합니다.

김병준(이하 김J) 데이터 분석과 관련해서 저는 사회과학 방면의 입장을 조금 알고 있습니다. 석사 과정 당시 지도 교수님이 사회학 전공 연구자셨습니다. 그래서 어깨너머로 알게 된 지점들도 있고, 현재 제가 소속된 KAIST 디지털인문사회과학센터에서도 Computational Social Science, 즉 전산 사회과학, 계산사회과학 분야의 연구를 수행하고 있습니다. 공학, 사회과학, 인문학 등 성격이 다른 여러 분야의 연구자와 협업할 기회가 많기 때문인지, 저도 그 지점이 늘 궁금했습니다. 예를 들어 디지털 인문학과 계산사회과학 연구 모두 '데이터를 다룬다'는 공통점은 있는데, 데이터를 다루는 여러 영역 가운데서도 인문학자들은 대체로 데이터 분석 영역을 긍정적으로 바라보지 않습니다. 아무래도 질적 고민보다 계량적 접근이 우선적으로 이루어지는 분야기 때문에 그런 것 같습니다. 그리고 그 이면에는 '일반성이 강조되느냐 그렇지 않느냐'라는 측면이 강하게 작용하는 것이 아닐까 싶습니다.

류 일반성? 무슨 의미인가요?

김 네, 사회과학 연구의 경우 데이터를 다루는 가운데 굉장히 보편적인 진리를 발견하는 것이 주된 목적입니다. 자연과학의 원리처럼 반복 가능한 규칙을 찾고자 하는 것이죠. 뭐라고 해야 할까요 사회 전반에 적용할 수 있는 일반적 규칙이라고 해야 할까요 뭐 그런 것을 찾는다고 생각하시면 되겠습니다. 그런데 인문학의 경우 사회에서 발견 가능한 일반성이나 보편성보다도 오히려 인간의 삶에 잠재한 특수한 무언가를 찾아가는 과정이 재미있고 또 의미가 있는 것 같습니다. 예를 들어 어떤 작가의 특수한 경향이나 특정 문학 작품의 특수성을 조명하는 연구를 생각해보면 되겠습니다. 어떠한 지식이 여러 유관 데이터로 밝혀지고 그 데이터셋을 매개로 또 새로운 사실이 탐색될 수도 있고. 그러한 측면이 사회과학 방면의 연구와는 확실히 다른 것 같습니다. 새로운 지식을 계속 발굴하고 그 과정에서 다루어지는 인간에 관한 특수한 이야기를 전달하고자 하는 것이 인문학인데, 사회과학은 그러한 방식의 접근과는 거리가 있으니까요. 저는 사회과학적 차원의 데이터 다루기에 익숙해 있던 상태에서 디지털 인문학을 접한 사람이기 때문에, 아무래도 데이터 분석에 관해서는 순수 인문학을 연구해 온 선생님들과 시각의 차이가 있을 수밖에 없지 않을까 생각하고 있습니다.

류　김병준 선생님의 말씀에 공감합니다. 대개의 경우 사회과학과 인문학을 묶어서 '인문사회계열'이라고 이야기하지만 사실 두 영역은 근본 지형이 다릅니다. 예를 들어 인문학과 달리 사회과학은 '정책'에 관한 고민을 구체적으로 전개한다는 측면에서도 학문의 목적성이 다르다는 것을 알 수 있지요. 인문학 영역이 대체로 '분석(Analysis)' 방법론과 다소 거리를 두는 것은 20세기 중반 이후 학계에 지배적인 흐름으로 자리 잡은 포스트모던 경향 또한 영향이 있지 않을까 싶습니다. 기존에 어떤 보편적인 진리라는 것이 있고 그로부터 파생된 일관된 지점을 찾아서 탐구하는 것이 연구자들의 근본적인 문제의식이나 지향이 아니고, 애초에 절대적이고 일반적인 진리라는 것은 없고 끊임없이 반복되는 실천적 지향들 안에서 발견되는 어떤 특수하고도 단독적인 지점을 거듭 확인해 나가는 것이 중요하다는 뭐 그런 학술적 경향이라고 해야 할까요. 현대 인문학의 베이스에는 그러한 사유가 분명히 자리하고 있다고 생각합니다. 인

문학 연구자들이 양적 연구를 통해 일반적인 경향이나 보편적
원리를 찾으려고 하기보다 어떠한 양상 이면에 있는 단독적이
고도 특수한 지점을 찾아 밝히고 알리고자 하는 데 집중하는
것도 그러한 측면과 관련이 있지 않나 라는 생각도 듭니다.

문학 말뭉치(코퍼스) 구축의 어려움에 관하여

류 다른 질문으로 넘어가도록 하겠습니다. 텍스트 분석 연구에서
가장 기초적인 고민은 역시나 말뭉치(코퍼스)에 관한 것이 아
닐까 싶습니다. 형태소 분석이나 n-gram 분석 맥락의 공기어
분석이든 word2vec이나 BERT와 같은 워드임베딩 기반의 접
근이든, 분석하고자 하는 대상에 관한 기초적인 말뭉치(코퍼
스)가 구축이 되어 있느냐 되어 있지 않느냐는 연구의 진행 속
도나 분석의 심도에 있어서 큰 차이를 야기합니다. 두 분 선생
님도 이러한 지점에 대한 문제의식을 각기 발표문에서 피력하
셨습니다.

  "...한국의 고전문학의 어법과 어휘를 토대로 독자적인 한
  국 고전문학 형태소 분석기를 만들어야 한다. 고전문학을
  대상으로 하는 형태소 분석기를 만들기 위해서는 옛한글을
  토대로 하는 국문문학 텍스트와 한자를 토대로 하는 한문
  문학 텍스트를 현대 한국어와 같이 대규모 말뭉치(코퍼스)
  로 구축하고, 이를 토대로 어법과 어휘를 연구해야 한다. 그
  러나 상업적인 활용 가능성이 사실상 없는 고전문학에서

대규모 말뭉치 구축은 불가능에 가깝다. 또한 당장 80년대에 사용한 한국어 문법과 어휘가 현재와 다른데, 수백 년의 기간 동안 사용되었던 고전문학텍스트들이 동일한 문법과 어휘로 유지되었을 것이라고 생각하는 것은 환상이다...” (김바로, 「고전문학 데이터 분석 사례와 그 의미」)

“...근현대 한국어 텍스트는 국한문혼용체, 한국어와 일본어의 이중언어, 한글 맞춤법 체계의 변화 등 글쓰기 형태의 변화가 많았다. 때문에 문학작품 텍스트도 동일한 분석 틀로 연구를 진행하기 어렵다. 예컨대 필자는 1900년대 초반의 애국계몽기 잡지 텍스트 분석 연구에 참여한 경험이 있다. 해당 텍스트는 국한문혼용체로 작성되어 있었고, 현대 한국어 형태소 분석기로는 분석이 사실상 불가능했다. 따라서 한자어만 따로 추출해서 띄어쓰기 단위로 분석을 할 수 밖에 없었는데, 이는 근현대 텍스트의 경우 시대별로 서로 다른 분석 틀을 만들어야 한다는 것을 의미한다. 특히 일제강점기 텍스트에는 일본어나 중국어도 함께 나오는 경우가 있는데 한중일, 한문 텍스트를 일괄적으로 분석하기는 어려운 일이다...”(김병준, 「현대문학 데이터 분석 사례와 그 의미」)

두 분 선생님의 말씀만 놓고 보면 고전문학 형태소 분석기 개발이나 식민지 시기 자료를 대상으로 한 온전한 텍스트 분석 연구는 무척이나 요원한 일처럼 느껴집니다. 이러한 문제를 조금이라도 해결하려면 향후 어떠한 현실적 접근이 필요한지 여쭈어봅니다.

김R 가장 현실적인 해결책은 해당 분야에서 연구하는 젊은 연구자들이 열심히 자기 분야의 데이터를 만들고 공유하는 것입니다. '현실적인' 이라고 이야기했지만 사실 '이상적인' 것에 가깝기도 합니다. 자기가 하고 있는 연구에 대한 열망과 그것을 근간으로 하는 소위 데이터 구축 작업은 매우 고된 노동과 장기간의 시간적 비용 투입이 전제됩니다. 그에 비해 경제적 이득은 거의 없죠(웃음).

류 안 그래도 경제적으로 넉넉하지 않은 젊은 인문학 연구자들에게 직접적인 경제활동 대신 말씀하신 것과 같은 봉사활동을 요구할 수는 없지 않을까요?

김R 그래서 이상적인 것에 가깝다고 말씀드린 겁니다(웃음). 인문학 연구자 개인이 혼자서 무언가를 도모하기는 쉽지 않습니다. 혼자 무언가를 하려고 하기 보다는 여러 연구자들이 모여서 할 수 있는 협업 기반의 데이터 구축 프로젝트를 도모하는 것도 한 가지 방법이 될 수 있습니다. 이공계열을 중심으로 이루어지는 연구 사업 가운데서도 인공지능 학습 데이터 구축 계열의 연구 사업은 문화적 성격의 데이터 구축에 생각보다 많은 관심을 두고 있습니다. 예를 들어 한국지능정보사회진흥원(NIA)에서 주관하는 데이터 바우처 사업 같은 것이 있습니다. 그런 방향으로 시야를 돌리면 데이터를 만들면서 동시에 데이터 구축에 대한 경제적 보상을 함께 받을 수 있는 것이죠. 그런데 대부분의 인문학자들은 한국연구재단의 인문사회연구본부에서 제공하는 연구 사업에만 관심을 갖습니다.

류 아무래도 인문학 연구자의 입장에서는 인문학 유관 제도 바깥에서 무언가를 도모할 수 있다는 생각도 하기 어렵고, 지원할 만한 연구 사업을 찾는 채널도 현실적으로 마주하기 어려운 부분이 있습니다.

김R 개인적 차원에서는 분명 현실적 한계가 있습니다. 한편으로 개인 연구자가 아니라 기관의 입장에서도 바라볼 수 있을 것 같습니다. 일종의 플랫폼에 관한 문제라고 할 수 있을 텐데요. 공공기관을 중심으로 문학 자료 분석에 활용 가능한 다양한 데이터셋을 관리·제공하는 플랫폼이 있어야 합니다. 사실 데이터가 아예 없는 것은 아닙니다. 여러 문학 관련 연구 프로젝트를 통해 만들어진 데이터가 곳곳에 흩어져 있음에도 불구하고, 한곳에서 수집해서 관리할 수 있는 시스템이 갖추어져 있지 않은 것이 현실적으로 크게 작용한다고 생각합니다. 그리고 어느 기관이 그런 성격의 작업을 먼저 시작할지는 모르겠으나, 해당 기관은 인문학 데이터의 허브로서 중요한 역할을 담당할 것으로 생각합니다. 플랫폼에서 선점은 그 무엇보다 강력한 무기니까요.

김J 저는 개인적으로 현 시점에서 요원한 일이라 생각합니다. 현실적인 방안을 생각해본다면, 김바로 선생님 말씀처럼 흩어져 있는 데이터를 수집하는 것이 가장 중요할 것 같습니다.

류 조금 사담이긴 합니다만 몇 달 전에 제가 기획·준비에 참여한 근대기 문학 데이터 편찬 연구가 하나 있는데, 김바로 선생님이 말씀하신 한국지능정보사회진흥원(NIA)의 데이터 구축 사업에 지원했다가 떨어졌습니다. 여러 선생님들이 준비 과정에 참여하셨는데 아쉽습니다. 그 연구가 사업으로 선정되었다면 근대 문학을 전공하는 연구자들을 중심으로 대규모 근대기 텍스트 데이터 구축 작업이 이루어졌을 텐데요. 해당 연구가 선정되지 않은 이유 가운데 하나는 추측컨대 '그래서 이거 만들어서 뭐 할 건데'가 아닐까 싶습니다. 사실 인문학 데이터나 문화적 성격의 데이터라는 것이 그냥 딱 놓고 봤을 때 효용 가치가 크게 없어 보입니다. 그래서 '그 데이터 만들면 결국 그쪽 연구하는 사람들한테만 유용한 거 아니야? 그 사람들만 볼 거잖아. 대중에게 유용할까?'라는 의문이 있는 것입니다. 그러다 보니까 인문학 방면의 데이터 구축 사업이 기획된다든지 아니면 유관 사업이 생긴다 하더라도, 투입되는 예산 자체의 규모가 굉장히 작습니다. 정책, 제도적인 차원에서 그런 부분을 좀 해소하고 인문학 데이터 구축에 가급적 많은 예산을 확보하려면 뭐가 필요할까에 관한 생각을 평소에 많이 하는 편인데, 김바로 선생님과도 간혹 그런 성격의 이야기를 합니다. 가장 중요한 것은 목소리를 내는 것이 아닐까 싶습니다. 인문학 연구자들이 '이것이 필요하다. 이것 하려면 연구자들에게 얼마 이상의 예산을 투입해야 한다'는 이야기를 적극적으로 해야 하는데, 다들 아시다시피 디지털 인문학에 관심을 가진 인문학 연구자가 많지 않다보니 목소리를 내는 것이 쉽지 않은 상황입니다.

인문학 연구인가 디지털 인문학 연구인가

이민형 안녕하세요? 경희대 국어국문학과에서 고전문학을 공부하고 있는 이민형입니다. 저는 고전문학 전공자인데요. 개인적으로 무언가를 좀 만들어보려고 연암 박지원에 관한 논문을 계속 보고 있습니다. 김바로, 김병준 두 분 선생님처럼 디지털 인문학 방법론을 어떻게 활용할 것인가에 관한 인사이트가 없다보니, 자료를 다루는 방식에 있어서 한계에 봉착한 상황입니다. 기존에 해오던 방식대로 글쓰기 중심의 연구를 진행할까 조금 힘들어도 디지털 인문학 방법론을 익혀서 글쓰기보다는 일단 데이터를 정리하는 작업을 먼저 해볼까 뭐 그런 고민을 하고 있습니다. 제가 처한 상황에서 유효한 조언이나 가르침이 있다면 두 분 선생님께 청하고 싶습니다.

김J 국문학 연구에서 다루어 온 전통적 방법론으로서 글쓰기가 있고 또 새로운 방법론을 제안하는 신규 분야로서 디지털 인문학이 거론되고 있는데, 어떻게 하는 것이 좋을지 혼란한 상황에 처하신 것 같습니다. 디지털 인문학 방법론을 익혀야겠다는 생각을 하더라도, 그럼 당장 파이썬을 배워야 하나 아니면 뭘 해야 되나와 같은 고민이 있을 수 있습니다. 주변에서 제가 늘 듣는 질문이기도 합니다(웃음). 이런 경우에 제가 하는 답변은 늘상 같습니다. "함께 디지털 인문학 연구를 진행해 나갈 수 있는 공동 연구자를 구해서 같이 뭔가를 한 번 해보십시오." 혼자 해결할 수 없는 문제에 대해서 계속 끙끙거리고만 있을 수는 없는 노릇입니다. 디지털 환경에 관한 이해가 부족하다면 컴퓨터 공학이나 문헌정보학 또는 정보학 유관 분야의 대학원생을 동료로 구해보시는 방법을 권합니다. 인문학 바깥의 다른 분야에서도 디지털 인문학에 관심을 가지고 있는 연구자들이 생각보다 많습니다. 만약 노력해보시고 동료연구자를 구하지 못하신다면 저한테 이메일을 보내주시기 바랍니다(웃음). 자칭 디지털 인문학 전도자로서 선생님께 실질적인 조언을 해드리는 데 최선을 다하겠습니다.

김R 앞으로 학령인구도 점차 줄어들 테고, 대학 입장에서는 인문학 외에 디지털 유관 기술을 함께 다룰 수 있는 사람을 채용하고 싶어 할 것입니다. 장기적 차원에서는 전통적 인문학 연구 방법을 다루는 데만 집중하시기보다 디지털 인문학 방법론을 활용한 연구를 함께 수행하시는 것이 최선이라 생각합니다. 기본적으로는 김병준 선생님의 말씀대로 공동 연구를 생각해볼 수 있습니다. 아시다시피 저는 문학 전공자가 아닌데, 문학을 전공한 선생님들과 디지털 인문학 방면의 공동 연구를 많이 수행했습니다. 저와 함께 공동 연구를 하신 선생님들 가운데는 이제 기본적인 데이터베이스 기술이나 코딩을 직접 하시는 분도 있습니다. 연구를 함께 하는 과정에서 연구의 절차나 내용에 반영되는 디지털 기술에 관한 개념을 이해하고 실제 구동되는 데이터 처리 방법론을 익히는 공부가 자연스럽게 이루어집니다. 일종의 디지털 인문학 연구자와 함께 하는 공동 연구의 순기능 정도라고 할 수 있을 것 같습니다. 그렇다 하더라도 가장 좋은 방법은, 누군가를 통해서가 아니라 내가 직접 공부하고 익히는 것입니다. 한국에는 디지털 인문학 유관 교육 과정이 거의 없다는 것이 아쉬운 지점인데, 제가 소속된 한국학중앙연구원은 늘 열려 있습니다(웃음). 청강은 항상 환영입니다. 그런데 해당 질문에 관한 답은, 저보다는 오히려 오랜 기간 언어 데이터 처리 교육에 종사해 오신 서울대학교 박진호 선생님께 말씀을 청해듣는 것이 좋을 듯합니다.

박진호 안 그래도 발언을 좀 할까 했는데 기회를 주셔서 감사합니다(웃음). 짧게 제 생각을 말씀드리자면, 문학 연구 주제 가운데는 디지털 방법론을 적용하기에 적합한 것이 있고 또 그렇지 않은 것이 있습니다. 이런 상황에서 디지털 방법론에 익숙하지 않은 연구자는 자기 연구 주제가 디지털 방법론을 적용하기에 적합한지 아닌지에 관한 판단이 어려울 수 있습니다. 제가 최근에 경험한 사례를 하나 말씀드리자면, 저는 문학 전공자는 아니지만 어떤 작은 연구회에서 중국 당나라 때 시인 두보의 여러 시를 대상으로 수행한 연구를 발표한 적이 있습니다. 작품들을 대상으로 토픽 모델링도 진행해보고, TF-IDF로 기계학습을 통해 두보와 비슷한 시기에 활동한 다른 10여명의 시인들의 시를 구별하는 분류 모델을 만들어서, 그 모델이 특정 작품을 두보의 시라고 판정할 경우 무엇을 근거로 그렇게 판정했는지를 추출해서, 두보 시의 직접적 특징이나 다른 시인과 비교할 때 두보가 즐겨 사용한 특징적인 시구를 정리해서 발표한 적이 있습니다. 같은 학과에 계신 이종묵 교수님이 그 발표를 들으시더니 신라 시대의 문인 최치원을 연구하는 지도 학생이 하나 있는데, 박진호 선생이 발표한 그런 방법론을 그 학생이 활용할 수 있다면 매우 좋겠다고 말씀을 하셨습니다. 그 학생의 경우 최치원이 당나라에 있을 때 쓴 작품과 신라로 돌아온 다음에 쓴 작품 사이에 문체가 좀 다르다는 얘기가 기존의 연구에서 있었는데, 그 문체가 어떻게 다른지에 관해서 깊게 연구해보자 했던 것 같습니다. 그 학생 나름대로 자기가 세운 가설이 있고, 그 가설을 논증하는 방향으로 논문을 쓰고 있는데, 논증 과정에서의 객관적인 근거를 디지털 방법론을 이용해서 확보할 수 있다면 더욱 좋겠다는 것이 이종묵 교수님 말씀의 요지였던 것이죠. 이 경우에는 디지털 방법론을 적용하기에 상당히 적합한 주제라 할 수 있습니다. 아까 이민영 선생님이 잠깐 말씀하신 연암 박지원에 대한 문제의식이나 연구 주제를 가지고 계실 텐데, 그것이 무엇인지 구체적으로 정리해보는 것이 필요하지 않을까 싶습니다. 아마 디지털 방법론을 적용하기에 적합한 맥락도 있고 그렇지 않은 지점도 있을 것이라 생각합니다. 그것을 잘 분별하셔서, 디지털 방법론을 적용하기에 적합한 주제에서 공동 연구자를 찾아 협업을 진행하시는 것이 가장 효율적일 것이라 생각합니다. 최근에 여러 소셜미디어를 보면 디지털 인문학 분야에 관심을 갖고 공부하는 그룹들이 조금씩 생겨나는 것 같습니다. 공부하는 사람들 사이에 질문도 많이 오가는 것 같구요. 온라인상의 커뮤니티를 잘 활용한다면, 디지털 인문학에 관심을 갖고 배우려는 사람들이 자유롭게 질문도 올리고 전문 연구자들이 답변도 하고 토론도 하고 그렇게 해서 궁금증이나 갈증이 부분적으로 해소될 수도 있지 않을까 그런 생각을 좀 해봤습니다.

김 홍보를 좀 하겠습니다(웃음). 제가 운영하는 디지털 인문학 슬

랙 채널이 있습니다. 지금 약 180명 정도가 모여 있습니다. 그런데 말하는 사람은 저밖에 없습니다. 저 혼자 계속 떠들고 있긴 한데 사람들이 얼마나 잘 듣고 있는지는 모르겠습니다. 일단 계속 떠들 계획입니다(웃음). 거기로 오십시오.

기관 차원에서 구축한 데이터의 활용

류 지금 온라인에 질문이 하나 올라와 있습니다. 국립중앙도서관 지식정보서비스과에 근무하고 계신 최민진 선생님께서 김병준 선생님께 질문을 하신 것 같은데요. 제가 한번 읽어보겠습니다.

"김병준 선생님께 질문 드립니다. 저는 국립중앙도서관 사서입니다. 도서관 소장 디지털 원문 대부분이 이미지 자료이며 일부 OCR PDF로 변환하는 중입니다. 이와 같은 성격의 원문 자료를 연구나 교육용으로 활용할 수는 없을까요? 현재 디지털 리소스 가운데 24만 건이 모두 공개 자료인데, 디지털 인문학 분야에서의 활용 가능성은 없을까 싶어서 질문을 드립니다. 답변 부탁드리겠습니다."

김J 조금 전까지 우리는 근현대 텍스트 말뭉치 자료가 없다는 이야기를 했던 것 같은데요. 관련해서 최민진 선생님께서 요청하신 내용이 시의적절함이 있는 것 같습니다. 자세히는 모르겠지만 『사상계』와 같은 50년대에 유통되던 잡지 데이터도 포함되어 있지 않을까 기대가 있습니다. 그런 데이터가 있으면 당연히 연구와 교육 분야 모두에서 유용하게 활용할 수 있습니다. 제가 요즘 관심을 두고 있는 분야 가운데 하나가 오픈 사이언스입니다. 그것과도 연동이 된다고 생각을 합니다. 도서관에서 소장하고 있는 대규모 자료를 어떻게 잘 활용할 수 있을 것인가에 관한 고민이 크게 보면 공공 인문학 영역에서도 바라볼 수 있는 지점이니까요. 개인적으로 국립중앙도서관 LOD 서비스를 활용해보려고 SPARQL 쿼리도 열심히 공부하고 나름 이리저리 뭔가를 해보려고는 하고 있는데, 속도가 제 기대만큼 빠르지 않더라구요(웃음). 최 선생님께서 말씀하신 자료가 장기적으로는 LOD 형식으로 공개된다면 좋지 않을까 그런 생각도 해봅니다.

김R 저도 말을 조금만 얹겠습니다. 활용의 관점에서 보자면, 데이터 품질에도 등급이 있습니다. 예를 들어 PDF는 하위 등급입니다. 아무것도 없는 것보다야 당연히 좋겠지만, 데이터 분석 영역에서 제대로 활용하기 위해서는 최소한 플레인 텍스트(plain text) 형식을 갖추어 제공하는 것이 좋습니다. 국립중앙도서관 자체 예산을 활용해서 PDF 자료의 텍스트 데이터 구축 사업을 추진할 수도 있겠지만, 유관 문제의식을 공유하는 여타 기관과 컨소시엄을 구성해서 앞서 제가 말씀드린 한국지능정보사회진흥원(NIA) 주관 데이터 바우처 사업 같은 곳에 지원해보는 것도 나쁘지 않다고 생각합니다. 국립중앙도서관에서 소장하고 있는 고화질 문헌자료 PDF 파일을 OCR 기술을 이용해서 플레인 텍스트 데이터로만 전환한다 해도 활용도의 측면에서는 비교가 되지 않을 것이라고 확신합니다.

데이터 및 소스 코드 공유와 연구 윤리

류 　김바로 선생님은 그동안 여러 데이터 분석 연구에서 활용하신
다양한 코드를 웹에서 개방·공유하고 계십니다. 김병준 선생
님도 다양한 강의를 통해서 분석 코드를 공개해 오신 것으로
알고 있습니다. 근데 이게 좀 예민한 문제가 될 수 있는 것이, 두
분이 구현하신 것을 다른 연구자들이 쓰는 것을 보게 될 때가
있습니다. 다른 연구자가 그와 같은 코드를 활용해서 논문을
집필할 경우에 발생할 수 있는 저작권이나 인용 방법 등에 대
한 문제에 대해서는 어떻게 생각하시는지 두 분의 의견을 여쭤
어봅니다.

김J 　자유롭게 가져다 쓰시라고 공유를 한 것이니까 큰 문제는 아닌
것 같습니다(웃음). 당연히 권장되어야 할 상황이라 생각하구
요. 한편으로 그런 문제는 있는 것 같습니다. 요즘에 코드가 워
낙 간단해지고 패키지가 좋아지다 보니까 그냥 입력하는 데이
터만 교체하면 어지간한 분석은 모두 가능합니다. 농담을 조금
섞자면 손가락만 있으면 된다고 말할 수 있을 정도입니다. 굳
이 제가 작성한 코드를 언급할 것 없이, MS나 Google 같은 곳
에서 구축한 AutoML 프로그램이 워낙 좋아서 그런 것을 활용
하다보면 이것이 과연 내가 한 연구인가 아니면 MS나 Google
이 해준 연구인가 라는 내적 갈등(?)을 겪는 것 같습니다. 저 같

은 경우도 코드를 작성할 때 Github를 늘 참고합니다. 솔직히 말씀드리면 예전에는 막 가져다 쓰고 그랬는데, 계속 사용하다 보면 오픈소스 생태계를 생각하지 않을 수 없기 때문에 인용이라든지 사사표기를 잘 해야겠다는 생각을 자연스럽게 갖게 됩니다. 이런 지점은 학계에서 논의되는 연구 저작권 문제와 분명히 관련이 있는 것 같습니다. 내가 작업한 부분에 대해서는 분명히 밝히고, 다른 소스코드를 활용한 부분에 관해서는 사사표기를 한다거나 그와 유사한 형식으로 원출처를 밝혀주는 것이죠. 그런데 마냥 쉽게 생각할 문제가 아닌 것 또한 사실입니다. Github나 OSF와 같이 데이터나 소스코드 공유를 위한 플랫폼을 활용할 수 있어야 하기 때문에, 구체적인 활용의 문제는 또 별개의 차원에서 고민해야 할 것 같습니다. 다른 시각에서 보자면 모든 연구자에게 그러한 방식으로 똑같이 해야 한다고 강제할 문제가 아닌 것 같기도 하구요.

류　김병준 선생님 말씀 들어보니까 제가 첨언하고 싶은 것이 하나 생겼습니다. 의외로 큰 이슈가 될 수도 있는데요. 그러니까 어디까지 내가 순수하게 구현한 것이고 어디서부터가 내가 가져다 쓴 것인지에 관해 객관적으로 밝힐 수 있는 명확한 기준이 아직 학계에는 없습니다. 그런 기준이 없기 때문에 관련 교육도 없고 그래서 사실은 각자가 그냥 뭐 알아서 재량껏 판단해서 할 수밖에 없는 상황이라서, 결과적으로 자기는 의도하지 않았음에도 표절로 낙인찍힐 수 있는 가능성이 언제든 도사리고 있습니다. 앞으로 데이터나 소스코드를 공유하는 방식이 일반적인 디지털 인문학 연구가 확장되어 나간다 생각하면, 이 지점이 계속 이슈가 되지 않을까 그런 생각을 하는데, 이에 관해서 김바로 선생님의 말씀을 좀 들어볼까 합니다.

김R 아무래도 저는 오픈소스주의자기 때문에 오픈소스 계열에서 추구하는 방식을 활용하면 큰 문제는 없을 것이라고 생각합니다. 그리고 오픈소스라고 해서 저작권과 상관없이 마음대로 해도 된다는 의미는 절대 아닙니다. 관련 내용은 저보다 이민철 선생님께서 더 잘 알고 계실 것 같은데, 말씀을 부탁드려도 될까요?

이민철 네. '오픈소스'라는 말이 일종의 통칭이라서, 그걸 다 묶어서 이야기할 수 있을까 그런 생각도 듭니다. 사실 코드마다 라이센스가 모두 다르게 되어 있습니다. 예를 들어 MIT License라든지, GNU License라든지 다양한 라이센스가 있는데, 각각이 조항들이 조금씩 달라서 코드를 공개할 때 항상 개별 라이센스 하에 배포가 이루어집니다. 그런 지점을 조금 생각해야 할 것 같구요. 디지털 인문학 연구에서 활용한 코드를 공개하는 맥락을 생각해본다면, 단순히 라이센스 차원의 문제가 아니지 않을까 그런 생각도 듭니다. 라이센스 명시 여부는 연구 차원의 표절과 또 다른 문제인 것 같습니다. 공개된 코드를 가져가서 연구에 활용하는 것 자체는 표절과 직접 관련이 없을 것 같구요. 오히려 데이터 처리를 하고 난 이후에 결과를 해석하는 지점에 있어서 표절 문제가 더 첨예할 수 있지 않을까 개인적으로는 그런 생각이 있습니다.

류 일반적인 인문학 연구와 달리 디지털 인문학 연구 과정에는 직접 구축한 데이터나 분석과 시각화를 위해 소스코드를 직접 작성하는 사례가 흔하기 때문에, 만약 그러한 요소들이 다른 연구에서 활용될 경우 그 지점을 어떻게 수용할 것인가에 관해서는 본질적인 차원에서 고민할 수밖에 없지 않을까 싶습니다.

김R 이민철 선생님께서 말씀해 주신대로 오픈소스 쪽에도 각각의 라이센스 규정이 있습니다. 학계에서 우리가 사용하는 학술 인용 규칙과 의미적으로 보자면 큰 차이가 없습니다. 예를 들어 이민철 선생님께서 개발하신 Kiwi만 해도 인용 주석을 부기하는 방법을 페이지 하단에 밝혀놓았습니다. 내 연구에서 키위 형태소 분석기를 활용했다고 적시하고, 주석을 매개로 구체적인 인용 맥락을 밝혀주는 방식입니다. '표절'이라는 낙인에서 벗어나는 가장 간단한 방법은 인용을 표기하는 것입니다. 민감하고 어려운 문제지만 민감하고 어려울수록 가장 기본으로 돌아가야 합니다. 세부적인 인용 방법에서는 인문학 연구의 인용과 미묘하게 다른 부분이기에 생소할 수도 있겠지만, 조금이라도 타인의 저작물에서 도움을 얻은 바가 있다면 그에 관해 인용을 분명히 표기한다는 원칙만 지킨다면, 큰 문제가 되지는 않을 것이라 생각합니다.

디지털 인문학 연구자로서 향후 연구 방향 모색

류 김병준 선생님은 최근에 박사학위를 받으셨습니다. 박사가 되신 것을 축하드립니다. 2016년에 이원재, 전봉관(이상 KAIST)

선생님과 함께 문학계간지 데이터를 구축하고 그것을 분석해서 문학권력 문제를 비판적으로 검토하는 2편의 논문(「문예지를 매개로 한 한국 소설가들의 사회적 지형: 1994~2014」(2016), 「작가-비평가 관계와 비평가의 구조적 위치가 소설 단행본 판매량 증감에 미치는 영향: 2010~2015」(2016))을 작성하신 것이 디지털 인문학 분야에 본격적으로 발을 내딛으신 출발점이라고 알고 있습니다. 그때는 기술에 대한 이해도 거의 없었고, 데이터 구축에 있어서도 무척 고생을 하셨다고 사석에서 말씀하신 내용이 생각납니다. 그 이후로 6년이라는 시간이 흐르는 동안 많은 공부를 하시고 또 디지털 인문학 분야에서 다양한 경험을 쌓으시면서 학위까지 받으셨으니, 이제는 어엿한 독립연구자로서 본격적인 학술활동을 시작하시겠구나 라는 생각이 듭니다. 아마 유튜브에서 운영 중이신 '월간 디지털인문학' 채널도 이제 더 자주 콘텐츠를 올려주시지 않을까 싶습니다. 박사학위논문 내용에 관한 소개를 부탁드리면서, 향후 계획하고 계신 연구 방향이나 문제의식에 관해 청해 듣고자 합니다.

김 네, 일단은 축하해 주셔서 감사합니다. 뜬금없는 이야기이긴 한데 요즘 제가 유튜브에서 월간 디지털 인문학 채널을 운영하고 있는데, 월간 단위로 콘텐츠 생산이 안 되고 있어서 걱정입니다(웃음). 이번 주에는 지난달 다녀온 영국 Oxford DH Summer School 브이로그라도 올리려고 합니다. 10년째 이루어지고 있는 행사인데요, 다양한 발표와 강연을 보고 정말 많은 감화를 받았습니다. 10년째 거의 고정된 프로그램을 실행하면서 계속 다듬어 온 것 같습니다. 디지털 인문학 유관 행사가 그렇게 장기간 이어지고 있다는 것이 정말 놀랍게 다가왔습니다. 이채로운 지점은 그와 같은 Oxford의 질긴(?) 힘은 도서관에서 나오는 것 같습니다. Oxford의 Bodleian 도서관에서 소장하고 있는 자료들은 정말 Oxford 디지털 인문학의 보고라고 할 수 있습니다.

류   보들리안 도서관은 웹사이트도 잘 만들어져 있습니다. 우리나라의 경우도 일선 대학도서관들뿐만 아니라 규장각과 장서각과 같은 대규모 소장 자료를 갖춘 기관들이 그와 같은 디지털 인문학 차원의 교육이나 연구 과정을 주도하면 좋을 텐데요.

김   천천히 그런 방향으로 나아가지 않을까요(웃음)? 제 학위 논문 이야기를 좀 말씀드리자면, 저는 성균관대 국어국문학과 천정환 교수님과 함께 작업했던 연구(「박사학위 논문(2000~2019) 데이터 분석을 통해 본 한국 현대문학 연구의 변화와 전망」)에서부터 근본적인 문제의식을 가지고 있었습니다. 예컨대 지성사나 개념사적 차원의 학술 작업을 하고 싶은데 도대체 무슨 데이터를 활용할 것이냐 뭐 그런 거였습니다. 결과적으로는 학위논문 작업은 논문 서지 데이터를 활용하게 된 것이구요. 한국학술지인용색인(KCI)이 만들어져 논문 정보를 제공한지도 약 20년 가까이 되어가고 있는데, 그 사이에 인문학 논문 25만 건 정도가 생산이 되었고, 그것들이 곧 일종의 한국 현대 지성사를 대표하는 매개라고나 할까요? KCI에 대해서는 워낙 논란이 많기도 하지만, 국내의 대표적 학술 유통 채널인 것만큼은 누구도 부정할 수 없으니까요. 다루어볼만한 가치가 있다고 생각합니다. 아마도 학위논문 작업의 연장선상에서 유사한 고민을 계속 풀어나가지 않을까 싶습니다.

디지털 인문학 교수자로서 교육 철학과 향후 포부

류 김바로 선생님께 질문을 드립니다. 김바로 선생님과 저는 공통적으로 학부와 석사 과정에서 전통적인 인문학 훈련을 받고 한국학중앙연구원 인문정보학과에 박사 과정을 진학해서 디지털 인문학 연구 방법론을 배우고 익히는 훈련을 집중적으로 받았습니다. 디지털 인문학 연구자로서 활동하고 있는 김바로 선생님과 저에게 있어서 인문정보학과는 마음의 고향 같은 곳이기도 합니다. 무엇보다 김바로 선생님께서는 작년에 한국학중앙연구원 인문정보학과에 조교수로 임용되셔서, 디지털 인문학을 배우고 익히던 곳에서 이제 디지털 인문학을 가르치는 교수자가 되셨습니다. 한국에서 디지털 인문학을 전문적으로 배우고 익힐 수 있는 교육기관이 거의 없다는 측면에서, 한국학중앙연구원 인문정보학과는 굉장히 특수한 곳이라고 생각합니다. 예컨대 디지털 테크놀로지와 인문학의 조합으로서 디지털 인문학을 생각할 때, KAIST의 문화기술대학원이 조금 더 테크놀로지 우위의 포지셔닝이라면, 한국학중앙연구원 인문정보학과는 상대적으로 인문학 우위의 포지셔닝에 가깝습니다. 그와 같은 특수한 기관에서 향후 디지털 인문학을 장기간 가르치면서 유관 인력을 양성해야 하는 무거운(?) 임무를 김바로 선생님께서 맡으신 것이라고 할 수 있겠는데요. 관련해서 어떠한 교육 철학과 향후 계획을 가지고 계신지 여쭈어봅니다.

김R 대답하기 곤란한 질문입니다. 제가 지도하는 학생들이 지금 이 현장에 와 있습니다(웃음). 저는 비유하자면, 디지털 인문학이 "디지털 시대의 문헌학"이라 생각합니다. 디지털 환경에서 문헌(bibliography)을 다루는 일종의 방법론(methodology)이죠. 그 연장선상에서 문헌정보학 전공과도 결이 비슷한 부분이 있다고 생각합니다. 여러 가지로 고려해야 할 맥락도 많고 기존의 학문과 연계한 지점이 다양하기에, 디지털 인문학을 어떻게 정의하고 실제 교육과정에서 그것을 어떻게 펼쳐낼 것인가에 대해 정리하지 못한 지점들이 여전히 많습니다. 일단 처음 시작할 때는 디지털 인문학 분야에서 다루어지는 보편적 성격의 기술을 살펴보는 것만으로도 의미가 있을 수 있다고 생각합니다. 데이터 설계 구축 영역의 XML, RDB(SQL), RDF도 좋고, 정규표현식, Python을 중심으로 하는 NLP, Social Network Analysis와 같은 데이터 분석 영역, 그리고 파노라마, 전자지도, 드론과 같은 것들을 통해 디지털 세계에 관해 가볍게 경험해보는 것이 중요하지 않을까 싶습니다. 맛을 본다는 표현이 적당하지 않을 수도 있을 텐데, 유관 기술을 조금이라도 익혀보면 구체적으로 무엇을 해야 할지 보이는 경우가 많습니다. 그러한 기술에 관한 전달은, 유튜브와 같은 동영상 소셜 미디어를 이용해서 강의 자료를 개방하고 공유하는 것도 한 가지 방법일 것 같습니다. 옆에 계시는 김병준 선생님은 유튜브에서 월간 디지털 인문학 채널을 운영하고 계신데, 저한테 주간 디지털 인문학 채널을 개설해서 보조를 맞춰야 하지 않겠냐는 농담을 류인태 선생님이 자주 합니다(웃음).

류 의향이 있다는 말씀이시군요?

김R 노력은 해보겠습니다만(웃음). 디지털 인문학에서 다루어지는 기초적인 기술에 관해서는 동영상 강의와 같은 형식으로 대체하고, 구체적인 프로젝트 진행 과정에서 발생하는 실질적인 문제들에 대해 전문가가 조언과 자문을 해주는 형식의 교육을 확대하는 것이야말로 디지털 인문학의 외연을 넓히는 데 가장 필요한 일이 아닐까 싶습니다. 무엇보다 현재 대학 현장에서 디지털 인문학을 제대로 가르칠 수 있는 전문 연구자도 거의 없고, 현실적으로 디지털 인문학 연구자를 채용할 수 있는 환경을 갖춘 곳도 거의 없는 상황입니다. 디지털 인문학에 대한 최근의 수요를 고려할 때, 우선 교수자를 양성할 수 있는 환경을 마련하는 것이 급선무라 생각합니다. 가르칠 수 있는 교수 인력을 확보하는 것이 중요한데, 그렇게 하려면 피상적인 논의만 오가는 겉핥기식 교육이 아니라 실질적인 문제를 해결하는 과정으로서의 교육이 전제되어야 합니다. 다시 말해서, 이론이나 사례 강의보다는 PBL 방식의 실습 위주 강의가 필요한 것입니다. 이에 대해서는 오랜 기간 인문학 전공 학생들을 대상으로 디지털 유관 기술을 가르쳐 오신 서울대 박진호 선생님께서 해주실 말씀이 있지 않을까 싶습니다.

박진호 네, 제 경험담을 조금 말씀드리겠습니다. 말씀하신 디지털 인문학 교육에 관해서는 일단 각 대학에서도 많은 노력을 하고 있는 것으로 알고 있습니다. 제가 소속된 서울대학교 인문대학의 경우도 디지털 인문학에 대한 학생들의 관심이 커서 디지털 인문학 분야의 마이크로 디그리 강의를 여러 줄기로 접근하고 있습니다. 빅데이터 언어인지, 빅데이터 역사정보, 빅데이터 문화 연구, 디지털 스토리텔링 이렇게 네 개의 영역에서 **Micro Degree** 교과목을 하나씩 차근차근 만들고 있는 상황입니다. 물론 인문대 학생들뿐만 아니라 다른 단과대 소속의 학생들도 수강할 수 있습니다. **Micro Degree** 교과목 중에 12학점을 이수하면, 졸업할 때 이수한 교과 과정이 졸업장에 부기됩니다. 서울대학교뿐만 아니라 한림대학교를 포함해 여러 대학에서 디지털 인문학 교과를 새롭게 개설하고 장기적으로 유지하기 위한 노력을 꾸준히 기울이고 있습니다. 한편으로 김바로 선생님이 말씀하신대로 디지털 인문학에 관한 이론과 실습을 온전히 가르칠 수 있는 전문 인력은 풍부하지 않은 것 같습니다. 교과목을 만든다 하더라도 가르칠 선생님을 구하는 일은 또 다른 차원의 어려움이 아닐까 싶습니다. 각 학교의 장벽을 넘어서서 함께 머리를 맞대고 무언가를 시도해야 디지털 인문학이 더욱 확산할 수 있을 것 같은데, 현장보다도 오히려 유튜브와 같은 미디어를 활용하는 것이 더 나을지도 모르겠습니다. 디지털 인문학을 연구하는 선생님들의 전공 분야와 특장점이 다르니까, 월간 김병준, 월간 김바로, 월간 류인태 이렇게 따로 하지 마시고, 힘을 합쳐서 자기가 잘 할 수 있는 분야를 맡아서 함께 양질의 교육 자료를 만들어 나가는 것도 좋을 것 같습니다. 정말 그런 일이 현실화되어서 혹시 유튜브 구독자가 많아지면 또 실버나 골드 버튼을 받는 그런 꿈도 좀 꿔보면 좋겠네요(웃음).

김R 말씀 감사합니다 선생님. 관심이 있는 분들은 아시겠지만, 어지간한 코드 작성에 관한 교육 영상은 이미 유튜브에 많이 있습니다. 문제는 인문학과는 동떨어진 테크닉 위주의 강의가 대부분이라 디지털 인문학의 결로서 수용할 수 있느냐의 차원에서는 조금 신중할 필요는 있겠습니다. 인문학적인 접근이나 사유가 없다면, 그런 성격의 강의는 단순한 코딩 강의에 가깝지 디지털 인문학 강의라고 하기는 어려울 테니까요. 개인적으로 디지털 인문학은 향후 여러 인문학 분과에서 기초적으로 활용 가능한 토대 학문으로서의 정체성을 확보해야 할 필요가 있다고 생각합니다. 앞서 말씀드린 대로 제가 생각하는 디지털 인문학은 일종의 '디지털 환경에서의 문헌학'이기에, 자기 연구 분야가 있는 인문학 연구자들이 디지털 환경에서 자기 학문을 하기 위한 차원에서 적정하게 습득하고 활용하는 것이 중요하다고 생각합니다. 디지털 인문학 교육 또한 그런 지점에 초점을 두어야 할 것입니다.

류   여러 선생님의 귀한 말씀을 들으면서 새롭게 인지하고 또 깨닫는 지점이 많습니다. 인문학 연구와 교육 전반에 있어서 향후 디지털 인문학의 역할이 점점 더 커질 것이라 생각합니다. 그때를 생각하며, 지금은 할 수 있는 일을 차근차근 단계적으로 준비해나가는 것이 그 어느 때보다 필요한 시점이 아닌가 싶습니다. 다른 자리에서 또 디지털 인문학에 관한 생산적 논의를 진행할 수 있는 기회가 있을 것으로 기대하며, 사흘간 발표와 토론에 적극적으로 참여해주신 여러 선생님들께 감사의 인사를 드립니다.

　안녕하세요? 성균관대 BK21 '혁신·공유·정의 지향의 한국어문학 교육연구단'의 단장을 맡고 있는 천정환입니다.

　성균관대 교육연구단은 한국어문학 연구와 교육에 대한 나름의 오랜 고민과 모색을 안고 2020년에 출범했습니다. 저희가 내세운 혁신, 공유, 정의라는 단어는, 한국어문학 연구자의 인재상과 대학원 교육과정을 시대에 맞게 바꾸고, 여전히 한국어문학 교육과 연구 현장을 꿋꿋이 지키고 있는 해내외의 연구자들과 함께 학문 생태계를 되살려 사회에 기여하는 젊은 연구자들을 길러내자는 제안을 담았습니다.

　그동안 장기화된 코로나 팬데믹이 예견하지 못한 많은 어려움을 가져다주었습니다만, 학술대회의 개최, 지식공유 미디어 운영 등을 통한 교류와 교육과정의 개편 등을 통해 나름 노력해왔다고 자부합니다. 그 노력의 결과의 하나로 이번에 '성균 한국어문학 총서'의 첫 세 권을 발간하게 되었습니다. 각각 국어학, 문학문화 연구, 디지털한국어문학에 학문적 기반을 둔 것으로, 저희 교육연구단의 새로운 교육 내용과 '혁신·공유·정의'에의 지향에 어울리는 책들이라 생각합니다. 특히 교육연구단의 신진 연구자들이 주도적으로 기획하고 집필한 책들이라 더 보람을 느낍니다. 책을 기획하고 참여하신 모든 분들께 진심으로 감사드립니다.

　이러한 작업을 통해 교육연구단이 생산하는 성과를 국내외의 연구자들은 물론 시민들과 널리 함께하고자 합니다. 앞으로도 이 시리즈의 저서 발간 작업을 이어가며 여러 선생님들께 참여를 여쭙겠습니다. 관심 가져주시고 언제든 질정을 보내주십시오. 감사합니다.

2023년 2월 28일
성균관대 BK21 혁신 · 공유 · 정의 지향의
한국어문학 교육연구단 올림

곽지은 (성균관대학교 한문학과 석사수료)

성균관대학교 한문학과에서 근대전환기 한문학 자료를 대상으로 석사학위논문을 준비하고 있다. 한문학에 입문한지 얼마 되지 않은 새싹 연구자로서, 디지털 인문학 방법론을 활용한 한문학 연구의 새로운 가능성을 여러 갈래로 탐색하고 있다.

권기성 (창원대학교 국어국문학과 조교수)

경희대학교 국어국문학과에서 고전산문을 전공으로 석·박사 학위를 받았다. 야담 자료를 대상으로 한 연구 영역에 관심을 갖고 논문을 꾸준히 발표하고 있으며, 그와 함께 디지털 인문학 방법론을 활용한 고전문학 연구의 가능성을 모색하고 있다.

김바로 (한국학중앙연구원 인문정보학과 조교수)

중국 북경대학교에서 고대사 전공으로 석사학위를 받고, 한국학중앙연구원 한국학대학원 인문정보학과에 진학해 디지털 인문학 전공으로 박사학위를 받았다. 다양한 전공의 인문학 연구자들과 소통하며 디지털 인문학 연구를 끈덕지게 추구하고 있다.

김병준 (KAIST 디지털인문사회과학센터 연구교수)

성균관대학교 국어국문학과를 졸업하고, KAIST 문화기술대학원과 성균관대학교 인터랙션사이언스학과에서 데이터사이언스와 디지털 인문학을 공부했다. 인문학과 사회과학을 넘나드는 폭넓은 관심사를 바탕으로 다방면의 융합연구를 수행하고 있다.

김지선 (고려대학교 문과대학 강사)

연세대학교 국어국문학과를 졸업하고, 한국학중앙연구원 한국학대학원 인문정보학과에 진학해 디지털 인문학 전공으로 석사학위를 받았다. 디지털 인문학 연구 경험을 바탕으로, 대학에서 디지털 인문학을 가르치고 있으며, 현재는 박사학위논문을 준비하고 있다.

류인태 (고려대학교 한자한문연구소 연구교수)

고려대학교와 경상국립대학교에서 한문학을 공부하고, 한국학중앙연구원 인문정보학과에 진학해 디지털 인문학 전공으로 박사학위를 받았다. 다양한 형식의 디지털 인문학 연구 프로젝트를 기획·수행하고 있으며, 여러 대학에서 디지털 인문학 강의를 하고 있다.

박진호 (서울대학교 국어국문학과 교수)

서울대학교 국어국문학과에서 국어학 전공으로 석·박사 학위를 받았다. 자연어처리(NLP) 방면의 연구를 오랜 기간 수행해왔으며, 현재 한국디지털인문학협의회(KADH) 회장, 한국어문교육연구회 부회장, 서울대학교 AI연구원 기획부원장 등의 직책을 맡고 있다.

양승목 (동국대학교 한국문학연구소 전임연구원)

동국대학교 국어국문학과에서 한문산문을 전공으로 박사학위를 받았다. 고전문학과 한문학 전반에 대한 폭넓은 관심을 바탕으로 유관 연구와 강의를 지속하고 있다. 야담 자료를 대상으로 한 디지털 인문학 연구의 가능성을 구체적으로 모색하고 있다.

이민철 (카카오엔터프라이즈 연구원)

연세대학교에서 문헌정보학 전공으로 석사학위를 받았다. 이후 카카오에 입사해 인공지능과 관련된 여러 프로젝트에 참여하고 있다. 오픈소스 한국어 형태소 분석기 Kiwi 개발자로 알려져 있으며, 그 외에도 오픈소스 진영에 기여하고자 하는 의지가 충만하다.

이재연 (UNIST 인문학부 부교수)

한국문학을 전공으로 하버드대학교에서 석사학위를, 시카고대학교에서 박사학위를 받았다. 매체연구, 문학사회학, 디지털 인문학 연구와 교육에 꾸준히 관심을 두고 있으며, 최근에는 프랑코 모레티의 『그래프, 지도, 나무』를 번역하였다.

장문석 (경희대학교 국어국문학과 조교수)

서울대학교 국어국문학과에서 현대문학 전공으로 석·박사 학위를 받았다. 근현대문학 전반을 아우르는 폭넓은 관심을 바탕으로 다방면의 문학 연구를 시도하고 있으며, 그 연장선상에서 디지털 인문학 연구와 교육 또한 꾸준히 수행하고 있다.

지영원 (고려대학교 국어국문학과 박사수료)

고려대학교 국어국문학과에서 시화 및 한시 자료를 대상으로 박사학위논문을 준비하고 있다. 전통적인 방식의 한문자료 독해 및 이해에 충실한 가운데, 디지털 방법론을 접목한 새로운 형식의 한문학 연구 방안을 적극적으로 모색하고 있다.

한희연 (Wilfrid Laurier Univ. Associate Professor)

캐나다 **Royal Ontario Museum**에서 오랜 기간 컨설턴트와 연구원으로 재직하였으며, 현재는 **Wilfrid Laurier University** 역사학과에서 조교수로 재직중이다. 전근대 한국의 고전 자료를 매개한 문화사 연구의 연장선상에서 디지털 인문학의 가능성을 탐색하고 있다.